FELICITY PICKFORD

Der tote Sommergast

AF202818

GOLDMANN

Buch

Als die junge Mary McTarr den Leuchtturm auf der zauberhaften Insel Jersey erbt, kann sie sich endlich einen lange gehegten Traum erfüllen: Sie verwandelt das wildromantisch gelegene Bauwerk in ihr eigenes kleines Luxushotel. Ihre Leidenschaft für gute Küche und die Freude daran, ihre Gäste zu verwöhnen, machen einen ganz besonderen Ort aus dem Corbière Lighthouse Hideaway, und als ihr erster Gast Mr Plummer eintrifft, ist Mary in ihrem Element. Doch nur wenig später der Schock: Mary entdeckt Mr Plummer tot am Meer, ein Messer ragt aus seinem Rücken. Gemeinsam mit dem Journalisten Robert Peabody macht sie sich auf die Suche nach der Wahrheit. Und lernt eine dunkle Seite ihrer geliebten Insel kennen, die ihr bisher verborgen geblieben war …

Weitere Informationen zu Felicity Pickford
sowie zu lieferbaren Titeln der Autorin
finden Sie am Ende des Buches.

Felicity Pickford

Der tote Sommergast

Ein Fall für Mary McTarr

GOLDMANN

Penguin Random House Verlagsgruppe FSC® N001967

1. Auflage
Deutsche Erstveröffentlichung Mai 2025
Copyright © 2024 by Felicity Pickford
Copyright © der Originalausgabe 2025
by Wilhelm Goldmann Verlag, München,
in der Penguin Random House Verlagsgruppe GmbH,
Neumarkter Straße 28, 81673 München
Dieses Werk wurde vermittelt durch die Montasser Medienagentur, München.
produktsicherheit@penguinrandomhouse.de
(Vorstehende Angaben sind zugleich
Pflichtinformationen nach GPSR)

Umschlaggestaltung: UNO Werbeagentur GmbH
Umschlagmotiv: FinePic®, München
CN · Herstellung: ik
Satz: GGP Media GmbH, Pößneck
Druck und Bindung: GGP Media GmbH, Pößneck
Printed in Germany
ISBN: 978-3-442-49632-7

www.goldmann-verlag.de

I

The Corbière Lighthouse Hideaway

1

Wozu um alles in der Welt hatte er vier Koffer bei sich? Ein einzelner Reisender auf einer abgelegenen Insel! Hatte er vor, sich im Turm niederzulassen? Skeptisch beobachtete Mary, wie Mr Plummer sein Gepäck neben den albernen Wagen stellte, mit dem er vom kaum fünf Kilometer entfernten Flughafen »angereist« war. Natürlich brauchte so ein Mensch, dem täglich der Lärm und die Hektik einer Millionenmetropole um den Kopf schwirrten, eine Auszeit im Nirgendwo. Aber mit einem französischen Cabrio? Dass sie so was am Jersey Airport überhaupt vermieteten, amüsierte Mary schon. Dass der Gast aus Birmingham glaubte, es auf der Insel zu brauchen, ließ sie kurz den Kopf schütteln.

»Schön, dass Sie da sind!«, sagte sie so überzeugend wie möglich. Andererseits: Hey! Endlich ging es los! Sie war am Ziel ihrer Bemühungen, in diesem Moment erfüllte sich nicht weniger als ihr Lebenstraum. Zugleich seufzte sie innerlich: Ihre eigene Auszeit war mit Ankunft dieses ersten Gastes allerdings auch vorbei.

Wobei sie nicht lange gedauert hatte, die Erholungsphase zwischen der Fertigstellung des Corbière Lighthouse Hideaway und der Eröffnung. Gefühlt waren die zehn Tage wie ein Wochenende vergangen. Selbst die Schmerzen in allen Gliedern waren noch nicht ganz abgeklungen. Doch Mary war auf jeden Muskel, der zwickte, und auf jeden Knochen, der knackte, stolz. Schließlich hatte sie den größten Teil der Arbeiten an dem alten Leuchtturm an den Südwestklippen der Insel entweder selbst ausgeführt oder doch zumindest tatkräftig unterstützt. Und dort, wo sie tatsächlich nichts hatte beitragen können, wie etwa bei den Ausbesserungsarbeiten am Fundament, hatte sie für die Arbeiter Kuchen gebacken, Sandwiches zum Mittag gemacht oder auch mal ein schottisches Lied zum Besten gegeben, um die Männer zu unterhalten, die nicht nur einen aufregenden, sondern auch einen gefährlichen Job hatten. Verglichen mit den wettergegerbten Gesichtern und den braun gebrannten Oberkörpern dieser Macher gehörte der Ankömmling geradezu zu einer anderen Spezies. Wobei Mary durchaus gelernt hatte, jede Sorte Mensch zu schätzen und das Besondere in jedem zu sehen.

»Was für eine Weltreise!«, klagte Mr Plummer und deutete auf die Koffer, weil er offenbar erwartete, dass man sie ihm aufs Zimmer brachte. »Zuletzt war ich nicht sicher, ob ich nicht auf dem Mond landen würde.« Er ließ den Blick über die karstigen Felsen schweifen und nickte, als wollte er sagen, dass es wohl letztlich tatsächlich der Mond geworden war. »Nun, immerhin werde ich hier ein wenig zur Ruhe kommen.«

Mary lachte. »Ja, das werden Sie.« Und sie würde es ihm so schön und gemütlich machen wie nur möglich, und dafür ihre eigene Ruhe opfern. Aber das war nun einmal das Los einer Hotelbesitzerin. Und sie war nicht nur irgendeine, sondern die jüngste Hotelbetreiberin auf ganz Jersey und den umliegenden Kanalinseln. Die ehrgeizigste. Und gewiss auch die am meisten belächelte. Aber sie würde es den Schlaumeiern schon zeigen, die dachten, eine junge Frau, die nicht einmal hier aufgewachsen war, könnte eine solche Herausforderung nicht bestehen. »Darf ich Ihre Koffer nach oben tragen? Ich habe Ihnen den Sailor's Room reserviert, Sir. Es ist das Zimmer mit der besten Aussicht. Sie können bis Guernsey blicken und werden die schönsten Sonnenuntergänge erleben, die es auf der Erde gibt.«

Wie alles hier hatte sie auch den Sailor's Room hingebungsvoll ausgestattet: Alte Schiffsplanken, frisch abgeschliffen und geölt, bedeckten den Boden, an der Decke hing die Galionsfigur eines Schoners, der vor vielen Jahren eine Meile nordwärts an den Klippen gekentert und gesunken war (die barbusige Nixe mit dem verwitterten blauen Haar war von Marys Großvater am nächsten Tag als Strandgut unter dem Leuchtturm gefunden worden). Das Fenster war mit Vorhängen aus alten Leinensegeln bedeckt. Als Bett diente eines der prächtigen Ruderboote, die früher zum Anlanden der Inselbesucher genutzt wurden, allerdings nur der vordere Teil, weil ein solches Boot niemals in Gänze in einen der oberen Räume des Leuchtturms gepasst hätte. Mary hatte den Kahn persönlich weiß gestrichen und ihm sogar einen Namen gegeben: *Luna*. Auf dass die Gäste gut schlafen mochten.

Licht spendeten zwei alte Schiffslaternen, und auf dem gemütlichen Bettzeug waren Anker und Rettungsreifen abgebildet. Am liebsten hätte Mary sich selbst hineingelegt –

und um der Wahrheit die Ehre zu geben: Das hatte sie schon etliche Male gemacht. Obwohl ihr der ganz oben gelegene Kartenraum das liebste Zimmer im Turm war. Weshalb sie ihn auch bis auf Weiteres bezogen hatte, allen Vorsätzen zum Trotz.

»Hm«, brummte Mr Plummer. »Direkt weitläufig ist das hier ja nicht.«

»Sir? Wir befinden uns in einem Leuchtturm. Was Sie hier nicht an Quadratmetern haben, bekommen Sie an Aussicht.« Sie zog die Vorhänge etwas weiter zurück und ließ dem Gast den Vortritt ans Fenster.

Der Gentleman aus Birmingham warf einen gnädigen Blick nach draußen, nickte, was wohl als Einverständnis zu deuten war, und wandte sich dann dem Bett zu. »Was für eine absurde Idee«, bemerkte er. »Ich hoffe, ich werde ein Auge zutun können.«

»Keine Sorge, Sir«, versicherte ihm Mary. »Sie werden schlafen wie … Nun, Sie werden bestens schlafen. La Corbière ist wie eine Einladung für gute Träume.«

»Na, Sie werden es wohl wissen«, erwiderte Mr Plummer, wobei er wenig überzeugt klang.

»Für den Check-in bräuchte ich noch Ihren Ausweis, Sir. Und Sie müssten mir bitte für die örtliche Behörde ein Meldeformular unterschreiben.«

»Können wir das später machen?« Auf einmal wirkte der Gast müde.

»Aber selbstverständlich«, versicherte Mary. »Dann lasse ich Sie jetzt allein.« In der Tür wandte sie sich noch einmal um: »Wissen Sie schon, wann Sie frühstücken möchten?«

»Am besten nach dem Aufstehen.« Selbstgefällig hob der Gast eine Augenbraue. »Scherz beiseite. Sagen wir acht Uhr.«

»Acht Uhr? Sehr gerne. Bei schönem Wetter servieren wir das Frühstück auf unserer kleinen Terrasse mit Seeblick. Sollte es regnen, decke ich einen Tisch für Sie in der Lobby.«

In der Lobby. Wie das klang. Die »Halle« war nur wenige Quadratmeter groß und beherbergte neben einem Tisch mit sechs Stühlen noch drei marineblaue Sessel, zwischen die Mary zwei Beistelltische platziert hatte – und natürlich die Empfangstheke. Sie lag in einem kleinen, quaderförmigen Anbau direkt neben dem Leuchtturm. Um in das eigentliche Lighthouse zu kommen, musste man noch einmal ein Dutzend Stufen nehmen, die zu einem Umlauf und zu der einladend dunkelgrün gestrichenen Tür führten, hinter der Marys Zauberreich begann. All dies war entzückend, aber es war nun einmal eng.

»Wir werden versuchen, uns in allem nach Ihren Wünschen zu richten«, erklärte Mary. »Erlauben Sie mir aber trotzdem, Sie auf einige Dinge hinzuweisen – zu Ihrer eigenen Sicherheit.« Sie deutete auf eine alte Fotografie an der Wand, die den Leuchtturm in stürmischer See zeigte, den Wellen trotzend, doch von wütender Gischt umtost. »Wir befinden uns auf einem Felsen im Meer. La Corbière ist absolut sicher. Dennoch möchte ich Sie bitten, bei Sturm nicht nach draußen zu gehen.«

»Ist denn Sturm vorhergesagt?«

»Im Augenblick nicht, Sir.«

»Nun, dann sollte mich das nicht besonders beschäftigen, finden Sie nicht?«

»Das Wetter kann sich jedoch schnell ändern. Aber die Gezeiten, Sir, auf die sollten Sie in jedem Fall achten!« Mary wies auf eine Tafel auf dem kleinen Beistelltisch. »Hier können Sie jeden Tag ablesen, wann Ebbe und Flut sind. Bei Flut ist unser Felsen von der Insel abgeschnitten.«

Mr Plummer warf einen nachlässigen Blick auf die Tafel, die in Marys schönster Handschrift mitteilte:

Heute
Hochwasser: 11:32, 23:56
Niedrigwasser: 5:49, 18:15

»Auch wenn kein Sturm ist, können einzelne Wellen sehr hoch sein, und die Gischt sorgt dafür, dass die Terrasse, die Wege und die Stufen feucht werden. Bitte achten Sie darauf, damit Sie nicht ausrutschen.« Mary klatschte in die Hände. »Das war's auch schon. Ich wünsche Ihnen einen wunderschönen Aufenthalt.«

»Hm«, brummte Mr Plummer wieder und verzichtete auf eine Erwiderung, worauf Mary sich diskret zurückzog und hinunterging.

Am Empfang lag aufgeschlagen das Rezeptionsbuch. Voller Stolz betrachtete sie den Eintrag: *Plummer, Henry. Birmingham. 12. Juni. Gast Nr. 1.*

Ihr erster Gast.

Mary Euna McTarr stammte von einer anderen Insel, der schottischen Isle of Skye, deren raue Schönheit mit nichts zu vergleichen war, wenn man sie fragte. Auch die Kanalinseln kannten Sturm und schwere See, auch hier gab es wilde Natur und Einsamkeit. Aber im Vergleich zu Skye wirkte vor allem Jersey wie ein Bilderbuchidyll. Die Vegetation der Kanalinseln war lieblich, die Orte waren adrett und gepflegt, eine gewisse Heiterkeit umgab Land und Menschen. Und sogar das Meer wirkte harmloser, jedenfalls an den meisten Tagen. La Corbière jedoch, der Felsen und der Leuchtturm, waren häufig umtost von schwerer See. Bei Orkan spritzte die Gischt bis hinauf zur Laterne, und die Betonmauern des Bauwerks bebten. Mary liebte diese Ereignisse. Für andere mochte eine Nacht im sturmumtosten Leuchtturm beängstigend sein, sie fühlte sich geborgen, ja geradezu wie eine Verbündete der Elemente. Eine Eigenschaft, die sie vermutlich von ihrem Großvater mütterlicherseits geerbt hatte, der der letzte Leuchtturmwärter der Insel gewesen war, bis die Automatisierung auch ihn überflüssig gemacht hatte.

Und nun war sie hier eingezogen, nachdem es der alte Gilbert Rodier auf geheimnisvolle Weise irgendwie geschafft hatte, den winzigen Felsen vor der Insel zu pachten und mit ihr den Leuchtturm, um ihr beides in seinem Testament zu hinterlassen. Nun, Grandpa Gilbert war natürlich ein echtes Jerseyer Gewächs gewesen, über Generationen auf der Insel verwurzelt, geachtet und in seiner Schrulligkeit durchaus beliebt. Das kam auch Mary zugute, von der er immer behauptet hatte, sie vereine »das Beste zweier Welten« in sich: der stolzesten schottischen Insel und der schönsten

Insel der Welt. Womit er Jersey meinte. Und Mary konnte ihn verstehen. Sie wünschte nur, er hätte sich überwinden können, einmal nach Skye zu kommen, sie dort zu besuchen, wo sie aufgewachsen und wohin sie nach einigen Jahren der Wanderschaft zurückgekehrt war, um in einem bezaubernden Hotel ihren Traumberuf zu ergreifen, dem 24 Charming Street, dem kleinsten Grandhotel der Welt. Seine Weigerung, die Heimatinsel zu verlassen, hatte dazu geführt, dass sie sich in den letzten Jahren vor seinem Tod nicht mehr gesehen hatten, was Mary rückblickend unendlich bedauerte. Denn sie hatte Grandpa Gilbert geliebt. Die Sommer auf seinem Leuchtturm hatten zu den schönsten Zeiten ihres Lebens gehört!

Als sie von seinem Tod erfuhr, war sie so erschüttert gewesen, dass sie tagelang nicht hatte sprechen können. Als sie von der Erbschaft erfuhr, war es ihr ähnlich gegangen. Aus Scham und Dankbarkeit. La Corbière zu besitzen, das hatte sie nicht verdient. Niemand hatte das verdient! Niemand außer Grandpa Gilbert, dessen Foto sie stolz hinter der Empfangstheke aufgehängt hatte, sodass der alte Leuchtturmwärter jeden Gast mit einem gütigen Blick aus seinen neugierigen Augen begrüßte.

Mary, die in Schottland nach ihrem zweiten Vornamen Euna genannt wurde, hier aber seit jeher nach ihrer früh verstorbenen Mutter, hatte im ersten Augenblick gewusst, was sie mit diesem – unverdienten – Erbe anfangen würde: Sie würde ihr eigenes Hotel gründen, ein Leuchtturmhotel. Davon hatte sie schon als Kind geträumt, wenn sie mit ihrer Ferienfreundin Lilly aus dem nahe gelegenen La Moye ganz nach oben gestiegen war in die Laterne, wo die riesigen Spiegellampen standen, die auch heute noch täglich mit Einbruch der Dämmerung begannen, den Schiffen auf dem Ärmelkanal den Weg zu leuchten. Ein Pachtvertrag, der eine Laufzeit von fast zehn Jahren hatte, bedeutete genügend Sicherheit, um das Wagnis einzugehen, ein Hotel zu eröffnen.

Gewiss, es ließen sich in einem solchen Gebäude nicht mehr als drei vermietbare Zimmer einrichten. Selbst das war schon eine Herausforderung, weil das kleine Nebengebäude als Empfang und Frühstücksraum bei schlechtem Wetter dienen musste. Die Kombüse war unter der Laterne eingerichtet und ihr besonders wichtig! Denn Mary wusste von ihrer Arbeit im 24 Charming Street, wie wertvoll eine gute Versorgung der Gäste für deren Wohlbefinden war. Selbst ein Spiegelei konnte den Unterschied zwischen einem gewöhnlichen und einem besonderen Aufenthalt ausmachen, wenn es nur perfekt zubereitet war und zur rechten Zeit angeboten wurde. Mary hatte deshalb keine Mühen gescheut, jeden Quadratzentimeter der Kombüse zu nutzen. Sie hatte Material und Zutaten hinaufgeschafft, bis ihr jeder einzelne Knochen wehtat. Sie hatte Kochbücher studiert, auch und gerade hiesige, um eine Inselküche anbieten zu können. Sie hatte sich von Georges Lapierre beraten lassen, dem Koch des L'Escargot von der Inselhauptstadt St. Helier, der, nebenbei bemerkt, ohne jeden Zweifel der sympathischste Koch von Jersey, wenn nicht gar des Universums war. Sie hatte geputzt, bis die Haut an ihren Händen wund war. Am Abend hatte sie es manchmal kaum bis in ihr Bett geschafft, das in den ersten Wochen nur aus einer Matratze neben der Tür der Kombüse bestanden hatte, bis sie schließlich doch ins Kartenzimmer gezogen war, von dem sie sich jetzt nicht mehr vorstellen mochte, es irgendwann wieder verlassen zu müssen. Und am Morgen war sie oft nur aus den Federn gekommen, weil Darcy, ihr Kater, ihr mit unmissverständlichem Gejammer zu verstehen gegeben hatte, dass er sein Schälchen Milch auf der Fensterbank vermisste.

Fünf Monate lang hatte sie wie eine Verrückte gearbeitet. Was sie selbst hatte durchführen können, hatte sie selbst durchgeführt, um Kosten zu sparen. Das war dringend nötig. Denn ihr Erspartes war übersichtlich, und außer dem Pachtvertrag für den Leuchtturm hatte Grandpa Gilbert ihr nicht viel hinterlassen können. Und dann, nach drei Monaten, hatte sie es endlich gewagt und ihr kleines Hideaway zum ersten Mal auf dem Hotelportal der Insel angeboten. Dass noch in derselben Stunde die erste Buchung hereingekommen war, hatte sie erst am nächsten Tag erfahren. Denn mit einer so schnellen Anfrage hatte sie schlicht nicht gerechnet. Plummer. Henry. Aus Birmingham. Nur eine Person. Für sieben Tage. Ein guter Anfang. Ein einzelner Gast war ja gewissermaßen das perfekte Versuchskaninchen. Eine Person gut zu versorgen, war bekanntlich nur halb so aufwendig wie ein Pärchen.

Es wäre gelogen, zu behaupten, sie hätte nicht eine gewisse Enttäuschung darüber empfunden, dass es zunächst bei dieser einen Reservierungsanfrage blieb. Umso entschlossener war sie allerdings, diesen Aufenthalt für Mr Plummer zu einem unvergesslichen Erlebnis zu machen.

Dass es ein unvergessliches Erlebnis für sie werden würde, damit hatte sie wiederum nicht gerechnet. Nicht auf die Weise, auf die es hereinbrechen würde.

Constance Fairway kam täglich mit dem Fahrrad nach La Corbière. Ihr gehörte einer der wenigen noch landwirtschaftlich genutzten Höfe der näheren Umgebung, und sie versorgte Mary mit frischer Milch und Eiern, die oft noch warm waren, wenn sie sie ihr brachte. Den Frühling über, als Mary alleine auf dem Leuchtturm gelebt hatte, war sie öfter auf eine Tasse Tee und ein Spiegelei geblieben, manchmal auch auf einen Muffin (sie selbst galt als die beste Muffinbäckerin weit und breit, hätte aber jederzeit dasselbe von Mary behauptet), und gab den neuesten Inselklatsch zum Besten. Es war Mary wichtig zu erfahren, was die Menschen auf ihrer neuen Insel beschäftigte. Sie kannte das Phänomen von Skye: Wenn man dazugehören wollte, musste man wissen, was die Einwohner dachten, worüber sie sprachen und welche Themen die Gemüter bewegten. Aktuell war das vor allem die Ehe der Murphys. Rupert Murphy war ein neureicher, aber auch einflussreicher Immobilienspekulant, der sich in den letzten Jahren etliche Filetstücke von Jersey und Guernsey unter den Nagel gerissen hatte und inzwischen womöglich nach dem König der größte Grundbesitzer hier geworden war. »Er soll angeblich auch noch einige der Bunker gekauft haben«, wusste Constance zu berichten. »Um sie zu Clubs auszubauen.«

»Clubs?«

»Musikclubs. Die Nachbarn sind natürlich entsetzt. Wenn das durchgeht, wird es auf der Insel keine ruhigen Nächte mehr geben.«

Mary winkte ab. »Du übertreibst, meine Liebe«, sagte sie und goss der Freundin noch einmal Tee nach. »Die Bunker liegen doch alle ziemlich einsam, und sie sind schrecklich eng.«

Für die meisten galt das natürlich. Schließlich handelte es sich um Befestigungsanlagen der Deutschen aus dem Zweiten Weltkrieg, die verschiedene Strandabschnitte »sichern« sollten. Sogar auf dem schmalen Felsgrat zwischen La Corbière und der Insel gab es welche. Nun, vielleicht würden ja die meterdicken Mauern dafür sorgen, dass sich die Lärmbelästigung für die näher gelegenen Ortschaften und Farmen in Grenzen hielt. Jedenfalls schien das Thema langsam wieder aus der allgemeinen Aufmerksamkeit zu schwinden.

»Hi, Constance!«, rief Mary, als sie die Freundin die Treppe vom kleinen Gästeparkplatz zum Empfang heraufkommen sah.

Die antwortete mit einem Winken und blieb Augenblicke später vor ihr stehen, das Gesicht rot vom Strampeln. »Guten Morgen, Mary«, erwiderte sie etwas außer Atem. »Ich bin hoffentlich rechtzeitig?« Ihr war klar, dass es jetzt, da der erste Gast auf dem Leuchtturm eingecheckt hatte, eminent wichtig war, die Lieferung so frühzeitig zu erledigen, dass Mary noch imstande war, ein perfektes Frühstück zu zaubern, ehe Mr Plummer sich auf der kleinen Terrasse einfand.

Was an diesem Tag allerdings nicht gelang. Denn kaum hatte Mary voller Erleichterung den Korb entgegengenommen und die wahrhaft prächtigen Eier bewundert, hörte sie hinter sich die Stimme des Gastes: »Sie hatten recht, Miss! Man schläft in diesem seltsamen Bett wie ein Toter. Und das trotz des Lärms.«

»Des Lärms?«, fragte Mary etwas ratlos.

»Na hören Sie mal, das Meer macht schon ziemlichen Krach. Als würde man auf einer Baustelle schlafen.«

Den Vergleich fand die junge Hotelbesitzerin zwar nicht sonderlich schmeichelhaft. Aber sie war froh, dass Mr Plummer ihr in der Sache mit dem Kahn immerhin zugestimmt hatte.

»Ich freue mich, dass Sie so gut geschlafen haben«, erwiderte sie also. »Und ein kräftiges Inselfrühstück wird Ihre Lebensgeister wecken!« Wenn sie nur nicht so spät dran gewesen wäre. »Die Einheimischen schwören ja darauf, zuerst einen kleinen Spaziergang zu machen und dann ihr erstes Mahl des Tages einzunehmen«, schwindelte sie, um sich nicht die Blöße zu geben.

»Ist das so? Nun, dann werde ich mich mal an diesen Brauch halten und mir noch ein wenig die Füße vertreten.«

»Selbstverständlich, Sir«, sagte Mary und hoffte, er würde ihr die Erleichterung nicht anhören. »Darf ich fragen, ob Sie Tee oder Kaffee bevorzugen? Scrambled Eggs oder Omelette? Speck oder …«

Doch Mr Plummer zuckte nur die Schultern. »Servieren Sie mir einfach das, was Sie am besten machen«, bestimmte er. Dann wandte er sich ab, bedachte Constance mit einem

knappen Nicken und schritt mit seinen zweifellos handgenähten Schuhen aus, die zwar keine Wanderschuhe sein
mochten, aber robust und trittsicher wirkten, um den Weg
hinunter zum alten Wärterhaus und den umliegenden Cottages zu nehmen.

»Er wird in drei Minuten zurück sein, wenn er feststellt,
dass drüben nichts ist«, stellte Constance amüsiert fest und
schüttelte ihre dichten schwarzen Locken.

»Du hättest um sieben hier sein sollen«, gab Mary zaghaft zu bedenken. Sie wusste, dass Constance nicht gerade
wenig Arbeit hatte. Aber gerade an diesem Morgen wäre es
so entscheidend gewesen, dass alles wie am Schnürchen
klappte …

»Sorry. Ich hoffe, ich bin ab morgen pünktlich.« Constance wirkte ehrlich zerknirscht, weshalb Mary lachen
musste.

»Dann beeile ich mich mal, damit mein Gast in drei Minuten das Inselfrühstück deluxe auf dem Tisch vorfindet.«

»Viel Erfolg!«

»Danke!« Mary winkte ihr hinterher, als die Freundin
auf den Dammweg fuhr. Sie war so froh, dass sie Constance hatte. Sie und Lilly, die einen Juwelier in St. Helier
geheiratet hatte. Und natürlich Susan, die Betreiberin eines
vorzüglichen Cafés im nahe gelegenen St. Brelade's Bay. Zu
viert waren sie ein unschlagbares Team, obwohl sie so
unterschiedlich waren. Vielleicht aber auch gerade deshalb.

Während ihr erster Gast auf der Terrasse das Frühstück einnahm und die *Financial Times* studierte, die sie für ihn zusammen mit dem *Guardian* vom Flughafen hatte bringen lassen, beeilte sich Mary, sein Zimmer zu machen, wobei Darcy ihr neugierig folgte. Wie genau sie eigentlich zu dem Kater gekommen war, hätte sie nicht zu sagen vermocht. Darcy, von geheimnisvollem Schwarz, wenn man die weiße rechte Vorderpfote außer Acht ließ, war eines Tages auf der seeseitigen Terrasse um ihre Beine gestrichen. Offenbar hatte die Flut ihm den Rückweg auf die Insel abgeschnitten. Und dass Mary ihr Lachsbrötchen mit ihm zu teilen bereit gewesen war, hatte ihn dann offenbar zum Bleiben bewogen. Wobei es durchaus Phasen gab, in denen Darcy für ein paar Nächte verschwand. Wohin, würde wohl sein Geheimnis bleiben. »Geh lieber raus«, sagte Mary und schob ihn sanft zur Tür. »Wir wissen nicht, ob Mr Plummer womöglich eine Katzenhaarallergie hat.« Als sie die Tür vor ihm schloss, gab der Kater einen missmutigen Laut von sich, ehe er mit aller ihm eigenen Eleganz das Weite suchte.

Mr Plummer, das musste man ihm zugestehen, war offenbar ein äußerst korrekter Mann: Seine Toilettenutensilien standen in Reih und Glied auf dem kleinen Brettchen über dem Waschbecken: Zahnpasta, elektrische Zahnbürste, Zahnseide, Shampoo, Haargel, Aftershave. Der Rasierapparat hing zum Laden an der Steckdose, das Handtuch so penibel gefaltet über dem Halter, als hätte er es gar nicht benutzt. Das Bett war zwar natürlich nicht gemacht, aber er hatte immerhin die Decke zurechtgezogen. Auf dem winzigen Nachttisch lag ein Buch (*Survival Guide für den Investor*), darauf eine zusammengefaltete Lesebrille, daneben ein Bleistift, alles akkurat im rechten Winkel. Mr Plummers Samthausschuhe standen unter dem Fenster, so exakt nebeneinander, dass Mary lächeln musste: Als hätte er sich eben hinausgestürzt, aber vorher noch Ordnung gemacht, dachte sie und erschrak ein kleines bisschen über sich selbst.

Eilig machte sie das Bett, faltete den edlen Seidenpyjama ihres Gastes sorgfältig unters Kopfkissen, wischte überall den nicht vorhandenen Staub (vorsorglich; man konnte ja nie wissen), prüfte die Minibar, die im Nachtkästchen versteckt war (noch alles da; ebenso der Whisky, den sie sich aus ihrer schottischen Heimat hatte liefern lassen), und warf anschließend einen Blick in die Runde: So hätte sie den Sailor's Room auch fotografieren und auf einem Reiseportal online stellen können. Mit den schicken französischen Koffern von Mr Plummer, dem gleichermaßen bewohnten und aufgeräumten Look und den Sonnenstrahlen, die durchs östliche Fenster direkt auf das einladende Bett zielten. Mary seufzte. La Corbière war einfach der schönste Ort der Welt. Immer gewesen. Und er würde es immer bleiben. Jedenfalls, solange sie sich um ihn kümmerte.

Auch Mr Plummer schien die Atmosphäre dieses schroffen Felsens im Atlantik zu genießen. Als sie wieder auf die Terrasse trat, blickte er gerade hinaus aufs Meer, und der Wind zauste ein wenig in seinem Haar, das an den Seiten militärisch kurz geschoren, oben aber beinahe dandyhaft lang war.

»Darf ich Ihnen noch etwas Tee nachschenken, Sir?«, fragte Mary.

»Mariage Frères?«, fragte er.

»Dammann, Sir.«

Mr Plummer musterte die junge Hotelbesitzerin mit feinem Lächeln. »Ich dachte mir, dass es ein französisches Haus sein muss.«

»Sie haben einen sehr feinen Gaumen, Sir.«

»Beim Tee ist es wohl eher die Nase«, erwiderte er. »Aber ja, das habe ich. Weshalb ich Ihnen zu den Eiern gratulieren darf. Oder vielmehr den Hühnern zu ihrem wilden Leben hier auf der Insel.«

»Pardon?«

»Na ja, offensichtlich bekommen sie einiges an Kräutern zu fressen. Das heißt, dass sie freilaufend sind. Die beste Art, ein Huhn zu halten. Für das Tier – und für die Küche.«

Mary lachte. »Da habe ich offensichtlich einen Feinschmecker als ersten Gast! Umso zufriedener bin ich, wenn Sie zufrieden sind.«

Er wiegte den Kopf, als wollte er sagen: Man wird sehen. Mary jedenfalls fasste es so auf und beschloss, auf der Hut zu sein. Dieser Mann war anspruchsvoll. Gut möglich, dass er seine Kritik ebenso unverblümt zum Ausdruck brachte wie sein Lob. Und falls er das öffentlich tat, würde es ihr schaden. Denn das war ja leider der Fluch dieser Zeiten: Wer immer sich in einem Hotel oder Restaurant, in einem

Café oder einer Bar nicht perfekt bedient und verköstigt fühlte, veröffentlichte das auf allen möglichen Kanälen, auf denen es Millionen andere Menschen sahen, die dann von einem einzigen misslungenen Frühstücksei oder einem einzigen übersehenen Haar im Waschbecken auf das ganze Haus schlossen und es für völlig inakzeptabel hielten. Bei einem Bed & Breakfast mochte das überschaubare Konsequenzen haben, weil die Gäste nicht viel erwarteten, außer dass es billig war. Aber bei einem Hotel wie dem Corbière Lighthouse Hideaway war das etwas anderes: Mary hatte lange darüber nachgedacht. Sie hätte kein Problem damit gehabt, eine schnuckelige, sehr familiäre Pension aus dem Leuchtturm zu machen, etwas, wo man keine großen Ansprüche stellte, sondern dankbar war für frische Laken und eine Teekanne im Erdgeschoss, aus der man sich Tag und Nacht bedienen konnte, wenn es nur für kleines Geld war.

Aber genau das hatte dann den Ausschlag gegeben. Denn wie auch immer sie kalkulierte: Die Rechnung, dass dieses Leuchtturmhotel sich tragen könnte, ging nur auf, wenn die Zimmerpreise sich nach oben orientierten. Deutlich nach oben. Gewiss konnte sie hier nicht so viel nehmen, wie man es im 24 Charming Street tat, dem Haus auf der Isle of Skye, in dem sie ihr Handwerk von der Pike auf gelernt hatte. Aber unter einem gewissen Preisniveau ging es bei drei vermietbaren Zimmern einfach nicht. Und das hieß, sie musste den Service eines Luxushotels bieten, wie klein auch immer ihr Hideaway war!

»Milch?«

Mr Plummer nickte. Sie schenkte nach.

Die vielleicht interessanteste Erkenntnis war für Mary, dass gerade das, was eine kleine Pension gut machte, auch der Kern dessen war, was die Gäste von einem Luxushotel erwarteten: die individuelle Betreuung, das Persönliche. Gerade ein Haus der Spitzenklasse punktete letztlich vor allem damit, dass es seinen Kunden eine familiäre Atmosphäre bot – und das konnte Mary auf jeden Fall bieten! Schließlich wohnte sie ja sogar selbst in La Corbière.

»Vielleicht noch ein Croissant?«

»Danke. Ich habe Pläne. Sie könnten mir ein kleines Lunchpaket machen.«

»Mit dem größten Vergnügen. Ein wenig Schinken? Etwas Käse? Wir haben vorzüglichen Cheddar, wenn Sie mögen. Haben Sie vor zu wandern, Sir, wenn ich fragen darf?«

»Ganz richtig. Ich beabsichtige, Vögel zu beobachten.«

»O, da werden Sie hier sicherlich viel Freude haben. Jersey ist ein Vogelparadies«, wusste Mary zu berichten.

Mr Plummer allerdings quittierte ihre Feststellung nur mit einem sehr knappen Lächeln, das – so erfahren war die junge Hotelière im Umgang mit Gästen – besagte, dass er jetzt allein gelassen werden wollte. Also beeilte sie sich, wieder hineinzugehen.

Sie war gerade dabei, das Geschirr, das sie mitgenommen hatte, abzuspülen, als sie Matt entdeckte, der mit seinem Motorrad vom Festland herüberkam. Endlich. Wenigstens an diesem Tag, dem ersten mit einem Gast auf dem Leuchtturm, hätte er pünktlich sein können. Doch Pünktlichkeit war etwas, wozu der Junge offenbar schlicht nicht fähig war. Etwas, das Mary ihm an seinem vorherigen Arbeitsplatz nicht hatte ansehen können. Dort hatte er auf sie gewirkt wie das Idealbild eines engagierten Mitarbeiters. In Wirklichkeit war er ein liebenswürdiger, aber eindeutig zu lässiger Angestellter, dem man nur leider nicht böse sein konnte. Mary hatte Matt vom ersten Augenblick an gemocht. Sein wacher Blick, sein schüchternes Grinsen, seine etwas linkische Art ... Und *wenn* er etwas anpackte, dann machte er seine Sache gut. Außerdem sah er in der Uniform, die ihm Mary aus einem dunkelblauen Standardanzug von Selfridges »geschneidert« hatte (sie hatte einen kleinen Leuchtturm auf Revers gestickt und goldene Epauletten auf die Schultern genäht), einfach hinreißend aus.

»Morgen, Mary«, grüßte er, als er den Kopf zur Tür hereinsteckte. Er war so hochgewachsen, dass er ihn einziehen musste, um sich nicht anzustoßen.

»Hm. Hast du mal auf die Uhr gesehen?«

»Wieso? Ist sie kaputt?« Matt grinste, während er nach einer Kirsche vom Obstkorb griff, den Mary vorhin arrangiert hatte, um ihn am Empfang für »die Gäste« hinzustellen. Und einmal mehr fragte sie sich, ob er tatsächlich schüchtern war oder doch letztlich nur unverschämt.

»Man kann sie auch anschauen, um die Zeit abzulesen.«

»Ach«, sagte Matt. »Zeit ist etwas Relatives.«

Klar, dachte Mary. In der Physik. Aber wenn man ein Hotel führte, und sei es das kleinste der Welt, war Zeit vor allem etwas Kostbares. Und kein bisschen relativ.

2

Nachdem Mr Plummer die Terrasse verlassen hatte, räumte Matt den Frühstückstisch ab und stellte alles ein wenig um. Denn die Sonne wanderte schnell, und der Wind würde im Laufe des Tages drehen. Die Gäste aber sollten zu jeder Zeit angenehm im Windschatten des Leuchtturms sitzen und idealerweise ein wenig Sonne genießen können. Schatten wiederum spendeten, wenn gewünscht, zwei schicke Schirme, die Mary sich von Whitebottom & Company hatte liefern lassen (und die viel zu teuer gewesen wären, hätte Mr Whitebottom nicht zu den langjährigen Gästen des 24 Charming Street gehört, wo er eine gewisse Sympathie zu der tüchtigen und liebenswürdigen jungen Frau aus Schottland gefasst hatte).

Fürs Erste hätte Mary die anfallenden Arbeiten ohne Weiteres noch alleine erledigen können. Doch sobald mehr Gäste eintrafen, würde es nicht mehr ausreichen, persönlich für deren Wohl da zu sein. Ein Hotel musste gut geführt und für alle Eventualitäten gewappnet sein, das wusste niemand so gut wie Mary, die schließlich im ihrer Meinung nach besten Grandhotel der Welt gelernt hatte (wenn auch im kleinsten). Wünschten nur zwei Gäste einen Service, der ihren Einsatz zur gleichen Zeit erforderte, würde sie mindestens einen von ihnen enttäuschen müssen, und sei es, indem sie ihn nur vertröstete. Das wollte sie auf jeden Fall vermeiden. Nein, auch ein Hotel mit nur drei Zimmern brauchte wenigstens zwei Mitarbeiter. Matt also war die Nummer zwei.

Während er draußen alles zurechtrückte, beobachtete Mary ihren jugendlichen Angestellten mit Wohlwollen. Ob er wusste, dass er ein hübscher junger Mann war? Die Mädchen würden ihm sicher hinterherlaufen, wenn er es nur darauf anlegte. Und mit der Uniform machte er richtig was her, sie verlieh ihm Format! Für Mary selbst war er natürlich viel zu jung, sie entdeckte mit Ende zwanzig eher so etwas wie mütterliche Gefühle, wenn sie ihn betrachtete. Vielleicht erinnerte er sie auch ein wenig an ihren Cousin Roderick, für den sie vor vielen Jahren geschwärmt hatte. Bis sich herausgestellt hatte, dass Roderick seinerseits eher für andere Jungs schwärmte. Überrascht hielt Mary inne und kniff die Augen etwas zusammen. Sollte Matt am Ende auch …?

»Eine Garage haben Sie hier ja nicht«, stellte der Gast fest, als Mary ihm wenig später in der »Halle« begegnete.

»Tut mir leid«, erwiderte sie. »Dafür gibt der Fels nicht den Platz her.«

»Verstehe.« Er wirkte nicht verdrießlich, es war mehr eine Feststellung, allerdings eine mit Ansage: »Dann erwarte ich, dass der Wagen täglich geputzt wird.«

Und er bekam die Antwort, wie die in einem Hotel, das sich zu den besten zählte, üblich war: »Selbstverständlich, Sir. Ich werde dem Wagenmeister gleich Bescheid geben.«

Amüsiert hob Mr Plummer eine Augenbraue. »Dem Wagenmeister?«

»Matt. Er ist für die Fahrzeuge unserer Gäste zuständig.«
Was sie Matt noch würde beibringen müssen. Autowaschen würde vermutlich nicht zu seinen bevorzugten Tätigkeiten gehören. Wobei: einen antiken Citroën zu versorgen … Das mochte für einen jungen Mann, der selbst ein Oldtimer-Motorrad fuhr, womöglich sogar reizvoll sein. Für einige Zeit zumindest. Für solche Tätigkeiten musste sie allerdings unbedingt dafür sorgen, dass Matt auch noch einen Overall auf dem Felsen hatte. Das ließ sich nicht in der Uniform eines Pagen erledigen. »Gibt es sonst etwas, das ich für Sie tun kann?«

»Das Lunchpaket …«

»Kommt sofort, Sir.« Mary hatte ihm mit Sahnemeerrettich bestrichene und üppig mit Schinken, Gurkenscheiben und etwas Petersilie belegte Sandwiches gemacht – ganz nach Grandma Dorit. Sie hatte sie in ein mit hübschem Blumenmuster bedrucktes Wachspapier gewickelt, drei Stück, und sie in eine kleine Strandtasche gepackt, zusammen mit zwei Flaschen Wasser – mit und ohne Sprudel –, einem Apfel, einer Handvoll Kirschen in einer kleinen Blechdose, einem selbst gebackenen Muffin und einem winzigen Fläschchen Lavendellikör von Dan LeBlanc aus St. Clement, außerdem einen kleinen Reiseführer über die Insel. Sie hatte die Tasche schon hinter dem Empfang abgestellt, um sie gleich zur Hand zu haben. »Bitte sehr.«

»Meine Güte!«, rief Mr Plummer. »Das dürfte genügen, um mich für den Rest meines Urlaubs zu verköstigen. Nun denn … Bewahren Sie es noch für mich auf. Ich werde in einer halben Stunde abfahren.«

»Bis dahin ist der Wagen frisch poliert«, versprach Mary. »Aber ...«

»Hm?«

»Berücksichtigen Sie bitte die Gezeiten. Wir werden heute ab etwa 11:30 Uhr für einige Stunden vom Festland abgeschnitten sein. Der Damm liegt bei Flut unter Wasser.« Sie blickte zur Uhr. »In der nächsten Zeit werden Sie noch problemlos aufs Festland kommen. Aber dann müssen Sie bis 17:50 Uhr warten, ehe sie mit dem Wagen wieder auf den Felsen können.«

»Oh.« Das schien dem Gentleman aus Birmingham nicht in seine Pläne zu passen. Etwas verdrießlich blickte er durch die offen stehende Tür nach draußen. »Am späten Nachmittag«, murmelte er. »Nun gut. Was nicht zu ändern ist, ist nicht zu ändern.« Doch seine Stirn zeigte Sorgenfalten.

In der nächsten Zeit ließ der Gast aus Birmingham sich nicht sehen. Er hatte sich in sein Zimmer zurückgezogen und tauchte erst wieder auf, als die Flut schon einsetzte. Ob er am Abend auf dem Felsen zu speisen wünschte? Er machte eine vage Geste, die Mary als Bestätigung deutete. Dann stieg er in sein außergewöhnliches Fahrzeug und verließ La Corbière Richtung La Moye und St. Brelade. Ein angenehmer Gast, fand Mary, die ihm von der Tür aus hinterherblickte. Unaufdringlich, zurückhaltend, respektvoll. Vielleicht ein wenig eitel? Nun, wenn's weiter nichts war ...

Während der Wagen hinter den alten Cottages am anderen Ende des Dammwegs verschwand, schwang Mary sich hastig auf ihr Fahrrad und strampelte ebenfalls über den Dammweg hinüber nach Le Grouet, wo sie frisches Obst bei Lillet's kaufte und noch ein paar Zeitschriften mitnahm. Die fehlten ihrer Meinung nach noch in der »Lobby« (sie hatte extra einen alten Holzeimer dafür auf Vordermann gebracht, sodass er aussah wie die, mit denen in Piratenfilmen die Schiffsdecks geschrubbt wurden; pure Verklärung natürlich).

Auf der Klippe über dem Dammweg stand wie jeden Tag im Sommer der beige Eiswagen, der stolz verkündete: »Jersey Dairy Ice Cream«. Der Betreiber saß auf einem kleinen Klappstuhl neben seinem nostalgischen Vehikel, aus dem heraus er nicht nur Eiskrem, sondern auch Tee und Kaffee und kleine Snacks verkaufte.

»Hallo, Mr Godsby!«, rief Mary ihm fröhlich zu. »Heute nichts los?«

»Heute ist es tatsächlich erstaunlich ruhig«, stellte der hagere Mann mit dem mausgrauen Haar und dem sorgfältig getrimmten Schnurrbart fest. »Möchten Sie eine Tasse Tee mit mir trinken?«

Er lud die junge Leuchtturmbesitzerin gerne ein, und Mary wusste seine Fürsorglichkeit sehr zu schätzen. Mr Godsby war der Mensch, den sie hier am Ort am längsten kannte, seinen Kiosk gab es schon, solange sie sich erinnern konnte. Als kleines Mädchen war sie mit ihrem Großvater an seinem Wagen vorbeispaziert und hatte jedes Mal eine Kugel Eis bekommen.

»Heute nicht, Mr Godsby«, lehnte sie mit ihrem herzlichsten Lächeln ab. »Ich muss mich beeilen!«

»Sie haben recht, es könnte knapp werden.« Er blinzelte ihr gutmütig zu.

Manchmal hatte Mary das Gefühl, als hätte Grandpa Gilbert ihm den Auftrag gegeben, auf seine Enkeltochter zu achten, wenn er selbst nicht mehr da wäre. Dankbar zwinkerte Mary zurück und schob ihr Fahrrad weiter in Richtung der Cottages, die den Anfang des eigentlichen Dammwegs markierten. In einem davon, der Nummer 1, hatte Gilbert Rodier einst mit seiner Familie gelebt, damals, als er noch Frau und Tochter gehabt hatte – Marys Mutter. Vielleicht war es der tragische Verlust zuerst seiner geliebten Dorit gewesen und später dann von Marys Mom Kate, die ihn Mary wie seinen Augapfel hatte hüten lassen.

Ehe sie den gemauerten Damm wieder betrat, hielt sie – wie jedes Mal – inne und staunte: War man auf der Leuchtturminsel, war es dort schön, sehr schön sogar. Aber noch schöner war der Anblick, den der Felsen selbst bot. Stolz erhob sich La Corbière aus der See, elegant und mutig über den Fluten thronend, inmitten schroffen roten Granitgesteins, dieses überragend und sich doch hineinfügend, als wäre das Bauwerk aus der See geboren worden, als wäre es die leuchtende Blüte einer mächtigen Wasserpflanze. Von Land aus gesehen linker Hand gab es noch ein Gebäude, in dem die elektrischen Anlagen untergebracht waren, aus denen sich die Kraft der gewaltigen Leuchtturmlampen speiste. Ein weiterer kleiner Zweckbau war für die Seenotrettung gedacht, wurde aber seit Langem nicht mehr benutzt. Mary hätte ihn gerne ebenfalls bewirtschaftet, doch dagegen hatte sich die örtliche Verwaltung mit überraschender Vehemenz ausgesprochen, dies sei nicht Teil des Pachtvertrags und käme nicht in Betracht.

Der Leuchtturm selbst war der erste in Großbritannien ganz aus Beton errichtete. Seit genau einhundertfünfzig Jahren stand er nun hier und trotzte den Gezeiten und dem Wetter. Kein Sturm, kein Orkan hatte ihn je in Bedrängnis gebracht. Doch manches Unglück war zu seinen Fundamenten geschehen. Noch in den Neunzigerjahren war eine Fähre auf dem Weg zur Nachbarinsel Sark vor La Corbière gekentert. Zum Glück war niemand ums Leben gekommen. Aber es musste dramatisch gewesen sein. Ihr Großvater hatte Mary oft davon erzählt. Er selbst war in jenen aufwühlenden Stunden mit hinausgefahren, als die Inselbewohner Boot um Boot aufs Wasser gelassen hatten, um die Sinkenden zu retten. »Weißt du, Euna«, hatte er immer wieder zu ihr gesagt, »der große Victor Hugo hat den Felsen ›den Hirten der Wellen‹ genannt. Und seit diesem Unglück weiß ich, was er wirklich damit gemeint hat.«

»Was hat er denn gemeint, Grandpa?«

»Dass wir auf alle aufpassen müssen, die da draußen auf See sind, Euna. Und dass wir jedes verlorene Schäfchen suchen und finden und nach Hause bringen müssen.«

Nach Hause. Ja. Der Turm war ihr Zuhause geworden. Sie liebte ihn, auch wenn das Leben auf La Corbière jeden Tag eine Herausforderung war, und wenn es Einsamkeit bedeutete. Aber Einsamkeit machte ihr nichts aus. Im

Gegenteil: Sie liebte sie. Schließlich war sie ein Inselkind – und die Isle of Skye, von der sie stammte, war weit einsamer als jede der Kanalinseln. Außerdem konnte sie sich ungestört dem Lesen hingeben, wenn sie niemanden um sich hatte …

»Ist der bewohnt?«, fragte eine Frau, die sich neben Mary gestellt hatte, mit Blick auf den Leuchtturm.

»Ja«, erwiderte die knapp. »Ist er.«

»Aber man darf rüber, oder?«

Mary schenkte der Unbekannten, die ihr tiefdunkles Haar mit einem eleganten breiten Sonnenhut schützte und eine ziemlich mondäne Sonnenbrille trug, ein Lächeln. »Darf man.« Sie lachte. Es war reiner Zufall, dass ausnahmsweise niemand auf dem Dammweg war. Sonst pilgerten die Touristen scharenweise hierher, liefen hinüber bis zum Tor, das den Turm schützte, auf dem schmiedeeiserne Lettern verkündeten: *1874. La Corbière.* Vor allem aber machte ein Schild klar: *No unauthorised persons beyond this point – Unbefugte Personen dürfen diesen Punkt nicht überschreiten.* Und sie war heilfroh um diese klare Botschaft. Denn sonst hätte sie zweifellos keine ruhige Minute mehr auf ihrem Leuchtturm gehabt.

»Na dann …«, erwiderte die Frau und wollte sich schon in Bewegung setzen. In diesem Moment ertönte die Sirene.

»Nur jetzt nicht mehr«, sagte Mary rasch.

»Bitte?«

»Die Sirene. Sie warnt vor der Flut. Ab jetzt darf niemand mehr rüber. Und alle, die von drüben aufs Festland wollen, müssen spätestens jetzt los.« Tatsächlich schwappten die Wellen auch schon über die Ränder des gemauerten Wegs.

»Ach …« Sie war eine schöne Frau, vielleicht Mitte, Ende dreißig, das ließ sich nicht genau sagen. Aber mit einer schlanken Figur, die von dem mit einem Gürtel zusammengebundenen leichten Sommermantel unterstrichen wurde.

»Tja, dann … ich muss«, sagte Mary und trat auf den Damm.

»Hallo?«, sagte die Frau. »Ich denke, man darf nicht mehr rüber?«

»Oh. Ich schon. Ich wohne dort«, entgegnete Mary lachend und winkte ihr zu. Dann beeilte sie sich, über den Damm zu laufen. Das Fahrrad schob sie jetzt lieber, weil das Wasser bereits an manchen Stellen über den Beton leckte, wodurch der Weg rutschig wurde.

Vom Felsen kamen ihr ein paar Wanderer entgegen, die erschrocken dreinblickten und offensichtlich Sorge hatten, sie könnten es womöglich nicht mehr trockenen Fußes aufs Festland schaffen.

»Keine Angst!«, rief Mary ihnen zu. »Es dauert zwanzig Minuten, bis der Damm überflutet ist.« Und sie würden spätestens in fünf Minuten drüben sein.

»Ahoi!«, rief einer der Wanderer launig, auch wenn er etwas gestresst aussah. »Tolles Erlebnis.« Er zeigte mit seinem Wanderstock auf den Turm. »Selten so was Schönes gesehen.«

»Da sagen Sie was«, erwiderte Mary und spürte, wie der Stolz ihr Herz beschleunigte. Ja, so ging es ihr auch. Immer wieder. Jeden Tag. Sie war wirklich vom Glück gesegnet, diesen wundervollen Ort erobert zu haben. Und sie würde ihn nicht wieder loslassen, komme, was wolle.

Mit dem Zettel konnte Mary zunächst nichts anfangen. *Die Beule war ich nicht*, stand in Matts einzigartiger Handschrift auf einem Blatt Papier, das hinter der Empfangstheke lag, kaum zu entziffern, aber irgendwie rührend. Obwohl: Mary wollte lieber nicht wissen, was ein Psychologe aus dieser keilschriftartigen Linienführung herausgelesen hätte. Sie würde ihn am Abend fragen müssen, was er meinte, wenn er bei Einsetzen der Ebbe noch einmal auf den Felsen kam. Bis dahin war sie alleine, und da kein Gast im Hause war, hatte sie den Leuchtturm und die Terrasse für sich – und vor allem ein paar Stunden Zeit, ein gutes Buch in die Hand zu nehmen. Nun, ein sehr besonderes gutes Buch ...

Eine Melodie summend, stieg sie hinauf in die Kombüse und machte sich rasch einen Tee: eine Kanne von dem kenianischen, den sie so liebte. Dazu zwei Stücke Shortbread und einen Klecks Sanddornmarmelade von Susan aus St. Brelade's Bay, der Betreiberin jenes liebenswerten Cafés an der Strandpromenade, wo man nicht nur als Touristin den Blick auf das muntere Treiben an diesem schönsten Küstenabschnitt der ganzen Insel genießen konnte. Susans Caféterie bot auch dem erfahrenen und skeptischen Gaumen der Einheimischen feinstes Gebäck, vorzügliche, herzhafte Häppchen und natürlich einen Kaffee, der zu den besten auf Jersey zählte. Wann immer Mary einen Abstecher zu ihrer Freundin machen konnte, bestellte sie ihn, und genoss es, einmal nicht die Gastgeberin zu sein, sondern selbst vorzüglich verwöhnt zu werden. Darcy, der jeden ihrer Handgriffe von seinem Lieblingsplatz am Fenster aus beobachtete, stellte sie ein Schälchen Milch hin und überließ dem Kater ein paar Krümel von ihren Keksen.

Dann schnappte sie sich das alte Notizbuch von Grandpa Gilbert, einen wahrhaft opulenten Folianten, sowie einen kleinen Block und einen Bleistift, den sie noch ein wenig mit einem der Gemüsemesser anspitzte, ehe sie alles auf ein Tablett packte und wieder nach unten lief, um es sich auf der Terrasse gemütlich zu machen. Die Sonne stand inzwischen auf Nordnordwest, der Tisch auf Südwest. Den Schirm brauchte sie gar nicht, weil sie schon in wenigen Minuten im Schatten des Turms sitzen würde. Gott, sie liebte diese Aussicht! Vor allem an solchen Tagen, die zwar sonnig waren, aber an denen ein kräftiger Wind wehte, sodass die See ein wenig aufgewühlt war und die Wellen weiße Schaumkronen trugen, so weit man blicken konnte.

Nachdem sie sich eine Tasse Tee eingeschenkt und mit geschlossenen Augen den ersten Schluck getrunken hatte, schlug sie das Notizbuch auf, um endlich weiterzulesen. Denn dies war der Roman, den sie kürzlich entdeckt hatte. *Kleine dunkle Geheimnisse.* Von Gilbert Rodier. Sie hatte dieses Werk ihres Großvaters gefunden, als sie den Turm entrümpelte. Dass der alte Leuchtturmwärter offenbar ein leidenschaftlicher Autor gewesen war, hatte Mary nur im ersten Moment überrascht. Doch tatsächlich hatte er oft Gedichte für sie rezitiert, manchmal hatte er über den großen Victor Hugo gesprochen, der auf der Nachbarinsel Guernsey gelebt hatte. Nein, das war schon durchaus nachvollziehbar, wenn man sich erst einmal mit dem Gedanken angefreundet hatte, dass ein Mensch, der sein ganzes Leben auf einer kleinen Insel zugebracht und nie etwas anderes getan hatte, als über den Leuchtturm und dessen Lichter zu wachen, Interesse an Literatur haben konnte. Vielleicht war es sogar gerade diese Abgeschiedenheit und dieser Mangel an Möglichkeiten, der mit dem Gebundensein an einen solchen Ort zu tun hatte, die aus Sehnsucht und Fernweh Leselust hatten werden lassen – und die Lust, sich in eigenen Geschichten zu verlieren.

Zu Marys großer Enttäuschung hatte Grandpa Gilbert den Roman – eigentlich war es ein Krimi – jedoch nicht vollendet. Ob sein Tod dazwischengekommen war? Ob er die Lust verloren hatte oder ihm die Fantasie ausgegangen war? Letzteres wohl eher nicht. Denn Seite um Seite staunte Mary über die unerwarteten Wendungen, die überraschenden Details und vor allem über die Skurrilität der Figuren, allen voran des (durchaus fragwürdigen) Hauptcharakters, der zwar ein wenig zu sehr Frauenheld war, aber eben auch ein großer Frauenversteher. Im Grunde drehte sich bei ihm alles um Frauen. Oder vielmehr: um die Liebe, die große Liebe, die er seit jeher vergebens suchte. Grandpa Gilbert ließ seinen Helden, einen mit allen Wassern gewaschenen Privatdetektiv, in einer Schmuggelaffäre ermitteln, in der es munter von Insel zu Insel ging: Jersey, Guernsey, Alderney, Sark … Und von Bett zu Bett. Natürlich immer diskret und äußerst gentlemanlike.

Mary seufzte. Einen eigenen Helden zu erfinden, das hatte sie sich immer gewünscht. Denn sie liebte Krimis und hätte gern selber einen geschrieben. Und dann, auf einmal, hatte sie dieses Notizbuch gefunden, im Kartenraum, mit der so aus der Zeit gefallenen Handschrift ihres Großvaters, die Buchstaben eng gedrängt. Viele Zeilen hatte er gefüllt und in diesen Zeilen genau den Helden entworfen, den sie selbst erfunden hätte – wenn sie es sich jemals zugetraut hätte. Aber da war er nun, nicht zu Ende erzählt und sie deshalb einladend, sich ihren Traum endlich zu erfüllen. Und vielleicht würde sie das eines Tages auch tun. Jedenfalls war sie jetzt neugierig zu lesen, bis zu welchem Punkt ihr Großvater in seiner Geschichte gelangt war.

Nur dass sie dazu nicht kam, weil es immer etwas Dringenderes gab, zum Beispiel das Telefon, das sie in diesem Moment ins Haus rief.

»The Corbière Hideaway, Mary am Apparat«, meldete sie sich, als gäbe es Dutzende andere Möglichkeiten, wer wohl abgehoben haben mochte.

»Ja, UPS hier. Wir haben eine Lieferung an Mr Henry Plummer. Als Adresse ist Ihr Hotel angegeben. Und der Leuchtturm. Sollen wir jetzt ins Hotel liefern oder in den Leuchtturm?«

»Beides!«, antwortete Mary, durchaus ein bisschen selbstbewusst. »Der Leuchtturm ist das Hotel.«

»Ah«, sagte der Anrufer, offenbar bemüht, sich einen Reim auf diese Auskunft zu machen. »Und Mr Plummer ...«

»Mr Plummer ist hier zu Gast«, bestätigte Mary.

»Und können Sie mir auch verraten, wie ich das Päckchen zustellen soll?«

»Sie bringen es einfach hierher. Falls Mr Plummer nicht im Haus ist, werde ich den Empfang für Sie bestätigen.«

»Hören Sie, Miss. Ich stehe hier zweihundert Meter Luftlinie von Ihnen entfernt, und was es nicht gibt, ist eine Straße, um zu Ihrem verdammten Leuchtturm rüberzufahren.«

Konnte es einen vernünftigen Grund geben, patzig zu werden? Hatte sie die Gezeiten bestellt? War sie diejenige, die dem Paketboten das Leben schwer machte? Hatte sie ihn irgendwie unfreundlich angeredet? Dem würde sie auf jeden Fall eine Rolle in Grandpa Gilberts Krimi verpassen, aber eine, die ihm nicht gefallen konnte.

»Sir«, sagte sie, wie jede gute Hotelière um den perfekten Ton bemüht. »Die Flut wird sich zurückziehen. Sie müssen aber leider noch etwas mehr als vier Stunden warten. Alternativ könnten Sie sich zum Beispiel in La Moye ein Boot nehmen und das kurze Stück zu uns herüberfahren. Wir haben einen Anleger, an dem Sie gefahrlos landen können, wenn Sie ...«

»Na klar!«, unterbrach sie der Paketbote. »Oder ich nehme einen Fesselballon und schwebe rüber! Das wäre doch auch eine Möglichkeit, oder? Hören Sie, ich habe nicht alle Zeit der Welt. Wenn ich nicht zustellen kann, geht die Sendung eben wieder zurück an den Absender.«

»Und wenn Sie sie irgendwo hinterlegen?«, schlug Mary vor. »In La Moye gibt es …« Doch da hatte er schon aufgelegt.

Die rüde Art dieses Mannes hatte Mary ein wenig die Laune verdorben. Als sie sich wieder an den Tisch auf der Terrasse setzte, spürte sie, dass sie sich nicht auf die Lektüre würde konzentrieren können. Lesen, dazu gehörte für Mary ein wenig Ruhe, eine Tasse Tee und die nötige Zeit. Streit, Ungerechtigkeit oder Unverschämtheit störten da eher. Unwillig klappte sie das Notizbuch ihres Großvaters wieder zu und trug es nach drinnen, wo sie es auf das Regal über dem Sofa in der Kombüse stellte. Sie hatte keine Eile, den »Fall zu lösen«. Als sie wieder nach draußen kam, war sie sogar ganz froh, denn unvermittelt war eine Wolke über dem Felsen aufgetaucht, die ihm einen leichten Regenschauer bescherte. Mary räumte den Schirm weg und klappte Tisch und Stühle zusammen. Sie liebte es, wie unberechenbar, wie launisch das Wetter auf der Insel war, wie schnell es sich jederzeit zu ändern bereit war.

Als alles aufgeräumt war, strahlte bereits wieder die Sonne und lud ein, sich hinter dem Leuchtturm, verborgen vor den fernglasgerüsteten Blicken der landseitigen Touristen, vom Wind ein wenig die Haut streicheln zu lassen und die schottische Blässe zu verscheuchen. Was leider zu britischer Röte und weißen Bikinistreifen führte, weil Mary binnen Minuten eingeschlafen war und erst wieder aufwachte, als ein kühler Hauch bereits den nahenden Abend ankündigte.

3

Mary verfluchte sich, als sie wieder in ihre Kleider schlüpfte. Der Sonnenbrand, den sie sich auf ihrer milchweißen Haut eingefangen hatte, würde sie tagelang quälen. Wie hatte sie nur einschlafen können! Das war so was von unprofessionell! Hastig räumte sie den Liegestuhl sowie eigene Sachen weg, blickte sich noch einmal um und entdeckte nicht weit draußen eine schicke Motoryacht, auf der ein Mann an Deck stand, der mit einem Feldstecher herübersah. Sie erschrak. War der eben auch da gewesen? War er etwa schon länger dort und hatte beobachtet, wie sie ihr Sonnenbad genommen hatte?

»Das ist doch …«, keuchte sie, als sie hinter sich ein Geräusch hörte. Erschrocken fuhr sie herum und hätte beinahe aufgeschrien.

»Alles okay?«, fragte Matt bloß und musterte sie skeptisch.

»Alles … alles bestens. Danke«, gab Mary zurück und wischte sich eine Haarsträhne aus der Stirn. »Welche Beule?«

»Na, die an seinem Wagen.«

»Hm. Davon wusste ich nichts.«

»Er hat nichts gesagt?«

»Mr Plummer? Nein. Vielleicht hat er sie selbst noch nicht entdeckt.«

»Oder er kennt sie einfach. Dann gibt's keinen Grund, sie zu erwähnen.«

Was natürlich auch eine Möglichkeit war. »Wir werden ihn fragen, wenn er zurück ist.«

»Sag mal«, murmelte Matt verlegen und räusperte sich. »Brauchst du mich heute noch?«

»Aber du bist doch gerade erst gekommen!«, stellte Mary verständnislos fest.

»Es ist nur ... ich hätte da eine ... also ...«

»Eine was?« Mary wusste nicht, ob sie sich über seine Faulheit ärgern oder über seine Verlegenheit amüsieren sollte. »Hast du ein Date?«

»Woher ... Also: nein. Das heißt ...«, druckste er herum, sodass seine Chefin lachen musste.

»Na gut«, rief sie. Sie wusste, dass er in dem Moment, in dem eine Frau ins Spiel kam, von geradezu lähmender Schüchternheit erfasst wurde, egal wie frech er sonst war. »Geh schon! Aber dafür erwarte ich, dass du morgen durchgehend hier bist.« Eigentlich hatte sie Matt als eine Mischung aus Page, Wagenmeister und Ersatzportier eingestellt. Aber solange es noch keine Gäste gab, für die sie ihn auf diese Weise hätte verwenden können, war Mary es, die ihn mit Arbeit versorgte – und zwar mit allem, was gerade anfiel. Und das waren vor allem handwerkliche Dinge. Ein Grund mehr, ihm möglichst rasch einen Blaumann zu kaufen.

»Durchgehend?«, fragte er ungläubig. »Du meinst, auch wenn die Flut da ist?«

»Genau das. Wir müssen uns unbedingt um den Wasserspeicher kümmern. Und dafür brauche ich dich.«

Matt nickte, als hätte sie ein ungeheures Opfer von ihm gefordert. Doch im nächsten Moment setzte er schon wieder sein schiefes Grinsen auf und tippte sich an die Stirn. »Also dann …«

»Wie bitte?«, empörte sich Mary. »Du willst gleich abhauen? Und Mr Plummer und die Beule?«

»Das kannst du sowieso viel besser mit ihm besprechen«, erklärte der junge Mann und zuckte die Achseln, als ließe sich da nichts machen. »Ich würde ja doch nur stören.« Schon war er aus der Tür.

Als sie ihm hinterherblickte, konnte sie beobachten, wie er noch ein paar Worte zu Darcy sprach. Manchmal hatte sie die beiden wirklich im Verdacht, sich gegen sie zu verschwören. Dann warf er den Motor seiner alten Triumph-Maschine an und knatterte davon.

Um ihren Gast nach seiner Rückkehr rasch mit einem guten Mahl verwöhnen zu können, bereitete Mary einige Dinge vor. Sie putzte Gemüse, das sie von La Moye mitgebracht hatte, mischte ihre allseits beliebte Senfsoße an, für die sie feinsten italienischen Condimento verwendete und vor allem exquisiten französischen Senf, schärfte ihre Messer (wobei sie feststellte, dass das Fleischmesser im Block fehlte; zweifellos hatte Matt sich wieder einmal etwas »ausgeliehen«, ohne es zurückzubringen) und stellte eine Flasche Blanc de Blancs kalt.

Mr Plummer ließ sich Zeit, wieder auf den Felsen zu gelangen. Mary fürchtete schon, er würde womöglich von der nächsten Flut abgeschnitten, da erkannte sie im Zwielicht des späten Abends die Scheinwerfer seines Oldtimers den Mont du Grouet herunterkommen, den Hügel auf der Inselseite, auf dem der Dammweg in die Küstenstraße mündete. Erleichtert lief sie die Treppe hinab und ihm entgegen, trat zu dem kleinen gepflasterten Platz, für den sie der örtlichen Verwaltung mit größter Mühe eine Lizenz zur Nutzung als Parkfläche abgerungen hatte.

»Guten Abend, Sir!«, grüßte sie mit strahlendem Lächeln. »Ich hoffe, Sie hatten einen wundervollen Tag!«

Der Gast quittierte die Frage mit einem etwas gequälten Lächeln und schien sich nicht mit Small Talk aufhalten zu wollen.

»Darf ich Ihnen noch etwas zu essen anbieten?«, fragte Mary. »Ich könnte frischen Kabeljau für Sie zubereiten, in einer Limetten-Senf-Soße, und dazu Marktgemüse und …«

»Ich habe schon gegessen«, erwiderte Mr Plummer spröde und deutete auf die Strandtasche auf der Rückbank. »Außerdem konnte ich das beim besten Willen nicht alles …« Er schüttelte den Kopf. »Vielleicht haben Sie noch Verwendung dafür.« Damit ließ er die junge Hotelière stehen und stieg die Treppen hinauf zum Leuchtturm, um im nächsten Moment nach drinnen zu verschwinden.

Tatsächlich hatte Mr Plummer kaum etwas von den Köstlichkeiten zu sich genommen, die Mary für ihn eingepackt hatte. Außer dem Lavendellikör war beinahe alles unberührt. Wenn es so war, dann konnte sie es sich sparen, heute Abend noch etwas zu kochen – sie würde gemeinsam mit Darcy das Gemüse essen und es sich anschließend in ihrem Kartenraum gemütlich machen.

Sorgfältig schloss sie die eiserne Pforte ab, die die steilen Stufen vor unbefugten Besuchern schützte, sperrte in dem kleinen Empfangsgebäude die Unterlagen weg und machte sich eine Notiz, dass sie Mr Plummer noch nach seinem Ausweis fragen musste. Dann trug sie die Strandtasche die Kombüse hinauf, wo sie sich noch eine Kanne kräftigen Tees zubereitete, um sich dann an den rustikalen Tisch zu setzen, der Arbeitsfläche und Esstisch in einem war. Schon ihre kurzen Kinderbeinchen hatten einst darunter gebaumelt.

Durchs Fenster Richtung offene See konnte sie dunkle Wolken gegen einen letzten Schimmer am Horizont erkennen. Vermutlich würde es in der Nacht einen kleinen Sturm geben, nichts, worüber sie sich Sorgen gemacht hätte. Im Gegenteil: La Corbière war so solide gebaut, dass der Turm gewiss in hundert Jahren oder mehr noch so dastehen würde wie heute. In diesem sicheren Nest zu sitzen, während draußen ein Unwetter tobte und hohe Wellen über den Felsen hereinbrachen, gab Mary seit jeher ein Gefühl besonderer Geborgenheit, vielleicht auch, weil Grandpa Gilbert ihr immer gesagt hatte: »Unser Leuchtturm wird noch stehen, wenn die Welt untergegangen ist.«

Dankbarkeit durchströmte Mary, wenn sie an all die Weisheiten dachte, die ihr Großvater ihr mit auf den Weg gegeben hatte. Er mochte ein einfacher Mann gewesen sein, aber er war eben auch ein weiser Mann. Neben dem

Chefportier ihres letzten Hotels war er gewiss der Mensch, von dem Mary am meisten gelernt hatte.

Gedanken an ihre ehemalige Arbeitsstelle und den unvergleichlichen Concierge Richard allerdings brachten Mary rasch zurück zu ihren Pflichten. Auch wenn Mr Plummer ein Dinner abgelehnt hatte, konnte sie sich weiter um ihn kümmern. Ein erstklassiges Haus, wie klein es auch immer sein mochte, musste Service bieten. Also beeilte sie sich mit ihrem Essen und huschte noch einmal hinunter in den zweiten Stock des Turms, wo ihr Gast sein Zimmer hatte, um behutsam an seine Tür zu klopfen.

»Mr Plummer?«

Er antwortete mit einem unwirschen »Hm?«

»Kann ich noch etwas für Sie tun, Sir?«

»Nein. Danke«, drang es mürrisch durch die Tür.

»Falls Sie etwas wünschen, erreichen Sie mich über das Haustelefon. Sie müssen dazu nur die Eins wählen«, erklärte Mary ein wenig stolz, dass sie sich für dieses winzige Hotel eine eigene Telefonanlage geleistet hatte. »Ich bringe Ihnen gerne noch einen Tee. Oder vielleicht einen Whisky.«

Er ließ das unkommentiert.

»Falls Sie Ihre Schuhe geputzt haben wollen, stellen Sie sie einfach vor die Tür. Morgen früh sind sie wieder blitzblank.«

»Hm.«

»Dann gute Nacht!«

»Ja. Gute Nacht.«

Nun, Gäste sind, wie sie sind. Solange es keinen erkennbaren Grund zu der Annahme gab, dass seine Unzufriedenheit etwas mit seiner Unterkunft zu tun hatte, würde Mary das gelassen hinnehmen. Je feiner ein Hotel, umso launischer die Gäste. Alte Branchenweisheit. Sie musste grinsen: So gesehen war Mr Plummers reservierte Art geradezu eine Auszeichnung.

Der Sturm kam mit Wucht. Die erste haushohe Welle stürzte so unvermittelt an die Mauern, dass der Turm zitterte. Erschrocken fuhr Mary aus ihrem Bett hoch. Sie war tatsächlich über ihrer Lektüre eingeschlafen. Ein Blick auf die Uhr sagte ihr, dass es beinahe Mitternacht war. Und draußen tobten die Elemente, als wollten sie alles Fassbare ins Meer spülen und für immer verschlingen. Inzwischen war es so dunkel geworden, dass von diesem Schauspiel seeseitig eigentlich nichts zu sehen wäre – hätte nicht der Lichtkegel des Leuchtturms alle paar Sekunden ein neues Bild dieser wütenden Naturgewalten gezeigt. Kaum wandte sich die große Spiegellampe über Marys Kammer gen Westen, konnte sie von ihrem Fenster aus beobachten, wie sich ein weiteres Spektakel darbot, nur um im nächsten Augenblick wieder in der Finsternis zu verschwinden, während die Wellen sich ein ums andere Mal mit ohrenbetäubendem Donnern an den Mauern und Felsen brachen.

Armer Mr Plummer, dachte Mary. Das würde ihm sicher den Schlaf rauben. Wer solche Urgewalten an so ausgelieferten Orten nicht gewöhnt war, kam erfahrungsgemäß nicht gut damit zurecht. Ob sie ihn darüber informieren sollte, dass er sich keine Sorgen machen musste? Nun, es konnte nicht schaden, oder? Rasch wählte sie die Zwei für den Sailor's Room und ließ es ein paarmal klingeln. Allerdings vergeblich. Entweder hörte der Gast das Telefon nicht, weil der Sturm einen solchen Höllenlärm verursachte. Oder er hatte sich etwas in die Ohren gestopft, um trotz des Krachs schlafen zu können. Gut. Mary konnte mit beidem leben. Hauptsache, Mr Plummer hatte keinen Grund zur Beschwerde. Was offensichtlich nicht der Fall war, sonst hätte er sie angerufen.

Sie legte auf und setzte sich noch einmal für ein paar Lichtsignalintervalle ans Fenster, staunte, kraulte Darcy, der sich zu ihr gesellt hatte, den Hals und kuschelte sich wieder in ihr Bett, nicht ohne vorher noch den Wecker zu überprüfen. 5:35 Uhr. Das sollte genügen, um mit allem fertig zu sein, wann immer ihr Gast sich entschloss, seinen Tag zu beginnen. Hoffentlich hatte sich der Sturm bis dahin gelegt. Im Geiste ging sie noch einmal alles durch, was der Morgen an Aufgaben für sie brachte, dann löschte sie das Licht und lauschte auf die so wilden wie romantischen Naturgewalten, um nach geraumer Zeit endlich einzuschlummern.

4

Wie lange der Wecker schon geklingelt haben mochte, wusste Mary nicht zu sagen, als sie ihn mit einem beherzten Schubs zum Schweigen brachte. Sie hätte natürlich auf die Uhr schauen können. Doch sie entschied sich, sich selbst noch fünf Minuten zu geben. Auch wenn sie Sturm auf dem Leuchtturm liebte, so hatte es doch reichlich lange gedauert, bis sie in den Schlaf gefunden hatte. Entsprechend übermüdet war sie, als der Alarm – zunächst von ihr ungehört – losging. Umso wacher allerdings war sie, als sie beim nächsten Griff zum Wecker feststellte, dass es inzwischen beinahe halb acht war.

»Fuck!«, rief sie und sprang aus dem Bett. »Zwei Stunden?« Sie hatte im Ernst noch mal zwei Stunden geschlafen? Schockiert rieb sie sich übers Gesicht und atmete tief durch, ehe sie lauschte, ob es schon irgendwelche Hinweise gab, dass Mr Plummer unter ihr bereits wach war. Gab es nicht. Er schien seinen Tag noch nicht begonnen zu haben, immerhin.

Die Zeit reichte nur für eine Katzenwäsche, dann hastete Mary hinauf in die Kombüse, um das Frühstück für ihren Gast zuzubereiten. Hoffentlich hatte er nicht seine Schuhe zum Putzen rausgestellt. Denn das hatte sie als Erstes erledigen wollen. Daran war jetzt nicht mehr zu denken, sie war schon froh, wenn der Tisch für Mr Plummer gedeckt war, sobald er nach unten kam.

Während sie Wasser in den Kessel füllte, blickte sie aus dem Fenster. Die Sonne strahlte über glatter See, als hätte es nie einen Sturm gegeben. Es war wirklich erstaunlich, wie wechselhaft das Wetter auf der Insel sein konnte. Sie kannte die Launen der Götter (Grandpa Gilbert hatte das immer so genannt) zwar auch von Skye. Aber hier schienen die Geister der Insel noch viel unberechenbarer.

Inzwischen war Ebbe, und der Turm ragte einige Meter höher übers Meer. Mary hatte ein gutes Gespür dafür, sie mochte es, sich so weit oben zu fühlen. Oft ging sie nur dafür in die Laterne, um den Blick von dort auf die Insel, aufs Wasser, die vorüberziehenden Schiffe und Segelboote und die Nachbarinseln zu genießen. Man konnte Guernsey von hier sehen und Sark, jede von ihnen – wie Jersey selbst – ein Juwel zwischen den Küsten von Frankreich und England.

Jeden Augenblick würde Constance vorbeikommen, wie immer zu spät, sie musste nach unten! So leise wie möglich, um Mr Plummer nicht doch noch zu wecken, lief sie die Stufen hinunter und wunderte sich, dass sie am Vorabend vergessen hatte, die Tür abzusperren. Dann aber sah sie, wie die Freundin am anderen Ende des Dammwegs stand, im Gespräch mit Mr Coleman, der seit einiger Zeit in dem ehemaligen Cottage von Grandpa Gilbert wohnte und keine Mühen gescheut hatte, Mary jeden nur denkbaren Stein in den Weg zu legen, den er finden konnte, als er erfuhr, dass sie den Pachtvertrag zu übernehmen und vor allem ein Hotel auf dem Leuchtturm zu eröffnen gedachte. Mr Coleman zeichnete sich durch Misanthropie aus, wie Mary sie bis dahin nicht gekannt hatte. Allerdings schien ihn das nicht daran zu hindern, Constance zu charmieren. Jedenfalls wirkte es für Mary aus der Entfernung ganz so, als unterhielten sich die beiden prächtig, und sie meinte gar, ihre liebe Freundin mädchenhaft kichern zu hören. Aber das war eigentlich auf die Distanz unmöglich, oder?

»Du schäkerst mit Coleman?«, fragte sie empört, als Constance endlich auf dem Felsen ankam.

»Er ist amüsant!«, erwiderte die Freundin. Sie beugte sich zu Darcy, der hinter Mary die Treppe heruntergekommen war und ihr nun um die Beine strich, damit sie ihn streichelte.

»Er ist ein Scheusal.«

»Das auch«, gab sie lachend zu.

»Und Gregory?«, erinnerte Mary an Constances Ehemann.

»Greg? Der weiß, dass es für ihn keine Konkurrenz gibt.« Vielleicht war das so. Vielleicht wusste auch nur Constance, dass Gregory so vernarrt in sie war, dass er sie nie und unter keinen Umständen verlassen würde. »Was?«, fragte sie. »Soll ich Coleman feindselig behandeln, nur weil er dir mal das Leben schwer gemacht hat?«

Ehrlich gesagt, ja, dachte Mary, behielt es aber für sich und warf stattdessen einen Blick auf den Korb ihrer Freundin.

»Ich weiß, ich bin wieder zu spät. Entschuldige. Aber

wie geht es denn mit deinem ersten Gast?« Constance wechselte das Thema.

»Bis jetzt wohl ganz gut. Aber ich habe, dein Glück, verschlafen. Und ich weiß noch nicht, wie er mit dem Sturm zurechtgekommen ist.«

»Schätze, das war ein besonderes Erlebnis für ihn. Nachts auf dem Leuchtturm, die Wellen wüten, die Wände wackeln …« Die Freundin sagte das, als hätte sie romantische Anwandlungen.

»Ich lade euch gerne mal ein, wenn Sturm ist, auf dem Turm zu übernachten«, bot Mary an. »Dich und Gregory.« Nur damit das klar war.

»Netter Vorschlag«, erwiderte Constance. »Ich werde darauf zurückkommen.« Sie reichte Mary den Korb und winkte ihr noch einmal zu, ehe sie ihr Fahrrad umdrehte und zurück über den Dammweg Richtung Insel fuhr, vorbei an Mr Colemans Cottage, der zum Glück zwischenzeitlich verschwunden war.

Verschwunden war auch Mr Plummer. Zuerst hatte sich Mary die Schuhe, die er tatsächlich nach ihrem letzten kurzen Anklopfen noch nach draußen gestellt hatte, geschnappt und sie eilig geputzt. Handgenähte Kalbslederschuhe, sie kannte sich da aus, das hatte sie im 24 Charming Street gelernt. Teuer und schick und zeitlos. Sie hatte an die Beule in dem Mietwagen denken müssen. Bei der Gelegenheit war ihr Matt eingefallen – und dass er noch nicht da war!

Heute würde sie ihn nicht für die Stunden der Flut vom Felsen lassen. Es gab genug auf dem Leuchtturm zu tun.

Nachdem sie die Schuhe auf Hochglanz poliert hatte (und ja, er war wirklich durch Matsch und Geröll gelaufen), hatte sie endlich das Frühstück fertig zubereitet und – mangels Mitarbeiter – den Tisch auf der kleinen Terrasse gedeckt und dann gelauscht. Mr Plummer war um acht nicht aufgetaucht und auch nicht um neun. Nun gut, es war sein Urlaub, und sie sah keine Notwendigkeit, die Frühstückszeiten zu begrenzen, wie das in den großen Hotels aus organisatorischen Gründen nötig war. Dennoch machte sie sich Gedanken und fasste sich um elf Uhr schließlich ein Herz und klopfte vorsichtig an seine Tür.

»Mr Plummer, Sir?«

Nichts.

»Sir?«

Schweigen.

Also erledigte sie, was sonst zu erledigen war, während sie immer wieder nach ihrem Gast horchte – und nach Matts Motorrad, das aber nicht auftauchte. Zwei Anrufe bei ihrem Mitarbeiter blieben unbeantwortet. Ihre Mitteilung auf seiner Mailbox: »Wo zum Teufel bleibst du?« führte zu keinerlei Reaktion. Als um Viertel nach elf die Sirene ertönte, die anzeigte, dass mit der einsetzenden Flut der Felsen nicht mehr besucht werden durfte, entkam ihr ein leiser Fluch. Jetzt würde Matt bis zum Abend nicht auftauchen und sogar einen triftigen Grund dafür haben.

Sie hatte Matt in einem Café in St. Helier kennengelernt, wo er als Kellner einen guten Job gemacht hatte. Er hatte ihr abgeraten, die Scones zu nehmen (»Zu fest, Ma'am. Und sie schmecken wie Pappe«), und er hatte ihr aufmerksam und diskret ein paar Servietten gereicht, als sie ihren Tee verschüttet hatte. Er hatte sich für das Trinkgeld sehr nett bedankt (»Ich hoffe, Sie werden unser Stammgast, Ma'am«) und ihr zuletzt auch noch die Tür aufgehalten. Beim nächsten Besuch (»Heute sind die Scones perfekt, Ma'am!«) hatte sie ihm angeboten, als Junior Manager im CLH anzufangen.

»Junior Manager? Und was macht man da so?«

»Alles, was anliegt.«

»Klingt gut, Ma'am.«

Klang gut, ja. Noch besser war, wenn es auch erledigt wurde. Doch leider war Unzuverlässigkeit Matts zweiter Vorname. Und Mary sah sich häufig allein vor schier unlösbaren Aufgaben. Nun gut, ein Frühstück immerhin war lösbar. Obwohl: Statt eines Frühstücks sollte sie Mr Plummer nun wohl eher einen frühen Lunch anbieten. Falls er denn irgendwann auftauchte. Nachdenklich stieg Mary die Treppe zum Turm hoch und stand eine Weile an dem eisernen Umlauf, der das Gebäude umgab wie die Reling ein Schiff. Nur was? Sie hatte noch den Fisch und auch einige Jersey-Kartoffeln, die klein und schmackhaft waren. Aber sonst … Doch mit den frischen Kräutern vom Kombüsenfenster … Sie würde ihm schon etwas zaubern. Allein, solange sie nicht wusste, ob er überhaupt etwas wünschte … Sie wollte schon wieder hineingehen, als sie aus dem Empfangsgebäude das Telefon hörte. Eilig nestelte sie den Schlüssel aus ihrer Schürze und stürmte nach unten, um den Anrufer nicht zu verpassen.

»The Corbière Lighthouse Hideaway, Mary am Apparat?«, meldete sie sich atemlos.

»Smith, guten Tag«, entgegnete eine hohe männliche Stimme am anderen Ende der Leitung (oder war es eine tiefe weibliche?). »Haben Sie zufällig noch ein Zimmer frei?«

»Aber ja!«, rief Mary und griff nach dem Kalender. »Für wann möchten Sie denn reservieren?«

»Für morgen. Drei Übernachtungen. Ein Einzelzimmer.«

Schon zum zweiten Mal ein Gast, der alleine anreiste, ungewöhnlich. »Gewiss, Sir!«, sagte Mary und hoffte, damit ins Schwarze getroffen zu haben. »Darf ich fragen, wie Sie anreisen?«

»Das steht noch nicht fest. Wir werden sehen.«

»Natürlich.« Mary räusperte sich. »Sie haben nicht zufällig eine Kreditkartennummer für mich zur Bestätigung?«

»Oh! Über so etwas verfüge ich nicht«, antwortete der Anrufer, als wäre es das Normalste von der Welt. »Aber Sie haben ja meinen Namen.« Smith. So hießen ungefähr eine Million Briten.

»Selbstverständlich, Mr Smith. Ein Vorname vielleicht?«

»John.«

»Natürlich.«

»Bitte?«

»Ist notiert, Mr Smith, Sir. Und eine Nummer, unter der wir Sie gegebenenfalls erreichen können. Die bräuchte ich auch noch.«

»Aber sicher.« Der Anrufer diktierte ihr einige Ziffern, während Mary mit Blick auf das Display feststellte, dass dort »anonym« stand. Aber angesichts des Umstands, dass sie ohnehin keine anderweitige Reservierung vorliegen hatte, machte es nichts: Selbst wenn der Gast nicht anreisen würde, erlitte sie keinen Verlust.

»Vielen Dank, Mr Smith. Wir freuen uns, Sie morgen im Corbière Lighthouse Hideaway begrüßen zu dürfen!«

Gast Nummer zwei. John Smith. Aus ... Sie hatte ihn nicht einmal gefragt, woher er kam! So gut sie organisieren konnte, so passabel sie als Köchin war und so feinsinnig sie ihre Räumlichkeiten einzurichten verstand – Büromanagement war nicht ihre Stärke. Nie gewesen. Aber jetzt rächte es sich. Sie hätte sich selbst ohrfeigen können. Andererseits: Sie stand ja noch ganz am Anfang ihrer Karriere als Hotelbetreiberin. Sie würde es schon noch lernen. Solange sie ganz einfach versuchte, jeden Fehler möglichst nur einmal zu machen, gab es keinen Grund, den Optimismus zu verlieren, ohne den jedes Unternehmen zum Scheitern verurteilt war.

Gast Nummer zwei also. Ein Grund zur Freude! Ab morgen würden sich ihre Einnahmen verdoppeln. Das bedeutete nach ihren Berechnungen, dass sie morgen den ersten Tag kostendeckend würde arbeiten können. Ein Gefühl des Stolzes machte sich in ihrer Brust breit, während sie das kleine Empfangshäuschen verließ und wieder hinüber in den Turm ging. Immer noch war von Mr Plummer nichts zu sehen oder zu hören. Musste sie sich am Ende Sorgen machen? Was, wenn er krank war? Was, wenn ihm etwas zugestoßen war und er Hilfe brauchte? Zunächst zaghaft klopfte Mary an die Tür.

»Mr Plummer, Sir?« Dann mutiger: »Mr Plummer?«

Doch von drinnen war nicht das geringste Geräusch zu hören.

»Sir? Ist alles in Ordnung?« Sie blickte auf ihre Armbanduhr und stellte fest, dass es nach zwölf war. »Mr Plummer?« Konnte es sein, dass er den Turm unbemerkt verlassen hatte? Eigentlich ausgeschlossen. Aber eben doch nicht unmöglich. Mit seltsam ungutem Gefühl nahm Mary den Generalschlüssel aus ihrer Hosentasche und sperrte auf. »Sir? Entschuldigen Sie, wenn ich störe …«

Doch sie störte nicht. Denn es war niemand in dem Raum. Nur die barbusige Galionsfigur blickte sie von ihrem Platz über dem Bett aus mit großen Augen an, als wäre sie von der jungen Hotelbesitzerin überrascht worden. »Mr Plummer?« Völlig unnötig, noch einmal zu fragen. Der Gast war nicht da. Das Zimmer war leer. Auch die Tür zu der winzigen Nasszelle, die Mary hatte einbauen lassen, ließ nur den Blick auf eine unbenutzte Dusche zu – und auf die sorgfältig in Reih und Glied aufgestellten Toilettenutensilien des Henry Plummer aus Birmingham. Die allerdings waren das Einzige, was im Sailor's Room nach Ordnung aussah. Der Rest war das reinste Chaos: Mr Plummers Koffer befanden sich geöffnet auf dem Boden, der Inhalt lag verstreut herum, das Bett war zerwühlt, sogar die Matratze hing über den Rand der *Luna*, auf dem Tischchen entdeckte sie achtlos hingeworfene Papiere: Skizzen, Pläne, die Schubladen der kleinen Kommode waren aufgerissen und gähnten Mary leer an, als stünde ihnen vor Schreck noch der Mund offen.

»Das ist doch …« Wie hatte dieser Gentleman, der bisher einen so tadellosen Eindruck gemacht hatte, ein solches Durcheinander hinterlassen können? Es sah aus, als hätte er verzweifelt nach etwas gesucht, es aber nicht gefunden, und dann geradezu fluchtartig das Zimmer verlassen, um, ja was? Woanders weiterzusuchen? In seinem Wagen vielleicht? Aber dann hätte er zurückkommen müssen. Mary wandte sich um und steckte den Kopf zur Tür hinaus, um noch einmal die Treppe hinabzurufen: »Mr Plummer? Mr Plummer, Sir?«

Doch Mr Plummer blieb stumm. Und verschwunden. Das brachte Mary in eine schwierige Situation: Sie konnte das Zimmer keinesfalls unaufgeräumt lassen. Andererseits durfte sie nicht einfach die Sachen ihres Gastes aufsammeln und wieder in die Koffer räumen, die gingen sie schließlich nichts an. Genau genommen hätte sie sie nicht einmal zur Kenntnis nehmen dürfen. Was natürlich angesichts des Chaos ausgeschlossen war.

Sie entschied sich für eine Art Mittelweg: Zuerst machte sie das Bett, rückte alles wieder an den richtigen Platz und schaffte Ordnung, wo es unbedenklich war. Anschließend schob sie die Koffer an den Rand des Zimmers und versuchte, die Unordnung etwas zu verringern, indem sie die Kleidung zumindest so platzierte, dass sie nicht mehr den größten Teil des Bodens bedeckte. Eine teure Armbanduhr, die sie unter einem der Gepäckstücke fand, legte sie auf das Tischchen, die Papiere schob sie ein wenig zusammen, sodass alles wirkte wie die etwas zivilisiertere Form des Chaos, das sie vorgefunden hatte. Glücklich war sie mit dieser

Lösung nicht. Aber zur Kunst, eine perfekte Gastgeberin zu sein, gehörte auch das Talent, mit dem Möglichen zu arbeiten, statt das Unmögliche zu wollen.

Dann ging sie wieder nach unten und hinüber in das Empfangsgebäude, um Mr Plummers Mobilnummer herauszusuchen.

Sie hätte schwören können, dass sie ein Klingeln gehört hatte. Doch es ließ sich nicht lokalisieren! Vielleicht war es auch bloß Einbildung gewesen. Denn von Mr Plummer fehlte jegliche Spur. Auch wenn sein Wagen auf dem kleinen Parkplatz des Felsens stand und offenbar seit dem Vorabend nicht bewegt worden war.

Mary verharrte vor der Tür des kleinen Empfangsgebäudes und blickte hinüber zur Insel, wo sie Mr Coleman entdeckte, der in seinem Garten arbeitete. »Man könnte ihn für einen harmlosen älteren Herrn halten, wenn man ihn so sieht, was, Darcy?«, sagte sie halb in Gedanken. »Aber in Wirklichkeit ist er ein Menschenfeind, mit dem man lieber nichts zu tun haben sollte.« Weshalb sie ihn auch nicht anrief, um ihn zu fragen, ob er zufällig ihren Gast vorbeikommen gesehen hatte. Wie hätte das außerdem ausgesehen: als wollte sie ihre Gäste kontrollieren … Sie sah sich um: Der Kater war gar nicht da. Sie hatte mit einer Möwe gesprochen. Nun, vielleicht war Darcy ja vor Einsetzen der Flut gar nicht auf den Felsen zurückgekehrt.

Die Sonne strahlte, als hätte es nie einen Sturm gegeben, überall auf dem Felsen glitzerten die Stellen, an denen sich Wasser in den Felsspalten gesammelt hatte. Das brachte Mary auf eine Idee. In einer Truhe im Empfangsgebäude hatte sie einiges Arbeitsgerät verstaut, unter anderem einen Eimer und Handschuhe für grobe Tätigkeiten. Sie schlüpfte aus ihren formellen Halbschuhen und stieg in ihre Gummistiefel, die sie unauffällig hinter der Tür platziert hatte, wo auch ein Südwester hing und eine dazugehörige Regenmütze, und machte sich auf den Weg.

Bei Ebbe ließen sich nicht viele Krabben auf dem Felsen sehen, sie zogen sich meist in Winkel zurück, die unzugänglich waren. Wenn aber der Sturm die Tiere weiter hinauf spülte, kletterten meist ziemlich viele von ihnen noch den restlichen Tag dort herum, um ins viel tiefer gelegene Wasser zu finden. Mit einigem Geschick war es nicht schwer, welche zu fangen. Und Jersey-Krabben waren zu Recht eine Delikatesse! Wenn man sie dann auch noch zuzubereiten verstand wie Georges Lapierre, der Koch des L'Escargot, den Mary wegen eines einfachen und guten Rezepts zu konsultieren gedachte, dann war es ein Leichtes, auf der Terrasse des Leuchtturms bei Abendstimmung mit einem Glas gut gekühlten Rosé ein unvergessliches Erlebnis für die Gäste zu zaubern. Also zumindest für den einen Gast, den es momentan gab. Denn das hatte Mary sich nun vorgenommen. Irgendwann würde der gute Mann wiederauftauchen, und sie würde ihm ein perfektes Dinner anbieten, nachdem er schon das Frühstück nicht eingenommen hatte.

Es war nicht ganz ungefährlich, auf dem Felsen herumzusteigen. Der rote Granit von La Corbière war zerklüftet, mächtige Zinnen ragten steil empor, rutschige Brocken klemmten dazwischen, die nasse Oberfläche barg die Gefahr, abzurutschen und sich zu verletzen oder gar ins Meer zu stürzen. Obwohl ... das offene Wasser war weit genug entfernt. Falls es einen Unfall gab, landete man eher irgendwo in den gewaltigen Steinbergen, wo es allerdings verdammt schwer war, jemanden zu bergen. Doch Mary würde aufpassen. Außerdem kannte sie den Felsen seit ihrer Kindheit. Sie war so oft hier herumgeklettert, dass Grandpa Gilbert sie manchmal mit einer Bergziege verglichen hatte. Und mehr als ein paar Schrammen hatte sie sich nie zugezogen. Nein, für Mary war der Fels vertrautes Gelände. Sie liebte seine wilde, karstige Oberfläche mit ihrem geheimnisvollen Spiel von Licht und Schatten und den glitzernden Wasserstellen, die sie in ihrer Kindheit manchmal als verzauberte Brunnen betrachtet hatte und in denen sie oft Fische, Krabben, Muscheln und anderes Getier beobachtet hatte: eine faszinierende, schillernde, dunkle Welt.

Nach Norden hin fiel der Fels besonders steil ins Meer hinab. Der Leuchtturm stand hier ganz nah am Abgrund und wirkte umso höher. Wie jedes Mal, wenn sie hier herumstiefelte, hielt Mary inne und blickte hinauf zu diesem wunderschönen alten Bauwerk, das jetzt ihr Zuhause war, und eine Welle von Dankbarkeit durchströmte sie und ließ sie ein wenig schaudern. Doch nach einer Weile wandte sie sich dem Wasser zu, das zwischen den Felsen einen kleinen Tümpel gebildet hatte, und entdeckte auch sofort eine

Krabbe, die offenbar instinktiv die Gefahr witterte und unter einem kleinen Vorsprung zu verschwinden versuchte. Zu langsam, um Marys schnellem Griff zu entgehen. Dank der Handschuhe musste sie nicht wirklich darauf achten, die Tiere von hinten zu packen, ihre Scheren stellten keine Gefahr dar. Um das Tier nicht unnötig unter Stress zu setzen, hielt Mary kurz den Eimer ins Wasser und ließ ein wenig davon hineinschwappen. Danach stellte sie ihn zur Seite und hielt Ausschau nach weiterer Beute.

Es dauerte nicht lange, da hatte sie ein halbes Dutzend Krabben gesammelt. Ein besonders großes Exemplar hatte sich halb unter einem Stein verborgen, aber Mary konnte die erstaunlich dicken und blassen Beine darunter hervorragen sehen. Beherzt griff sie zu, um das Tier herauszuzerren. Doch es war kein Krebs. Und es waren keine Beine. Vielmehr waren es Finger. Finger eines weitaus größeren Tiers: Was Mary unter dem Stein hervorgezogen hatte, war die Hand eines Homo sapiens. Mit einem Schrei fuhr sie zurück und wäre beinahe abgestürzt. Dann entdeckte sie, was bisher von einem Felsvorsprung verborgen gewesen war: den Körper von Mr Plummer. Und noch etwas nahm sie wahr, kaum war der erste Schock vorüber: ihr Fleischmesser. In Mr Plummers Rücken.

5

Detective Inspector Archibald Harsh hatte nicht etwa die Unfallstelle absperren lassen. Oder den Leuchtturm. Oder zumindest die Bereiche hinter dem eisernen Gitter. Nein, er hatte den ganzen Felsen für die Öffentlichkeit mit Flatterband versehen lassen. Praktisch war die gesamte Straße vom Mont du Grouet bis zu Marys Hotel abgeriegelt. Auf der Terrasse des Restaurants jenseits des Felsens drängten sich die Besucher, vermutlich auch bereits Pressevertreter. Mr Godsbys Eiswagen, der sozusagen den Beginn der Absperrungen markierte, erlebte einen Ansturm wie noch nie. Und Mary stand fassungslos auf der letzten Stufe unterhalb ihres Leuchtturms und starrte auf die Szenerie, als wäre das alles ein böser Traum. Was es jedoch zu ihrem größten Leidwesen nicht war.

»Sie kennen den Toten?«, fragte Detective Inspector Archibald Harsh mit einem Ton, in dem er auch gleich hätte sagen können: »Das war's mit Ihrem Mädchentraum vom eigenen Hotel, meine Liebe.«

»Er war mein Gast«, erklärte Mary leise, beinahe flüsternd. »Mr Plummer. Mein erster Gast«, fügte sie hinzu. Dass sie sich nun ausgerechnet noch Archibald Harsh gegenübersah, den sie schon als Jugendliche nicht hatte leiden können, machte die Sache nicht einfacher.

»Hm. Kein guter Einstand, möchte ich meinen«, erklärte der Polizist kühl, dessen nicht eben üppiges Haar akkurat gescheitelt am Kopf klebte und der in seinem dunkelblauen Anzug eine Figur zu machen versuchte, die er nicht hatte. »Und das Messer? Kennen Sie das zufällig auch?«

»Ich ... ähm ... ich weiß nicht.«

»Also ja.« Der Detective Inspector schnipste nach seinem Assistenten Blackwood: »Officer? Wir brauchen Fingerabdrücke von der Verdächtigen.«

»Der ... Verdächtigen?«, keuchte Mary und spürte, wie ein gewisser Schwindel von ihr Besitz ergriff. Auf den Gedanken, dass man sie womöglich mit dem Verbrechen in Verbindung bringen könnte, war sie noch gar nicht gekommen.

»Natürlich, Sir«, erwiderte Freddy Blackwood, der als Dorfpolizist von St. Brelade im Ruf stand, einfältig und harmlos zu sein, vielleicht ein wenig zu harmlos, aber jedenfalls ein netter Kerl. »Aber Sir«, fügte er hinzu, »dafür fehlt uns in St. Brelade die Ausstattung.«

»Was soll das heißen, Officer?«, fuhr ihn Harsh an. »Sie verfügen nicht über ein Kit zur Abnahme von Fingerabdrücken?«

»Unseres ist sicher zehn Jahre alt. Oder mehr«, erklärte Blackwood und zuckte entschuldigend die Achseln. »Und als wir es mal für einen Randalierer nutzen wollten, ist uns aufgefallen, dass die Farbe ausgetrocknet war.«

Harsh rollte mit den Augen. »Man kann Gott nur danken, dass auf der Insel nie Schlimmeres passiert ist«, sagte er und schoss sogleich einen scharfen Blick Richtung Mary ab. »Bis jetzt.«

Diese Haltung, mit der er sie geradezu anschuldigte, begann Mary nicht nur zu kränken, sondern forderte langsam auch ihren Widerstandsgeist heraus. »Dann kann ich nur hoffen, dass Sie das Verbrechen schnell aufklären«, sagte sie, um endlich in die Offensive zu gehen.

»Ja? Hoffen Sie das in der Tat?«

»Aber sicher, Detective Inspector«, erwiderte Mary. »Er war immerhin mein Gast. Und ich möchte nicht, dass diese Geschichte ein ungutes Licht auf mein Hotel wirft.«

»Sie werden verstehen, Miss McTarr, dass die ganze Geschichte bisher vor allem ein ungutes Licht auf Sie wirft«, erklärte Harsh mit süffisantem Lächeln.

Natürlich wusste Mary, dass er sich nichts sehnlicher wünschte als ihr Scheitern mit dem Leuchtturmhotel, erstens, weil er ein Misanthrop war, und zweitens, weil sie seinerzeit nicht mit ihm hatte ausgehen wollen. »Absolut, Detective Inspector«, erwiderte Mary. »Deshalb bin ich so froh, dass man eine Leuchte wie Sie mit dem Fall betraut hat.«

»Bitte?«

»Ich meine: Dass man jemanden wie Sie beauftragt hat. Sie werden den Fall in seiner Gänze ausleuchten.«

»Hm. Ja.« Harsh schien alles andere als überzeugt, dass sie es so gemeint hatte. Aber er würde den Teufel tun, sich eine Blöße zu geben und es an professioneller Distanziertheit mangeln zu lassen. »Jedenfalls müssen Sie mit auf die Zentralwache kommen und eine Aussage machen.« Und mit einer gewissen Schärfe im Blick fügte er hinzu: »Eine *vollständige* Aussage, damit das klar ist.«

»Klar wie der Sternenhimmel über St. Aubin, Archibald, also: Detective Inspector«, erklärte Mary. »Einen Tee?«

»Sie haben wirklich deine Fingerabdrücke genommen?«, fragte Susan schockiert, als Mary Stunden später auf der Terrasse ihres Cafés in St. Brelade's Bay saß.

»Meine und Matts. In St. Helier. Wir mussten sogar zum Piquet House.« Mary starrte in ihre Tasse, als könnte sie dort das hübsche alte Haus am Royal Square entdecken, in dem die Polizeizentrale von Jersey ihren Sitz hatte. So einladend und harmlos die in strahlendem Ultramarinblau gestrichene Tür des Gebäudes wirkte, so bestürzend war das Prozedere für Mary gewesen, dem man sie dort unterzogen hatte: die »kriminaltechnischen Maßnahmen«. Nicht dass die örtlichen Polizisten unfreundlich gewesen wären, im Gegenteil! Man kannte sich, nicht zuletzt, weil der Chief Officer of Police, Henry Cartridge, lange Jahre mit Marys Großvater befreundet war. Doch letztlich taten die Beamten das, was von ihnen erwartet wurde: Sie setzten alle Mittel ein, um eine möglicherweise schuldige Person am Ende überführen zu können.

»Das tut mir so leid«, sagte Susan und legte ihr tröstend die Hand auf den Arm. »Noch einen Scone vielleicht?« Als würde es helfen.

»Gerne.« Vielleicht half es ja wirklich.

Susan brachte zwei und nahm sich einen, um ihn dick mit Clotted Cream zu bestreichen. Es gab ja nirgendwo eine bessere Cream als auf der Insel, weil es bekanntlich nirgendwo bessere Milch gab. »Aber nun erzähl mir alles von Anfang an. Das kann ja gar nicht sein, dass du in der Nacht nicht mehr mitbekommen hast.«

Darüber hatte Mary auch schon nachgedacht. Sie musste doch etwas bemerkt haben, irgendetwas, das mit diesem schrecklichen Vorfall zu tun hatte und das sie nur nicht bewusst wahrgenommen hatte.

Sie versuchte, sich an alle Einzelheiten zu erinnern, während sie ihrer Freundin berichtete. Gelegentlich seufzte sie, weil der Scone so überwältigend guttat. Tatsächlich, er half. Susan hatte das völlig richtig eingeschätzt. »Und dann habe ich beschlossen, etwas zum Abendessen zu kochen, nachdem es schon kein Frühstück für Mr Plummer gab.«

»Hatte er denn gesagt, dass er sein Dinner auf Corbière nehmen wollte?«

»Nein. Den ganzen Tag hatte ich ja gar nicht mit ihm gesprochen«, erklärte Mary. »Und am Vorabend dachte ich selbstverständlich nicht, dass er nicht zum Frühstück käme.«

»Vermutlich war er da schon tot.«

»Aber er wird doch nicht bei dem Sturm rausgegangen sein, oder?«, gab Mary zu bedenken.

»Vielleicht nicht«, erwiderte Susan. »Aber womöglich danach? Noch ganz früh am Morgen?« Der Sturm hatte gegen halb vier nachgelassen. Susan erinnerte sich noch gut, weil sie aufgestanden war, um endlich das Fenster zu öffnen und die schwüle Luft vom Abend hinaus- und frische Seeluft hereinzulassen.

»Könnte sein«, sagte Mary. »Oder auch davor.«

»Hm. Weiß man denn, wann genau er gestorben ist?«

Mary stöhnte. »Ich habe keine Ahnung. Mir werden sie es bestimmt nicht sagen. Harchie hält mich ja für eine Verdächtige.«

Susan schüttelte den Kopf. »Dieser Nichtsnutz. Der fühlt sich jetzt ganz wichtig. Endlich mal ein richtiges Verbrechen auf der Insel. Und er darf ermitteln. Nicht bloß ein Fahrraddiebstahl oder ein paar Jugendliche, die die Hafenmauer mit Graffiti beschmiert haben.« Denn in der Tat, Jersey galt als Insel, auf der es so etwas wie schwere Straftaten gar nicht gab – wenn man von den umfassenden Vermögensdelikten absah, die in dieser Steueroase ihren Nährboden hatten und Wirtschaftskriminelle aus allen Ländern geradezu magisch anzogen. »Und jetzt?«, fragte sie schließlich und ließ es sich nicht nehmen, noch einen dritten Scone zu holen, den sie Mary ungefragt auf den Teller legte. »Nervennahrung«, murmelte sie nur.

»Tja, ich kann nur hoffen, dass Harchie und sein Assistent den Fall schnell lösen. Denn dann werde ich von der Liste der Verdächtigen gestrichen.«

Eine Möwe segelte über ihnen und kreischte durchdringend. Das schien Mary ein wenig aus ihren trübsinnigen Gedanken zu wecken. »Mein Gott, so ein schöner Tag«, sagte sie mit Blick auf den traumhaften Strand von St. Brelade's Bay, wo sich unterhalb der Terrasse des Cafés ein paar junge Leute im Kricket übten, während etwas weiter Richtung Wasser Kinder Sandburgen bauten und ihre Mütter die Sonne anbeteten, vermutlich um nicht – wie sie – rot, sondern braun zu werden. Und draußen auf See leuchteten einige weiße Segel, majestätisch, elegant, als wäre nichts geschehen.

»Ich muss wieder«, seufzte Mary schließlich. »Es ist Zeit.«

»Zeit? Dein Gast ist tot! Was drängt dich zurück?«

»Eine Reservierung«, erklärte Mary. »Verrückt. Ich frage mich, wie ich dieses Problem verheimlichen soll ...«

»Du sagst einfach, dass dein vorheriger Gast bereits abgereist ist.«

»Es war seine letzte Reise.«

»La Corbière sehen und sterben«, bemerkte Susan.

»Ich könnte mir einen besseren Slogan vorstellen.«

»Klar. Aber man muss nehmen, was man kriegt!« Susan stand auf und räumte die leeren Teller weg. Der dritte Scone hatte auch nicht lange überlebt. »Nun nimm es nicht so schwer, meine Liebe. Es wird schon alles in Ordnung kommen.«

Danach, dass alles wieder in Ordnung kommen würde, sah es vorläufig jedoch nicht aus. Im Gegenteil: Als Mary wieder zum Mont du Grouet zurückkam, von dem aus der Dammweg auf den Leuchtturm abzweigte, fand sie denselben gesperrt. Ein Officer der örtlichen Polizei wachte an dem schwarz-gelben Plastikband, offenbar war er dazu abgestellt worden, niemanden durchzulassen.

»Guten Tag, Sir«, grüßte sie. »Ich bin sehr froh, dass Sie hier aufpassen. Man weiß ja nie, wer sich dem Leuchtturm nähern will, nicht wahr?«

»Und Sie sind?«, fragte der Officer.

»Oh, ich bin Mary McTarr, die Besitzerin des Corbière Lighthouse Hideaway.« Eine Feststellung, die der Polizist lediglich mit einer leicht hochgezogenen Augenbraue quittierte. »Also dann, einen schönen Tag noch«, sagte Mary und versuchte so unbefangen wie möglich zu klingen, während sie auf das Absperrband zutrat.

»Stopp, Ma'am«, gebot ihr der Polizist Einhalt. »Sperrzone.«

»Wie bitte? Das ist mein Zuhause!« Mary deutete auf den Leuchtturm. »Sie können mir nicht verbieten, nach Hause zu gehen.«

»Wenn es sich um den Schauplatz eines Verbrechens handelt und wenn dieser gesperrt ist, kann ich das nicht nur, ich muss es sogar, Ma'am.«

»Rules are Rules. Vorschriften sind nun mal Vorschriften, was?«, erwiderte Mary jovial. »Zum Glück sind wir hier auf der Insel keine Prinzipienreiter.« Sie zwinkerte ihm zu und schlug leise vor: »Soll ich Ihnen noch einen kräftigen Tee vorbeibringen? Oder vielleicht ein Glas Whisky? Sie müssen wissen, ich habe den besten …«

Der Beamte hob die Hand und schüttelte den Kopf angesichts dieses dreisten Versuchs, ihn zu beeinflussen, wenn nicht gar zu bestechen.

»Also, wenn ich jetzt nach drüben gehe, Richtung Leuchtturm, meine ich …« Mary stellte sich ganz nah an den

Mann, der vielleicht in den Vierzigern sein mochte, ein rechtschaffener Ordnungshüter in Diensten Seiner Majestät des Königs. »Dann kann ich mir nicht vorstellen, dass irgendjemand mich ernsthaft daran hindern würde. Und vielleicht …«

Ohne sie auch nur eines Blickes zu würdigen, griff der Officer zu seinem Funkgerät, drückte eine Taste und sprach die denkwürdigen Worte: »Subjekt, weiblich, nähert sich dem Tatort und weigert sich, der Aufforderung, sich zu entfernen, zu folgen. Bitte um Unterstützung zur physischen Gewahrnahme.«

»BA12 ist vier Minuten entfernt. Schicke die Kollegen gleich rüber.«

»Danke, Fiona. Over.«

»Danke, Fiona?«, keuchte Mary. »Sie fordern Verstärkung an, um mich … was? Festzunehmen?«

»Ma'am, wenn Sie nicht freiwillig den Zugang zum Leuchtturm verlassen, werden Sie ihn eben unfreiwillig verlassen.«

Fassungslos starrte Mary den Mann an. Konnte das im Ernst ein Officer der States of Jersey Police sein? Ein Polizist dieser durch und durch friedlichen Insel?

Als hätte er ihre Gedanken gelesen, blickte er sie von der Seite her an und raunte: »Eine Minute ist schon vorbei. In drei Minuten werden die Kollegen hier sein.« Er nickte ein wenig zur Seite, und Mary verstand. Auch wenn sie außer sich war, war sie ihm dennoch dankbar, dass er sie daran erinnerte, dass es besser für sie wäre, die Nacht nicht in His Majesty's Prison La Moye zu verbringen, das nur einen Katzensprung entfernt lag.

»Okay«, murmelte sie. »Okay, okay …« Sie drehte sich um und marschierte geradewegs auf das Phare zu, wo man sich ein kleines Apartment mieten konnte. Vielleicht hatten die Kollegen ja etwas frei, wo sie die nahende Nacht würde verbringen können.

Natürlich war es aussichtslos, noch eine Bleibe im Phare zu bekommen. Die Presse hatte sich längst in alles eingemietet, was noch irgendwie bewohnbar war. Presse, das hieß auch: die blutgierige Boulevardpresse. Die *Sun* hatte ein Team geschickt, der *Daily Mirror*, die *Daily Mail* war vertreten und der *Daily Telegraph*. Und die *Times*! Nicht dass die Damen und Herren sich mit Schildchen am Revers ausgewiesen hätten. Aber als erfahrene Hotelière verstand es Mary, ein Übernachtungsbuch auch dann zu lesen, wenn es auf dem Kopf stand. ITV war da, Sky Witness – und sogar die ehrwürdige BBC! Das war der Moment, in dem Mary nach Luft schnappte. Der Moment, in dem sie sich ihr Handy griff, der nächste.

»Lilly?«, flüsterte sie, als die Freundin aus La Moye sich am anderen Ende meldete.

»Mary? Bist du das? Wo bist du?«

»Habt ihr zufällig noch Platz für einen Übernachtungsgast?«

Einen Übernachtungsgast, dachte sie. Himmel! Wenn das nur gut ging mit Mr Smith, der am nächsten Tag anreisen würde.

6

Vielleicht war es eine Ironie des Schicksals, dass sie das Gefängnis La Moye vom Anwesen der alten Ferienfreundin aus sehen konnte. Das Cottage, in dem die Ellfords lebten, lag etwas über den anderen Häusern des Orts und hatte Seeblick. Aber vom Küchenfenster aus waren die düsteren Mauern des Justizgebäudes zwischen den alten Apfelbäumen hindurch zu erkennen.

»Ich dachte wirklich, jetzt sperren sie mich ein«, erklärte Mary kopfschüttelnd. »Und jetzt sperren sie mich aus!«

»Das hat Witz«, bemerkte Lilly.

»Absolut«, stimmte Mary zu. »Ich lach mich tot.«

»Tut mir leid, Darling, so meinte ich es nicht«, entschuldigte sich Lilly, die sich ein Kopftuch auf reichlich abenteuerliche Art und Weise umgebunden hatte, obwohl es auch jetzt am Abend noch angenehm warm war.

»Denkst du, er bleibt die ganze Nacht dort stehen?«

Lilly zuckte die Schultern. »Ich vermute, er wird erst Feierabend machen, wenn die letzten Touristen weg sind.«

»Also bei Einbruch der Dunkelheit«, sinnierte Mary. »Vielleicht hast du recht. Kennst du den Mann? Freddy Blackwood war es jedenfalls nicht.«

»Es könnte Officer Burns aus St. Brelade sein. So ein Kleiner, Dicker?«

»Nein. Eher groß und hager.« Mary schob der Freundin ihr Glas erneut hin, worauf diese Whisky nachgoss. Zum zweiten Mal. Aber aufregende Ereignisse brauchten beruhigende Drinks. Und Lillys Mann Thomas verstand etwas von guten Bränden. Er stellte im Herbst, wenn die letzten Äpfel von den Bäumen fielen, einen eigenen Calvados her, der es mit den großen Tropfen dieser Spezies uneingeschränkt aufnehmen konnte.

»Dann ist es Officer Farnsworth aus St. Aubin. Eigentlich ein ganz umgänglicher Mensch. Aber natürlich Engländer.«

Mary verdrehte die Augen. Engländer. Sie waren die invasive Art auf der Insel. Von Jahr zu Jahr gab es mehr von ihnen. Das hätte nicht sehr viel ausgemacht, hätten sie sich nicht in dem absurden Missverständnis befunden, Jersey sei eine englische Insel. Was sie mitnichten war! Jersey war Crown Dependency: Krongut! Dieses Juwel im Atlantik gehörte nicht einmal zu Großbritannien, es war im Grunde weniger englisch als Schottland. Es mochte der englischen Krone unterstellt sein, aber es war weder Teil des Vereinigten Königreichs noch eine Kronkolonie, sondern eine selbst verwaltete Vogtei – und darauf waren die Menschen auf Jersey stolz, auch wenn nur noch wenige von ihnen die alte Inselsprache, das Patois, beherrschten, ein normannisch geprägtes Französisch, aus dem allerlei eigentümliche und eigensinnige Begriffe hervorgegangen waren.

»Nun, er kann ja nichts dafür«, befand Lilly, womit sie wieder einmal recht hatte. »Aber jetzt erzähl doch, wie du den Mann gefunden hast.«

Also schilderte Mary ihrer Freundin, wie sie auf Krabbenfang gegangen war und sich schon im Glück wähnte: »Ich denke in diesem Moment, da habe ich ein besonders prächtiges Tier vor mir, und greife nach den Beinen – nur dass es keine Beine waren, sondern Finger!«

Lilly schrie entsetzt auf. »Finger? Du hast die Finger angefasst?«

»Ich habe daran gezogen, weil ich die Krabbe unter dem Stein hervorholen wollte. Stattdessen war es Mr Plummers Hand. Bleich und verkrallt war sie. Zuerst habe ich mich mächtig erschrocken und bin erst einmal etwas nach hinten gestolpert, beinahe wäre ich abgestürzt, meine Güte. Ich sage dir ...«

»Und dann?«

»Na ja, dann habe ich den Rest von Mr Plummer entdeckt. Er sah im Grunde ganz friedlich aus. Abgesehen vom Messer.«

»Er hatte ein Messer?«

»Im Rücken, ja. Mein Messer.« Mary schüttelte sich leicht. »Leider.«

»Wie kann er dein Messer im Rücken gehabt haben?« Lillys Wangen waren so rot wie Apfelbäckchen, ob vom Schnaps oder vor Aufregung, wer hätte das schon zu sagen vermocht.

»Nun, ich schätze, er hat es sich nicht selbst in den Rücken gerammt«, stellte Mary fest und leerte ihr Glas.

»Vermutlich nicht«, stimmte Lilly zu. »Und sonst? Wie sah er aus? Was hatte er an?«

Ja, dachte Mary. Wie sah er eigentlich genau aus? Hatte

er eine Jacke angehabt? Welche Schuhe hatte er getragen? Die handgenähten, kalbsledernen? Nein, die hatte sie ja am Morgen noch geputzt. Aber sonst: Sie konnte sich nicht erinnern, und das machte sie ärgerlich.

»Aber er war zurückgekommen in dein Hotel, oder?«, bohrte Lilly weiter. »Du hast ihn gesehen.«

»Gesehen habe ich ihn. Und später noch gesprochen, da war er auf seinem Zimmer und irgendwie ein wenig unwirsch.«

»Hatte er Besuch?«

»Es war Flut!«

»Das ist keine Antwort auf meine Frage.« Draußen war ein Auto zu hören. »Oh, das ist Thomas. Er wird sich freuen, dass wir dich heute als Übernachtungsgast bei uns haben!«

»Habt ihr nicht, Lilly. Aber danke für die Einladung. Ich habe es mir nämlich überlegt: Ich will mich nicht aus meinem Zuhause vertreiben lassen.« Mary stand auf und wankte ganz leicht, als sie sich zur Tür wandte, um den Ehemann ihrer alten Ferienfreundin zu begrüßen: »Hi, Tom! Wie schön, dich zu sehen.«

Der Juwelier, der in seinem grauen Dreiteiler wie immer äußerst distinguiert wirkte, betrachtete Mary mit ausdruckslosem Gesicht. »Und ich bin froh, dich wohlauf anzutreffen«, sagte er schließlich und trat auf sie zu, um ihr links und rechts ein Küsschen auf die Wange zu geben, ehe er seiner Frau einen innigen Kuss auf die Lippen drückte. »Nach allem, was man hört, haben sich dramatische Dinge auf deinem Leuchtturm zugetragen.«

»Auf dem Leuchtturm zum Glück nicht. Aber auf dem Felsen. Leider. Mein erster Gast. Offenbar wurde er ermordet.«

»Wer tut denn so was?«, fragte Thomas. Und kurz danach: »Ist das Whisky?« Er schenkte Lillys Glas noch einmal voll und genehmigte sich einen Schluck.

»Das werde ich wohl herausfinden müssen«, erklärte Mary. »Denn so, wie es aussieht, hat man auf unserer schönen Insel niemand Besseren als Detective Inspector Archibald Harsh für solche Fälle.«

»Harchie? Nicht dein Ernst«, erwiderte Thomas und schien nicht zu wissen, ob er lachen oder weinen sollte.

»Absolut. Und wenn ich mich auf den verlassen muss, sehe ich mich schon ins Kittchen wandern. Einmal hat er mir einen Strafzettel verpasst, weil ich in meiner eigenen Auffahrt stand! Ich glaube, es gibt keinen gnadenloseren Paragrafenreiter als ihn. Na ja, er war schon in seiner Jugend ein schrecklicher Rechthaber.«

»Immerhin hast du uns«, erklärte Lilly. »Wir werden dir beistehen, komme, was wolle.«

»Danke, Lilly«, sagte Mary. »Aber jetzt musst du mich erst einmal fahren, du hast weniger getrunken als ich.«

Es dämmerte über dem Mont du Grouet. Der letzte Bus Richtung St. Helier war vor Kurzem abgefahren und hatte ein paar Touristen mitgenommen, die sich noch vor Ort befunden hatten. Jetzt lagen der Felsen und der Leuchtturm so unberührt da, als wäre hier nie etwas geschehen. Nur die lange, hagere Gestalt von Officer Farnsworth stand noch etwas verloren neben dem längst geschlossenen Eiswagen von Mr Godsby und reckte das Kinn, als paradierte er vor Windsor Castle. Er wollte gerade wieder seine kleine Runde aufnehmen, die ihn bis hinunter zu den Cottages am Ende des Dammwegs führte, da ruckelte ein blauer Toyota um die Ecke und blieb prompt wenige Schritte vor seinen Füßen stehen.

»Officer!«, rief Lilly Ellford, die so umständlich herauspurzelte, dass sie ihm beinahe auf genau jene trat. »Ich weiß nicht, was los ist. Der Wagen … also, er macht Probleme.«

»Ma'am?« Der Polizist trat automatisch einen Schritt zurück und betrachtete die Frau voll Skepsis.

»Oh! Sie sind es, Officer Farnsworth. Was für ein Glück! Sie können mir vielleicht helfen. Ich vermute, ein Reifen ist platt?« Sie blickte ihn mit großen Augen an. Mit sehr großen. Lilly Ellford war sich durchaus bewusst, welche Wirkung ihr Augenaufschlag auf Männer hatte. Nämlich eine beträchtliche. Officer Farnsworth machte da keine Ausnahme. Er räusperte sich und ging um das Fahrzeug herum.

»Nun ja«, sagte er. »Sieht in der Tat so aus, als müsste man den Reifen wechseln.«

»O Gott, o Gott, o Gott«, jammerte Lilly und schlug die Hände vors Gesicht. »Und mein Mann musste heute geschäftlich nach London. Wie komme ich denn jetzt nach Hause?«

»Ich könnte Sie mitnehmen, wenn Sie noch ein wenig warten«, schlug der Polizist vor.

»Ach, Sie sind ein Schatz, Officer, wirklich. Aber ich kann das Auto nicht einfach dalassen, wissen Sie?«

Augenblicke später hatte sie es geschafft, dass Officer Farnsworth mit dem Wagenheber hantierte, während auf der anderen Seite des Toyotas eine junge Frau vorbeihuschte und Richtung Dammweg verschwand, lautlos wie eine Felsenkrabbe, flink wie eine Raubmöwe.

Mary ließ den Eiswagen hinter sich und lief stramm auf den ersten der alten Nazibunker zu, die hier wie überall auf der Insel die Küste verschandelten. Sie war schon beinahe bei Mr Colemans Cottage angelangt, als sie zusammenfuhr. Die Sirene! Tatsächlich schwappten die ersten Wellen über den Dammweg. In wenigen Minuten würde die Flut den Leuchtturm von der Insel abschneiden. Gut getimed, dachte sie, dann wäre sie sicher vor dem Zugriff der Polizei und würde sich in aller Ruhe für ein paar Stunden ihren Nachforschungen widmen können.

Leider hatte nicht nur sie die Sirene gehört, sondern auch Officer Farnsworth. Er kannte natürlich den Ton und seine Bedeutung, doch unter den gegebenen Umständen ließ er vom Wagenheber ab und blickte pflichtschuldig in Richtung La Corbière. Vielleicht hätte er bei dieser Gelegenheit einen Schatten gesehen, womöglich gar einen Menschen in diesem Schatten erkannt. Dass er allerdings Mary Euna McTarr als diesen Schatten identifizierte, lag daran, dass Mary ungeschickt genug war, im selben Moment zurückzublicken, sodass er ihr Gesicht in der Dämmerung sehen konnte.

»Hallo!«, rief er und rumpelte hoch, nicht ohne sich das

Knie am Wagenheber anzuschlagen und für einen Augenblick vor Schmerz um Luft zu ringen. »Ma'am? Miss! Hallo!«, konkretisierte er seine Ansprache, als er wieder bei Stimme war. »Miss ... Wie heißt sie noch?«, wandte er sich an Lilly.

»Pardon?«

»Die Frau, die hier wohnt?«

»Wo wohnt?« Lilly gab sich ahnungslos.

»In dem Leuchtturm. Die mit dem Hotel.«

»Mrs Smith?«, schlug Lilly vor.

»Nein, nein. Ganz anders.« Der Officer schüttelte vehement den Kopf und brüllte: »Hey! Miss! Stopp!«

»Jones vielleicht?«, überlegte Lilly laut. »Oder Baker?«

Mary lief, so schnell sie konnte. Sie wandte sich nicht mehr um und verstand das Geschrei des Officers längst nicht mehr, als sie den Vorplatz des Leuchtturms erreichte, auf dem immer noch Mr Plummers Auto stand. Als wäre nicht auf der anderen Seite der Zugang zum Felsen ohnehin weitläufig mit Polizeiband abgesperrt, hing auch quer über das schöne alte schmiedeeiserne Tor die schwarzgelbe Plastikbanderole. »Crime Scene – Polizeiabsperrung« stand darauf und »Do not cross – Nicht überqueren«.

Officer Farnsworth indessen war im Begriff, den unbefugten Zutritt zum Tatort zu unterbinden, und griff nach seiner Uniformjacke, die er ausgezogen hatte, um sich mit dem Reifen zu befassen.

»McTarr«, knurrte er.

»Richtig!«, rief Lilly. »Miss McTarr! So eine nette Person. Wie konnte ich nur ihren Namen vergessen?«

»Tut mir leid, Ma'am, ich muss die Frau verfolgen. Sie betritt gerade ohne Erlaubnis den Ort eines Verbrechens.«

»Sie sind wirklich ein Held, Officer«, erklärte Lilly und hoffte, dass Mary sich inzwischen sicher auf der anderen Seite befand, am besten im Leuchtturm, und dass sie diesen hinter sich abgesperrt hatte – und den Polizisten damit ebenso sicher ausgesperrt. »Aber gilt denn das Gesetz nicht auch für Sie?«

»Das Gesetz? Das gilt für jeden, Ma'am!«

»Nun, dann werden Sie warten müssen, Officer. Die Sirene bedeutet, dass man den Dammweg nicht mehr betreten darf.« Sie zuckte die Schultern. »Außerdem kommt die Flut.« Lilly deutete auf einige bemerkenswerte Wellen, die in diesem Moment über den tiefsten Punkt des gemauerten Wegs rollten. »Viel zu gefährlich.«

Mit heftig pochendem Herzen drückte Mary die Tür hinter sich zu und schloss für einen winzigen, für einen wunderbaren Moment die Augen, um der Dankbarkeit Raum zu geben, die sie jedes Mal empfand, wenn sie den Leuchtturm betrat, an diesem Abend aber ganz besonders. Es war nicht so, dass sie nicht schon gelegentlich die Flut auch mal verflucht hätte, die den Felsen von der Insel abschnitt und seine Bewohner zur Einsamkeit verdammte. Doch diesmal konnte sie die Gezeiten nicht als Zumutung, sondern als Segen betrachten. Die schäumende See hatte verhindert, dass jemand ihr nach La Corbière folgte – namentlich die Polizei.

Und nun ans Werk und noch einmal sorgfältig das Gepäck von Mr Plummer durchforsten. Ihn selbst würde es nicht mehr stören. Aber womöglich gab es irgendetwas, das Aufschluss über seine Kontakte gab, irgendeinen Hinweis auf Verabredungen oder Vorhaben. Voller Tatendrang stieg sie die Stufen zum Sailor's Room hinauf, vorbei an den alten Stichen, die sie an den Wänden aufgehängt hatte und die stürmische Windjammerromantik zeigten. Sie war gerade vor Mr Plummers Tür angelangt, als sie das Siegel des Criminal Departments entdeckte. Sie bestaunte es und zerriss es dann beherzt. In diesem Moment läutete ihr Handy.

»Das Corbière Hideaway, Mary McTarr am Apparat«, sagte sie mit ihrer freundlichsten amtlichen Stimme.

»Das Police Department St. Helier, Detective Inspector Harsh hier«, meldete sich am anderen Ende die ihr wohlbekannte Stimme. »Miss McTarr, Sie haben ordnungswidrig ein polizeilich gesperrtes Areal betreten. Ich fordere Sie hiermit auf, den Leuchtturm unverzüglich zu verlassen.«

»Unverzüglich«, wiederholte Mary und blickte sich in dem Zimmer um. Die Spurensicherung hatte einiges durcheinandergebracht. Aber sie hatte offenbar alles dagelassen – oder zumindest den größten Teil der Habseligkeiten, mit denen der Gast angereist war. Und eine gewisse Unordnung hatte ja schon bestanden, als sie am Morgen das Zimmer gemacht hatte. »Was soll das heißen?«

»Das soll heißen, so schnell wie möglich, Mary!«, knurrte Harsh. Offenbar stand es mit seinen Nerven nicht zum Besten, da er unvermittelt zum Vornamen gewechselt war.

Prompt sah Mary vor ihrem inneren Auge den Jungen, der sich in den Sommerferien darüber beklagt hatte, dass ihm beim Vater-Mutter-Kind-Spiel stets die Rolle des Kindes zugedacht war, obwohl er doch – wie er seinerzeit nicht zu betonen müde wurde – mehr als einen ganzen Monat älter war als die gemeinsame Freundin Lilly!

»Aber sicher, Detective Inspector«, erwiderte Mary. »Ich werde mich ohne Einschränkungen an Ihre Weisungen halten.«

»Gut. Dann erwarte ich Sie hier in der Zentrale in der King Street.«

»Oh!«, sagte Mary und hoffte, dass er ihr Lächeln nicht hörte. Nun ja, vielleicht wollte sie es doch. »Sie werden die Nacht auf dem Revier verbringen?«

»Die Nacht?«

»Ich kann erst vom Felsen weg, wenn Ebbe ist. Das sollte gegen 5:59 Uhr der Fall sein.« Sie zog sich einen Stuhl in die Mitte des Raums und setzte sich, um die Szenerie als Ganzes auf sich wirken zu lassen.

»Um fünf Uhr …«, keuchte der Polizist.

»Schnellstmöglich. Wie Sie es angeordnet haben, Sir.« Tja, es würde einiges an Arbeit bedeuten, die vier Koffer sorgfältig durchzusehen. Dazu alles, was der Gast ausgepackt hatte. Und natürlich das, was es sonst noch im Zimmer zu beachten gab.

»Um sechs Uhr wird Sie der Officer am Mont du Grouet erwarten«, bestimmte Harsh, und es war aus seinen Worten überdeutlich herauszuhören, welche Überwindung es ihn kostete, nicht sogleich das Telefon gegen die Wand zu schleudern. »Ich erwarte, dass Sie ihn keine Minute warten lassen.«

»Keine Minute, Detective Inspector, versprochen«, erwiderte Mary im freundlichsten Ton und beendete das Gespräch, bevor er es tun konnte. Sie würde also Zeit haben, genügend Zeit, um sich den Dingen angemessen zu widmen. Aber zuerst musste sie alles sorgfältig fotografieren. Denn dass die Spurensicherung von Mr Plummers Zimmer Aufnahmen gemacht hatte, war klar. Und es sollte ja nicht danach aussehen, als hätte sich jemand daran zu schaffen gemacht.

II

Mord im Paradies auf Erden?

7

»Susan? Die ist noch drüben in St. Aubin«, erklärte einer
der hübschen jungen Kellner, die die Freundin in ihrer
Caféterie in St. Brelade's Bay beschäftigte. »Sie macht ein
paar Besorgungen.«

Susan hatte einen Blick für das Schöne – und der sparte
das Aussehen ihrer Mitarbeiter nicht aus. Was vermutlich
mit ein Grund dafür war, dass das Café bei den Frauen von
Jersey zu den beliebtesten gehörte. Von den Touristinnen
ganz zu schweigen. Schon allein die auf Taille geschnitte-
nen Hemden, die ebenfalls schmal geschneiderten Hosen,
die mit Kummerbund getragen wurden wie beim Smo-
king … Susan hatte einfach Geschmack.

»Kein Problem. Dann gehe ich noch ein wenig spazieren.« Obwohl Mary einen Kaffee gut hätte brauchen können nach dem neuerlichen Besuch in der Polizeizentrale am
Royal Square von St. Helier. Harsh war offensichtlich übernächtigt gewesen – und entsprechend ungenießbar. Dabei
hatte sie sich sogar zu einer Friedensgeste hinreißen lassen
und ihm ein paar frisch gebackene Muffins mitgebracht,
die er allerdings ungerührt stehen gelassen hatte, nur um
seine Besucherin ins Gebet zu nehmen. Dass eine Polizeiabsperrung eine Polizeiabsperrung war und ein amtliches
Siegel ein amtliches Siegel, das verstand sie durchaus. Dass

aber ein Zuhause ein Zuhause und ein Hotel ein Hotel war, das schien er umgekehrt nicht zu verstehen. Und von einem »vernünftigen Arrangement«, wie sie es ihm vorgeschlagen hatte, wollte Harsh überhaupt nichts wissen. Längst war er auch wieder bei der förmlichen Anrede gelandet und nannte sie »Miss McTarr«.

Schon seltsam, dachte Mary, als sie die Treppe hinunter zum Sandstrand ging, der sich über die ganze Bucht erstreckte und in wenigen Stunden wieder voller Touristen sein würde, die sich in der Sonne räkelten oder Sport trieben. Harsh war kaum älter als sie, aber er wirkte, als wäre bereits alles Leben aus ihm gewichen. Kein Funken Humor, keine Prise Fröhlichkeit – und die Neugier war ausschließlich professionell, sonst hätte er die Muffins zumindest probiert. Dabei wirkte er nicht einmal unsympathisch, eher frustriert, wie jemand, der nie bekam, wonach er sich sehnte. Schwer zu sagen. Mary wunderte sich selbst, dass sie ihn eigentlich mochte, obwohl er vermutlich in seinem Leben kein freundliches Wort ihr gegenüber verlieren würde. Nun, vielleicht änderte er sich ja irgendwann noch und entdeckte, dass es im Leben mehr gab als den Beruf und die Pflicht und dass keineswegs alle Mitmenschen Ausgeburten des Bösen waren. Bei dem Gedanken musste sie lachen.

Sie blickte sich um. Wie sehr sie diesen Strand liebte, wenn er menschenleer war. In den kalten Monaten hatte sie es genossen, hier gelegentlich spazieren zu gehen. Und jetzt, in den sommerlichen Morgenstunden, war es sogar noch schöner, weil die Sonne schon am Himmel stand und eine sanfte Wärme spendete. Die See hatte sich weit zurückgezogen, und sie ging auf der zwar brettharten, aber doch auch sanften Fläche des nassen Sandes. Gelegentlich kam sie an ein paar Felsbrocken vorbei, an denen sich Muscheln festgesaugt hatten und an denen die Wellen so lieblich ausrollten, als wollten sie einem immerzu die Füße küssen.

Mary hatte ihre Schuhe ausgezogen und trug sie in der Hand, während sie so dahinwanderte und es genoss, wie der Wind in ihren Haaren spielte. Es war ein Moment des reinsten Friedens – bis ihr plötzlich in den Sinn kam, dass sie nicht nur ihren ersten Gast verloren hatte, sondern dass es ja eine Anmeldung gab! Mr Smith würde im Laufe des Tages anreisen! Die Erkenntnis, dass sie vor einem noch viel größeren Problem stand als ohnehin schon, traf sie so unvermittelt, dass sie beinahe über ein angeschwemmtes Stück Holz gestolpert wäre.

»Hoppla!«, rief jemand in einiger Entfernung. »Alles in Ordnung?«

»Susan! Ich war so in Gedanken …«

Die Freundin kam auf sie zu. »Hab schon gehört, dass du nach mir gesucht hast.«

»Ach, ich war auf dem Weg zu Lilly und dachte, ich könnte vorher einen Kaffee bei dir trinken. Ich habe gerade ein morgendliches Verhör hinter mir. Auf dem Polizeirevier in St. Helier.«

»Du meine Güte! Du kommst aus der Hauptstadt?«

»Mit dem Bus. Harchie hat mich zwar abholen, aber nicht mehr zurückbringen lassen.«

»Jedenfalls eine glänzende Idee, einen Zwischenstopp bei mir einzulegen«, befand die Freundin. »Aber entscheiden wir uns für Tee. Ich wüsste ohnehin gerne deine Meinung zum Krönungstee von Cartwright & Mason, den ich gerade in St. Aubin gekauft habe.«

Die Freundinnen machten sich auf den Weg zurück zur Caféterie und ließen sich von Jamie, einem sportlichen jungen Mann mit blondem Kurzhaar, der offenbar die Semesterferien über hier jobbte, einen Sonnenschirm aufspannen. Während Susan sich um den Tee kümmerte, rief Mary bei Matt an, der sollte inzwischen wach sein. Seit den Vorkommnissen um Mr Plummer hatte sie praktisch keine Gelegenheit gehabt, mit ihm zu sprechen. Zuerst war sie vernommen worden, danach hatte man ihn zur Vernehmung gebeten, parallel hatte die Polizei den Leuchtturm und den ganzen Felsen abgesperrt. Mary war in dieser Zeit vor allem damit beschäftigt gewesen, zu protestieren. Später dann war Matt verschwunden – und nun war er auch nicht erreichbar. Das Handy war jedenfalls ausgeschaltet.

»Erzähl«, forderte Susan sie auf, als sie mit einem Tablett nach draußen kam und Tee und Scones servierte. »Milch?«

»Lieber ohne. Du möchtest ja mein Urteil zum Krönungstee hören, mit Milch lässt sich das nicht so gut einschätzen.«

»Alles klar. Aber zuerst musst du mir berichten, was es Neues gibt«, drängte die Freundin.

»Tja, ich zeige dir mal, wie es in Mr Plummers Zimmer aussieht.«

»Ist der Leuchtturm nicht abgesperrt?«

»Schon. Aber ich war drin. Und ich habe alles fotografiert.« Mary rief die Bilder auf ihrem Smartphone auf und legte es auf den Tisch. »Hier. Du musst wissen, Mr Plummer war ein ziemlich ordentlicher Mensch, fast ein bisschen pedantisch.«

»Auf den Fotos ... das Durcheinander hat vermutlich die Polizei bei der Durchsuchung hinterlassen, oder?«, gab Susan zu bedenken.

»Sie hat es aber nicht weniger wüst vorgefunden. Ich war ja in dem Zimmer, als ich nach ihm gesehen und ein bisschen Ordnung gemacht habe.«

»Da war er schon weg, richtig?«

»Richtig. Und ich frage mich, ob er das Chaos wirklich selbst hinterlassen hat.«

»Aber wenn jemand anderes im Leuchtturm aufgetaucht wäre, hättest du das nicht merken müssen?«

Mary seufzte. »Ja und nein. Wenn ich unten bin, kann keiner an mir vorbei, ohne dass ich ihn sehe. Aber wenn ich oben bin ... Und ich wohne zurzeit noch im Kartenraum.«

»Du meinst, es hätte tatsächlich jemand hineingelangen können, der im Leuchtturm nichts zu suchen hatte?«

»Denkbar wäre es«, bestätigte Mary. »Zumal bei dem Sturm.« Denn das war ihr auch in den Sinn gekommen: Bei Sturm war es auf La Corbière so laut, dass nahezu alles passieren konnte, ohne dass man es merken würde.

»Aber sollte das der Fall gewesen sein, wie ist derjenige dann wieder verschwunden?«

Darüber hatte Mary noch nicht nachgedacht. Was, wenn er gar nicht fort war? Was, wenn er sich irgendwo versteckt gehalten hatte, bis die Ebbe kam, und dann, als Mary auf Krabbenfang ging, den richtigen Augenblick abgewartet hatte, um … Es schauderte sie bei dem Gedanken. »Ich könnte mit einem Mörder unter einem Dach gewesen sein«, flüsterte sie.

»Wie aufregend!«, rief Susan unpassend aus, sie schien ziemlich begeistert von dieser Idee. »Und ist dir denn sonst irgendetwas Außergewöhnliches aufgefallen? Im Zimmer, meine ich.«

»Tja.« Mary versuchte sich die Details vor Augen zu führen. »Ich bin sicher, man sieht immer mehr, als man wahrnimmt. Aber was das gewesen sein könnte – ich habe keine Ahnung.«

»Kein abgerissener Knopf?«, scherzte Susan. »Kein vergessener Damenstrumpf?«

»Falls ich so was auf meinen Fotos entdecke, erzähle ich dir davon«, versprach Mary.

»Fein. Aber jetzt musst du meinen neuen Tee probieren!«

Vielleicht war es wirklich so einfach, vielleicht musste man sich schlichtweg um die wichtigen Dinge des Lebens kümmern, statt sich auf den Schrecken zu konzentrieren: Tee zum Beispiel. Mary nahm die Tasse zur Hand und ließ den Duft des Getränks auf sich wirken, was sie unmittelbar ein wenig beruhigte.

»Schön rund«, sagte sie. »Mit einer herben Note. Sehr englisch.«

»Nicht schlecht.« Susan lehnte sich zurück und betrachtete die Freundin neugierig.

Mary nippte und schloss die Augen, bewegte den Tee ein wenig im Mund und atmete durch die Nase ein, weil das Aroma durch die frische Luft noch verstärkt wurde. Dann nickte sie, schluckte und stellte die Tasse zurück.

»Den kannst du deinen Gästen guten Gewissens servieren.«

»Ist ja eigentlich nicht meine bevorzugte Marke.«

»Ich weiß. Aber für die Coronation Blend haben sie sich Mühe gegeben. Das sind hervorragende Teesorten, gut fermentiert und gut gemischt, solides Handwerk. Die Engländer werden ihn jedenfalls lieben.«

»Die Engländer lieben alles, was aus England kommt«, stellte Susan fest, worauf sie beide lachen mussten. Doch wurde die Freundin unvermittelt wieder ernst. »Aber jetzt sag mal, wie geht es denn dem armen Matt in La Moye?«

»In La Moye? Er wohnt doch in St. Brelade.«

»Aber ... Weißt du gar nicht, dass sie ihn verhaftet haben? Er sitzt im Gefängnis von La Moye!«

»Selbstverständlich werden Sie mich zu ihm vorlassen, Officer«, erklärte Mary zutiefst überzeugt, als sie wenig später vor dem diensthabenden Vollzugsbeamten des HM Prison La Moye stand. »Ich bin immerhin seine Arbeitgeberin!«

»Tut mir leid, Ma'am«, erwiderte der vierschrötige, aber gutmütige Mann gelassen. »Aber ohne gültige Besuchserlaubnis kann ich Sie nicht zu dem Inhaftierten lassen. Außerdem müssen Sie sich an die Besuchszeiten halten. Die sind …«

»Er ist unschuldig!«, rief Mary empört und schlug mit der flachen Hand auf die hölzerne Theke, hinter der der Vollzugsbeamte saß.

Der hob eine Augenbraue und ließ sie wissen: »Ein Angriff gegen Mitarbeiter oder Einrichtungen der Justiz könnte dazu führen, dass Ihnen eine Besuchserlaubnis dauerhaft verwehrt wird.«

»Officer«, versuchte es Mary freundlich, nachdem sie sich einige Atemzüge später gefasst hatte. »Sie sind doch ein vernünftiger Mann. Sehe ich aus wie jemand, der hier Ärger macht?«

»Ehrlich gesagt …«

»Oder lassen Sie es mich so sagen: Wollen wir nicht alle ein gutes Miteinander?« Sie setzte ihr professionelles Lächeln auf, das besagte: »Es ist alles in bester Ordnung, ich kümmere mich um Sie« – so wie sie es in ihren Jahren in der Hotellerie gelernt hatte. »Ich bin sicher, Sie können es einrichten, dass ich mir zumindest ein Bild davon machen kann, dass es Matt Johnson gut geht.«

Er konnte es nicht. »Tut mir leid«, sagte er. »Ohne gültige und aktuelle Be…«

»Schon gut«, unterbrach ihn Mary. »Sie tun nur Ihre Pflicht, das kann ich verstehen. Einen schönen Tag noch.« Sie wandte sich gerade ab, als ihr Handy klingelte. »McTarr?«

»Mary, ich bin's, Lilly. Ich wollte dich nur fragen, ob …«

»Oh!«, rief Mary. »Detective Inspector Harsh! Wie nett, dass Sie sich melden.«

»Mary? Hier ist Lilly. Ist alles in Or…«

»Nein, nein, machen Sie sich keine Sorgen. Wir bekommen das gemeinsam ganz sicher in den Griff.«

»Geht es dir gut, Maryschatz?«, fragte Lilly langsam etwas skeptisch.

»Doch, das hätte ich, Detective Inspector. Aber leider hat mich der diensthabende Officer nicht zu ihm vorgelassen.«

»Äh …?«

»Sir! Nein, nein, kein Grund für ein Disziplinarverf… Nein, wirklich! Der Mann tut nur seine Pflicht. Ich bin ja keine …«

»Ich wüsste zu gerne, wer uns gerade zuhört.«

»Der Name des Officers?« Mary schielte zu dem Vollzugsbeamten, der sie mit gerötetem Kopf anstarrte, als erwarte er jeden Augenblick ein Urteil des Jüngsten Gerichts. »Bitte, Detective Inspector, selbst wenn ich ihn wüsste … Nein, ich möchte den Mann keinesfalls in Schwierigkeiten bringen.«

»Ich würde ihn gerne sehen, diesen Mann«, sagte Lilly kichernd. »Übertreib es bloß nicht! Wenn du mit der Nummer auffliegst …«

»Wie? Ich soll ihn ans Telefon holen? Na ja, wenn Sie möchten …«

»Mary? Ich kann mich nicht gut für Harchie ausgeben, oder?«

»Sehr gerne. Moment.« Mary trat näher an die Empfangstheke und erklärte dem Vollzugsbeamten: »Detective

Inspector Harsh möchte Sie gerne sprechen, Sir. Es tut mir leid.« Und ins Handy: »Ich übergebe Sie jetzt dem Officer, Sir, ja? Oh! Ach, natürlich. Selbstverständlich. Machen Sie sich keine Gedanken. Sicher, Sie können ihn später anrufen, er ist bestimmt noch länger erreichbar, nicht wahr?«, sagte sie mit Blick auf den Officer, der ruckartig nickte und murmelte: »Bis fünf Uhr.«

»Sie haben es gehört? Gut, dann eilen Sie, Detective Inspector! Eilen Sie und schützen Sie uns vor dem Bösen!«

»Meine Güte, Mary«, rief Lilly am anderen Ende. »Trag mal lieber nicht zu dick auf. Melde dich, wenn du wieder sprechen kannst.«

»Danke, Sir. Das werde ich.« Mary beendete das Gespräch. »Tja«, sagte sie dann zu dem Vollzugsbeamten. »Schade, dass es nicht geklappt hat. Der Detective Inspector wird sich später persönlich bei Ihnen melden, um die Angelegenheit zu klären.«

»Hören Sie, Ma'am«, erklärte der Officer und hüstelte. »Ich schätze, in Ihrem Fall ließe sich auch eine Ausnahme machen. Ich würde nur gerne … Also: Wenn ich Sie zu einem kurzen Besuch bei Mr Johnson zulasse, dann würde ich das ungern im Besucherverzeichnis eintragen. Weil, nun ja, es liegt ja keine offizielle Besuchserlaubnis vor, keine schriftliche. Wenn Sie verstehen, was ich meine …«

»Aber sicher, Officer.« Mary legte ihm eine Hand auf den Arm. »Das verstehe ich vollkommen.« Sie senkte die Stimme. »Das bleibt unter uns, seien Sie unbesorgt.«

Falls sie erwartet hatte, einen blassen, verstörten Matt Johnson vorzufinden, dem es naheging, verhaftet worden zu sein, so täuschte sie sich: Matt erwartete sie mit seinem frechen Grinsen und kaute auf einem Kaugummi herum, als er in den Besuchsraum trat und sich ihr gegenüber hinsetzte.

»Hi!«, sagte er, während er vom Wärter, der ihn gebracht und neben der Tür Aufstellung genommen hatte, kritisch beäugt wurde, als würde hier ein Kapitalverbrecher vorgeführt. Aber vielleicht dachte er das ja. »Alles klar?«

»Ach, Matt!«, gab Mary von sich und griff nach seiner Hand, worauf sich der Beamte vernehmlich räusperte und sie sie wieder zurückzog. »Es tut mir ja so leid!« Überrascht nahm sie zur Kenntnis, dass er seine Hoteluniform trug.

»Alles cool, Mary«, erwiderte der junge Mann und zuckte mit den Schultern. »Früher oder später müssen sie mich wieder rauslassen. Schließlich hab ich nichts mit der Sache zu tun.«

»Natürlich, Matt. Aber ob sie das bald herausfinden oder länger brauchen …? Doch wie kam das denn, warum um alles in der Welt wurdest du verhaftet?«

»Sie haben meine Fingerabdrücke auf dem Messer gefunden.«

»Auf der Mordwaffe?«

»Sieht so aus.«

»Aber es war ein Messer aus dem Hotel. Wenn deine Fingerabdrücke darauf waren, dann ganz sicher auch meine!«

»Schätze, du hast auf 'ne blöde Frage nicht 'ne blöde Antwort gegeben. So wie ich.«

»Hast du gesagt, du stichst öfter mal einen ab, wenn dir dessen Nase nicht gefällt?«, scherzte Mary.

»Woher weißt du das?«

»Nicht dein Ernst!«

»Na und? Er hätte ja auch was Intelligentes fragen können.«

Nachvollziehbar, dachte Mary, aber das war wohl eher nicht das Talent von Archibald Harsh. »Ich fürchte einfach, das hier kann letztlich doch lange dauern, wenn wir nicht selber herausfinden, wer das getan hat.«

Matt zog skeptisch die Augenbrauen hoch. »Das dürfte schwierig sein. Ich meine: Bei Sturm könnte das jeder getan haben, oder? Niemand war draußen. Also hat niemand was beobachtet.«

»Da magst du schon recht haben«, stimmte Mary zu. »Aber vielleicht helfen uns auch Beobachtungen, die vorher oder nachher stattgefunden haben.« Sie lehnte sich vor und flüsterte: »Ist dir denn irgendetwas aufgefallen, als du nach Hause gefahren bist? Jemand, der sich seltsam benommen hat oder so?«

Lachend lehnte Matt sich zurück. »Du meinst, ob mir vielleicht ein Typ mit Fleischermesser über den Weg gelaufen ist?«

Der Wächter nahm plötzlich Haltung an. Das schien ihn zu interessieren.

»Irgendjemand, Matt!«, beharrte Mary. »Dass das Messer von uns stammte, daran besteht ja kein Zweifel. Aber jemand muss es ihm in den Rücken gestoßen haben.«

Matt blickte nachdenklich vor sich hin. »Stimmt. Das

kann er kaum selbst erledigt haben. Aber ich habe eigentlich niemanden gesehen, der mir aufgefallen wäre.« Auf einmal zuckten seine Augen ein wenig.

»Oder doch?«, bohrte Mary weiter.

»Aber sicher ist sie keine Mörderin«, erklärte der junge Mann und winkte ab.

»Also eine Frau?«

»Und was für eine!« Da war es wieder, sein Grinsen. »Sehr coole Lady.« Es war mehr als deutlich zu erkennen, dass sie ihm gefallen hatte. Und dass es ihm überaus peinlich war, von ihr zu erzählen.

»Bei uns auf dem Felsen?«

»Nein. Ungefähr in der Mitte.« Er meinte den Dammweg. »Ich hab erst ihre Schuhe bemerkt.« Er drückste herum. »So heiße rote Dinger, wie heißen die?«

»Pumps?«

»Genau. Standen da auf dem Weg. Und sie saß ein paar Schritte weiter auf einem Felsbrocken und hatte die Füße im Wasser.« Offenbar konnte er sie geradezu vor sich sehen, denn seine Wangen röteten sich ein wenig.

Mary hatte einen Verdacht. »Dunkle Haare? Schlank? Vielleicht Sonnenbrille? Hut?«

»Du kennst sie?«

»Könnte sein, dass ich sie auch schon mal dort getroffen habe. Aber das muss nichts bedeuten.« Nein. Musste es nicht. Konnte es aber. Die geheimnisvolle Fremde, die Mary am Tag vor dem Mord am Anfang des Dammwegs angesprochen hatte, war jedenfalls auffällig genug gewesen, dass sie ihr im Gedächtnis haften geblieben war. Und sexy genug, dass auch Matt sich an sie erinnerte. »Kann ich irgendwas für dich hier tun?«, fragte sie noch. »Irgendwas, was du brauchst? Was anderes zum Anziehen vielleicht?«

»Lass mal«, wehrte er ab. »Das ist ein guter Look hier. Die behandeln einen besser, wenn man Anzug trägt.« Er grinste. Doch dann wurde er gleich wieder ernst. »Na ja, ich hoffe, sie lassen mich bald raus.«

»Das hoffe ich auch.«

»Hab heute Nacht von deinem Kirschkuchen geträumt«, schwindelte Matt.

»Oh! Den backe ich dir.« Sie wusste, wie sehr er ihren Kirschkuchen liebte. Eigentlich den Kirschkuchen von Grandma Dorit. Ein altes Rezept von der Insel, vielleicht auch ein bretonisches. Mit kräftig Kirschwasser und ...

»Was geschieht jetzt eigentlich mit dem Wagen?«, unterbrach Matt ihre Gedanken.

»Welchem Wagen?«

»Mr Plummers Citroën.«

»Hm. Schätze, den sollte man mal zum Flughafen zurückbringen«, überlegte Mary. »Allerdings kann ich mich nicht erinnern, die Schlüssel dazu irgendwo gesehen zu haben.«

»Wieso zum Flughafen?«

»Zur Autovermietung.«

»Aber das ist doch kein Mietwagen«, widersprach Matt und musterte sie, als staune er über ihre Ahnungslosigkeit.

»Nicht? Ich dachte, Mr Plummer hat so was erwähnt.«

»Kaum. Wenn es ein Mietwagen wäre, hätte er ein H als Kennzeichen.« Und für den Fall, dass sie's nicht kapierte, fügte er hinzu: »Hired. Dieser hier hatte ein Kennzeichen aus Jersey: JI 66696.«

»Du hast recht!«, rief Mary. »Darüber habe ich bislang gar nicht nachgedacht.« Es stimmte: Die auf der Insel zugelassenen Autos hatten alle das Wappen von Jersey und die Buchstabenkombination GBJ auf dem Kennzeichen, die Mietwagen dagegen nur ein weißes H auf rotem Grund. Und das hatte Mr Plummers Citroën nicht. »Interessant«, murmelte sie noch. »Nun, die Polizei wird den Eigentümer vermutlich finden. Bis dahin muss ich wohl damit leben, dass das Fahrzeug auf dem kleinen Parkplatz steht.«

»Tja«, sagte Matt. »Wenn du warten möchtest, bis sich die Polizei darum kümmert …«

8

Tatsächlich war der Wagen immer noch da, als Mary zurück zum Leuchtturm kam. Zu ihrer Erleichterung war die Absperrung am Mont du Grouet entfernt worden, Mr Godsbys Eiswagen stand am vertrauten Platz, ungehindert konnte sie von der Bushaltestelle über den Deichweg spazieren – und für einen kurzen Moment wirkte es, als sei alles in bester Ordnung, als habe der Felsen seinen Frieden wiedergefunden und das Corbière Lighthouse Hideaway könne seine Pforten wieder für Gäste öffnen. Wäre da nicht der Officer gewesen, der vor dem schmiedeeisernen Tor Aufstellung genommen hatte.

»Officer Farnsworth?«, erinnerte sich Mary und grüßte ihn betont freundlich.

»Guten Tag, Miss McTarr«, erwiderte der Mann, offenbar wenig gewillt, sich ein Lächeln abzuringen. Bestimmt nahm er ihr noch die kleine Aktion in der letzten Nacht übel.

»Sie haben hoffentlich keinen Ärger bekommen?«, fragte sie zaghaft.

»Ich bin nur hier, um meine Arbeit zu tun«, entgegnete der Polizist, ohne auf ihre Frage einzugehen.

Wie aufs Stichwort trat Detective Inspector Harsh hinter ihm hervor. »Darf ich Sie um die Schlüssel bitten?«, sagte er, ohne einen Gruß für nötig zu erachten.

»Pardon?«

»Die Schlüssel«, wiederholte er knapp und streckte die flache Hand aus.

»Was ist mit den Schlüsseln?«

»Wir gehen davon aus, dass Sie noch welche haben. Geben Sie sie mir. Der Leuchtturm ist gesperrt.«

»Tut mir leid, Miss McTarr. Solange das Objekt gesperrt ist, dürfen Sie es nicht betreten.« Das war Officer Farnsworth.

»Aber ich habe ihn doch schon, nun, betreten … Ich war doch letzte Nacht …«

»Mir bekannt«, unterbrach sie Harchie barsch.

Mary musste sich einen Moment lang an den Gitterstäben festhalten und durchatmen, um den Detective Inspector nicht anzufahren. »Und wann gedenken Sie, mir meinen Besitz wieder zurückzugeben?«, fragte sie schließlich, ihren Zorn nur mühsam niederringend. »Das Hotel erwartet Gäste!«

»Sobald die Untersuchungen vor Ort abgeschlossen sind, können Sie wieder hinein.«

»Sie können diese auch fortsetzen, während ich im Leuchtturm bin!«, versuchte es Mary. Natürlich wusste sie, dass das üblicherweise keine Option war. Aber üblicherweise war ein Tatort nicht unbedingt gleichzeitig Wohnort und Existenzgrundlage einer völlig unbeteiligten Person. Da musste man doch differenzieren, oder? Außerdem war sie ja auch nicht irgendwer, sondern eine alte Bekannte.

»Das birgt die Gefahr, dass Beweismittel zerstört werden«,

erwiderte Harsh knapp, als wäre es keine Beleidigung. »Also bitte: die Schlüssel.«

Seufzend machte Mary zwei Schlüssel von ihrem Bund ab. »Einer für den Zugang und einer für das Empfangshaus und den Leuchtturm«, sagte sie, während sie ihm die beiden Schlüssel reichte.

Harsh nickte nur und steckte sie ein.

»Und Sie geben mir Bescheid, wenn Sie fertig sind?«

»Gewiss.« Grußlos ließ der Detective Inspector sie stehen und stieg in seinen Wagen, den er neben Mr Plummers Citroën geparkt hatte: einen kleinen, dunkelblau-weiß lackierten Ford der Inselpolizei, über den er sich vermutlich ärgerte, weil er sich nicht mit seinem Look à la James Bond vereinbaren ließ.

»Fahren Sie nicht zu schnell!«, rief Mary, als bestünde die Gefahr, dass er mit dem Gefährt die Schallmauer durchbräche. Dann sah sie ihm hinterher, ließ Farnsworth links liegen und spazierte langsam wieder zurück zur Insel, wo sie beim Eiswagen stehen blieb.

»Guten Morgen, Mr Godsby«, grüßte sie den Besitzer.

»Oh, hallo Mary! Wie geht es Ihnen nach all der Aufregung?« Er nannte sie immer noch bei ihrem Vornamen, als wäre sie das Kind von einst.

Sie hob die Arme und blickte hilflos von ihm zum Leuchtturm und wieder zurück. »Ich weiß es nicht, Mr Godsby. Ehrlich gesagt, fürchte ich, die Aufregung hat gerade erst angefangen.«

»Angefangen? Aber warum denn das?« Der alte Herr blickte betroffen drein.

»Sie haben Matt festgenommen.«

»Matthew? Das kann nicht sein. Der Junge würde nie etwas Ungesetzliches tun«, erklärte Mr Godsby bestimmt. »Also, wenn es nicht um den Straßenverkehr geht.« Er lächelte und steckte Mary damit an. Ja, dass Matt die Verkehrsregeln sehr eigenwillig auslegte, war allgemein bekannt. Dass er aber noch nie einen Unfall provoziert hatte, ebenso.

»Sie haben recht, Mr Godsby«, sagte Mary. »Aber die Polizei sieht das wohl gerade etwas anders.«

»Dann muss man ihr wohl helfen, es richtig zu sehen, nicht wahr?«

Mary nickte. »Absolut! Ich überlege nur die ganze Zeit, wie. Aber es wird mir schon etwas einfallen.«

»Da bin ich mir sicher. Wenn ihm jemand helfen kann, dann sind Sie es.«

Mary schenkte ihm ein dankbares Lächeln. »Und Sie machen heute erst so spät auf?«, fragte sie mit Blick auf seinen immer noch zugeklappten Eiswagen.

»Auf? Nein, ich habe gerade zugemacht.« Mr Godsby wies mit einer weiten Geste auf die menschenleere Umgebung. »Kein Mensch hier, wie Sie sehen. Der Mord hat offenbar nur die Presse für einen Tag angezogen, die Touristen bleiben aus, jetzt, wo der Zugang zum Leuchtturm gesperrt ist.«

»Das tut mir leid«, murmelte Mary und dachte mit Schrecken an Mr Smith, der im Laufe des Tages anreisen würde. »Ich hatte noch gar nicht darüber nachgedacht, dass Ihr Geschäft auch darunter leiden könnte.«

»Sie trifft ja keine Schuld«, erklärte der alte Herr. »Aber keine Sorge, ich kann es mir leisten, mal ein paar Tage freizunehmen. Genau genommen hätte ich das schon lange tun sollen.«

»Wenn Sie es so sehen«, sagte Mary erleichtert. »Dann wünsche ich Ihnen einen schönen Urlaub.«

Mr Godsby salutierte lässig, er war viele Jahre bei der Marine gewesen, wünschte ihr baldige Aufklärung des Mordfalls und bestellte Grüße an Matt. Anschließend stieg er in seinen cremefarbenen Eiswagen, um gemütlich Richtung St. Brelade davonzurollen, während Mary den Weg zum Phare einschlug, wo sie sich auf die Terrasse setzte und hinüberblickte auf ihren geliebten Leuchtturm, der weiß in der Sonne strahlte, als wäre nichts geschehen.

Ganz gegen ihre Gewohnheit bestellte Mary sich eine Tasse heiße Schokolade mit Sahne. Milliarden Kalorien, aber was sollte sie machen? Die Ereignisse der letzten achtundvierzig Stunden hatten an ihrem Nervenkostüm gezerrt, da konnte etwas Aufbauendes nicht schaden. Ein Gedanke, der sich noch kaum in ihrem Kopf geformt hatte, als sich ein Fremder ihrem Tisch näherte.

»Darf ich?«, fragte er, um sich dann, ohne eine Antwort abzuwarten, ihr gegenüber hinzusetzen. »Sie sind von hier, nicht wahr?«

»Wie kommen Sie darauf?«, fragte Mary zurück, die sofort wusste, dass sie ihn nicht leiden konnte. Dabei sah er, das hätte sie nicht zu bestreiten gewagt, unverschämt gut aus: dunkles lockiges Haar, gerade die richtige Sonnenbräune, die den Weltenbummler vom Taugenichts unterschied, lässig elegant gekleidet und mit makellosen Zähnen, mit denen er gut Werbung hätte machen können.

»Sie haben sehr vertraut mit der Bedienung gesprochen.«

Mary zuckte mit den Achseln. »Ich könnte ein Stammgast sein.«

»Könnten Sie. Aber dann säßen Sie nicht alleine hier.« Er legte sein Smartphone aus der Hand und verschränkte die Arme hinter dem Kopf. »Einmal ja, einmal kommt eine junge Frau alleine hierher, um ein Abenteuer zu suchen oder um ihrem Liebeskummer zu entfliehen. Aber regelmäßig? Nein, das würde sie nur in Begleitung ihres Partners tun.«

»Mein Mann ist dienstlich in St. Helier«, erklärte Mary. »Ich erwarte ihn jede Minute. Und er ist sehr eifersüchtig, müssen Sie wissen.«

Der Fremde lachte. »Entschuldigen Sie, dass ich mich nicht vorgestellt habe. Robert Peabody. Aber nennen Sie mich Rob. Ich bin Reporter beim *Daily Mirror*.« Er winkte der Bedienung und rief ihr quer über die Terrasse zu: »Einen Americano, bitte!«, um im nächsten Moment zu fragen: »Nun?«

»Nun was?«

»Wer sind Sie?«

»Ich bin nicht interessiert«, antwortete Mary knapp, die nicht so recht wusste, ob sie über seine Dreistigkeit aufgebracht oder amüsiert sein sollte. Vielleicht ja beides.

Den Reporter schien das nicht weiter anzufechten. »Womit wir das schon mal geklärt hätten«, sagte er gelassen, lehnte sich zurück und ließ den Blick hinüber zum Leuchtturm schweifen. »Was nicht heißt, dass Sie es sich nicht noch überlegen könnten«, ergänzte er leise, gerade so leise, dass Mary sich für einen Moment nicht sicher war, ob er es wirklich gesagt hatte. Hatte er. Denn er sah sie aus den Augenwinkeln an, zweifellos, um ihre Reaktion zu prüfen.

»Mary. McTarr. Mir gehört ein kleines Hotel hier«, sagte sie und nahm ihre heiße Schokolade entgegen, deren Sahnehäubchen mit etwas Kakao bestäubt war. Dankbar nahm sie einen Löffel davon und schloss kurz die Augen. Ja, manchmal brauchte man einfach etwas Unvernünftiges. Als sie die Augen wieder öffnete, bemerkte sie, wie der Journalist sie unverschämt musterte.

»Ich sehe, Sie denken das Gleiche wie ich«, sagte er, und Mary fürchtete, sie könnte erröten.

»Hören Sie, Mr Peacock ...«

»Peabody«, korrigierte er. »Rob.«

»Mr Peabody. Ich möchte nicht unhöflich sein ...«

»Oh! Das würde mir ganz und gar nichts ausmachen!«, versicherte ihr der Reporter und strich sich eine vorwitzige Haartolle aus der Stirn. »Ich bin das gewöhnt. Von mir.«

Er machte es ihr wahrlich schwer, ernst zu bleiben. »Ich möchte hier nur in Ruhe meine heiße Schokolade trinken und ...«

»Völlig in Ordnung. Ich werde schweigen.« Was er tat, indem er ihr dabei zusah, wie sie »ihre Ruhe hatte«. Bis ihn – kaum eine Minute später – ein Anruf erreichte.

»Peabody? Ah, Sie sind es, Mrs ...« Er warf einen Blick auf Mary und drehte sich zur Seite, sodass sie nur noch bruchstückhaft hören konnte, was er sagte: »... ein paar Informationen, ja. Aber ein richtiges Bild ... kann ich noch nicht exakt ... die Kollegin wird sicher noch einiges in Erfahrung bringen ... Ich kann Ihnen gerne einen Zwischenbericht ... nein? ... Ich kann jederzeit gerne bei Ihnen vorbeik... Oder wir treffen uns in St. Hel... Verstehe ... Verstehe ... Hm, ich werde mir etwas überlegen, Mrs ... Ja. Keine Sorge ... ganz unauffällig, ja ... Bye.«

»Sie stehen unter Druck?«, fragte Mary und ärgerte sich sogleich, dass sie ihm Gelegenheit gegeben hatte, das Gespräch abermals aufzunehmen.

»Lust auf einen kleinen Spaziergang?«, fragte er zurück. »Ihr Mann scheint nicht mehr aufzutauchen.« Er lachte. Und ja, er hatte ein charmantes Lachen. Ein sehr charmantes.

Auf dem Spaziergang über die mit wilden Erikasträuchern übersäten Wiesen des Mont du Grouet erwies sich Robert Peabody als einnehmend und eloquent. Hatte man ihn erst einmal kennengelernt, wich sein Hang zur Unverschämtheit einer amüsanten Beredtheit.

»Sind Sie zum ersten Mal auf Jersey?«, fragte Mary, während sie ein paar besonders hübsche Zweige pflückte, um nachher die Fensterbänke damit zu schmücken. Sofern sie sich wieder auf den Felsen schleichen konnte.

»Ja! Und ich muss sagen, ich mag die Insel.« Peabody nickte, als müsse er es sich selbst bestätigen. »Vor allem die Menschen.«

»Gut beobachtet!«, stimmte Mary ihm zu. »Die Insulaner sind tatsächlich besonders liebenswürdig und hilfsbereit.«

»Ich kann mir vorstellen, dass ein so schreckliches Verbrechen sie besonders schockiert. Mord im Paradies auf Erden?«

Mary schwieg.

»Sie haben davon gehört?«, fragte er und blieb stehen.

»Am Rande«, sagte Mary schmallippig. Und es stimmte ja auch: Am Rande des Felsens hatte sie Mr Plummer gefunden.

»Hier am Leuchtturm«, stellte Peabody fest und deutete hinüber, wo erkennbar die Flut näher kam.

»Ja. Schrecklich.«

»Sie kennen nicht zufällig die Besitzerin?«

Er will mich also aushorchen, dachte Mary. »Ich hab sie schon mal gesehen«, sagte sie. Heute Morgen zum Beispiel. Im Spiegel. Nein, sie würde ihm nichts erzählen. Der Mann war Reporter! Und der *Daily Mirror* galt nicht unbedingt als Inbegriff von Seriosität.

»Furchtbar das alles«, murmelte Peabody und schüttelte betroffen den Kopf. »Die arme Frau. Ich frage mich, wie es ihr geht. Es muss entsetzlich sein, in der Nähe des eigenen Hotels einen Toten zu finden.«

»Hm«, brummte Mary, erstaunt, wie einfühlsam dieser selbstverliebte Londoner sein konnte.

»Sie ist sicher am Boden zerstört.«

»Vielleicht war sie es ja selbst«, gab Mary zu bedenken, um jeden Verdacht, sie könnte die Frau näher kennen, abzuwehren.

»Die Besitzerin?« Peabody blickte sie überrascht an. »Ausgeschlossen. Dann hätte sie ihn doch keinesfalls ausgerechnet auf dem Leuchtturm umgebracht und ihr Lebenswerk gefährdet.«

Mary nickte. »Da hätte Harchie mal draufkommen können«, murmelte sie.

»Was sagen Sie?«

»Ach nichts. Und Sie?«, fragte sie, um endlich das Thema zu wechseln.

»Ich arbeite an einer Serie über die großen Immobilienbesitzer des Königreichs. Die Royals kennt man ja. Einige andere auch. Aber die Murphys sind die heimlichen Herrscher. Die Murphy Estates & Heritage Ltd. in der Castle Street. So etwas ist besonders interessant. Money und Society. Das geht bekanntlich immer.«

»Haben Sie die Murphys schon einmal getroffen?« Dass sich der *Mirror* für die reichste Familie der Insel interessierte, passte jedenfalls.

»Rupert Murphy!«, rief Peabody plötzlich aus. »Und Svetlana! Leider nur auf Fotos.«

»Sie ist eine beeindruckende Schönheit«, stellte Mary fest, beinahe neidlos. Denn auch wenn Svetlana Murphy nicht der Ruf vorauseilte, besonders sympathisch zu sein, so galt sie doch als eine der schönsten Frauen der Insel. Groß, blond, mit perfekter Figur und perfekten Zähnen, makellosem Teint und einem ausgesuchten Geschmack für die teuersten Kleider. Ihren Mann um einen halben Kopf überragend, war Svetlana Murphy nicht nur das Covergirl jeder Gesellschaftskolumne, sie galt zudem als eiskalt und berechnend. Dem Vernehmen nach.

»Vor allem ist sie ein Rätsel – wie ihr Mann«, erwiderte Peabody zerknirscht.

»Da haben Sie recht«, stimmte Mary zu. »Vermutlich gäbe es einiges über die Familie zu erzählen. Aber man erfährt nicht viel. Ich würde Ihren Artikel lesen.«

»Sie kennen aber nicht zufällig jemanden, der näher mit den Murphys befreundet ist?«

Mary überlegte. »Befreundet vielleicht nicht. Aber doch gut bekannt. Ein Juwelier.«

»Ach. Und denken Sie, Sie könnten mich mit ihm verbinden?« Auf einmal hatte er etwas von einem Jäger an sich. Ja, Mary konnte sich ganz gut vorstellen, wie er hinter seinen Geschichten her war und manches Mal sicher auch ins Schwarze traf. Er hatte den nötigen Instinkt.

»Vielleicht«, sagte sie. »Ich werde ihn fragen.«

»Das ist überaus freundlich«, sagte Peabody und bückte sich, um eine Muschel aufzuheben. »Hier oben? Das sind hier sicher fünfzehn Meter bis zum Meeresspiegel.«

»Eher fünfzig«, korrigierte Mary. »Manchmal staune ich selbst, wie weit die Wellen und der Wind Muschelschalen, Schneckengehäuse oder Seeigel tragen. Drüben auf dem Felsen …« Sie deutete zum Leuchtturm und zog sogleich erschrocken ihre Hand zurück.

»Wo Sie wohnen?«, mutmaßte der Reporter und setzte ein feines Lächeln auf.

»Wie kommen Sie darauf?«

»Ach«, erklärte Peabody. »Ihr Blick auf den Leuchtturm, als wir auf der Terrasse des Phare saßen ... Der Umstand, dass Sie *ein kleines Hotel* besitzen ... Ihre Bemerkung, dass Sie die Besitzerin *schon mal gesehen* hätten ... Ich bitte Sie. Ich wäre ein schlechter Rechercheur, wenn ich all diese Informationen nicht zusammenführen könnte.«

»Hm. Sie erwarten hoffentlich nicht, dass ich Ihre wilden Spekulationen bestätige?«

Peabody lachte. »Sagen wir so: Es würde uns Zeit ersparen.«

»Zeit wofür?«

»Zeit, uns um die entscheidenden Fragen zu kümmern.«

»Und die wären?«

»Erstens: Warum musste der Mann auf dem Felsen sterben? Und zweitens: Warum will Rupert Murphy nicht mit mir sprechen?«

»Vielleicht will nur seine Frau nicht, dass Sie mit ihm reden?«, gab Mary zu bedenken.

»Die heimliche Herrscherin der Channel Islands!«, sagte er mit einem nicht zu deutenden Gesichtsausdruck. »Gut, dann drittens: Warum will Svetlana Murphy nicht, dass ich mit ihrem Mann spreche?«

Vielleicht war er das wirklich, kein schlechter Rechercheur? Vielleicht war er das, was sie in ihrer Situation brauchte – ein Beobachter mit scharfem Blick und guter Kombinationsgabe? Und vielleicht war er gar nicht so unausstehlich, wie sie zunächst gedacht hatte ...

9

Was Mary sich nicht vorher überlegt hatte, war, dass sie mit Peabody für die nächsten fünfeinhalb Stunden auf dem Felsen festsitzen würde.

»Ich bin erstaunt, dass man Ihnen nicht die Schlüssel abgenommen hat«, sagte der Journalist, als sie das schmiedeeiserne Tor zum Leuchtturm aufsperrte. Sie hatten abgewartet, bis wenige Minuten nach dem Ertönen der Sirene der diensthabende Officer seinen Posten geräumt hatte, und waren dann eilig über den schon knöcheltief im Wasser liegenden Dammweg zum Felsen gelaufen.

»Oh!«, sagte Mary. »Das hat man. Detective Inspector Harsh hat sie sich sogar persönlich von mir aushändigen lassen.«

»So wie es aussieht, hatten Sie noch Ersatzschlüssel?« Peabody stellte seine Schuhe, in die er die Socken gesteckt hatte, neben die Tür und krempelte seine Hosenbeine wieder herunter.

»Das auch. Allerdings nicht unbedingt bei mir«, erklärte Mary und platzierte ihre Sandalen daneben. Die Füße waren auf dem warmen Stein vom Dammweg herauf bereits wieder getrocknet. »Sagen wir so: Ich habe dem Detective Inspector versehentlich die falschen Schlüssel gegeben.«

»Versehentlich.«

»Aber ja! Was dachten Sie denn?« Mit einem Gefühl der Erleichterung sperrte Mary auch die Tür zum Leuchtturm auf und bedeutete ihrem Gast, einzutreten. »Bitte! Fühlen Sie sich wie zu Hause«, sagte sie.

Man darf sich einen Reporter des *Daily Mirror* durchaus als einen weltläufigen Mann vorstellen, der schon einiges gesehen hat und es zweifellos gewöhnt ist, in den besseren Häusern abzusteigen, wenn seine Recherchen ihn an ferne Orte führen. Robert Peabody gehörte zweifellos zu den Weitgereisten seiner Zunft. Und doch verzauberte ihn Marys winziges Hotel vom ersten Augenblick an. Beinahe meinte sie, einen melancholischen Zug in seinem Lächeln zu erkennen.

»Meine Güte!«, sagte er. »Wie ist Ihnen denn das gelungen? Das scheint ja wirklich eine Insel der Glückseligen zu sein.« Er schüttelte den Kopf. »In London finden Sie nur noch Innenarchitekten, die modern minimalistisch stylen.«

»Innenarchitekten?« Mary lachte. »Das ist so ziemlich das Letzte, wofür ich Geld übrig gehabt hätte.«

»Sie wollen mir aber nicht erzählen, dass Sie das hier selbst entworfen haben?«

Mary winkte ab. »Ach, entworfen. Wie das klingt. Ich habe mir den ganzen Winter über Zeit genommen, Dinge zu finden, die hierherpassen. Und den Frühling noch dazu.« Sie zuckte die Achseln. »Aber ich gestehe, ich mag auch, wie es geworden ist.«

»Wow«, sagte Peabody und nickte anerkennend. Von seiner spöttischen Art war nichts mehr übrig. Im Gegenteil, er blickte Mary anerkennend an, als betrachte er sie auf einmal mit ganz anderen Augen.

»Sie beeindrucken mich, Miss McTarr.«

»Mary«, sagte sie, geschmeichelt und versöhnlich.

»Mary«, wiederholte er. Und einen Moment lang fürchtete sie, das Angebot, sich nun beim Vornamen zu nennen, könnte zu vertraulich gewesen sein. Doch dann klatschte er in die Hände und sagte: »Ich will alles sehen. Vor allem natürlich das Zimmer des armen Mr Plummer.«

»Das werden wir gerne nachher erledigen«, erwiderte Mary. »Zuerst muss ich alles für einen neuen Gast vorbereiten.«

»Sie erwarten im Ernst einen Gast? Obwohl Sie nicht einmal selbst auf dem Leuchtturm sein dürfen? Also offiziell, meine ich.«

»Nun, es gibt eine Anmeldung, und das bedeutet für mich, ich bereite alles vor, um den Hotelaufenthalt für meinen Gast Nummer zwei so perfekt wie möglich zu gestalten.«

»Vorausgesetzt, er kommt überhaupt auf den Felsen«, gab Peabody zu bedenken.

»Stimmt. Vermutlich wird er's nicht schaffen. Aber das ist nicht mein Verantwortungsbereich. Wenn es ihm aber gelingt, dann …« Sie seufzte. Sie wusste ja selbst, dass es aussichtslos war. Man würde sie einmal mehr von hier verjagen. Und doch, sie durfte jetzt die Hoffnung nicht aufgeben und einfach die Waffen strecken. Also begab sie sich ans Werk, während der Journalist aus London es sich auf der Seeseite gemütlich machte und ein wenig im Internet recherchierte.

Der nächste Tiefstand der Gezeiten war an diesem Tag für zwölf Minuten nach Mitternacht angekündigt. Das bedeutete, dass der Dammweg ab etwa halb zwölf passierbar sein würde. Viel Zeit, um ein gemeinsames Dinner zu genießen, das sie sich von Georges am Telefon zu ihren Zutaten passend hatte diktieren lassen, und über den Bildern und Notizen zu brüten, die Mary zusammengetragen hatte.

»Sie hätten Köchin werden können«, stellte Peabody fest, nachdem er von den Krabben gekostet hatte, die Mary mit einer Vinaigrette zu einem Salat aus frischen Kräutern und Jersey Royals serviert hatte, jener berühmten Sorte von Kartoffeln, die so milchweiß und zart waren wie die Haut englischer Aristokratinnen.

Mary ließ das Lob einen Augenblick im Raum stehen, ehe sie ihn aufklärte: »Es ist ein Rezept eines Freundes aus St. Helier. Eines Kochs.«

»Nun, dann sollte man ihm einen Stern im *Guide Michelin* verleihen«, behauptete der Journalist und schleckte sich wie zum Beweis die Finger ab.

»Das ist bereits geschehen«, erklärte Mary. »Zwei sogar.«

»Chapeau.« Dass es zum Essen auch eine Flasche Sancerre von Pinard gab, ließ die beiden für eine Weile beinahe vergessen, welche Tragödie sich vor kaum anderthalb Tagen auf diesem wildromantischen Felsen zugetragen hatte. Die Sonne strahlte tief über dem Horizont, als hätte es nie einen Sturm gegeben, eine leichte Abendbrise sorgte für angenehme Abkühlung, und in einiger Entfernung zogen zwei Luxusyachten vorüber, vermutlich auf dem Weg in einen der Häfen der Inselhauptstadt, wo sie in ein paar

Stunden, wenn die Ebbe ihren Tiefstand erreichte, trocken-
fallen würden.

Peabody hob sein Glas und beugte sich zu Mary, um mit
ihr anzustoßen, zögerte dann aber. »Stimmt etwas nicht?«,
fragte er. »Also abgesehen davon, dass im Moment wohl
gar nichts stimmt.«

»Dieses Boot.« Mary deutete zu einer der Yachten.

»Was ist damit?«

»Ich habe es gestern schon einmal hier gesehen.«

»Ich nehme an, das kommt öfter vor, oder?«

»Jemand hat mich von Bord aus beobachtet. Mit einem
Fernglas.« Dass sie nahezu nackt gewesen war, würde sie
dem Journalisten ganz bestimmt nicht verraten.

»Sind Sie sicher?« Peabody machte eine vage Geste über
den Felsen. »Dieser Leuchtturm hier zieht doch praktisch
jeden Blick magisch an, denken Sie nicht?«

»Das tut er«, bestätigte Mary. »Aber ich bin sicher, er hat
nicht den Leuchtturm betrachtet, sondern mich.«

»Tja.« Peabody grinste. »Man kann es verstehen.« Er
räusperte sich. »Womit ich Ihnen keinesfalls zu nahe treten
möchte«, beeilte er sich hinterherzuschieben.

»Tee?«, fragte Mary, um auf etwas anderes zu sprechen
zu kommen.

»Ganz ehrlich? Ein Glas Whisky wäre mir lieber.«

»Wie passend! Damit sind wir schon zwei.«

Zu ihrer Überraschung half der Gast dabei, den Tisch
abzuräumen und alles nach oben in die Kombüse zu tragen.

»Meine Güte!«, rief er anerkennend aus, als er durch das
kleine Fenster nach draußen sah. »Was für eine Aussicht!

Ich schätze, ich muss mich hier unbedingt einmal einmieten.«

»Nur zu!«, ermunterte ihn Mary. »Aktuell ist noch etwas frei.«

Unvermittelt wurde Peabody ernst. »Nein, tatsächlich«, sagte er. »Das wäre doch eigentlich eine großartige Idee.«

»Und Sie haben keine Angst, der Nächste zu sein?«, scherzte Mary und verfluchte sich sogleich heimlich dafür. Der Wein war ihr offenbar zu Kopf gestiegen.

»Von der mordenden Hotelbesitzerin gemeuchelt?« Peabody lachte kopfschüttelnd. »Was ist das hier? Bates' Motel?«

Nein, dachte Mary. Das ist es sicher nicht. Aber ein Ort, der sehr einsam gelegen ist. Und jetzt, da geschehen war, was geschehen war, wurde ihr mit einem Mal bewusst, dass das, was man als romantisch betrachten konnte, möglicherweise auch noch etwas ganz anderes war. Nämlich beängstigend.

Es waren zwei Whiskys. Zwei doppelte. Talisker. Marys bevorzugte Marke. Lächelnd studierte Peabody das Bücherregal über Marys eigentlichem Bett, wenn sie nicht im Kartenraum schlief, das zum Sofa umfunktioniert war.

»Sie lesen gerne Krimis, was?«

»Sie nicht?«

Er zuckte die Achseln. »Ich lese alles gerne. Aber was ist das?« Er griff nach einem besonders opulenten Band ohne Rückenprägung.

»Oh! Nichts«, beeilte sich Mary zu sagen und nahm es ihm aus der Hand. »Das ist kein Roman. Ich meine: Es ist schon einer. Aber kein richtiger. Also, kein fertiger«, stotterte sie.

»Wow.« Peabody musterte ihr Gesicht mit diesem Jagdblick, der ihr schon vorher bei ihm aufgefallen war. Immer wenn er hinter etwas eine Geschichte witterte, wurden seine Augen kleiner und blitzten beinahe gefährlich. »Kein Roman. Ein Roman. Kein richtiger. Dann doch. Aber kein fertiger. Also, wenn mich ein Text neugierig macht, dann ist es der.«

Mary lachte und winkte ab. »Ach was. Das ist nur so eine Spinnerei von meinem Grandpa. Und jetzt ist es sozusagen meine.«

»Sozusagen.«

»Ja. Er hat sich an einem Krimi versucht …« Sie seufzte. »Na ja, leider ist er zu früh gestorben.«

»*Kleine dunkle Geheimnisse*«, las Peabody vor, der den Band aufgeschlagen hatte, nur um sogleich ganz nach hinten zu blättern. »Und dann, mitten in der Geschichte, bricht es plötzlich ab. Mysteriös …«

»Mysteriös, ja.« Mary lachte, doch es schwang ein wenig Bitterkeit mit. »Das scheint hier der Ort der ungeklärten Mordfälle zu sein.«

»In der Tat«, murmelte der Journalist. »Darf ich mir das als Abendlektüre ausleihen? Ich wüsste gerne, was Ihr Großvater sich hat einfallen lassen.«

»Gerne«, sagte Mary und hoffte: »Sie werden also tatsächlich ein Zimmer nehmen?«

»Ehrensache!«, erklärte Peabody.

»Aber Sie haben doch sicher eine Unterkunft, die Sie gebucht hatten?«

»Ich war im Phare«, erklärte Peabody. »Die sind im Moment sowieso völlig überbucht. Man wird mich sicher nicht vermissen, sondern das Zimmer wesentlich teurer neu vermieten. Eine Win-win-Situation sozusagen.«

Mary lachte. »Wenn Sie mein Hotel mit einbeziehen, ist es sogar eine Win-win-win-Situation.« Sie überlegte: »Soll ich denn Ihre Sachen dort abholen?«

»Ich reise nur mit leichtem Gepäck. Ein Spaziergang von fünf Minuten und ich habe mein Zeug wieder bei mir.« Er lächelte sie an. »Kleine Hotels muss man unterstützen.«

Mary wiegte den Kopf. »Das Corbière Lighthouse Hideaway ist zwar klein, aber nicht ganz billig«, gab sie zu bedenken. Denn im Phare übernachtete er zweifellos um einiges billiger.

»Der *Daily Mirror* wird es verkraften können«, erwiderte Peabody. »Das geht auf Spesen.« Und er stieß sein Glas gegen ihres. »Aber zuerst möchte ich das Zimmer von Mr Plummer sehen. Sie zeigen es mir doch?«

Wie sich herausstellte, hatte die Polizei den Sailor's Room erneut versiegelt, und Mary wagte nicht, das Siegel noch einmal zu brechen. Was, wenn sie ihr deshalb die Lizenz entzogen? Was, wenn sie sie auch festnahmen, und sei es nur, weil sie nach Ansicht der States of Jersey Police die Aufklärung eines Verbrechens behinderte?

»Ich kann Ihnen nicht gut raten, ein amtliches Siegel zu zerstören«, erklärte Peabody sichtlich enttäuscht. »Und ich werde es schon aus Respekt vor Ihnen nicht tun. Und natürlich aus Respekt vor der Polizei Seiner Majestät.«

»Das ist auch gar nicht nötig«, erklärte Mary. »Ich habe alles fotografiert.« Kurz entschlossen lief sie hinunter und sperrte das Empfangsgebäude auf, wohin Peabody ihr neugierig folgte. Dort hatte sie alles, was nötig war, um die Sache professionell anzugehen: einen Computer, einen Drucker, Papier und Klebstreifen.

Eine Stunde und zwei weitere Whiskys später standen sie vor einem komplexen Kunstwerk, das aussah, als hätte Picasso seine Version des Sailor's Room gemalt. Zunächst hatten sie alles in eine Ordnung zu hängen versucht, die mehr oder weniger dem Arrangement von Mr Plummers Zimmer entsprach. Doch dann hatten sie begonnen, die Bilder, die Mary ausgedruckt hatte, nach anderen Kriterien zu sortieren. Persönliche Gegenstände auf der einen Seite, die Koffer und ihr Inhalt auf der anderen, Details nebeneinander, Rätselhaftes extra ... Denn es gab Rätselhaftes, wie Mary erst jetzt bemerkte, da sie alles im Zusammenhang sah. Mr Plummers Bücher zum Beispiel: Der *Survival Guide für den Investor* war in englischer Sprache verfasst, drei andere Bücher aber in drei anderen Sprachen. Und in jedem Werk gab es mehrere Einmerker, so als hätte Mr Plummer nicht einfach nur gelesen, sondern die Werke studiert. Ließen die vielen Sprachen, die der Ermordete offenbar gesprochen hatte, Rückschlüsse auf seine Tätigkeit zu? Auf seine Herkunft? Auf seinen Arbeitgeber?

Ungewöhnlich war auch, dass er für seinen Urlaub zwar allerlei Businessbücher eingepackt hatte, aber absolut nichts zur Zerstreuung. Er hatte einen Cut mitgenommen. Offenbar hatte er die Absicht gehabt, während seines Aufenthalts auf der Insel an einer sehr förmlichen Veranstaltung teilzunehmen. Es gab eine Fotokamera, allerdings keine Teleobjektive, obwohl er doch angeblich Vögel beobachten wollte. Auch hatte er kein Fernglas dabeigehabt. Für einen Ornithologen seltsam. So seltsam wie die Abwesenheit von Schuhwerk, mit dem man die Insel erwandern hätte können. Mary erinnerte sich, wie verdreckt die Kalbslederschuhe gewesen waren, die sie am Morgen geputzt hatte. Auf einmal spürte sie, wie sich eine Gänsehaut über ihre Arme breitete.

»Ich weiß jetzt, wann er gestorben ist«, flüsterte sie mit rauer Stimme.

»Bitte?«

»Die Schuhe«, sagte sie.

»Welche?«

»Sie sind nicht auf den Bildern, weil ich sie geputzt habe. Sie standen vor dem Zimmer. Am Abend.« Wann war das gewesen? Am Abend? Oder doch erst am Morgen? Sie hatte sie morgens mitgenommen und eilig geputzt. Da hatte sie auch noch gedacht, sie wäre spät dran mit Frühstückmachen. »Ich ... Es war Sturm.«

»Ich weiß«, sagte Peabody und musterte sie neugierig.

»Ich bin noch mal zu ihm runtergegangen, um ihn zu fragen, ob er was braucht.«

»Hm. Und? Brauchte er noch was?«

Mary schüttelte den Kopf. »Nein. Er hat nur ziemlich mürrisch geantwortet. Aber ich stand vor seiner Tür. Und wenn die Schuhe zu dem Zeitpunkt schon dort gewesen wären, hätte ich sie gesehen und mitgenommen. Das bedeutet ...«

»Dass er sie erst später nach draußen gestellt hat.«

»Ich denke eher, dass er sie noch einmal benutzt und dann draußen stehen gelassen hat. Wieso sollte er mit den völlig verdreckten Schuhen in sein Zimmer gehen?«

»Guter Punkt.« Peabody betrachtete sein leeres Whiskyglas und stellte es weg.

»Noch einen?«

»Nein«, lehnte er ab. »Wir müssen einen klaren Kopf behalten.« Er blickte durchs Fenster in die inzwischen tiefschwarze Nacht. »Und wann war das ungefähr, dass Sie noch einmal zu ihm gegangen sind?«

»Es muss gegen Mitternacht gewesen sein. Etwa um die Zeit, die wir jetzt haben. Nein, früher. Kurz vor Mitternacht hab ich ihn ein weiteres Mal angerufen, da hat er aber wohl schon geschlafen.«

»Hm. Er hat Sie also weggeschickt und ist im Laufe des Abends wieder fortgegangen«, stellte Peabody fest. »War denn unten nicht abgesperrt?«

»Das war es. Aber ich lasse den Schlüssel immer von innen stecken. Damit man im Notfall rauskommt.«

»Verstehe. Das ist klug. Er könnte also tatsächlich noch rausgegangen sein.«

»Er *ist* noch rausgegangen.«

»Und wieder reingekommen. Dann hat er seine Schuhe vor der Zimmertür gelassen, wo Sie sie am Morgen vorgefunden haben.«

Mary nickte. »So muss das gewesen sein.«

»Aber seine Leiche wurde draußen von Ihnen entdeckt«, gab Peabody zu bedenken. »Er muss also danach ein zweites Mal den Leuchtturm verlassen haben. War er da ohne Schuhe unterwegs?«

»Stimmt«, sagte Mary. »Das ergibt keinen Sinn.«

»Oder«, murmelte Peabody, »jemand hat ihn in seinem Zimmer ermordet und aus dem Fenster gestoßen.«

»Sie meinen, es gab einen Einbrecher? Mr Plummer hat ihn bei seiner Rückkehr ertappt, der Fremde hat ihn getötet und dann den Turm hinuntergeworfen?« Was für ein schrecklicher Gedanke. Mary spürte ihr Herz bis zum Hals klopfen. Diese Theorie würde auch erklären, warum das Zimmer in solcher Unordnung war, als sie es tags darauf betreten hatte. Jemand war eingedrungen und hatte nach Wertgegenständen gesucht, war von Marys Gast überrascht worden und hatte ein Verbrechen begangen, um ein anderes Verbrechen zu vertuschen. »Das wäre fürchterlich«, flüsterte sie.

»Jeder Mord ist fürchterlich, Mary«, sagte Peabody und war gerade im Begriff, sie in die Arme zu nehmen, da flog hinter ihnen die Tür auf und drei Beamte stürmten mit gezückten Waffen den Raum und postierten sich mit dem Ausruf »Hände hoch!« neben der Tür.

»Was zur Hölle soll das?«, rief Mary, als sie Detective Inspector Harsh in der Tür auftauchen sah.

»Das frage ich Sie, Miss McTarr«, erwiderte der Polizist. Und mit Blick auf Peabody: »Und wer ist dieser Mann?«

Wie sich herausstellte, hatte Mr Coleman vom alten Wärter-Cottage die Polizei verständigt, weil er einen Fremden auf dem Leuchtturm gesehen hatte. Ein Wachhund hätte nicht besser aufpassen können, dachte Mary bitter, als sie zusehen musste, wie Peabody von einem der Officers nach draußen begleitet wurde, um seine Personalien aufzunehmen.

»Nun, Miss McTarr, ich bedaure wirklich sehr, Sie erneut auf dem Leuchtturm anzutreffen«, stellte der Detective Inspector fest. »Sie haben damit zum wiederholten Male gegen Auflagen der States of Jersey Police verstoßen. Ich überlege mir, ob wir Sie vorläufig festnehmen sollten.«

»Festnehmen? Weil ich nach Hause gegangen bin?«, entfuhr es Mary, die sich nicht entscheiden konnte, ob sie wütender sein sollte über den dreisten Überfall oder über Harchies lächerliche Drohung.

»Das Erbrechen eines polizeilichen Siegels ist …«

»Ich habe es nicht erbrochen«, fiel ihm Mary ins Wort. »Das Siegel ist unberührt.«

»Es ist …?« Offenbar brachte diese Information den Ermittler aus dem Konzept. »Officer Farnsworth? Sehen Sie bitte nach, ob das Siegel unbeschädigt ist.« Er nickte mit dem Kopf Richtung Tür, woraufhin sich der Polizist pflichtschuldig entfernte. »Dennoch«, erklärte Detective Inspector

Harsh unbeirrt. »Nicht nur das Zimmer ist versiegelt, auch der Leuchtturm ist gesperrt.«

»Gesperrt! Und wie lange, bitte schön?« Es fiel Mary nicht leicht, ihren Zorn zu unterdrücken. So konnte sie nicht nur kein Hotel führen, sie durfte nicht einmal die Nacht unter ihrem eigenen Dach verbringen!

»Vorläufig bis zum 15. Juni.« Er hob die Hände, als wäre damit alles gesagt.

»Und ab dem 16. Juni darf ich wieder einziehen?« Mary blickte zur Uhr.

»Das muss dann von der Staatsanwaltschaft geprüft werden.«

»Das heißt, einen Beschluss gibt es nur bis zum 15.?«

»Aktuell ist das so, ja«, sagte Harsh und folgte ihrem Blick, worauf sich seine Augen weit öffneten. »Das heißt ...«

»Das heißt, dass ich wieder ganz legal hier bin!«, erklärte Mary. »Mitternacht ist längst vorüber, Detective Inspector. Sie haben keinen Grund, mir den Aufenthalt in meinem eigenen Haus zu verbieten. Und ...«

»Das Siegel ist intakt, Chef«, keuchte Officer Farnsworth, der gerade seinen roten Kopf durch die Tür steckte. Offenbar war er Treppensteigen nicht gewöhnt.

»Und nachdem auch keine ungesetzliche Tat vorliegt«, fuhr Mary fort, »wüsste ich nicht, was Sie weiterhin hier zu suchen hätten. Bitte verlassen Sie sofort den Leuchtturm.«

Es war keine Bitte, so viel konnte auch Harsh ihrem Ton entnehmen. Es war eine Aufforderung. Und nur der Umstand, dass er die Polizei von Jersey vertrat, bewirkte, dass sie diese Aufforderung nicht noch deutlich schärfer formulierte.

Harsh räusperte sich, nickte knapp, scheuchte seine Begleiter mit einem kurzen Wink aus dem Raum und verließ Augenblicke später in ihrem Gefolge La Corbière wie ein vom Hof gejagter Hund.

»Wow«, sagte Peabody, der an der Tür lehnend die Situation beobachtet hatte. »Das war ziemlich souverän.«

»Na ja«, erwiderte Mary. »Es war vor allem Glück.« Hätte der Einsatz nur eine Stunde früher stattgefunden … So hatte die Flut ihr den nötigen Vorsprung verschafft.

»Und jetzt?«, fragte Peabody und trat näher. Ziemlich nah, genau genommen.

»Jetzt?«, entgegnete Mary. Nein, sie würde ganz sicher nicht gegen die eherne Regel des Hotelgewerbes verstoßen und es an professioneller Distanz mangeln lassen. »Jetzt mache ich uns einen guten Tee. Und dann wird es Zeit, dass Sie Ihr Zimmer beziehen, Mr Peabody. Zum Glück habe ich noch die Captain's Cabin frei.«

10

Mit einem Auftauchen des ominösen Mr Smith hatte Mary längst nicht mehr gerechnet. Dass Constance am nächsten Morgen vor dem Leuchtturm stand und einigermaßen ungestüm an die Tür pochte, überraschte sie allerdings.

»Du?«

»Hallo? Ich denke, ich soll jeden Tag kommen«, erwiderte die Freundin etwas angefasst.

»Aber der Leuchtturm ist doch gesperrt. Das heißt: Er war gesperrt.«

»Eben«, sagte Constance und reichte ihr den Korb mit der Milch und den Eiern. »Und jetzt ist er's nicht mehr, oder?«

»Und woher weißt du das?« Mary konnte kaum die Augen offen halten, so übernächtigt war sie.

Constance deutete mit großer Geste zum Dammweg, wo sich bereits – wie an allen gewöhnlichen Tagen – Dutzende von Touristen tummelten.

»Oh!« Damit hatte sie schon gar nicht gerechnet. Obwohl es natürlich der Normalfall war. Aber was war in diesen Tagen schon normal?

»Und du nimmst dir heute frei?«, fragte Constance mit Blick auf Marys Bekleidung.

»Nicht wirklich«, entgegnete Mary und zog den Bademantel etwas enger um den Körper. »Ich habe immerhin einen Gast«, fiel ihr bei der Gelegenheit wieder ein.

»Dir geht es aber gut, oder?« Constance musterte die Freundin.

»Aber sicher! Warum?«

»Ich dachte nur. Du hast so rote Wangen.«

»Mary?«, tönte von drinnen die Stimme Peabodys.

»Ja, ich höre: Du hast tatsächlich einen Gast«, sagte Constance mit feinem Lächeln. »Da will ich nicht länger stören.«

»Ähm, ja.« Mary spürte, wie sich ihre Wangen noch mehr röteten. »Tja, also, danke.«

»Immer gerne, meine Liebe. Immer gerne.« Die Freundin zwinkerte ihr zu und drehte ihr Rad um. »Du musst mir unbedingt bald mehr darüber erzählen. Komm doch später zum Tee.«

»Tee«, wiederholte Mary. »Sicher. Gerne.« Sie winkte Constance und blickte ihr nach, wie sie den Dammweg hinunterfuhr, während ein paar Stufen über ihr Peabody aus dem Leuchtturm trat.

»Was für ein herrlicher Tag!«, sagte er und kam zu ihr, dieses unverschämte Lächeln im Gesicht, für das sie ihn am liebsten geohrfeigt hätte. »Sie haben sich tatsächlich die schönste Wohnung gesucht, die man auf Jersey haben kann.«

»Vor allem ist es ein Hotel«, erinnerte ihn Mary. »Und Sie stehen noch immer nicht im Empfangsbuch!«

»Oh! Pardon«, sagte Peabody. »Das sollten wir ändern. Ist die Rezeption schon geöffnet?«

»Die Rezeption ist vierundzwanzig Stunden am Tag geöffnet«, erklärte Mary. »Wann immer nach ihr verlangt wird.« Sie öffnete die Tür zum Empfangsgebäude und bat ihn mit einer eleganten Geste einzutreten.

Im Empfangsbuch stand noch mit Bleistift »Mr Smith«. Seufzend griff Mary nach einem Radiergummi. »Ich denke, das kann ich jetzt löschen«, sagte sie. Dann drehte sie das Buch zu ihrem neuen Gast. »Möchten Sie sich selbst eintragen, Dr. Peacock?«

»Peabody, Ma'am«, gab Rob tadelnd zurück. »Und ohne Titel.«

Er machte seinen Eintrag und schob das Buch wieder zu ihr. Mary nahm ihm den Stift ab, prüfte alles und stellte fest: »Der *Daily Mirror* sitzt in Kent?«

»Ich sitze in Kent. Der *Daily Mirror* sitzt in London. Aber ich bin nicht oft dort. Ich arbeite nur für das Blatt.«

»Verstehe«, sagte Mary und lächelte das makellose Lächeln der Rezeptionistin eines Spitzenhotels. »Und hätten Sie vielleicht auch noch eine Telefonnummer für m...«

»Eine Nummer. Aber sicher!«, erwiderte Peabody und wollte ihr seine Mobilnummer schon diktieren, als er erkannte, dass sie gar nicht mehr bei ihm war. Stattdessen starrte Mary auf das Empfangsbuch und griff dann zum Telefon, um eine Nummer zu wählen. Mr Plummers Nummer, wie er sofort begriff, die dieser bei seiner Buchung angegeben hatte.

Es schien eine Weile zu läuten, dann versteifte sich Marys Körperhaltung.

»Fisher?«, flüsterte sie.

»Du meinst, er hat eine falsche Nummer angegeben?«, fragte Constance verblüfft, als Mary am frühen Nachmittag in ihrem magischen Wintergarten saß, der sich nahezu über die ganze Westseite des alten Farmhauses erstreckte und sich zu einem Obstgarten hin öffnete, in dem exotische Gewächse sich mit alten einheimischen Sorten abwechselten.

»Jedenfalls kannten die Fishers keinen Henry Plummer.« Mary nahm sich noch ein Stück von Constances selbst gemachtem Apfelkuchen, ein klitzekleines – allerdings schon das dritte.

»Aber warum all das?«

»Das ist die Frage. Und es ist schon die zweite Ungereimtheit in dieser Geschichte. Mmmh! Wieso schmeckt dein Apfelkuchen immer besser als meiner?«

»Du meinst, die zweite nach dem Mord?«

»Ich meine eigentlich diese Merkwürdigkeit mit dem Mietwagen, der kein Mietwagen ist.«

»Die Limetten«, sagte Constance. »Gregorys Vater hat den Baum gepflanzt. Niemand dachte, dass er hier wachsen würde. Aber es scheint ihm bei uns zu gefallen.« Sie schenkte Tee nach und tat sich selbst ebenfalls ein weiteres Stück auf. »Und woher stammt der Wagen dann? Oder ist es sein eigener?«

»Dass es sein eigener ist, kann ich mir nicht gut vorstellen«, bemerkte Mary. »Das ist mir gleich aufgefallen. Als hätte es damit etwas Besonderes auf sich. Ich würde ja die Polizei fragen, wenn ich Aussicht auf Auskunft hätte. Aber ich schätze, Harchie würde mir selbst unter normalen Umständen nichts erzählen. Nachdem ich ihn verärgert habe, darf ich sicherlich gar nicht damit rechnen.«

»Bei so einem Wagen«, gab Constance zu bedenken, »müsste es doch auch für unsereins möglich sein, etwas herauszufinden, oder?«

»Müsste es«, stimmte Mary zu. »Wenn man nur wüsste, wen man da fragen könnte. Es ist ja ein ziemlich ungewöhnliches Auto.«

Eine Weile saßen die Freundinnen schweigend beisammen und hingen ihren Gedanken nach. Mary liebte Constances pragmatische Art. Sie versuchte, die Dinge immer auf eine unkomplizierte Weise anzugehen. »Soll ich dir ein Stück von dem Kuchen einpacken?«, fragte die Farmerin. »Oder zwei? Eines für dich, eines für deinen ... Gast?«

Mary zögerte. Die kleine Pause war ihr nicht entgangen. Ihr war klar, dass Constance nur zu gerne mehr darüber gewusst hätte, wer sich gerade auf dem Leuchtturm eingemietet hatte. Aber sie würde ihr nichts sagen. Es war mehr als deutlich, dass die Freundin sich wer weiß was ausmalte. Keinesfalls wollte Mary ihre Fantasie noch anstacheln. Constance mochte liebenswert und geerdet sein, sie galt aber auch als eine der größten Klatschbasen von ganz Jersey – und das mochte etwas heißen auf einer Insel, die für ihre Geschwätzigkeit im Vereinigten Königreich berühmt war, um nicht zu sagen: berüchtigt. Vermutlich lag es am französischen Erbe der Kanalinseln. Denn britisch war dieser Hang zum Gossip sicher nicht.

»Lass nur«, sagte sie. »Ich bin ja bestens mit Eiern und Milch versorgt. Es wäre besser, ich backe selbst.« Sie steckte sich das letzte Stück Kuchen in den Mund. »Auch wenn ich niemals einen Apfelkuchen wie diesen hinbekommen werde.«

»Weißt du was? Ich gebe dir einfach ein paar von Gregorys Limetten mit. Die Schale ganz fein reiben. Du kannst gar nicht zu viel davon nehmen. Und den Saft natürlich ebenfalls in den Teig geben. Das sorgt für die nötige Säure.«

»Wenn meine Nase nicht trügt, hast du auch einen kräftigen Schuss von eurem Calvados reingegeben, richtig?« Mary beobachtete die Freundin genau.

»Vor dir kann man auch nichts verheimlichen!«, rief Constance lachend. »Gut, ich bekenne, es ist was von unserem Calvados drin. Hast du noch davon?«

»Dachtest du, ich hätte die Flasche, die ihr mir zur Einweihung mitgebracht habt, schon leer gemacht?«

»Man kann nie wissen. So allein auf einem einsamen Leuchtturm ...«

Sie lachten gemeinsam. Für einen Augenblick war es, als hätte es die grausamen Ereignisse vom vorletzten Tag nicht gegeben. Doch dann wurden sie wieder ernst.

»Und gibt es was Neues zu Matt?«, fragte Constance.

»Ich will ihn nachher erneut besuchen. Beim letzten Mal war er ziemlich unbeeindruckt von allem. Aber ob das nach der zweiten Nacht hinter Gittern noch immer so ist ...«

»Wenn ich etwas tun kann ...«

»Danke, Constance, du bist die Beste.«

»Nein, mein Schatz«, erwiderte die Freundin. »Die Beste bist du.«

In der Minute, in der Mary auf ihrem Fahrrad auf die Straße einbog, an der das Gefängnis La Moye gelegen war, trat aus der Tür der Haftanstalt niemand anderer als Matthew Johnson, die Hände in den Hosentaschen, ein Lied auf den Lippen, und blickte sich nach allen Seiten hin um.

»Matt!«, rief Mary und bremste so knapp vor ihm ab, dass sie beinahe in ihn hineingefahren wäre.

»Oh! Hi, Chefin!«, grüßte er und grinste übers ganze Gesicht. »Alles fein?«

»Das frage ich dich! Wie geht es dir? Du bist frei?« Sie konnte es kaum fassen. Für einen Moment war sie den Tränen nah. Mein Gott, was für ein Glück! »Lass dich drücken!« Überschwänglich packte sie Matt bei den Schultern und presste ihn an sich, soweit es über den Fahrradlenker hinweg möglich war.

»Alles cool«, sagte er. »Sie mussten mich gehen lassen.«

»Sie mussten?«

»Ich hatte ein Alibi.« Er zuckte die Schultern. »Und das konnten sie nicht widerlegen.«

»Matt, ich bin ja so froh! Komm, lass uns zum Leuchtturm gehen. Du musst mir alles ganz genau erzählen.«

»Sorry, Mary«, druckste Matt herum. »Aber ich ... also ich würde erst mal gerne nach Hause. Duschen und so.«

»Sicher. Entschuldige«, sagte Mary. »Natürlich. Deine Eltern werden sich auch Sorgen gemacht haben und froh sein, dich zu sehen.« Was Unsinn war. Alle wussten, dass Matts Eltern nichts außer Schnaps und Fernsehen liebten – am wenigsten ihren Sohn und dessen älteren Bruder.

»Bestimmt.«

»Und später? Kommst du rüber?«

»Ich weiß nicht, ob ich es vor der Flut schaffe.« So wie er es sagte, war klar, dass er nicht kommen würde. Vielleicht hatte er auch wirklich Pläne, was er nach seiner Entlassung als Erstes tun wollte.

»Okay«, sagte Mary. »Wenn du es schaffst, freue ich mich. Wenn nicht, sehen wir uns morgen. Das Hotel ist wieder geöffnet.« Leise fügte sie hinzu: »Außer Mr Plummers Zimmer.«

Matt nickte. »Das ist gut«, sagte er und zögerte. »Mary?«

»Was?«

»Ich glaube, nach der Geschichte hier bräuchte ich ein paar Tage für mich. Zwei oder drei vielleicht ...«

Obwohl er gerade noch fröhlich vor sich hin gesungen hatte? Mary zögerte, fand es dann aber doch unfair, darüber zu diskutieren. Immerhin war es ihr Hotel, in dem der Mord geschehen war. Hätte sie ihn nicht von seinem vorherigen Job abgeworben, hätte er all das nicht durchstehen müssen.

»Kein Problem«, sagte sie. »Ich bekomme das auch für zwei, drei Tage allein geregelt.« Und dann fiel ihr plötzlich etwas ein: »Aber eine Frage hätte ich. Vielleicht kannst du mir da helfen.«

»Nämlich?«

»Dieser Wagen. Also: Mr Plummers Wagen, du weißt.«

»Was ist mit ihm?«

»Ich frage mich, wo ich erfahren kann, wem er gehört.«

»Oh!« Matt grinste. »Nichts leichter als das.«

Der Quai des Marchands lag gegenüber dem alten Hafen von St. Helier an einer Straße, die keinen Zweifel über den Zweck der angrenzenden Bauten ließ: Commercial Buildings. Dabei handelte es sich um Lagerhallen und Werkstätten, Transportfirmen hatten hier ihren Sitz und kleine Werften. Die Gebäude stammten aus dem 19. Jahrhundert und waren in ihrem Inneren teils labyrinthisch verschachtelt. Zur Hafenseite hin waren sie durch große Tore zugänglich – auch Richardson's Garage, eine Autowerkstatt, die sich, wie unschwer zu erkennen war, auf Oldtimer spezialisiert hatte. Es hätte Mary nicht gewundert, wenn aus einem der dunklen Winkel, deren es hier zahlreiche gab, ein Finsterling im Trenchcoat getreten wäre, um ihr wahlweise Drogen, falsche Luxusuhren oder Staatsgeheimnisse anzubieten.

Das »Büro« war über eine stählerne Treppe zu erreichen. Eine müde Lampe flackerte über einem trostlosen Schreibtisch, als sie eintrat. Der Mann, der, sich ausgiebig und wenig diskret an seinen diskretesten Stellen kratzend, dahinter saß, blickte kaum auf, als sie eintrat, so gefesselt war er von der Partie Arsenal gegen Tottenham. Erst als Soufiane Rahimi den Ball übers Tor schoss, wandte er sich ihr seufzend zu und faltete die Hände auf den speckigen Papieren, die vor ihm lagen.

»Und was kann ich für Sie tun, Miss?«, fragte er, immerhin beinahe verständlich. Offenbar ein echter Jerseyaner.

»Guten Tag, Sir«, grüßte Mary und lächelte ihn so aufgeräumt an, dass er prompt etwas mehr Haltung annahm. »Ich frage mich, ob Sie mir helfen können.«

Sie hatte ein Foto von Mr Plummers Cabrio gemacht und hielt es ihm auf dem Bildschirm ihres Smartphones hin. »Kennen Sie diesen Wagen?«

Mr Richardson betrachtete die Aufnahme kaum eine Sekunde, dann blickte er ihr wieder ins Gesicht und fragte zurück: »Wer will das wissen? Und warum?«

»Ich will das wissen«, erklärte Mary und lächelte ihn freundlich an. »Deshalb frage ich Sie ja.«

»Hören Sie, Miss«, knurrte der Garagenbesitzer. »Ich bin Ihnen überhaupt keine Antwort schuldig.«

Sie hatte sich mit Peabody am Brunnen in der Mitte der alten Markthallen verabredet. Mary liebte diesen Bau, der noch aus dem vorletzten Jahrhundert stammte und mit seiner Mischung aus Trödel-, Blumen-, Krimskrams-Läden und einfachen Lokalen eine so fröhliche Stimmung verströmte, dass man sich nicht einmal an den Touristenmassen störte, die unablässig unter den rot lackierten gusseisernen Streben hindurchzogen. Vielleicht war es aber auch das Wissen, dass die Markthallen praktisch zur selben Zeit errichtet worden waren wie das Corbière Lighthouse.

Peabody war mit seinem Smartphone zugange, als Mary von der Hillgrove Lane aus das Gebäude betrat. Sie entdeckte ihn sofort und blieb einen Augenblick stehen, um ihn zu betrachten. Für einen Journalisten war er ziemlich gut gekleidet. Nicht zu elegant, das nicht. Aber man sah seinem Blazer an, dass er nicht von Selfridges war. Auch die

Schuhe. Der Mann hatte Stil und Sinn für Qualität. Entweder war er für einen Lohnschreiber ungewöhnlich gut bezahlt oder er war nicht auf sein Arbeitseinkommen angewiesen. Die leicht aristokratische Haltung, die er in unbeobachteten Momenten wie diesem an den Tag legte, mochte ein Hinweis darauf sein …

Er blickte auf: »Mary! Hi!«

»Hi, Mr Peabody. Tut mir leid, wenn ich mich verspätet habe.«

»Kein Problem.« Er betrachtete ihr Haar und erinnerte sie: »Rob.«

»Entschuldigen Sie«, sagte sie und strich sich eine Strähne aus der Stirn. »Ich schätze, ich sehe unmöglich aus.« Abgehetzt. Das war sie.

»Im Gegenteil«, versicherte ihr Peabody. »Sie sehen hinreißend aus! Ich liebe es, wenn Ihr Haar so lebhaft ist.«

»So lebhaft!«, rief Mary und lachte. Too much!, dachte sie. Ein solches Kompliment war fast ein wenig übergriffig. »Jedenfalls können Sie mit Worten umgehen.« Vielleicht verstand er ja den Wink. Sie sah sich um. »Ich habe Hunger.«

»Wo gehen wir hin? Sie sind von hier.«

»Na ja«, gab sie zu bedenken. »Wirklich von hier bin ich auch nicht. Aber ja, mir fällt schon etwas ein.« Nur dass die Markthalle, so sehr sie sie liebte, schlicht nicht der richtige Ort war, um sich in Ruhe zu unterhalten. »Wir könnten ins Bohemia gehen«, schlug sie vor. »Ist zwar noch einmal ein kleiner Fußmarsch …«

»Ach was«, unterbrach Peabody. »Ich kann mir nichts

Schöneres vorstellen, als an einem sonnigen Tag in Begleitung einer bezaubernden Frau durch St. Helier zu spazieren.« Er senkte die Stimme: »Also, *fast* nichts Schöneres ...«

Mary schnappte nach Luft. »Mr Peabody!«, rief sie leise. »Ich muss doch sehr bitten.«

Er aber zuckte nur die Schultern und erklärte: »*Honi soit qui mal y pense.* Ein Schelm, wer Böses dabei denkt.« Und grinste so dreist, dass Mary ihn stehen ließ und einfach weiterging. Rob folgte ihr unweigerlich, und so gelangten sie über die Bath Street auf den Snow Hill und schlugen den Weg über die Colomberie zur Green Street ein.

Das Bohemia war nicht nur eines der besten Restaurants der Stadt, es verfügte auch über eine bezaubernde Dachterrasse, auf der man – umgeben von üppig wuchernden Rosen- und Lorbeersträuchern – vom Rest der Welt unbeobachtet sitzen und nebenbei einen köstlichen, sogar bezahlbaren Lunch genießen konnte. Auch Robert Peabody war beeindruckt, als sie nach draußen traten.

»Drinnen sieht es ja reichlich distinguiert aus«, fand er. »Aber hier auf der Terrasse kommt man sich vor, als wäre man in Paris.«

Was Mary weder bestätigen noch dementieren konnte – in Paris war sie noch nie gewesen, auch wenn sie sich danach sehnte.

»Also«, sagte Peabody, nachdem sie bestellt hatten, immerhin dann doch das Drei-Gänge-Menü für fünfundfünfzig Pfund. Mary orderte Globe Artichokes & Chardonnay Vinegar Purée, danach Barbecued Cabbage Purée,

Apricot, Almond & Pork Jus und zum Schluss Équatorial Valrhona Chocolate Brownie. Für Peabody gab es als ersten Gang Jersey White Crab & Scallop Meat Raviolo, anschließend Courgette Flowers, Selles-sur-Cher-Mousse und als Abschluss Walnuts & Cherry Textures. Dazu Wein vom regionalen Winzer. Und er ließ keinen Zweifel daran, dass er überaus gespannt war, ob das Essen hielt, was die Karte versprach.

»Erzählen Sie«, meinte er dann. »Was haben Sie herausgefunden?«

»Tja«, entgegnete Mary. »Ehrlich gesagt, bin ich mir selbst noch nicht im Klaren darüber, was es zu bedeuten hat. Jedenfalls kannte Mr Richardson den Wagen. Und er wusste auch, wem er gehört: Mr Murphy.«

»Rupert Murphy?«, rief Peabody ungläubig.

»Einer Firma, die Murphy gehört«, präzisierte Mary und schilderte ihr Gespräch mit dem Garagenbesitzer. »Ich habe das Gefühl, ich weiß längst viel mehr, als ich durchblicke«, stellte sie schließlich fest.

Peabody nickte mit ernstem Gesicht. »Ja«, stimmte er zu. »Das ist wohl das Wesen von Kriminalfällen. Man weiß so vieles, die Frage ist nur, ob man es erkennt.«

Sie waren noch nicht beim Nachtisch, als Lilly Ellford Mary anrief, um ihr mitzuteilen, dass ihr Mann Thomas gerne bereit sei, mit dem »Gentleman von der Presse« zu sprechen – sofern das Gespräch diskret und der Juwelier unerwähnt bliebe. Und so vereinbarte Mary für Peabody einen Termin mit Thomas Ellford in dessen Laden am St. Andrew's Place, einer verschwiegenen Passage am Ende der lauten und belebten King Street.

Die nur mit wenigen exquisiten Stücken dekorierte Auslage beeindruckte mit Brillantcolliers und hochkarätigen Ringen. Es war klar, dass gewöhnliche Sterbliche hier nicht einkauften. Aus der ehemaligen Handwerksgoldschmiede war längst ein Luxusgeschäft für Multimillionäre geworden, von denen es auf der Insel vermutlich mehr gab als auf jedem anderen vergleichbar großen Territorium auf dem Planeten. Ohne Termin war Zutritt zu diesem Geschäft nicht zu erlangen. Umso mehr stand Thomas' joviale Begrüßung in völligem Gegensatz zum Erscheinungsbild seines Ladens.

»Maryschatz!«, rief er, als er den beiden öffnete, um sogleich wieder hinter ihnen abzusperren. »Wie schön, dass du dich mal hier blicken lässt! Ich dachte schon, Schmuck interessiert dich kein bisschen.«

»Ach«, entgegnete Mary und versuchte, nicht schnippisch zu klingen. »Du kannst mir ja mal die Vitrine mit den Sonderangeboten zeigen.«

Thomas Ellford lachte aus tiefster Brust und schob die Freundin seiner Frau etwas weiter in den Laden hinein. »Nun setzt euch mal.« Er wandte sich an Peabody: »Sir«, sagte er, »darf ich Ihnen etwas anbieten? Ein Glas Champagner vielleicht?«

»Da sage ich nicht Ja«, erwiderte Peabody zu Ellfords völliger Verwirrung. Doch das Angebot, sich niederzulassen, nahm er an und machte dem Juwelier die Freude, seine

Auslagen ausgiebig zu loben: »Sie erinnern mich an Van Cleef & Arpels. Monte Carlo. Ihre Schaufenster.«

»Tatsächlich? Hätte nicht gedacht, dass das jemand erkennt«, stellte Thomas Ellford anerkennend fest.

»Ehrlich gesagt, bin ich nur durch den Duft darauf gekommen.«

»Das war das Schaufenster?«, fragte Mary verblüfft.

»Die Kollegen aus Frankreich haben das schon vor fünfzig Jahren eingeführt«, erklärte Lillys Ehemann. »Parfümierte Schaufenster wirken anziehend. Sie animieren zum Stehenbleiben und zum Verweilen.«

»Allerdings haben Sie es nicht in erster Linie auf Laufkundschaft abgesehen, nicht wahr?«, stellte Peabody fest. »Sonst hätten Sie sich ein Geschäft in der ersten Reihe genommen, am besten in der King Street, wo Rivoli und die anderen sind.«

Thomas Ellford musterte den Gast neugierig, als überlegte er sich, ob er dessen Weltgewandtheit gut finden sollte – oder gefährlich. »Und was kann ich für Sie tun, Sir?«, fragte er, statt die Frage zu beantworten. »Mary hat ein großes Geheimnis daraus gemacht.«

»Oh! Dabei gibt es nicht den geringsten Anlass für Geheimniskrämerei!«, versicherte ihm Peabody. »Ich bin Reporter des *Daily Mirror* …« Der Journalist zückte eine Visitenkarte und reichte sie über den samtbezogenen Tisch, an dem sie Platz genommen hatten. »Wir wollen eine Serie über die exklusivsten Orte des Königreichs bringen. Dazu gehört natürlich auch Jersey.«

»Zweifellos«, stimmte Thomas Ellford zu.

»Und wie exklusiv die Insel ist, das sieht man am besten an ihren Institutionen und Einwohnern.«

»Institutionen …?«, wiederholte Thomas Ellford nachdenklich.

»Zum Beispiel dieses Geschäft hier!« Peabody machte eine ausladende Geste und ließ den Blick über die Holzvertäfelung und die zahllosen Kristallspiegel schweifen. »Zu ärgerlich, dass mein Fotograf nicht dabei ist. Obwohl ich mir vorstellen kann, dass Sie vielleicht gar nicht erpicht darauf sind, die Örtlichkeiten in der Zeitung abgebildet zu sehen?«

»Hm«, bemerkte Thomas Ellford, der dem Braten sichtlich nicht traute.

»Aber ich kann mir vorstellen, dass die wichtigsten Kunden gar nicht hierherkommen?«

»Hm.«

»Die besuchen Sie doch vermutlich mit einer Auswahl Ihrer exklusivsten Stücke, nicht wahr?«

Ellford lehnte sich zurück und betrachtete den Journalisten aus kleinen Augen. »Mr …« Er warf einen Blick auf die Karte. »Mr Peabody, was wollen Sie wirklich von mir?«

»Ein harter Knochen, Ihr Freund Ellford«, stellte Peabody fest, als sie später zusammen Richtung Liberty Wharf gingen, um sich ein Taxi nach La Corbière zu nehmen.

»Er ist nicht mein Freund. Seine Frau ist meine Freundin«, korrigierte Mary. Eigentlich hatte sie Thomas immer ein wenig langweilig gefunden mit seinen gediegenen Dreiteilern aus der Savile Row und der übertriebenen Diskretion. Aber dieses Treffen hatte ihr Respekt abgenötigt. Lillys Mann ließ sich nichts vormachen. Er hatte Peabodys Plan von Anfang an durchschaut und ihn mit seinen Fragen rasch zum Punkt gebracht, an dem der Journalist die Wahrheit sagen musste.

»Mir gefällt er«, sagte Peabody.

»Das scheint auf Gegenseitigkeit zu beruhen«, erwiderte Mary, die gestaunt hatte, wie gut die beiden Männer sich innerhalb kürzester Zeit verstanden hatten. Denn nachdem der Reporter aus London dem Juwelier aus St. Helier reinen Wein eingeschenkt hatte, hatte der beschlossen, das Spiel mitzuspielen, nur eben aus freien Stücken und nicht als Opfer einer fragwürdigen Aufführung seitens seiner Gäste. »Murphy selbst kommt meist erst ganz zum Schluss dazu«, hatte er erklärt. »Seine Frau sucht sich Stücke aus, die ihr gefallen, dann führt sie sie ihm vor und fragt ihn, was er wohl denkt – pro forma, versteht sich –, ehe er und ich dann das Geschäftliche regeln.«

»Er selbst wählt nie etwas aus?«, wollte Peabody wissen.

»O doch! Zu ihrem Geburtstag oder zu Weihnachten … Allerdings sind es Stücke, die sie sich bereits vorher von mir hat reservieren lassen.« Ellford hatte versonnen gelächelt. »Sie sucht immer zwei, drei Teile aus, von denen er dann eines wählen soll. Mit dem Effekt, dass er sie alle kauft. Ich liebe dieses Arrangement.«

»Der Preis spielt nie eine Rolle?«

»Bisher nicht«, hatte der Juwelier daraufhin erklärt. »Murphy zahlt, was die Pretiosen kosten.«

»Dürfte man Sie denn einmal zu einer solchen Präsentation begleiten?« Das war Peabodys nächste Frage gewesen.

»Nach Gorey?« Für einen Moment war Ellford zusammengezuckt, als hätte er zu viel verraten, doch dann hatte er sich scheinbar erinnert, dass es auf der Insel allgemein bekannt war, dass die Murphys ein riesiges Anwesen mit Panoramablick auf die Burg von Mont Orgueil ihr Eigen nannten. »Ich wüsste nicht, wie ich das begründen sollte. Wissen Sie, als Juwelier bin ich natürlich zu Diskretion verpflichtet. Es hat auch was mit dem Thema Sicherheit zu tun …«

»Vielleicht ist das ja der Punkt«, hatte Peabody geantwortet und einen Plan entworfen, der so absurd war, dass er womöglich sogar aufgehen konnte.

11

Es tat gut, Matt wieder auf dem Leuchtturm zu wissen, früher als erwartet. Auch wenn Mary befürchtete, er könnte etwas davon mitbekommen, dass sie und der Gast in der Captain's Cabin sich beinahe nähergekommen wären. Entsprechend distanziert gab sie sich Peabody gegenüber, wenn ihr junger Mitarbeiter in der Nähe war.

»Beabsichtigen Sie, heute Abend hier zu essen, Sir?«, fragte sie ihn, als er die Treppe herunterkam und Matt ihr dabei zur Hand ging, eine Holzleiste auszubessern, die beim Sturm locker geworden war.

»Oh, Miss McTarr!«, rief Peabody, als wäre er überaus erstaunt, sie an diesem Ort anzutreffen. »Heute Abend? Darf ich fragen, was Sie auf der Karte stehen haben?«

»Nun …«, sagte Mary zögernd. Tatsache war, dass sie selbst noch keine Ahnung hatte, weil sie es nicht geschafft hatte, Besorgungen zu machen, und weil Matt zwar in La Moye eingekauft hatte, aber so, wie junge Männer eben einkaufen: Chips, Bier, Energydrinks, Schokosnacks, Pommes frites, tiefgefroren, für die es auf dem Leuchtturm keine Kühltruhe gab, weshalb sie momentan im Kühlschrank vor sich hin tauten …

»Frische Pasta nach altem neapolitanischem Rezept, dazu ein Rucola-Walnuss-Pesto, das mit etwas Marsala abgeschmeckt wird …«, warf von der Tür her ein Mann ein, der unscheinbar gewirkt hätte, wenn ihm nicht die weiße Jacke eines professionellen Kochs sowie ein bemerkenswerter Schnurrbart eine überaus beeindruckende Erscheinung verliehen hätten.

»Georges!«, rief Mary, sichtlich erfreut, den Koch des L'Escargot zu sehen. Ihr Smartphone klingelte, und sie drückte auf »Annehmen«.

»Ich bringe dir ein paar Sachen vorbei«, erklärte Georges Lapierre und wuchtete den voll bepackten Korb, den er wie einen Bauchladen vor sich hergetragen hatte, auf einen der Beistelltische zwischen den Sesseln unterhalb der Treppe. »Dazu Feldsalat vom Hof der Wilkens in St. John, frisch gezupfte Wiesenkräuter vom Mont Cochon, die haben wir selbst besorgt, mit einer Honigvinaigrette. Und ein paar zarte Medaillons vom Milchlamm, ebenfalls aus St. John, die Wilkens schlachten noch selbst.«

Peabody hätte nicht erstaunter sein können. Matt ebenso. Am erstauntesten war womöglich Detective Inspector Harsh, der am anderen Ende der Leitung war und Lapierres Aufzählung gehört hatte.

»Was soll das werden?«, fragte er. »Feiern Sie das Ableben Ihres ersten Gastes?«

»Detective Inspector Harsh!«, erwiderte Mary. »Wie Sie vielleicht wissen, wollen wir unseren Gästen einen in jeder Hinsicht perfekten Service bieten. Dazu gehört natürlich auch ein kulinarisches Programm.«

»Sie haben neue Gäste?«

»So ist es.« Und als sie es sagte, verspürte Mary Trotz und

Stolz gleichermaßen. Sie wusste, dass Harchie nichts mehr gefreut hätte, als sie mit ihrem kleinen Hotel scheitern zu sehen.

»Aber das Zimmer von Mr … Plummer …«

»Das Zimmer von Mr Plummer ist versiegelt, und ich habe nichts daran geändert.« Sein kurzes Zögern, als er den Namen aussprach, hatte sie sehr wohl gehört. Aber was hatte es zu bedeuten? Egal. »Kann ich irgendetwas für Sie tun?«

»Das können Sie«, erklärte Harsh. »Sie können sich noch einmal für einige Fragen zur Verfügung halten.«

»Ich soll noch einmal in die Polizeizentrale kommen?«

»Nicht nötig. Ich hatte ohnehin vor, mich ein weiteres Mal vor Ort umzusehen. In den nächsten zwei Stunden werde ich bei Ihnen sein.«

Natürlich kam Harsh genau in dem Moment, in dem die Pasta fertig war. Sie hatte die Nudeln gerade aus dem Wasser genommen – genau genommen hatte Georges es getan, der sich nicht hatte nehmen lassen, sie in der Küche zu unterstützen –, als sie den Wagen der States of Jersey Police über den Dammweg kommen und neben Mr Plummers Oldtimer stehen bleiben sah.

»Ich hoffe, sie wollen nicht zum Essen bleiben«, erklärte Georges mit Blick auf Harchie und seinen Assistenten Freddy Blackwood. »Wenn wir die Portionen kleiner machen, bräuchten wir mindestens noch einen Gang mehr.«

»Ach, Georges«, sagte Mary und drückte seinen Arm. »Ich bin dir so dankbar. Du hast mich gerettet. Weißt du, was Matt eingekauft hat?«

»Du wirst es mir erzählen.«

»Lieber nicht, glaub mir.« Sie lachte, so absurd war der Unterschied zwischen diesen beiden Männern.

»Was hier fehlt, ist ein Fleischmesser«, sagte Georges und blickte sich um. »Es widerstrebt mir, die Lammmedaillons mit einem Gemüsemesser zu teilen.«

Mary spürte, wie sie blass wurde. »Bitte erwähne das Fleischmesser nicht.«

Unten stiegen die beiden Ermittler aus ihrem Wagen und kamen die Treppe zum Leuchtturm herauf, Harchie wie immer im Maßanzug, der jedoch für eine andere Figur geschneidert worden zu sein schien. Nun, vielleicht war er das auch: für seinen jüngeren Körper.

»Ich muss rasch nach unten«, erklärte Mary, riss sich die Schürze vom Bauch und lief die Treppen hinunter, um gleichzeitig mit dem Detective Inspector an der Tafel aufzutauchen, die sie auf der Terrasse gerichtet hatte. Drinnen wäre sowieso für derart viele Menschen kein Platz gewesen.

»Und Sie sind hier in Ihrer Eigenschaft als …?«, fragte Harchie Peabody, der neben Matt am Tisch saß, ein Glas Dry Sherry in der Hand hielt und in dem er den Mann erkannte, den er letzte Nacht mit Mary in verdächtig engem Einvernehmen überrumpelt hatte.

»Gast«, sagte Peabody lässig. Falls Harsh beabsichtigt hatte, ihn in Verlegenheit zu bringen, so war ihm dies jedenfalls nicht gelungen. »Ich bin in meiner Eigenschaft als Gast hier, Officer.«

»Detective Inspector«, korrigierte Harsh. »Und Sie sind hier, weil ...«

»Darüber bin ich Ihnen keine Auskunft schuldig«, sagte Peabody. »Aber wie ist es mit Ihnen? Immer noch der Mordfall von neulich? Ist der noch immer nicht gelöst?«

Die Männer musterten einander, und Matt musterte sie beide – ebenso wie Georges, der hinter Mary die Treppe herabgekommen war.

Während Harsh nach Luft schnappte, erklärte Mary: »Wir haben gerade gekocht. Möchten Sie mit uns dinieren, Detective Inspector?«

Sie hatte nicht unbedingt damit gerechnet, dass Harsh Ja sagen würde, noch weniger allerdings damit, dass er die Einladung auch auf seinen Assistenten bezog und so dafür sorgte, dass unvermittelt vier Männer mit ihr am Tisch saßen. Hätte Matt nicht angesichts seiner jüngsten Erfahrungen mit der States of Jersey Police die Nähe der beiden Ermittler gemieden, so hätte es nicht einmal ein Lammmedaillon für jeden gegeben.

»Wie ich höre, interessieren Sie sich neuerdings für französische Oldtimer, Miss McTarr«, sagte Harsh, noch ehe Mary eine erste Gabel hatte nehmen können.

»Heißt das, die Polizei interessiert sich endlich auch dafür?«, fragte Peabody mit spöttischer Miene.

»Meine Herren!«, warf Georges ein, der nichts so sehr verabscheute wie gehässige Gespräche bei Tisch. »Wollen wir uns nicht auf das Essen konzentrieren? Wussten Sie, dass am Mont Cochon siebzehn verschiedene Arten von Wiesenkräutern ...«

»Sind Sie denn beruflich nach Jersey gekommen oder nur aus touristischen Gründen, Mr Peabody?«, fragte Harsh, ohne auf den Koch zu achten. »Oder wickeln Sie auf unserer schönen Insel Ihre Geldgeschäfte ab?«

»Ach wissen Sie, Detective Inspector«, erwiderte Peabody und löste seine goldenen Manschettenknöpfe, um entspannt seine Hemdsärmel hochzukrempeln, »der Journalismus ist doch ein eher dürftig honoriertes Metier. Für Geldgeschäfte, wie sie Ihre schöne Insel anbietet, fehlt unsereinem vermutlich das nötige Kapital. Ich bin beruflich hier und staune, wie vielfältig die Storys sind, die Jersey zu bieten hat.«

»Ach ja?«

»Absolut! Es lässt sich über Wirtschaftsmagnaten ebenso berichten wie über Mord und Totschlag oder behördliche Inkompetenz ...«

»Wussten Sie, dass es neuerdings sogar einen sehr passablen Wein von unserer Insel gibt?«, fragte Georges, um das Tischgespräch auf ein weniger heikles Terrain zu lotsen. »Mary, hast du nicht noch eine Flasche von dem Perquage Rosé? Ich finde, der 2019er kann sich wirklich sehen lassen! Er hat ein zartes Bouquet von reifen Beeren und ...«

»Was darf ich bitte unter *behördlicher Inkompetenz* verstehen?«, fragte Harsh nach, im Ton womöglich etwas schärfer, als bei einem feinen Dinner angebracht.

»Ich denke da an die willkürliche Festnahme völlig unbescholtener Bürger, an die grobe und unnötige Schädigung der einheimischen Wirtschaft durch die überflüssige Schließung eines kompletten Hotels, wo die Versiegelung eines einzigen Raums absolut ausgereicht hätte …«

»Ha!«, rief Harsh. »Eines kompletten Hotels! Eines Hotels, das ohnehin nur drei Zimmer hat, von denen in einem die Besitzerin wohnt!«

An diesem Punkt hätte Mary beinahe vergessen, sich wie eine vollendete Dame zu benehmen, vor allem: wie eine Gastgeberin, die nichts aus der Ruhe brachte. Hätte sie nicht den über die Maßen belustigten Blick ihres Gastes aufgeschnappt. Peabody hatte es auf Harsh abgesehen! Er versuchte, ihn aus der Reserve zu locken, um mehr zu erfahren. Offenbar hatte er intuitiv erkannt, dass Harchie unter Druck stand und nicht zu der Sorte Polizist gehörte, die für ihre Beherrschtheit berühmt war.

»Und vor allem, dass der Mörder von Henry Plummer weiterhin frei herumläuft!«, erklärte sie und goss damit Öl ins Feuer.

»Woran Sie nicht ganz unschuldig sind, Miss!«, rief Harsh. »Jedenfalls kann ich nicht behaupten, dass Sie unsere Arbeit unterstützen.«

Betrübt schob sich Georges Lapierre ein Stück von seinem zartrosa gebratenen Lammmedaillon in den Mund und kaute traurig darauf herum. Dass seine Kochkünste so wenig Beachtung fanden, war er nicht gewohnt.

»Worin genau bestand denn bisher diese Arbeit?«, fragte Peabody blitzschnell. »Sind Sie mit den Kollegen in Birmingham überhaupt im Austausch?«

»Birmingham!« Harsh schnaubte verächtlich. »Wir

wissen inzwischen, dass der Tote nicht aus Birmingham stammte.«

»Dann wissen Sie vermutlich auch, dass er nicht Plummer hieß«, warf Mary ein.

Harsh blickte sie erstaunt an. »Das wissen Sie?«

»Er hatte sich unter einer falschen Identität bei mir eingemietet«, erklärte sie, und alle Augen waren auf sie gerichtet. »Die Frage ist nur, warum?«

Ein ungläubiges Lachen entkam Detective Inspector Harsh. »Und wann hatten Sie vor, uns in Ihre Erkenntnisse einzuweihen? Ist Ihnen klar, wie gefährdet Ihre Lizenz zum Betrieb eines Hotels ist, wenn Sie die Ermittlungsbehörden über wichtige Informationen im Unklaren lassen?«

»Ich muss doch sehr bitten!«, wehrte sich Mary. »Es ist nicht meine Aufgabe, Verbrechen aufzuklären.«

»Und da kommen Sie ins Spiel, meine Herren!«, richtete Peabody das Wort wieder an die Polizisten. »Ein Unbekannter liegt ermordet auf einem Felsen. Das sind zwei Geheimnisse zu viel, finden Sie nicht?«

»Das finden wir durchaus, Mr Peabody«, fuhr ihn Harsh an. »Ich finde aber auch, dass Sie das alles nichts angeht und dass Sie deutlich zu viel Interesse an einem Fall zeigen, der über ein lokales Ereignis nicht hinausgeht.«

»Ist das wirklich so?«, fragte Mary ruhig.

»Zumindest haben wir Grund zu der Annahme«, erklärte der Ermittler.

»Weil …«, sagte Peabody.

»Weil nicht die geringsten Bezüge zu …« Harsh unterbrach sich selbst, indem er sich sein Lammmedaillon in einem Stück in den Mund steckte, worauf Georges Lapierre halb ungläubig, halb verzweifelt die Augen rollte und leise stöhnte.

»Ich denke, ich habe noch eine Flasche von dem Perquage Rosé«, sagte Mary und legte mitfühlend ihre Hand auf Georges' Arm. »Wollen Sie mir helfen, sie zu öffnen?«

Die Flut hatte alle so überrascht, als hätten sie nicht gewusst, dass sie unweigerlich eintreffen würde. Überstürzt waren Harsh und Freddy Blackwood, Georges und Matt gefahren und hatten den Dammweg gerade noch passieren können.

Peabody hatte sich in sein Zimmer zurückgezogen und Mary hatte begonnen, die Tafel abzuräumen und alles zum Spülen in ihre kleine Kombüse hinaufgetragen. Nach Tagen war Darcy wieder aufgetaucht, neugierig saß der Kater an seinem Lieblingsplatz am Fenster und sah Mary bei der Arbeit zu.

»Du hast es gut«, seufzte sie. »Gehst, wann es dir gefällt, kommst, wann es dir passt, und lässt dich bedienen.« Und um diese ewige Weisheit zu unterstreichen, stellte sie ihm ein Mokkatässchen mit Milch hin und beobachtete, wie seine kleine Nase darin verschwand. »Katze müsste man sein.«

Sie war gerade bei den Gläsern angelangt, als hinter ihr in der Tür ihr Gast erschien und ihr lächelnd eine kleine Weile zusah, ehe er sich bemerkbar machte.

»Hat das nicht Zeit?«

»Zeit?«, fragte Mary etwas erschöpft und auch leicht frustriert, weil sie die ganze Arbeit alleine machen musste.

»Bis wann? Ich habe immerhin einen Gast! Und der wird sich morgen früh ein perfektes Frühstück wünschen. Da kann ich die Küche nicht völlig unaufgeräumt lassen.«

»Ach«, sagte Peabody. »So wie ich den Gast einschätze, legt er auf ein gepflegtes Frühstück weniger wert als auf …« Er schien nach dem geeigneten Wort zu suchen. »Gesellschaft?«

»Gesellschaft. Aha«, sagte Mary und lächelte ihn müde an. »Es war ein langer Tag, Mr Peabody.«

»Ich weiß. Deshalb finde ich, Sie hätten auch ein wenig Entspannung verdient.«

»Entspannung?«, fragte sie misstrauisch. Doch wenn sie geglaubt hatte, dieser Journalist wollte seine eigene Unwiderstehlichkeit unter Beweis stellen, hatte sie sich geirrt. Er trat zwar auf sie zu und griff nach ihrer Schürze, jedoch nur, um sie sich selbst umzubinden und den Abwasch zu übernehmen.

»Sie gehen jetzt zu Bett, Miss McTarr«, bestimmte er.

Plötzlich merkte sie, wie unendlich müde sie war. »Das ist …«, sagte sie mit rauer Stimme. »Das … Ich weiß gar nicht …«

»Bitte«, erwiderte Peabody. »Als Single bin ich das gewöhnt.« Er lächelte, und diesmal war es gar nicht spöttisch oder selbstgefällig. »Und manchmal muss man einem Gentleman auch die Gelegenheit geben, sich wie einer zu verhalten.«

Eine Bemerkung, die Darcy von seinem Fensterplatz aus mit einem kräftigen »Miau« unterstrich.

III

Masken

12

Einmal mehr erschien Mary im Bademantel, als Constance am nächsten Morgen Eier und Milch nach La Corbière brachte.

»Ich weiß nicht«, sagte die Freundin. »Langsam finde ich dein Auftreten und deine Arbeitsmoral bedenklich.«

»Ach Constance«, erwiderte Mary. »Wenn du wüsstest ...«

Die Freundin musterte sie lächelnd. »Vielleicht errate ich ja mehr, als du denkst.«

»Wenn das so wäre«, sagte Mary und zögerte nur kurz. »Würdest du dir mal meine White Wall ansehen?«

»Deine was?«

Bei der Polizei gab es diese Tafeln, die Whiteboards, auf denen sämtliche Hinweise ihren Platz fanden und auf denen alle Bezüge skizziert wurden – wodurch sie natürlich im Augenblick ihrer Nutzung nicht mehr weiß waren, sondern bunt und chaotisch. Wie die Wand, die Mary in ihrem Empfangsraum mit den Ausdrucken ihrer Fotos aus dem Zimmer ihres ersten Gastes beklebt und auf der sie mit farbigen Kreidestiften Notizen gemacht und Pfeile gezeichnet hatte. Constance staunte, als sie das Tableau erblickte.

»Mein Whiteboard«, erklärte Mary. »Allerdings kein Board. Deshalb nenne ich es White Wall. Alles, was ich über den Fall herausfinde, kommt hier hin. Wenn man sich von etwas ein Bild machen möchte, hilft es am besten, wenn man ein Bild macht. Eine Collage in dem Fall.«

Mehr als zwei Dutzend Bilder hingen dort, auf denen der Sailor's Room als Ganzer, die Besitztümer von Mr Plummer im Einzelnen, sein Koffer in Nahaufnahme, das Bett, das Fenster, sein Auto und auch der Platz draußen zu sehen waren, an dem Mary ihn gefunden hatte. Darüber hatte sie geschrieben: »Henry Plummer (?)« sowie die Daten aus dem Empfangsbuch, ebenfalls mit Fragezeichen, wobei sie die Telefonnummer bereits durchgestrichen und dahinter in Klammern »Fisher« geschrieben hatte. Ebenfalls durchgestrichen war das Wort »Mietwagen«, dahinter aber hatte Mary in Klammern ergänzt: »Richardson's Garage«. Die Information »Ornithologe« hatte sie noch gelassen, aber ebenfalls mit einem Fragezeichen versehen. Eine Reihe von Bildern zeigte die Bücher, die der vermeintliche Mr Plummer dabeigehabt hatte. Mary erinnerte sich, wie sie den *Survival Guide für den Investor* zum ersten Mal gesehen hatte, daneben die …

»Die Dokumente!«

»Was ist mit den Dokumenten?«, fragte Constance ratlos. »Das sind doch offensichtlich bloß ein paar Touristikprospekte.«

»Eben«, erwiderte Mary. »Aber so war das nicht. Ich erinnere mich genau, dass sie unordentlich auf dem Boden lagen, als ich sein Zimmer gemacht habe. Ich habe sie etwas zusammengeschoben, damit es wenigstens ein wenig besser aussah in seinem Zimmer.«

»Und was genau war seltsam an ihnen?« Es klang, als würde Constance ihrer Zurechnungsfähigkeit nicht völlig trauen.

»Tja«, sagte Mary. »Ich weiß es nicht. Hätte ich sie mir nur sorgfältiger angeschaut.« Sie seufzte. Das wäre natürlich ganz ausgeschlossen gewesen. Schließlich war das Corbière Lighthouse Hideaway ein Hotel der Spitzenklasse. Da gehörte Diskretion zur DNA. »Und jetzt sind sie verschwunden.«

»Vermutlich hat er sie irgendwohin mitgenommen.«

»Nachdem er ermordet wurde? Unwahrscheinlich«, stellte Mary lapidar fest und nahm den Stift, um »Dokumente (???)« zu notieren.

»Aber wenn dein Gast sie nicht mitgenommen hat, wer dann?«

Die Erkenntnis traf Mary so plötzlich, dass sie unvermittelt schauderte. »Wenn er es nicht war, kann es nur sein Mörder gewesen sein.«

Zweifellos entgegen seiner Absicht hatte Detective Inspector Harsh am Vorabend doch allerlei Informationen preisgegeben, die einiges an der ganzen Sache erklärlicher, anderes jedoch umso mysteriöser erscheinen ließen. Da war zunächst einmal der Umstand, dass Mr Plummer nicht nur eine falsche Telefonnummer angegeben hatte, sondern auch einen falschen Wohnort (es war interessanterweise auch nicht die Adresse der Fishers; man ging deshalb davon aus, dass die Nummer der Familie Fisher eine zufällige Wahl gewesen war, zumal sie keineswegs aus Birmingham stammte, sondern aus Bristol). Dass der Tote keinerlei Ausweispapiere bei sich trug, ließ die Polizei im Übrigen annehmen, dass auch der von ihm angegebene Name nicht korrekt war (zumal sich im polizeilichen Verzeichnis des Vereinigten Königreichs nur ein »Henry Plummer« fand, der allerdings erst acht Jahre alt war und daher eher nicht Marys Übernachtungsgast gewesen sein konnte).

»Wie kommt überhaupt ein Achtjähriger in ein Polizeiregister?«, hatte Peabody an dem Abend, als sie gemeinsam aßen, erstaunt gefragt.

»Er war Zeuge in einem Fall von Ladendiebstahl«, hatte Harsh erklärt und hinzugefügt: »Zwölf Gramm Trüffel aus dem Piemont.« Was Georges Lapierre ausgesprochen neugierig gemacht hatte, nur führte das leider nicht zu weiteren Erkenntnissen.

Es sah also so aus, als wäre der Tote inkognito angereist. Aber wie sollte das gehen? Überall auf der Insel fanden doch bei der Einreise Zollkontrollen statt! Ohne gültige Ausweispapiere konnte er nicht auf die Insel gekommen sein.

»Es sei denn mit einem privaten Boot«, gab Constance scharfsinnig zu bedenken, nachdem Mary sie auf den neuesten Stand gebracht hatte.

»Ein privates Boot«, hauchte Mary, und plötzlich sah sie die Yacht wieder vor sich, von der aus sie beobachtet worden war. Tatsächlich sie? Oder war es am Ende einzig um Mr Plummer gegangen?

»Was hätte er denn gemacht, wenn du ihn insistierend nach seinen Papieren gefragt hättest?«, wollte die Freundin wissen. »Bist du nicht sogar dazu verpflichtet, die Identität deiner Gäste zu überprüfen?«

»Das bin ich«, gab Mary zu und betrachtete die Bemerkungen auf der White Wall. »Er hatte mir versprochen, sie mir später zu geben. Aber was hätte ich getan, wenn er keine Dokumente vorgezeigt hätte? Letztlich weiß ich es nicht.« Plummer war ihr erster Gast gewesen. Und sie hatte wegen der Papiere nicht noch einmal nachgefragt. Womöglich hatte er sich sogar genau deswegen für dieses winzige Hotel entschieden, weil er wusste, dass es im Hyatt oder im Marriott wesentlich schwieriger geworden wäre, die eigene Identität zu verschleiern.

»Irgendwie muss es doch möglich sein, herauszufinden, wer er wirklich war«, dachte Constance laut. »Irgendwo muss er doch etwas Schriftliches bei sich gehabt haben. Seine Initialen auf einem Maßhemd vielleicht!«

Mary schüttelte den Kopf. »Constancedarling, was würde das denn bringen? H. P. könnte für Henry Plummer genauso stehen wie für Harold Penwick oder Hank Paulsen … Das brächte uns keinen Schritt weiter.«

»Es könnte nicht gut für John Smith stehen«, entgegnete Constance etwas angefasst.

»John Smith? Wie kommst du auf den?«

Der völlig verwirrten Constance musste sie dann erst einmal erklären, dass es eine Reservierung eines gewissen John Smith gegeben hätte, der aber nicht gekommen sei – sofern seine Anreise nicht in dem vollkommenen Chaos nach dem Mord untergegangen oder er schlicht an dem diensthabenden Officer auf dem Mont du Grouet gescheitert war.

»Seltsam«, befand Constance und nahm ihren leeren Korb. »Diese ganze Geschichte wird immer undurchsichtiger.«

»Ja«, sagte Mary seufzend. »So scheint es mir auch.«

»BBC Radio Jersey. Die Nachrichten!« verkündete die Stimme des wichtigsten und einzigen seriösen Senders auf der Insel. »Heute am Mikrofon Stephen Pogorny. St. Brelade: Auch drei Tage nach dem mysteriösen Fund eines unbekannten Toten auf den Klippen des Felsens La Corbière tappt die Polizei im Dunkeln. Auf Nachfrage wollte der ermittelnde Detective Inspector Archibald Harsh der Presse weiterhin weder Namen noch Herkunft des Opfers nennen. Immerhin sprechen jetzt auch die offiziellen Stellen von Mord. Bei einer Pressekonferenz im Gemeindehaus von St. Helier teilte Harsh mit, es werde in alle Richtungen ermittelt, die Todesumstände des Mannes legten jedoch nahe, dass er einem Gewaltverbrechen zum Opfer gefallen sei. Augenzeugen hatten berichtet, der Tote sei mit einem Messer im Rücken aufgefunden worden. Der Felsen, auf dem sich auch der Leuchtturm La Corbière befindet, in dem erst vor Kurzem ein Hotel eröffnet hat, wurde bis auf Weiteres gesperrt. Mehrere Festnahmen in dem Fall hatten sich als voreilig erwiesen, die betroffenen Personen befinden sich inzwischen wieder auf freiem Fuß.

St. Clement. Beim Brand einer Scheune auf einer Milchfarm nahe St. Clement wurden zwei Kühe getötet ...«

Der Felsen wurde bis auf Weiteres gesperrt? Er war doch längst wieder zugänglich! Das Hotel war wieder in Betrieb! Empört schaltete Mary das Radio ab. Offenbar war auch BBC Jersey nicht mehr seriös. Jedenfalls hätte sie ihren Bericht sorgfältiger recherchieren können.

»Zwei tote Kühe?«, fragte Peabody, der den Kopf zur Tür der Kombüse reinsteckte und Mary einen gehörigen Schrecken einjagte. »Das wird ja immer gefährlicher auf dieser Insel!«

»Guten Morgen! Ich hoffe, Sie haben gut geschlafen!«

Irritiert stellte Mary fest, dass ihr Herz schneller schlug. Peabody?, dachte sie. Im Ernst? Vielleicht lag es daran, dass die Sache mit der Liebe bei ihr immer ein bisschen zu kurz gekommen war. Wenn sie ehrlich war, hatte sie bisher nur drei Freunde gehabt. Und einmal eine kleine Sache, an die sie sich lieber nicht erinnerte. Aber dieser Mann ...

»Kaffee?«

»Gerne Tee«, sagte Peabody und setzte sich auf den einzigen Stuhl, den sie hier oben unterzubringen geschafft hatte, und zwar rittlings, sodass er das noch unrasierte Kinn auf die verschränkten Arme legen konnte. Definitiv nicht sehr gentlemanlike. Spürte er, dass er Wirkung auf sie hatte? Oder ging er einfach davon aus, dass jede Frau ihn umwerfend fand? Mehr Abstand würde jedenfalls angebracht sein. »Ich muss ständig über unseren Fall nachdenken.«

»Dann ist ein kräftiges Frühstück jetzt sicher die beste Idee«, erklärte Mary und band sich die Schürze um. »Constance hat mir frische Eier gebracht. Darf ich ein Omelett empfehlen? Oder lieber ein Spiegelei?«

»Ich lasse mich überraschen!« Er sprang auf und schnappte sich einen Cookie vom Teller. »Aber zuerst muss ich mich startklar machen für den Tag.«

»Selbstverständlich«, sagte Mary und wandte sich wieder ihrer Arbeit zu. Sie schaltete das Radio wieder an und summte mit, als einer ihrer Lieblingssongs gespielt wurde:

Well, we all have a face
That we hide away forever
And we take them out and show ourselves
When everyone has gone
Some are satin, some are steel
Some are silk and some are leather
They're the faces of a stranger
But we'd love to try them on

War das so? Hatten alle ein unbekanntes zweites Gesicht? Hatte auch sie eines? Sie war sich tatsächlich nicht sicher. Grandpa Gilbert hatte manchmal gescherzt, dass sie aufbrausend sein könne, würde sie irgendeine Ungerechtigkeit wittern. Aber das war vor vielen Jahren gewesen, in ihrer Kindheit. Damals hatte ihr Großvater sie häufig »Lämmchen« genannt – weil sie so friedfertig war. Normalerweise.

Well, we all fall in love
But we disregard the danger
Though we share so many secrets
There are some we never tell
Why were you so surprised
That you never saw the stranger?
Did you ever let your lover
See the stranger in yourself?

Mr Plummer jedenfalls hatte ein zweites Gesicht gehabt. Was Mary von ihm zu sehen bekommen hatte, war nur eine Maske gewesen. Und jetzt war er tot. Die Frage war, ob sein Mörder den vermeintlichen Mr Plummer hatte umbringen wollen oder den Mann, der sich hinter dieser falschen Identität versteckt hatte.

Gorey galt nicht zu Unrecht als einer der schönsten Orte der Insel. Wie für Postkarten gemacht, reihten sich die bunten Häuser am Hafen aneinander. Dahinter ragten die trutzigen Mauern von Mont Orgueil Castle auf. Der mächtige Sir Walter Raleigh, einst für kurze Zeit Gouverneur der Insel, hatte sie – der Legende nach – nicht schleifen lassen wollen, weil er sie zu eindrucksvoll fand. Nun, warum sollte nicht auch ein Pirat und Freibeuter Sinn für Ästhetik haben?

Zu gerne wäre Mary mit Thomas Ellford und Peabody noch das kleine Stück bis zum Anwesen der Murphys gefahren. Die eindrucksvolle Villa aus dem 18. Jahrhundert lag jenseits der Festung, und zwar oberhalb des Fischerhafens von Gorey. Die teuersten Architekten der Gegenwart hatten dem Gebäude vermutlich mehr hinzugefügt als von außen sichtbar. Jedenfalls ging auf der Insel das Gerücht von mehrgeschossigen Kellerräumen, angeblich mit einem Schwimmbad und einem Kino, weiterhin einem Panikraum und einem ABC-Bunker. Sollte die Welt untergehen, so würden Rupert Murphy, seine exquisite Svetlana sowie ihr gemeinsamer Sohn überleben und womöglich eine neue Menschheit begründen. Jedenfalls würde es dann die verbliebenen Landflächen und das, was eventuell noch darauf stand, zu Spottpreisen geben. Nur dass keiner mehr da war, an den man sie teuer hätte verkaufen oder verpachten können.

Mary hätte nicht tauschen wollen. Ihr Leuchtturm mochte eng und vergleichsweise unkomfortabel sein – er war der schönste Ort der Welt. Wobei auch Gorey Harbour nicht zu unterschätzen war. Mit einem Lächeln auf den Lippen spazierte sie die Hafenpromenade entlang, während die beiden Männer in der Villa ihren Termin wahrnahmen, und gönnte sich bei Kelly's ein Eis, mit dem sie sich in den Sand setzte, um die Füße ein wenig ins Wasser zu strecken. Sie liebte es jedes Mal, wenn der Wind ihr Haar zerzauste und die Möwen über ihr kreisten. Die Welt konnte so schön sein!

Doch als sie eine Jersey-Krabbe entdeckte, die zwischen zwei Felsbrocken flüchtete, wurde sie schnell wieder an die finstere Realität erinnert. Sie musste daran denken, wie sie an Mr Plummers Fingern gezogen hatte. Voller Abscheu schüttelte sie sich und zwang sich, im Geiste durchzuspielen, was sich wohl gerade auf Hoghart's House abspielte, dem Landsitz der Murphys.

Würde Peabodys »Verkleidung« als Security-Mann funktionieren? Er hatte sich eigens einen schwarzen Anzug und eine schwarze Krawatte von Thomas Ellford geliehen, beide hatten etwa die gleiche Statur. Mit seiner Sonnenbrille und einem entsprechend unbewegten Gesichtsausdruck mochte er als Leibwächter durchgehen. Allerdings hatten Murphys von der Sorte etliche – und die würden womöglich in Sekundenschnelle erkennen, dass der Journalist alles andere als ein Personenschützer war. Oder?

Mary machte sich nicht direkt Sorgen. Aber sie wusste, dass eine einzige Ungeschicklichkeit Thomas seinen wichtigsten Kunden auf Jersey kosten konnte, und er war immerhin der Ehemann einer ihrer besten Freundinnen! »Sie sagen nichts«, hatte Thomas bestimmt, als er Rob und sie mit dem Wagen vom Leuchtturm abgeholt hatte. »Kein Wort! Ist das klar? Die werden mich natürlich fragen, warum ich in Begleitung komme und wer Sie sind. Und ich werde sagen, ich habe so wertvolle Stücke bei mir, dass meine Frau auf einen Personenschutz bestanden hätte, gerade angesichts der jüngsten Vorkommnisse auf der Insel ...« Thomas hatte die Worte bedeutsam im Raum stehen lassen und ihm anschließend die Kleider gereicht.

Mary war ihm so dankbar. Andererseits fragte sie sich, was Rob überhaupt herauszufinden gedachte, wenn er wirklich kein Wort sprach. Gewiss, ein Besuch von Hoghart's House würde für ihn als Reporter hochspannend sein. Aber würde er davon überhaupt berichten können? Unter Vorspiegelung falscher Tatsachen in die Villa der Murphys einzudringen, war jedenfalls ein starkes Stück.

Der Wind wurde stärker. Die Segel der Boote, die noch vor Ebbe in den Hafen zurückkamen, blähten sich mächtig, mancher Bug neigte sich tief übers Wasser. Mary verkrümelte die Reste ihrer Eiswaffel und warf sie in die Luft, wo sich die Möwen sogleich darauf stürzten, als gelte es, die Schlacht um England nachzustellen.

Und dann sah sie sie. Sie kamen vom Ende des Kais unterhalb von Mont Orgueil Castle und spazierten Richtung Leuchtturm – das hieß: das, was die Goreyer »Leuchtturm« nannten. Im Grunde war es nur ein etwas höher gesetztes Positionslicht der Hafeneinfahrt. Genau dorthin gingen sie. Und auch wenn es eine gewisse Entfernung war, angesichts derer man sich durchaus täuschen konnte, wusste Mary, dass sie sich eben nicht täuschte. Sie beobachtete die beiden, und sie wusste exakt, dass sie es waren: Robert Peabody – und Svetlana Murphy!

13

Nicht auf Svetlana Murphy eifersüchtig zu sein, war keine leichte Übung. Im Grunde war die Gattin des Immobilienmagnaten genau das, was jede normale Frau hasste: ein Albtraum von Schönheit und Selbstbewusstsein. Dass sie durch die Ehe mit Rupert Murphy auch noch steinreich geworden war, machte es nicht einfacher. Und dass Robert Peabody selbst ein extrem attraktiver Mann war, der an ihrer Seite wirkte, als müsste jeden Augenblick Hollywood anrufen, um die beiden unter Vertrag zu nehmen, ließ es für Mary vollends unerträglich werden.

Der Gedanke, Peabody später mit einem erstklassigen Abendessen zu empfangen, fühlte sich merkwürdig an. Und dass es sich merkwürdig anfühlte, fühlte sich erst recht merkwürdig an. Dabei musste der Umstand, dass ihr Gast mit der Frau des Geschäftspartners des Ehemanns ihrer Freundin … Sie lachte laut. Die anderen Passagiere im Bus zurück zum Mont du Grouet sahen sich nach ihr um. Sie errötete und starrte zu Boden. Verrückt, dachte sie. Das ist doch völlig verrückt. Erstens weiß ich nicht, was tatsächlich gespielt wird. Zweitens ist Peabody einzig ein zahlender Hotelgast, der tun und lassen darf, was ihm beliebt. Nichts weiter! Wirklich!

Dennoch konnte sie eine gewisse Eifersucht nicht leugnen. Andererseits: Vielleicht zog es ihn schon zur nächsten

Blüte? Es hätte ihr schmeicheln können, dass eine Frau wie Svetlana Murphy, die jeden haben konnte, ausgerechnet mit Peabody … Obwohl: Vielleicht hatte die Diva ja auch nur Personenschutz gebraucht? Ein Gedanke, der sie einmal mehr laut auflachen ließ. Wenn Svetlana einen Bodyguard bräuchte, hätte sie zehn für jeden Finger. Nein, sie ging sicher nicht mit Robert Peabody am Pier von Gorey spazieren, damit er auf sie aufpasste. Dafür musste es andere Gründe geben. Womit Mary wieder bei der Erkenntnis angelangt war, dass Peabody nun einmal ziemlich attraktiv war. Wie sollte die Frau des Immobilienmagnaten ihm auch widerstehen …

»Sie steigen nicht aus, Miss McTarr?«, fragte der Busfahrer, nachdem Mary einige Zeit in Gedanken versunken auf ihrem Platz geblieben war.

»Oh!«, sagte sie. »Wir sind da.«

»Sind wir, Ma'am. Und ich werde in einer Minute wieder abfahren.«

La Corbière war die Endhaltestelle der Linie. Hier gab es eine Schleife, auf der der Bus jedoch nicht wendete, sondern an der lediglich die Haltestelle lag. Statt direkt umzukehren, bog er ein Stück weiter unten Richtung La Moye ab und fuhr dann zurück nach St. Brelade und in die Bucht von St. Helier.

»Sorry«, sagte sie. »Ich war ganz in Gedanken.«

»Kann ich mir vorstellen«, erwiderte der Busfahrer. »Nach den Vorkommnissen in letzter Zeit …«

»Ja«, murmelte Mary. »Gewiss. Das hat mich schon sehr beschäftigt.« Erstaunt blickte sie plötzlich den Fahrer an.

Sie kannte ihn gar nicht! Aber er kannte sie offenbar – sogar mit Namen. Hatte ihr das schreckliche Verbrechen auf ihrem Leuchtturm etwa solche Prominenz beschert?

Der Busfahrer musste ihre Verwirrung erkannt haben, denn er lächelte freundlich und tippte sich an eine nicht vorhandene Kappe.

»Ich bin Charlie Johnson«, sagte er. »Matts Bruder.«

»Aber klar!«, rief Mary und tat, als könnte sie sich erinnern, ihn jemals gesehen zu haben. Was sie nicht hatte. Nicht bewusst.

»Tut mir leid, was passiert ist.«

»Danke, Charlie. Und mir tut es wahnsinnig leid, dass Matt dafür sogar für zwei Nächte in Haft musste.«

»Ach, so was macht Matt nichts aus. Für den ist das ein Abenteuer, wenn Sie mich fragen.« Womit er vermutlich recht hatte. Gott sei Dank war Matt eine solche Frohnatur.

»Also, ich müsste dann wieder, Ma'am«, erklärte Charlie.

»Natürlich. Danke!« Mary beeilte sich, den Bus zu verlassen.

»Bye, Ma'am.«

Sie drehte sich noch einmal um. »Und bitte nennen Sie mich Mary.«

Der Dammweg war bereits wieder passierbar, als Mary den Mont du Grouet hinablief. Mr Godsby saß auf seinem Klappstuhl vor dem Eiswagen und war mangels Touristen in seine Zeitung vertieft.

»Hallo, Mr Godsby«, rief Mary. »Das war aber ein kurzer Urlaub.«

Der alte Herr nickte und legte die Zeitung weg. »Hätte sich sowieso nicht gelohnt. Wieso soll man woanders hinfahren, wenn man am schönsten Ort der Welt arbeitet?«

»Da sagen Sie was.« Mary blickte sich um. »Aber es sind nicht viele Leute unterwegs. Es lohnt sich wohl gerade nicht, oder?«

»Keine Sorge, Mary. Die Pressefritzen machen das mehr als wett.«

»Sind immer noch so viele Journalisten da?« Mary blickte sich um. Auf der Terrasse des Phare saßen einige Gäste. Aber wer vermochte schon zu sagen, ob es Touristen waren oder Pressevertreter.

»Ja. Und alle denken, ich müsste was gesehen haben. Meinen, es wäre die genialste Idee aller Zeiten, den Eismann zu fragen.« Mr Godsby ließ ein tiefes, brummiges Lachen ertönen, das Mary schon als Fünfjährige so gemocht hatte. Er machte die Reporter nach: »*Sie bekommen sicher eine Menge mit hier oben, nicht wahr? – Konnten Sie der Polizei eigentlich weiterhelfen mit Ihren Beobachtungen? – Wer auf die Insel will, muss an Ihnen vorbei, richtig? – Sie sind ganz sicher ein ausgezeichneter Zeuge, Mister, oder?*« Mr Godsby winkte ab. »Ich sage Ihnen, die sind alle davon überzeugt, dass sich die Mörder hier vorstellen und eine Visitenkarte hinterlegen, bevor sie zur Tat ...«

»Mr Godsby?« Erschrocken bemerkte Mary, wie der alte Herr sich die Hand vor den Mund schlug, als hätte er etwas Fürchterliches erkannt. »Ist alles in Ordnung?«

»Es … es tut mir schrecklich leid.« Mr Godsby rumpelte von seinem Klappstuhl hoch, um in den Wagen zu stürzen. »Wo … wo ist es denn nur?«, hörte Mary ihn mit sich selbst sprechen. »Ich … ich hab es doch … Nein. Aber …«

»Mr Godsby? Kann ich Ihnen irgendwie …«

»Ah! Hier!« Er tauchte hinter seiner Eistheke auf und wedelte mit einem Zettel. »Wie ich den nur vergessen konnte! Es tut mir wirklich sehr leid«, wiederholte er und reichte das Papier nach draußen.

»Für mich?« Mary blickte auf das Stück Papier und las: *Mr Henry Plummer.* Es war eine Lieferbenachrichtigung. »Das Paket«, murmelte sie. »Meine Güte. Das habe ich vergessen.«

Der UPS-Bote hatte eine Lieferbenachrichtigung bei Mr Godsby hinterlassen. Das Paket für den verstorbenen Hotelgast war an der Tankstelle O'Reilly in St. Brelade hinterlegt.

»Ich hoffe, Sie nehmen es mir nicht übel, Mary«, jammerte der Eisverkäufer.

Mary winkte ab. »Um ehrlich zu sein, Mr Godsby, ich hatte es selbst völlig vergessen. Der Bote hatte mich sogar angerufen. Er war ziemlich unverschämt. Normalerweise erinnert man sich an so etwas. Aber nach den Ereignissen, wer denkt da an ein Päckchen?«

»Da haben Sie recht, Mary«, bekräftigte der alte Herr. »Das habe ich der einen Journalistin gestern auch gesagt. *Wie um alles in der Welt soll man sich an jemanden erinnern, den man gar nicht kennt, wenn auf unserer Insel solche Dinge geschehen?*« Er seufzte. »Schätze, daraus wird sie nicht viel machen können für den *Daily Mirror*.«

»*Daily Mirror*«, sagte Mary mehr zu sich als zu Mr Godsby. »Schon seltsam, wer alles sich plötzlich für uns interessiert.«

»Vielleicht war's auch die *Daily Mail*. Wer passt da letztlich genau auf, wenn die so eine Frau schicken?« Er kicherte ein wenig und zuckte entschuldigend die Achseln.

Mary nickte ihm zu, ohne genauer wissen zu wollen, was er mit »so eine Frau« gemeint hatte. Sie machte sich dann auf den Weg zu ihrem geliebten Leuchtturm. Allerdings nur, um ihr Fahrrad zu holen. Denn natürlich würde sie sofort nach St. Brelade fahren und das Päckchen abholen.

St. Brelade lag nur ein paar Minuten von La Corbière entfernt. Und Keith O'Reillys Tankstelle befand sich gleich am Ortseingang, sodass Mary kaum zehn Minuten brauchte, um sie mit dem Rad zu erreichen. Da die Strecke abschüssig war, hatte das dazu geführt, dass sie ohne große Anstrengung vorankam, zudem sorgte der Fahrtwind dafür, dass sie ihren Kopf ein wenig frei kriegte. Als sie vor der Tankstelle stoppte, hatte sie jedenfalls auf wundersame Weise beinahe vergessen, wie sehr sie Peabodys anscheinend vertrauter Spaziergang mit Svetlana Murphy getroffen hatte.

Keith O'Reilly allerdings wäre nicht Keith O'Reilly, hätte er es nicht geschafft, ihre Laune mit wenigen Sätzen wieder in den Keller zu schicken. Statt eines Grußes empfing er Mary mit den Worten: »Keine freie Druckluft für Radfahrer, damit das klar ist.«

»Ich will Ihnen gar nicht Ihre Luft stehlen«, erklärte Mary und erinnerte sich prompt, warum sie O'Reilly kein bisschen leiden mochte.

»Sondern was? Meine Zeit?«

»Ich dachte, ich könnte zwei Flaschen Whisky und ein paar Snacks bei Ihnen kaufen«, behauptete sie, worauf der Tankstellenbesitzer prompt die Zähne fletschte, was vermutlich ein serviles Lächeln darstellen sollte, in Wahrheit aber eher wie ein debiles Grinsen aussah. »Aber ich will ja nicht Ihre Zeit stehlen.« Sie klatschte ihm den Abholschein für das Paket auf den Tisch. »Dann nehme ich nur das hier mit.«

Das vermeintliche Lächeln war verflogen. O'Reilly musterte abwechselnd sie und die Mitteilung von UPS. »Der ist von vor drei Tagen«, knurrte der Tankstellenbesitzer.

»Vier.«

»Noch schlimmer. Was nicht innerhalb von zwei Tagen abgeholt wird, werfe ich auf den Müll.« Er zog die Nase hoch. »Sie müssen es auslösen.«

»Ich muss was?«

»Fünf Pfund. Wer sein Paket nicht innerhalb von zwei Tagen mitnimmt, zahlt fünf Pfund. Nach einer Woche zehn. Ich bin hier ja kein Warenlager für Krethi und Plethi.« Mary schnappte nach Luft. Aber dann erinnerte sie sich daran, dass es immerhin eine Sendung für Mr Plummer war, um die es sich hier handelte. Also nestelte sie eine

Fünfpfundnote aus ihrer Geldbörse und legte sie auf die winzige Fläche, die an der Theke noch übrig war, zwischen Flachmännern und Kondomen, E-Zigaretten und Jersey-Island-Lotto-Losen. »Und ich brauche noch eine Vollmacht«, sagte der Tankstellenbesitzer und griff nach dem Geldschein.

Doch Mary war schneller und zog den Schein wieder zurück. »Geld nur gegen Auslieferung«, gab sie ihm zu verstehen.

»Hören Sie, Sie haben mir gar nichts zu sagen!«, fuhr O'Reilly sie an.

»Dann brauchen Sie auch mein Geld nicht.« Mary stopfte die Banknote demonstrativ wieder in ihr Portemonnaie und wandte sich zum Gehen.

»Nehmen Sie schon Ihr dämliches Paket«, knurrte der Widerling hinter ihr. »Ich weiß von nichts, damit das klar ist!«

Als Mary sich wieder umdrehte, schob er es bereits von sich. Es musste hinter der Theke gelegen haben.

»Na also. Geht doch.« Sie griff so schnell zu, dass O'Reilly gar nicht zum Reagieren kam.

»He«, rief er. »Meine fünf Pfund!«

»Die bekommen Sie«, sagte Mary, »nachdem ich meine Reifen aufgepumpt habe.«

Die Entscheidung, ob sie das Päckchen öffnen oder damit warten sollte, bis Peabody wieder zurück war, wurde Mary von der einsetzenden Flut abgenommen: Ihr Gast würde nicht so schnell hier auftauchen.

Von Westen her türmten sich Wolken auf, als sie mit der Sendung, die kaum größer war als eine Zigarrenkiste oder ein durchschnittliches Buch, hinter dem Schreibtisch im Kartenraum Platz nahm. Sie legte das in braunes Papier gewickelte Päckchen vor sich und betrachtete es sorgfältig. »Mr Henry Plummer« stand da, »% The Corbier Lighthouse Hotel, St. Brelade, Jersey, U. K.« Nicht ganz korrekt, aber korrekt genug, um den Adressaten zu erreichen. Absender indes stand keiner auf der Sendung. Der Kurierdienst würde ihn anhand des Strichcodes ermitteln können, der auf das Päckchen geklebt war. Vermutlich jedenfalls. So genau wusste Mary das nicht.

Was sie wusste, war, dass sie dieses Päckchen der Polizei übergeben musste. Eigentlich. Andererseits war sie nicht nur neugierig, sie vertraute vor allem Harchie und seinen Kollegen nicht. Dass sie tatsächlich Matt festgenommen und für zwei Nächte ins Gefängnis gesteckt hatten, hatte ihren Glauben an die States of Jersey Police schwer erschüttert. Sie kraulte Darcys Fell, der Kater hatte sich neben ihr auf dem Schreibtisch niedergelassen.

»Besser, wir nehmen die Dinge selbst in die Hand«, murmelte sie.

Wenige Augenblicke später saß sie mit einem Tumbler, in den sie zwei Fingerbreit Talisker eingeschenkt hatte, erneut im Kartenraum und starrte zuerst aus dem Fenster, dann auf das Päckchen. Kein Absender. Sie war allein. Keine Zeugen. Außer ihrem Kater. Und der würde schweigen. Sie konnte es jederzeit wieder verschließen und so tun, als hätte sie den Inhalt nie gesehen. Und genau das würde sie tun. Sie würde es öffnen und … Noch ein Schluck Whisky, dann griff sie nach der Schere und durchtrennte den Klebstreifen, mit dem das Packpapier verschlossen worden war, sodass das Papier unbeschädigt blieb. Sie faltete es auf und entnahm ihm eine flache Box aus Pappe, darin sorgsam gefaltet einige Dokumente, die sie auf dem Schreibtisch ausbreitete. Pläne. Zeichnungen. Nein, Kopien von Zeichnungen. Zwei der Dokumente waren offenbar Katasterauszüge, eines ein Bauplan. Der Vermerk »La Hougue Mauger/St. Mary« legte nahe, dass es sich um Grundstücke im Norden der Insel handelte. Mary kannte die Gegend gut, weil sie mehrmals ihren Schreiner Timothy Hendersson dort besucht hatte, der einiges für ihr kleines Hotel angefertigt und noch mehr umgearbeitet hatte. Es war ein schöner Landstrich, in dem in den letzten Jahrzehnten der Weinbau Einzug gehalten hatte. Einmal hatte sie auch an einer Verkostung von Cider und Apple Brandy teilgenommen. Georges Lapierre hatte sie dorthin mitgenommen.

Vermutlich konnte sich jemand, der den Ort genauestens kannte, ein Bild davon machen, welche Stellen die Pläne zeigten. Vielleicht würde auch jemand, der mit solchen Dokumenten bestens vertraut war, eine Idee davon haben, was exakt sie abbildeten. Mary hingegen betrachtete die Unterlagen eher ratlos und beschloss schließlich, Aufnahmen davon zu machen, ehe sie sie wieder so sorgfältig wie nur möglich verpackte, um sie der Polizei zu überlassen. In diesem Augenblick klingelte das Telefon.

»The Corbière Lighthouse Hideaway, Mary am Apparat?«

»Harsh hier«, meldete sich der Detective Inspector.

»Was kann ich für Sie tun, Sir?«, fragte Mary förmlich. Sie war nicht gewillt, den Ermittler sonderlich familiär anzusprechen.

»Wir haben Ihre Telefonnummer auf dem Handy des Toten gefunden«, kam Harsh direkt zur Sache. »Sie haben ihn angerufen. Was wollten Sie von ihm?«

»Ich hatte mir Sorgen gemacht«, erwiderte Mary überrumpelt. »Ich … konnte ihn nirgendwo finden, und …«

»Halten Sie es für normal, dass ein Hotel seinen Gästen hinterherspioniert?«

»Ich soll spioniert haben?« Für einen Moment war Mary sprachlos. Was erlaubte er sich!

»Oder hatten Sie Anlass zu vermuten, es könnte ihm etwas zugestoßen sein?«, fragte Harsh ungerührt nach.

Mary holte tief Luft. »Sein Zimmer hatte so chaotisch ausgesehen«, erklärte sie. »Es war Sturm in der Nacht gewesen. Er war nicht zum Frühstück erschienen, war einfach verschwunden …«

»Und auch Ihr Messer, nicht wahr? Vielleicht wollten Sie ja bloß sichergehen, dass er nicht doch noch lebte?«

Sie hätte Hackfleisch aus ihm machen sollen. Mary war so aufgewühlt, so zornig, so wütend auf Archibald Harsh, dass sie sich jederzeit selbst zu einem Mord befähigt gefühlt hätte. Stattdessen putzte sie. Putzte die Spüle und die Arbeitsfläche ihrer kleinen Küche. Schrubbte die Oberflächen so blank, dass man sich darin spiegeln konnte. Reagierte sich am Boden ab, der unbedingt gewischt werden musste, und schliff ihre Messer – die, die noch da waren. Doch auch das half nicht, sich zu beruhigen. Sie musste weg. Weg vom Felsen. Weg vom Leuchtturm. Also schlüpfte sie in ihre wetterfesten Sachen und machte sich auf den Weg über den Damm. Ein Regenschauer tauchte die Landschaft in düsteres Licht. Mary zog sich die Kapuze ihrer Windjacke über den Kopf und stolperte querfeldein, um sich abzureagieren. Der Wind, der ihr die Nässe ins Gesicht wehte, half dabei. Unter den wankenden Laternen, die ihr Licht von der Straße zu ihr warfen, bildeten die Erikabüsche violette Flecken im Zwielicht, die Laterne des Leuchtturms flackerte auf und schickte alle fünfzehn Sekunden ihren Lichtkegel, um den finsteren Himmel zu durchschneiden. Hie und da brannte in einem Haus noch Licht, die eine oder andere Tür wurde von einer Laterne erhellt. Auch drüben bei den Cottages am Anfang des Dammwegs.

Als Mary nach einer halben Stunde wieder dorthin einbog, bemerkte sie, dass im alten Wärterhaus von Mr Coleman eines der Dachfenster erleuchtet war. Dass dieser Griesgram unter Schlafstörungen litt, wunderte sie nicht. Eilig huschte sie an seinem Cottage vorbei, wobei ein Bewegungsmelder für einige Sekunden den Scheinwerfer unter dem Dachfirst aufblenden ließ. Mary hielt sich die Hand vor die Augen und fiel über ein paar Ziegelsteine, die neben der das Anwesen begrenzenden Mauer lagen. Fluchend stützte sie sich an ihr ab. Gerade wollte sie weiterlaufen, als ihr auffiel, dass der Bewegungsmelder nicht nur mit Licht verknüpft war, sondern ebenfalls mit einer Kamera. »Guckst du mir jetzt zu?«, knurrte sie. »Lachst du mich aus, weil ich über deine Stolperfalle gestürzt bin?« So würdevoll wie möglich schritt sie davon, leicht humpelnd allerdings, weil sie sich das Knie aufgeschrammt hatte.

Der Ausflug hatte nicht viel gebracht. Auch wenn sie sich zunächst etwas abreagiert hatte, so hatte der Ärger über Coleman die Wut zurückgebracht. Als sie die eiserne Pforte zum Leuchtturm aufsperrte, hatte Mary jedenfalls nicht das Gefühl, dass ihr der nächtliche Spaziergang im Regen in irgendeiner Weise nützlich gewesen wäre. Sie ließ die völlig durchnässten Schuhe neben der Tür des Leuchtturms stehen und hing die Jacke unterhalb der Treppe auf. Dann nahm sie sich ein Glas Talisker und setzte sich in die Lobby, wo sie zornig vor sich hin brütete.

Als Robert Peabody zurück auf den Leuchtturm kam, erwartete ihn ein frostiger Empfang. Nachdem er einige Male vergeblich versucht hatte, ein Gespräch in Gang zu bringen, und nachdem er erkennen musste, dass es an diesem Abend offenbar kein Dinner mehr auf La Corbière geben würde, zog er sich zurück und ließ Mary weiter schmollen. Peabody hatte ein Gespür dafür, wann es besser war, jemanden in Ruhe zu lassen.

Mary räumte ein paar Sachen hin und her und sah noch einmal im Empfangsgebäude nach dem Rechten. Sie checkte ihre E-Mails, stellte frustriert fest, dass es keine neuen Buchungsanfragen gab, warf der White Wall einen vernichtenden Blick zu und machte sich dann daran, alle Lichter zu löschen, während oben in der Laterne des Leuchtturms der Scheinwerfer aufblitzte.

Sie hatte gerade den ersten Fuß auf die Treppe nach oben gesetzt, da sagte jemand hinter ihr: »Ich habe mir Sorgen gemacht.«

»Mr Peabody?« Mary wandte sich um und sah ihn im Halbdunkel auf einem der Sessel sitzen.

»Ist alles gut?«

Sie betrachtete ihn eine kleine Weile schweigend. »Sagen Sie es mir.«

14

Am nächsten Morgen machte sich Peabody ohne weitere Erklärung noch vor dem Frühstück auf den Weg zur Insel. Ein flüchtiger Blick in die Küche – und er war fort. Nur der Duft seines Aftershaves hing in der Luft.

Am Vorabend hatte er erklärt, dass Svetlana Murphy einen Spaziergang machen wollte. Ohne Personenschutz hatte ihr Mann das jedoch nicht zugelassen. Weil der alte Murphy aber offenbar seinen eigenen Bodyguards nicht traute (es hieß, seine Frau habe Affären mit Security-Leuten gehabt, und das nicht nur einmal), hatte Ellford angeboten, ihr seinen Leibwächter auszuleihen – Peabody. Ein Arrangement, das Murphy offenbar recht war.

»Alles also ganz harmlos, falls Sie da irgendwelche Zweifel haben«, hatte Peabody gesagt.

»Ich wüsste nicht, was es mich anginge«, hatte Mary entgegnet.

»Nun ja.« Er hatte diesen etwas überheblichen Gesichtsausdruck, der ihr so auf die Nerven ging. »Man kann ja nie wissen.«

»Ist das so? Man kann sich auch sehr täuschen, Mr Peabody.«

Als Constance mit ihrer täglichen Lieferung kam, fand sie Mary alleine am Empfang vor.

»Und?«, fragte die Freundin. »Hast du den Mörder schon entlarvt?«

»Falls ja, hab ich es jedenfalls bisher noch nicht kapiert«, erwiderte Mary und zuckte die Achseln. »Wollen wir zusammen frühstücken?«

»Du weißt, dass ich längst gefrühstückt habe.«

»Macht das was?«

»Wenn du mich fragst, ja.« Constance griff sich an die Hüften. »Wenn du Greg fragst …« Sie lachte. Es war kein Geheimnis, dass Gregory Fairway die Rundungen seiner Frau liebte. Er möge es gern etwas handfester, wie er bei jeder sich bietenden Gelegenheit erklärte. Und Gelegenheiten gab es etliche. Constance dagegen klagte häufig über ihr Gewicht, obwohl sie keineswegs dick war. Nur eben ein bisschen »weiblicher«.

»Dann tun wir deinem Mann einen Gefallen und lassen es uns gut gehen.« Mary deutete der Freundin an, zu ihr in den Leuchtturm zu kommen. Constance deckte rasch den Tisch in der Kombüse, während Mary ein paar Spiegeleier briet, Brot aufschnitt, ihre selbst gemachten Marmeladen und Clotted Cream vom Vortag aus dem Kühlschrank holte, dazu den Käse, den sie bei Lillet's in Le Grouet gekauft hatte – und natürlich die Milch, die die Freundin vom Hof mitgebracht hatte.

»Jetzt erzähl mal«, forderte Constance sie auf, als sie bei dampfendem Tee zusammensaßen und der erste Sonnenstrahl des Tages auf die reichlich gedeckte Tafel fiel. »Wie läuft es mit deinem Mr Peabody?«

»Sein Name ist schon bekannt?«

Constance kicherte. »Nein. Den habe ich in deinem Reservierungsbuch gelesen. Ich wollte es einfach wissen.«

»Dann wäre ich dir dankbar, wenn du es nicht weitersagst.«

»Keine Sorge, Marydarling. Ich bin zwar neugierig und immer an Klatsch interessiert. Aber ich kann auch Geheimnisse für mich behalten.«

Ja, das konnte sie. Mary wusste, dass auf Constance Verlass war. Und dass der Name des Mordopfers immer noch nicht öffentlich bekannt war, bewies, dass die Freundin tatsächlich verschwiegen war.

Plötzlich erinnerte sich Mary an ein Detail, das ihr damals gar nicht aufgefallen war. Peabody! Er hatte »der arme Mr Plummer« gesagt, als er auf den Felsen kam. Woher um alles in der Welt hatte er diesen Namen gekannt?

Constance war noch nicht über den Dammweg verschwunden, da griff Mary bereits zum Telefon und wählte die Nummer des *Daily Mirror* in London.

»Hier der *Mirror*, London«, meldete sich eine nervtötende weibliche Stimme am anderen Ende der Leitung. Mary war schon im Begriff, ihr Anliegen vorzutragen, da sprach die Frau weiter: »Bitte wählen Sie Ihr Anliegen. Wenn Sie mit unserem Nachrichtenbereich in Kontakt treten wollen, drücken Sie die Eins. Wenn Sie …«

Mary verdrehte die Augen und ließ sich auf den Bürostuhl hinter ihrem Empfangstisch fallen.

»Für Weird News wählen Sie bitte …«

Weird News? Ungewöhnliche Nachrichten?

»Wenn Sie unser Showbiz-Team erreichen wollen …«

Mary lachte. Wie absurd war das denn? Sie wusste schon, warum sie den *Mirror* nicht las. Aber immerhin:

»Um mit der Money-Redaktion verbunden zu werden, drücken Sie die Sieben …«

Was sie dann auch tat. Denn eine Recherche über die größten Immobilienbesitzer des Königreichs war wohl am ehesten in der Wirtschaftsredaktion angesiedelt. Money, wie sie das beim *Mirror* offenbar nannten.

»Redaktion Money, Keegan?«, meldete sich eine Stimme mit unverkennbar irischem Akzent.

»Hi!«, sagte Mary und improvisierte: »Hier ist Constance Richardson. Ich hätte gerne Mr Peabody gesprochen.«

»Peabody?«

»Robert Peabody. Vom *Mirror*.« Als könnte es auch der von der *Times* sein.

»Sorry, Ma'am, da muss ich Sie enttäuschen. Einen Mr Peabody haben wir in der Redaktion nicht.«

»Das kann nicht sein. Ich weiß genau, dass er für Sie arbeitet.« Sie überlegte: »Soweit ich weiß, lebt er in Kent.«

»Vielleicht ein freier Mitarbeiter? Die kenne ich nicht alle. Aber mit dem könnte ich Sie dann sowieso nicht verbinden.«

»Mhm«, machte Mary. »Verstehe. Hm. Danke.«

»Gerne. Und bleiben Sie uns treu!«

Mary legte auf. Eine Google-Suche »Robert Peabody Kent« ergab keine Treffer. Was nichts heißen musste. Freier Mitarbeiter, das wäre eine Möglichkeit. Die andere …

Well, we all have a face
That we hide away forever
And we take them out and show ourselves
When everyone has gone

Nun, Peabody war weg. Sie war allein. Sein Zimmer leer …

IV

Wie der Tod so spielt

15

Kurz bevor die Flut einsetzte, begab sich Mary auf die Insel. Solange sie auf dem Leuchtturm blieb, würde sie nichts herausfinden. Sie musste dort suchen, wo es eine Verbindung zu Mr Plummer gab. Und dazu musste sie zuerst einmal nach St. Mary. Sie würde ihrem alten Bekannten Timothy Hendersson einen Besuch abstatten und ein wenig die Gegend erkunden. Vielleicht brachte sie das weiter.

Um nach St. Mary zu gelangen, ließ sie sich zuerst mit dem Bus nach Bel Royal bringen und stieg dort in eine andere Linie um. Die Fahrt Richtung Norden ging durch saftig grüne Landschaften, vorbei an entzückenden kleinen Dörfern wie Trois Bois oder Carrefour Selous, wo sie dann nach Six Rues abbogen und über St. Mary's Church nach Le Moulin de Lecq kamen. Eine Weltreise auf einer Insel, die kaum größer war als der Flughafen London Heathrow. Nur ein kleines Stück weiter wäre das Old Fort gewesen, gelegen an einem romantischen Küstenabschnitt an der Nordseite der Insel. Doch Mary blieb in Les Colombiers, das ganz nah an Patrick Montegues Weingut La Mer lag und in dem Timothy Hendersson seine Schreinerei betrieb.

»Mary!«, grüßte er sie überrascht, als er sie entdeckte. »Was machst du denn hier?«

»Hi, Tim, störe ich?«

»Kein bisschen!«, versicherte ihr der Schreiner. »Ich wollte sowieso gerade eine kleine Pause einlegen. Möchtest du auf einen Tee mit hinüberkommen? Kate wird sich freuen, dich zu sehen!«

Kate Hendersson war eine ebenso liebenswürdige wie resolute Frau, die einige Jahre älter war als ihr Mann, was die glühende Verehrung, die dieser ihr entgegenbrachte, nicht minderte. Wieso sollte es das auch? Ihre inzwischen halbwüchsigen Zwillinge waren weithin als »die schrecklichen Henderssons« bekannt und berüchtigt für ihre Schelmenstücke. Mal hatten sie ein paar Plastikhühner an den Kirchturm von St. Mary gehängt und die Tierschutzpartei von Jersey auf den Plan gerufen, mal die Kühe von Michael Rush mit vergorenen Trauben vom nahen Weingut gefüttert und für Rinderwahnalarm gesorgt. Meist waren ihre Streiche harmlos und die Folgen überschaubar. In den Pubs der Gegend war man sich einig, dass Pete und Pat zwar zwei Teufelsbraten waren, die man aber nicht missen mochte – weshalb zuletzt der Pastor von St. Mary den Eltern ausgeredet hatte, die beiden ins Internat nach Yorkshire zu schicken.

»Hallo Kate!«, grüßte Mary und trat in die Küche, in der es köstlich nach Pancakes duftete, von denen sich bereits ein gewaltiger Stapel auf einer Platte neben dem Herd türmte. »Um Himmels willen, naht eine Invasion?«

»Mary, wie schön, dich zu sehen!« Kate kam auf sie zu und drückte sie an ihren ziemlich üppigen Busen. »Kennst du meine drei Männer nicht? Ich sage dir: Sie sind kaum satt zu kriegen.« Sie lachte über ihre eigene Bemerkung und forderte Mary auf, sich mit ihr an den Tisch zu setzen. »Was führt dich zu uns? Hast du Arbeit für Tim?«

»Leider nicht«, entgegnete Mary. »Ich wüsste auch gar nicht, womit ich deinen Mann bezahlen sollte.«

»Ich hab schon gehört.« Kate seufzte. »Schlimme Geschichte, das mit deinem ersten Gast. Vermutlich bleibst du auf den Kosten auch noch sitzen?«

Mary zuckte die Schultern. »Ehrlich gesagt, habe ich darüber noch gar nicht nachgedacht. Das ist im Moment mein geringstes Problem. Aber ja, ich vermute das auch.«

»Möchtest du einen?« Kate sprang auf, um den nächsten Pancake aus der Pfanne zu nehmen.

»Einen vielleicht …«

Die Frau des Schreiners nickte zufrieden und legte zwei besonders schöne Exemplare auf einen Teller, gab etwas von ihrem hausgemachten Apfelmus dazu und reichte ihn Mary.

Die kostete sofort. »Wie machst du die nur?«

»Altes Rezept von meiner Tante. Aus der Normandie.«

»Das erklärt alles«, behauptete Mary und nahm eine weitere Gabel. »Kann ich bei dir einziehen?«

Kate lachte glockenhell und gab ein paar Kellen von ihrem Teig in die Pfanne, in die sie vorher ein großes Stück Butter gelegt hatte, das brutzelnd zerlaufen war. »Falls wir irgendwas für dich tun können …«, sagte sie dann, wieder ernster.

»Lieb von dir, Kate«, erwiderte Mary. »Im Moment nicht. Aber ich bin froh, dass ich so gute Freunde habe. Man weiß ja nie.«

»Dann bist du bloß hier, um ein bisschen Abstand von allem zu bekommen?«

»Na ja, ich bin eigentlich hier, um mir mal das Weingut näher anzusehen.«

»La Hougue Mauger? Ich weiß nicht, ob sie gerade Führungen machen …« Es war eines der touristischen Highlights von Jersey, eine Führung durch das Weingut und seine Keller, verbunden mit einer Verkostung des hiesigen Weins und anderer Spezialitäten. Fast ärgerte sich Mary ein wenig, dass sie daran nicht gedacht hatte. Eine Führung hätte ihr einen einfachen Zugang und Einsichten ermöglicht, die sie von außen sicher nicht bekommen würde.

»Weißt du denn, wann die Führungen üblicherweise stattfinden?«, fragte sie die Freundin.

»Ich schätze, das lässt sich im Moment nicht sagen. Der Tod von Emily hat Patrick sehr mitgenommen. Tim sagt, er kann sich zurzeit zu gar nichts aufraffen.« Sie senkte ihre Stimme, als könnte sie jemand in ihrem eigenen Zuhause belauschen: »Es heißt, niemand hat ihn seither gesehen.«

»Das kann ich verstehen«, bemerkte Mary, die sich erinnerte, dass die Winzerin erst vor ein paar Tagen bei einem tragischen Unfall zu Tode gekommen war. »Die Beerdigung …?«

»Hat noch nicht stattgefunden. Schrecklich.«

»Ja. Schrecklich.«

Eine Weile saßen die beiden Frauen schweigend beieinander, dann hastete Kate wieder zum Herd und nahm den letzten Pancake aus der Pfanne.

»Und vom Unfallfahrer fehlt noch immer jede Spur?«, fragte Mary, die Emily Montegue nie getroffen, sondern nur von Fotos gekannt hatte. In Tourismus- und Lifestyle-magazinen war das Winzerehepaar gelegentlich zu sehen gewesen.

Kate nickte. »Die Polizei hatte zuerst einen Verdächti-gen. Doch am Ende stellte sich heraus, dass es ein Missver-ständnis war.«

»Wie ist denn der Unfall passiert?«

»Genau weiß das niemand. Aber schrecklicherweise ist es ganz in der Nähe geschehen, keine zweihundert Meter von hier.« Kate deutete Richtung Le Moulin de Lecq. »Die Montegues haben dort ja ihr Land. Emilys Wagen wurde von einem aus der Seitenstraße einbiegenden Fahrzeug ge-streift. An der Stelle gibt es diese kleine Brücke ...«

»Die kenne ich! Die Steinbrücke gleich dort hinten!« Mary sprang auf und blickte aus dem Fenster, von dem aus man aber dieses romantische alte Bauwerk nicht sehen konnte, weil dazwischen Timothy Henderssons Werkstatt lag.

»Richtig. Sie hatte Vorfahrt. Aber der Fahrer hat sie ihr genommen und sie sozusagen von der Brücke geschubst.« Kate atmete hörbar aus. »Es sind ja nur zwei oder drei Me-ter. Aber das hat ausgereicht, um sie ...« Sie flüsterte nun: »Um sie zu Tode zu stürzen.«

»Und der Verdächtige?«

»Ach. Jemand hatte einen alten französischen Wagen ge-sehen. Und tatsächlich hat die Polizei auch einen ermittelt, der einen Schaden hatte, nur war der an einer völlig ande-ren Stelle. Der konnte es also nicht gewesen sein.«

Die Beule war ich nicht, dachte Mary. Mein Gott, was, wenn Mr Plummer der Unfallfahrer gewesen war?

Es mochten nur fünf Hektar sein, vielleicht auch etwas mehr, die auf Jersey für die Herstellung von Wein zur Verfügung standen, aber wenn man sich mitten in den Weingärten der Montegues befand, konnte man sich ins Bordeaux versetzt fühlen oder in die Toskana. Mary liebte die Atmosphäre in ihnen, die so völlig anders war als alles, was sie aus ihrer schottischen Heimat kannte. Wie wenig doch eine Karte oder gar ein Katasterauszug darüber sagten, wie ein Stück Land wirklich aussah. Mary dachte an die Pläne, die sie in Mr Plummers Päckchen gefunden hatte. Wozu mochten sie ihm wohl geschickt worden sein?

Dass es innerhalb von wenigen Jahrzehnten gelungen war, Weine zu züchten, die einem internationalen Vergleich standhielten, darauf war auf Jersey nicht nur die Winzerfamilie stolz, es trug zum Ansehen der ganzen Insel bei. Umso tragischer wirkte der Unfall von Emily Montegue, die überall für ihren Esprit und ihre Eleganz geschätzt worden war.

Als sie zu dem alten Herrenhaus hinüberblickte, dem Herz der Wine Estates, erschien es Mary, als läge über allem ein tiefes Schweigen, als wäre alle Fröhlichkeit mit Emily Montegue gegangen und hätte einer tiefen Trauer Raum gegeben, die nun das Anwesen beherrschte. Mary hatte den Weg zur kleinen Brücke eingeschlagen und war sehr gerührt, als sie dort mehrere Blumensträuße und ein Bild der Verstorbenen vorfand, auf dem *In ewiger Liebe, Dein Patrick* stand. Es war von zwei Windlichtern mit brennenden Kerzen umrahmt. Die Stelle, an der ihr Wagen die alte Steinmauer der Brücke durchbrochen hatte, war bislang nicht repariert, man konnte am Bach unten noch erkennen, wo sie aufgeprallt war. Ergriffen hielt Mary inne und sprach ein leises Gebet. Die Montegues waren erst ein paar Jahre verheiratet gewesen, Mary konnte sich vorstellen, wie schwer es für den Witwer sein musste, sein Schicksal anzunehmen – zumal es unter so grausamen Umständen passiert war und es niemanden gab, den man zur Verantwortung ziehen konnte, zumindest vorläufig.

Sie fragte sich, welche Auswirkungen dieser furchtbare Verlust auf das Weingut haben würde. Würde Patrick Montegue die Kraft finden, weiterzumachen? Oder würde er sich zurückziehen und die Weinherstellung anderen Händen überlassen? Oder würde er womöglich das Gut gar verkaufen?

Ein Mini Cooper, ein älteres Modell, näherte sich der Brücke und blieb neben Mary stehen. Die Fahrerin kurbelte das Fenster herunter und meinte traurig: »Beten Sie auch für Emmy?«

»Ich kannte sie nicht«, gab Mary zu. »Aber ich habe trotzdem ein kleines Gebet gesprochen.«

»Das ist gut«, sagte die Frau, die in den Fünfzigern sein mochte und müde wirkte. »Vielleicht beten Sie ebenso für den Ehemann. Er kann es noch mehr gebrauchen.«

»Sie kennen die Montegues?«

»Ich bin hier Haushälterin.« Sie nickte zum Herrenhaus hinüber.

»Oh. Dann mein Beileid auch für Sie.«

»Danke, Miss. Das ist sehr freundlich. Sie sind nicht von hier, richtig?«

»Schottland«, erklärte Mary. »Isle of Skye.«

Die Frau nickte und lächelte wehmütig. »Nie da gewesen. Aber sicher sehr schön.«

»Sehr schön«, bestätigte Mary. »Und sehr anders. Aber ich lebe jetzt hier.«

»Dann passen Sie gut auf sich auf, Miss. Es wird immer gefährlicher auf unserer schönen Insel, scheint mir.«

»Den Eindruck könnte man beinahe bekommen.«

»Haben Sie schon von dem Mord auf La Corbière gehört? Das ist der Leuchtturm im Südwesten.«

Mary nickte nur. Wozu sollte sie erklären, dass sie die Besitzerin und der Tote ihr Gast war?

»Dann der Raubüberfall drüben in St. Saviour …«

»Ein Raubüberfall? Was ist passiert?« St. Saviour war im Grunde ein Stadtteil von St. Helier, auch wenn es eine eigene Gemeinde war. Einige einflussreiche Persönlichkeiten lebten dort.

»Eine Kanzlei ist überfallen worden«, erzählte die Frau im Mini. »Der Nachtwächter muss die Täter erwischt haben. Er hätte besser die Polizei gerufen und sich versteckt. Aber der Mann war ein bisschen zu heldenhaft. Sie hätten ihn beinahe umgebracht. Keine Ahnung, wie's ihm jetzt geht.«

»Klingt wirklich ziemlich schrecklich«, sagte Mary. »Hoffentlich ist bald alles wieder gut.«

»Hoffentlich. So, ich muss weiter. Schönen Tag, Miss!«

»Der Verdächtige …«, besann sich Mary hastig.

»Bitte?«

»Von dem Unfall hier mit Mrs Montegue. Der Mann, den die Polizei zunächst verdächtigt hat …«

»Was ist mit ihm?«

»Wissen Sie, was für ein Auto er gefahren hat?«

»Ein französisches«, sagte die Haushälterin. »Renault. Oder Citroën.«

Wie die meisten französischen Autos, dachte Mary.

»Jedenfalls einen Oldtimer. So einer mit offenem Verdeck.«

Wie der Wagen von Mr Plummer.

»Es war aber nicht zufällig ein Mr Henry Plummer?«

»Woher wissen Sie das?«

Er war es also nicht gewesen. Warum auch immer, Mary war erleichtert über diese Erkenntnis. Man hatte ihn verdächtigt, überprüft und wieder gehen lassen.

»Ach«, sagte sie. »Nur geraten.«

Das Weingut lag nicht weit entfernt von dem alten Fort, einem trutzigen Bauwerk in der Bucht von Grève de Lecq an der Nordküste der Insel. Auch hier gab es nicht nur mächtige Mauern aus fernen Jahrhunderten, sondern ebenso etliche Betonklötze, die die Nazis der Insel angetan hatten. Mary hasste diese Schandmale. Wie steinerne Zeugnisse der Barbarei lagen sie da, und dass tagtäglich Touristen darauf herumkletterten, als seien es Menhire oder Abenteuerspiel-plätze, das machte es nicht besser.

Als sie davorstand, erinnerte sie sich, dass Constance ihr erzählt hatte, Rupert Murphy beabsichtige hier, einen Club zu eröffnen. Er hätte deshalb ein Angebot gemacht, die Bunker zu erwerben. Aber natürlich mochten das auch nur Gerüchte sein. Wenn es stimmte, müsste er im Grunde die Festung ebenfalls erwerben, denn die Beton-bollwerke waren eng und stickig und zum Tanzen völlig ungeeignet. Mary stieg die Böschung zum Fort hinauf und blickte auf die See und den schmalen Landstreifen der Insel Sark, den man von hier aus erkennen konnte, und einmal mehr war sie unendlich dankbar, dass es sie hierherverschlagen hatte. Großvater Gilbert hatte dafür gesorgt. Was für ein Glück!

Wenn sie landeinwärts schaute, konnte sie einen Teil des Areals überblicken, das zum Weingut gehörte. Die Lage der Inseln, nah an der französischen Küste, profitierend von den Ausläufern des Golfstroms und gen Norden von Groß-britannien geschützt, war ein Geschenk des Himmels, so viel war klar. Sie konnte Murphy verstehen, dass er sich hier zum Großgrundbesitzer aufzuschwingen entschlossen hatte. Man konnte an einem so bevorzugten Ort auf dem Planeten fast nichts falsch machen. Weshalb es auch nicht leicht war, auf den Kanalinseln überhaupt Grund zu erwer-ben. Es gab zwei Arten von Immobilienbesitz auf Jersey: eine Art einfachen, der Investoren offenstand, sowie einen bevorzugten, der nur Einwohnern vorbehalten und mit hö-heren Rechten verbunden war. Für Murphy mochte es egal sein, er hatte zweifellos ohnehin ein Dutzend Wohnsitze überall auf der Welt und sah sich vor allem als Investor.

Survival Guide für den Investor, kam es Mary auf einmal in den Sinn. Das Buch hatte Mr Plummer gelesen (sie hatte beschlossen, bei diesem Namen zu bleiben, solange sie seine wahre Identität nicht kannte). Vielleicht war die Idee, auf den Klippen von Grève de Lecq einen Club zu eröffnen, gar nicht so falsch – aus geschäftlicher Sicht. Vielleicht konnte das tatsächlich funktionieren. Immerhin gab es auf Jersey eine vergnügungssüchtige, oft auch finanziell sehr gut situierte Jugend. Zumindest für einige Zeit mochte ein Club im Nirgendwo eine angesagte Location sein. Die Idylle des Weinguts würde jedoch darunter leiden. Aber da sich Rebstöcke eher nicht beschwerten und die Führungen für Interessierte und Touristen in der Regel tagsüber stattfanden, konnte es sogar sein, dass nach anfänglichen Protesten die in finanziellen Dingen stets interessierten Einwohner ihren Widerstand aufgaben und Murphy seine neue Investition erlaubten.

Nachdenklich kletterte Mary von dem Felsen, auf dem das Fort lag, und machte sich auf Richtung St. Mary, als ihr eine vertraute Gestalt am Strand auffiel.

»Archie?«, rief sie überrascht. Der Detective Inspector blickte auf. Offenbar hatte er gerade Muscheln gesammelt, was Mary irgendwie anrührte. Es schien, als hätte er doch eine romantische Ader. »Auf Spurensuche?«, fragte sie scherzhaft, als sie näher kam.

»Oh! Miss McTarr«, erwiderte Harsh hölzern. »Was führt Sie hierher?«

»Ich war bei meinem Schreiner«, entgegnete Mary, ein klein wenig enttäuscht, dass Harsh nicht in der Lage war, seine Uniform abzulegen, selbst wenn er gar keine trug. »Und Sie?«

»Ich … Nun …« Er räusperte sich. »Private Dinge.« Was wohl als Erklärung reichen musste.

»Sind Sie denn inzwischen mit Ihren Ermittlungen über den falschen Mr Plummer weitergekommen?«

»Über den Stand von Ermittlungen, überhaupt über unsere Arbeit äußern wir uns grundsätzlich nicht«, sagte er blasiert, und Mary beschloss, ihm nichts von dem Päckchen zu erzählen.

»Das finde ich auch ganz richtig, Detective Inspector«, sagte sie stattdessen. »Ich frage vor allem wegen meines Fleischmessers.«

»Wegen Ihres … Was ist damit?«

»Nun, es ist immerhin mein Eigentum! Ich hätte es gerne zurück!«

»Wie bitte?« Das brachte den Kriminalbeamten ein wenig aus der Fassung. »Die Tatwaffe gehört in die Asservatenkammer! Sie ist ein Beweismittel!«

»Aber wie lange denn, Detective Inspector?«

»Mindestens bis zum Abschluss der Ermittlungen«, erwiderte Harsh mit Nachdruck. »Und im Fall einer Verurteilung wird es als Mordwaffe ganz sicher diese auch nicht mehr verlassen.«

»Aber es ist keine Mordwaffe«, behauptete Mary bestimmt. »Mr Plummer war bereits tot, als es ihm in den Rücken gestoßen wurde. Da bin ich mir sicher.«

»Sind Sie das?« Harsh musterte Mary giftig. »Egal. Das werden die Richter entscheiden.«

»Gibt es denn schon einen Termin?«, fragte Mary harmlos.

»Einen Termin? Wofür?«

»Für die Verhandlung.«

»Dazu müssten wir erst einmal einen ...« Wieder hielt er inne, warf ihr einen feindseligen Blick zu und sagte schließlich knapp: »Ich habe noch zu tun. Einen guten Tag.«

»Ihnen auch, Detective Inspector! Ihnen auch.«

Es gab also weiterhin keine heiße Spur und niemanden, den die Polizei konkret verdächtigte.

Auf dem Rückweg zur Bushaltestelle beschloss Mary kurzerhand, einen Blick auf das alte Herrenhaus des Weinguts zu werfen, einen würdigen Backsteinbau, der vermutlich aus dem 19. Jahrhundert stammte, womöglich aber noch älter war. Die Vorhänge im ersten Stock waren zugezogen, die Eingangstür wirkte verschlossen. Es war sicher so, wie Kate gesagt hatte: Der Winzer hatte sich in seiner Trauer von der Welt zurückgezogen und wollte niemanden sehen.

Das Schild, auf dem Führungen über die Weinberge, Verkostungen und Präsentationen der besten Tropfen angekündigt wurden, war nicht auf dem neuesten Stand. Alles wirkte unendlich trostlos.

Ein leichter Regen vertrieb sie von dem Ort, dem das

Glück abhandengekommen war, und ließ sie Richtung St. Mary eilen, wo der Bus halten würde.

Es gab etliche Kirchen auf der Insel, die schöner waren, und sehr viele, die älter waren als St. Mary. Aber immerhin schien diese noch eine aktive Gemeinde zu haben. Nachdem Mary eine Kerze für Mrs Montegue und Mr Plummer angezündet hatte, stöberte sie ein wenig in den Broschüren, die im Vorraum ausgelegt waren. In einem Schaukasten waren außerdem Verlautbarungen angebracht: Taufen, Hochzeiten, Todesfälle – unter anderem eine Anzeige für Emily Montegue, die nur neununddreißig Jahre alt hatte werden dürfen und die Mary mit großen dunklen Augen aus dem Trauerblatt anblickte. *9. Juni 1984–9. Juni 2023* stand darunter. Sie starb an ihrem Geburtstag, dachte Mary. An ihrem Geburtstag war die Winzerin auf so schreckliche, so sinnlose Weise ums Leben gekommen. Das Schicksal konnte so grausam sein.

Betrübt trat Mary wieder nach draußen in den Regen, der inzwischen kräftiger geworden war. Bis zur Bushaltestelle war es nicht weit. Dennoch war sie völlig durchnässt, als sie dort eintraf. Ein Blick auf die Uhr zeigte ihr, dass sie jetzt ohnehin nicht nach La Corbière zurückkommen würde, weil die Flut bereits eingesetzt hatte. Also beschloss sie, noch für ein paar Stunden nach St. Helier zu fahren, um sich ein wenig bei Voisins umzusehen. Vielleicht fand sie dort ein neues Kleid. Ihre schottische Garderobe gab bei Weitem nicht die nötige Anzahl an sommerlichen Outfits her, und zu einer formellen Hoteluniform hatte sie es noch nicht gebracht – die musste erst einmal entworfen und dann für viel Geld geschneidert werden. So hatte Mary also durchaus zwingende Gründe für einen Shoppingnachmittag in der Inselhauptstadt.

Aber vorher wollte sie noch einmal in Richardson's Garage vorbeigehen.

Irgendwie schien es ihr seltsam, dass sowohl in den Fall von Henry Plummer als auch in den tragischen Unfall von Emily Montegue ein französischer Wagen älteren Baujahrs verwickelt war. Und wenn Richardson schon den einen kannte, vielleicht kannte er ja auch den anderen?

Womit sie nicht gerechnet hatte, war, dass der Oldtimer, mit dem ihr erster Gast nach La Corbière gekommen war, in der Werkstatt stand, als sie vom Old Harbour aus durch die düstere Einfahrt huschte, hinter der sich die Garage befand. Und doch war dies eine Tatsache. Auch wenn Mary zwei Automarken kaum auseinanderhalten konnte, von zwei verschiedenen Modellen einer Firma gar nicht erst zu sprechen, so erkannte sie das Fahrzeug in dem Augenblick, in dem sie es sah: Immer noch prangte eine bemerkenswerte Beule am hinteren rechten Kotflügel. *Die Beule war ich nicht*, dachte Mary ein weiteres Mal. Nun gut, ob Mr Plummer die Beule verursacht hatte, würden sie kaum mehr herausfinden. Klar war aber, dass ein aus einer Seitenstraße einbiegender und dabei ein anderes Fahrzeug touchierender Wagen unmöglich eine Beule am *hinteren* Kotflügel haben konnte. Und am vorderen war Matt offenbar nichts aufgefallen.

Neugierig ging Mary um den Wagen herum, nur um festzustellen, dass der rechte vordere Kotflügel tatsächlich makellos war. Ein Zusammenprall, mit dem das gegnerische Fahrzeug von der Fahrbahn gestoßen wurde, hätte auf jeden Fall Spuren hinterlassen müssen. Und dass Mr Plummer *rückwärts* abgebogen war, das war nun wirklich unwahrscheinlich. Nein, so viel war offensichtlich: Mit wem immer Mrs Montegue ihren tödlichen Unfall gehabt hatte, es war nicht Marys Hotelgast gewesen – jedenfalls nicht mit diesem Auto.

»Sie schon wieder?«

»Mr Richardson.« Mary atmete tief durch, obwohl das zur Folge hatte, dass sie den unangenehmen Dunst in sich aufnehmen musste, den der Garagenbesitzer absonderte. »Ich schon wieder, ja.«

»Was wollen Sie denn?«

»Das ist der Wagen, über den wir gesprochen haben«, stellte Mary fest und deutete auf den hellblauen Franzosen.

»Und?«

»Wie kommt's, dass er bei Ihnen steht?«

»Ist zu verkaufen.«

Erstaunt blickte Mary das Auto an, als sähe sie es zum ersten Mal. »Tatsächlich? Ist aber kein Schild dran.«

Richardson schnaubte abschätzig und zog eine Schachtel Zigaretten aus seiner Jackentasche. »Den muss ich erst aufmöbeln.«

»Aber der sieht doch gut gepflegt aus«, befand Mary und schritt um den Wagen herum.

»Hat 'ne Beule hinten rechts. Wenn ich die rausmache, bringt das gute Stück locker dreitausend Pfund mehr.«

»Dreitausend Pfund *mehr*? Ich hätte nicht gedacht, dass

er überhaupt so viel wert ist«, erklärte Mary. »So alt, wie er ist.«

»Von der Sorte gibt es nur noch eine Handvoll, Miss.« Richardson zündete sich eine Zigarette an und nahm einen tiefen Zug. »Ist ein schönes Modell. In einem Topzustand bringt er locker dreißigtausend. Mit Glück mehr.«

Mary pfiff durch die Zähne. »Beeindruckend«, gab sie zu. »Aber ob Sie den wieder so hinbringen, dass er wie neu aussieht?«

»Das wäre nicht das erste Mal. Wir verstehen was von unserem Handwerk.«

»Das würde ich nie bezweifeln«, versicherte ihm Mary. »Und wie lange dauert so eine Reparatur?«

»Die Beule? Mit Lackieren und allem, sodass es aussieht, als wäre nie eine drin gewesen: zwei Tage.«

»Zwei Tage!« Nun gab sie sich, als wäre sie erstaunt, wie lange es dauerte, so einen Schaden zu beheben. »Und in der Zeit? Haben Sie da dann einen Mietwagen für Ihre Kundschaft?«

Richardson nickte Richtung Ausfahrt, wo zwei frisch polierte BMWs geparkt waren. »Hier muss keiner zu Fuß rausgehen«, erklärte er und blies den Rauch über Marys Kopf hinweg. Doch dann musterte er sie unvermittelt aus schmalen Augen. »Wieso sind Sie eigentlich hier?«

»Oh! Ich wollte bloß Hallo sagen. Und Sie fragen, ob Sie noch ein zweites Auto wie dieses hier kennen. Auf Jersey, meine ich.«

»Noch so eines?« Richardson lachte. »Würde mich erstaunen, wenn es noch eines gäbe. Und es wäre nicht gut für den Preis.« Er schüttelte den Kopf. »Nein«, sagte er und wiederholte mit Bestimmtheit: »Nein. Das wüsste ich.«

Wenig später war Mary wieder draußen und betrachtete den alten Hafen und seine Boote, von denen die wenigsten so schick waren wie die, die in der Elizabeth Marina lagen. Doch dieser Hafen hatte eindeutig mehr Charme. Ihr Handy klingelte. Es war Peabody.

»Haben Sie etwas Neues herausgefunden?«, fragte er.

Ja, das hatte sie, auch wenn sie nicht wusste, welche Bedeutung es hatte. Aber im Augenblick hatte sie keine Lust, mit Peabody darüber zu sprechen. »Es scheint kein zweites Fahrzeug dieses Modells auf der Insel zu geben«, sagte Mary kühl. »Zumindest kennt Richardson keines.«

Peabody machte ein anerkennendes Geräusch. »Gute Arbeit, Miss Detective.«

Aus der Hauptstadt hatte Mary nicht nur einiges an neuer Garderobe mitgebracht, sondern auch frische Meeresfrüchte, Austernpilze und Carnarolireis für ein Risotto – der Safran würde vorzüglich mit den Schalentieren harmonieren – sowie frischen Fenchel und Limetten für einen feinherben Salat, den sie mit etwas Brunnenkresse von ihrem Fensterbrett dekorieren würde. Dazu ein Schluck Blanc de Blancs … Es wäre gelogen gewesen, zu behaupten, ihr wäre nicht das Wasser im Munde zusammengelaufen beim Gedanken an das bevorstehende Abendessen, als sie auf dem Mont du Grouet aus dem Bus stieg. Nach der Wanderung an der

Nordküste, dem Besuch in der Garage und dem herrlichen, aber anstrengenden Einkauf in der King Street knurrte ihr förmlich der Magen. Schade nur, dass sie erst einmal nicht viel mehr machen konnte, als alles vorzubereiten: Sowohl das Risotto als auch die Meeresfrüchte und erst recht der Salat mussten direkt von der Pfanne beziehungsweise vom Schneidbrett auf den Tisch. Sie musste also abwarten, ob Peabody auftauchte oder nicht, um ihn gegebenenfalls fragen zu können, ob er auf dem Leuchtturm essen wolle. Denn egal, wie verdächtig er ihr inzwischen war und wie seltsam sein Verhalten, er war Gast des Corbière Lighthouse Hideaway, und als solcher durfte er erstklassigen Service erwarten, auch wenn sie sich nicht mehr sicher war, ob sie sich in seiner Gegenwart wohlfühlen konnte.

Als Mary auf dem Dammweg das alte Wärterhäuschen passierte, war Mr Coleman gerade damit beschäftigt, seinen Wagen zu polieren. Er sah sie mit giftigem Blick an und wandte sich augenblicklich ab. Doch kaum hatte sie sein Cottage passiert, rief er: »Was hatten Sie eigentlich an meinem Haus zu suchen?«

»Bitte?«, fragte Mary und drehte sich zu ihm um.

»Das waren doch Sie, ich habe Sie erkannt!«

»Ich weiß gar nicht, wovon Sie sprechen«, empörte sich Mary und stemmte die Fäuste in die Seiten. Vielleicht war es wirklich Zeit, diesem Menschenfeind endlich einmal die Meinung zu sagen. Wann immer er konnte, legte er ihr Steine in den Weg, lästerte über sie und machte sie, wie sie es schon mehrmals gehört hatte, vor Dritten schlecht. Und immer waren es Lügengeschichten, die er verbreitete.

»Letzte Nacht! Sie haben sich hier herumgetrieben!«

»Ich war unterwegs zu meinem Leuchtturm.«

»Sie wollten mich ausspionieren, geben Sie es doch zu!«, polterte Coleman und knallte die Fahrzeugtür zu. »An der Mauer haben Sie sich herumgedrückt. Wahrscheinlich, weil Sie durch die Fenster spähen wollten!«

Mary schnappte nach Luft. »Das ist doch …«, rief sie ungläubig. »Sie haben eine Stolperfalle eingerichtet! Ich wäre beinahe der Länge nach hingefallen.« Sie deutete auf die Stelle, an der in der Nacht Ziegelsteine gelegen hatten.

»Bleiben Sie einfach auf Abstand, Miss«, herrschte Coleman sie an. »Sonst nimmt das hier kein gutes Ende. Ich kann Ihnen versichern, ich habe den längeren Atem. Und ich habe sie vor allem genau im Blick.«

Kurz überlegte Mary, ihn in die Schranken zu weisen, doch dann schüttelte sie nur den Kopf und ging davon. Es lohnte sich nicht, mit diesem Menschen zu diskutieren. Das bestärkte ihn am Ende nur in seiner Feindseligkeit. Vor den Worten, die er ihr noch hinterherrief, verschloss sie die Ohren. Nein, sie würde ihm den Gefallen nicht tun, sich weiter von ihm provozieren zu lassen.

16

Das Redaktionsgebäude der *Jersey Evening Post* lag zwischen der Alfonso Pizzeria und dem Max Grill, gegenüber der Four Bakery, in der Mary sich noch rasch eine Tasse Kaffee gegönnt hatte. Die bedeutendste Zeitung der Insel war ein harmloses Blättchen, in dem hauptsächlich über harmlose Begebenheiten berichtet wurde. Vereinsfeste wurden in dieser Zeitung ebenso groß bejubelt wie die Ergebnisse der lokalen Fußballspiele, ein Backwettbewerb in St. Helier fand die gleiche Aufmerksamkeit wie die Drillingsgeburt in St. Clement. Mord und Totschlag indes schafften es eher selten auf die Seiten dieser ehrwürdigen Presseinstitution – ganz einfach deshalb, weil sie auf Jersey so gut wie nie stattfanden. Tragische Unglücke natürlich schon, da vor ihnen auch der idyllischste Ort der Welt nicht gefeit ist. So etwa das Ereignis vom 9. Juni 2023, der Tod von Emily Montegue, geborene Ballard, deren Romanze mit dem einzigen Winzer der Insel von derselben Zeitung nicht ganz zu Unrecht vor Jahren mit den Worten »Romeo Patrick hat seine Julia Emily gefunden!« gefeiert worden war. Dass auch die Geschichte der fast gleichnamigen Montagues in Shakespeares Stück tragisch ausging, schien niemandem aufgefallen zu sein. Inzwischen erinnerte sich wohl auch längst niemand mehr an diese einst so poetische Schlagzeile. Mary allerdings, die die Archivausgabe von 2011 in Händen hielt, musste heftig schlucken, zumal das Brautpaar darauf so glücklich aussah, als würde nichts auf der Welt jemals dieses Glück trüben können. Nun, jemand hatte es geschafft und dieses bezaubernde Paar auseinandergerissen. Endgültig.

Am frühen Freitagabend hat sich nahe St. Mary auf der Straße zum Weingut La Mer ein tödlicher Unfall ereignet, berichtete das Blatt überraschend nüchtern, um schon im zweiten Satz den typischen *Evening-Post*-Ton anzuschlagen: *Die auf der ganzen Insel bekannte Winzerin Emily Montegue wurde Opfer eines tragischen Unfalls. Auf dem Weg zu ihrer eigenen Geburtstagsparty wurde Mrs Montegues Wagen, ein älterer Rover, von einem unbekannten Fahrzeug gerammt und von der Straße geschleudert. Mrs Montegue versuchte noch verzweifelt, das Steuer herumzureißen, doch die durch den Aufprall entfesselten Kräfte waren stärker als sie und ließen den Wagen auf eine nahe liegende Brücke rasen. Dort durchschlug der Rover die gemauerte Befestigung und stürzte meterweit in die Tiefe, wo er auf dem Dach landete und die arme Mrs Montegue unter sich begrub. Als die Einsatzkräfte vor Ort eintrafen, konnten sie nur noch den Tod der allseits beliebten Frau feststellen, die einen tief getroffenen Ehemann und zwei Kinder hinterlässt. Die Gemeinde von St. Mary steht unter Schock.*

Der Unfallgegner hat offenbar keinerlei Hilfe geleistet, sondern sich vom Unfallort entfernt. Er ist bis Redaktionsschluss unbekannt geblieben. Da es sich um einen Fall von Unfallflucht und um unterlassene Hilfeleistung handelt, hat die betroffene Person mit schweren Strafen zu rechnen. Ob ihr da-

rüber hinaus die Schuld an dem Unfall zur Last gelegt wird, lässt sich noch nicht mit Sicherheit sagen. Nach Zeugenaussagen hat sich zur Unfallzeit ein außergewöhnlicher hellblauer Wagen in der Nähe befunden, nach dem zurzeit gesucht wird. Es soll sich dem Vernehmen nach um ein älteres französisches Modell handeln, möglicherweise einen Citroën. Die Bevölkerung wird um sachdienliche Hinweise gebeten, auch wenn Mrs Montegue davon nicht wieder lebendig werden wird. jk

JK. Das waren vermutlich die Initialen des Verfassers oder der Verfasserin. Vielleicht ließ sich erfahren, wer sich dahinter verbarg. Vielleicht wusste der- oder diejenige inzwischen mehr über den Fall? Andererseits: Journalisten glänzten gerne mit ihren Informationen. Weshalb sollten sie sich absichtlich ahnungsloser geben, als sie waren?

Am Ende hatte der Besuch in der Redaktion der *Jersey Evening Post* nichts gebracht. Scheinbar tappte alle Welt im Dunkeln. Enttäuscht trat Mary vor die Tür des Verlagsgebäudes und wanderte die Bath Street hinab zur Queen Street und anschließend zur King Street, wo sie nach rechts abbog, um noch ein wenig in Waterstones Buchhandlung zu stöbern, was sie immer gerne tat, wenn sie in der Stadt war. Die Filiale hatte eine angenehme Atmosphäre, war liebevoll gestaltet, gut sortiert und hatte überaus freundliche Mitarbeiterinnen. Das Problem war bei diesen Besuchen nur, dass sie stets mit mehr Büchern herauskam, als sie zu Anfang einzukaufen im Sinn gehabt hatte. Aber Lektüren konnte man bekanntlich nie zu viele haben. Weshalb sie wenig später wieder auf die King Street hinaustrat und einen hübschen Stapel vielversprechender Krimis unterm Arm trug.

Zufrieden lenkte sie ihre Schritte zurück Richtung Queen Street, um dann südlich zur Liberty Wharf zu gehen, als ihr ein vertrautes Gesicht hinter einem der großen Fenster des Colmar auffiel, eines beliebten Traditionslokals in bester Lage. Ein sehr vertrautes Gesicht. Nur den Ausdruck, den hatte sie in dieser Weise noch nie wahrgenommen: gefesselt, aufgeregt, geradezu hingerissen. Leuchtend! So zumindest hätte sie ihn beschrieben, wenn jemand sie nach Matts Mimik gefragt hätte.

Matt saß an einem Tisch mit einer Frau, die Mary von hinten nicht erkennen konnte, nun ja, vermutlich auch gar nicht kannte. Und offensichtlich war er ganz gebannt von ihr. Jedenfalls nahm er seine Chefin nicht wahr, wie sie ihm von draußen zuwinkte, oder er wollte sie nicht wahrnehmen, weil es ihm peinlich war. Obwohl: Wäre es Matt wirklich peinlich gewesen, mit seiner Verabredung gesehen zu werden?

Ohne es richtig zu wollen, schlenderte Mary an den Tischen entlang, die draußen vor dem Restaurant standen und an denen kein einziger freier Platz mehr zu finden war. Sie bog dann um die Ecke, um von der anderen Seite durchs Fenster zu blicken. Leider ohne Erfolg: Ein stummer Diener, an den tatsächlich jemand trotz des warmen Wetters einen Mantel gehängt hatte, verstellte ihr die Sicht. Kurz überlegte sie, ob sie hineingehen sollte, fand sich selbst aber als deutlich zu aufdringlich und auch gar nicht befugt, ihrem jungen Mitarbeiter hinterherzuspionieren. Sie verwarf den Gedanken, um schließlich ihre Route zum Central Market fortzusetzen, nicht ohne sich für Matt zu freuen. Sie wusste, wie abenteuerlustig er war und dass er es bisher nicht zu einer festen Freundin gebracht hatte. Nach den Schrecken in der Haftanstalt würde ihn ein kleiner Flirt bestens über das Erlebte hinwegtrösten. Und mit etwas Glück mochte womöglich auch mehr aus dem Flirt werden. Ihre Gedanken wurden durch das Klingeln ihres Handys unterbrochen.

»'The Corbière Lighthouse Hideaway, Mary am Apparat?«, meldete sie sich automatisch, weil sie mit einem umgeleiteten Anruf rechnete.

»Richardson hier.«

»Mr Richardson! Wie schön, dass Sie sich melden.«

»Hören Sie, Miss«, sagte der Besitzer der Autowerkstatt am alten Hafen. »Was ich Ihnen jetzt sage, bleibt bitte unter uns, ja?«

»Absolut«, versicherte ihm Mary. »Sie haben mein Wort.«

»Der Wagen …«, fuhr er zögernd fort. »Er …« Der Mechaniker stöhnte auf. Und schwieg.

»Mr Richardson?« Mary blieb unwillkürlich stehen und lauschte in den Hörer. »Mr Richardson?«

Doch die Leitung war tot.

»Mr Peabody!«

»Mary! Ich habe Sie gesucht!« Peabody klang, als hätte er sich ernsthaft Sorgen um sie gemacht.

»Hören Sie, Sie müssen bitte für mich zum alten Hafen. In St. Helier«, sagte Mary und versuchte nicht daran zu denken, wie sehr sie sich noch vor kurzer Zeit über ihn gegrämt hatte.

»Zum alten Hafen? Okay. Und was soll ich da?«

»Sie müssen zu Richardson's Garage. Schauen Sie bitte nach, was da los ist. Der Besitzer ... Ich fürchte, ihm könnte etwas zugestoßen sein.«

»Und das befürchten Sie, weil ...?«

»Bitte, Mr Peabody, gehen Sie einfach hin. Können Sie das machen?«

»Sicher. Wenn Sie das möchten.« Nun schien er doch etwas eingeschnappt, dass sie ihm nicht mehr sagte. »Ich melde mich, wenn ich dort bin, ja?«

»Danke.« Mary legte auf. Sie spürte ihr Herz heftig klopfen. Was war nur mit dieser wundervollen Insel geschehen? Alles schien auf einmal seltsam und gefährlich.

Während sie im Bus zurück zu ihrem Leuchtturm saß, trauerte sie ein wenig den Tagen ihrer Kindheit nach. Ach was: ihrer Kindheit – noch vor einer Woche war ihr die Insel wie ein kleines Paradies erschienen. Jetzt wirkte sie zunehmend wie ein Ort, an dem böse Überraschungen zum Alltag gehörten. Und als hätte er aus der Ferne ihre Gedanken gelesen, rief Peabody noch einmal an.

»Mary?«

»Mr Peabody? Sie sind schon dort?«

»Ich habe gerade den Notarzt gerufen«, entgegnete Peabody mit rauer Stimme. »Er lebt.« Sie konnte ihn keuchen hören. »Aber ich schwöre«, sagte er dann mit Grabesstimme, »ich schwöre, er sah aus, als wäre er tot.«

Detective Inspector Archibald Harsh hatte es sich nicht nehmen lassen, den Gast trotz der vorgerückten Stunde persönlich im Corbière Lighthouse Hideaway vorbeizubringen. Es ging auf halb eins zu, als der Wagen vorfuhr, die bewegte See hatte den Dammweg erst wenige Minuten zuvor wieder freigegeben. Und er machte keinen Hehl daraus, wie befremdlich er es fand, den Mann, den er mit dem Ort eines erst jüngst geschehenen Verbrechens in Verbindung brachte, am Ort eines weiteren Verbrechens erneut vorgefunden zu haben.

»Nun, Miss McTarr«, sagte er, sehr amtlich, sehr streng und sehr aufgeplustert. »Es scheint ja so zu sein, dass alle finsteren Vorfälle neuerdings in irgendeiner Weise auf Sie deuten.«

Mary war für einen Augenblick sprachlos und nicht in der Lage, irgendetwas zu erwidern, geschweige denn ihrer Empörung über diese Bemerkung Ausdruck zu verleihen. Zumindest sah sich Peabody dazu imstande, ihr beizuspringen, wenn auch mit einer wenig hilfreichen Bemerkung: »Immerhin verdanken wir Miss McTarr, dass Mr Richardson versorgt werden konnte. Wer weiß, was ihm womöglich zugestoßen wäre.«

»Was ich mich frage, Miss McTarr«, setzte Harsh nach, »warum haben Sie Mr Peabody zur Werkstatt von Mr Richardson geschickt? Und warum haben ausgerechnet *Sie* das getan?«

»Ich … ich bin genauso schockiert wie Sie über diesen Vorfall«, erklärte Mary. »Und dass ich Mr Peabody gebeten habe, nach Mr Richardson zu schauen, hatte einzig und allein damit zu tun, dass ich mit ihm telefoniert habe, als es geschah.«

»Sie haben mit ihm gesprochen, als er niedergeschlagen wurde?«

»Das nehme ich an.«

»Wann war das?«

Mary zückte ihr Handy. Ein Fehler, doch das war ihr in dem Moment nicht klar. »Gegen ... sechs Uhr, Detective Inspector.«

»Darf ich?«, fragte Harsh, wartete aber nicht ihre Erlaubnis ab, sondern nahm ihr das Telefon aus der Hand. »Und weshalb haben Sie mit Mr Richardson telefoniert?«

»Ich wollte eine Auskunft von ihm«, versuchte es Mary mit einer halben Lüge. »Über den Kauf eines Gebrauchtwagens. Sie wissen ja, wie abgelegen wir hier sind ...«

»Soso«, bemerkte Harsh. »Hier: 06:13 Uhr. Sie haben ihn also angerufen, um ihn nach einem Gebrauchtwagen zu fragen, richtig?«

»Richtig.«

»Wie kommt es dann, dass das kein ausgehender Anruf war, sondern ein eingehender?« Er hielt ihr das Display des Smartphones hin. »Mr Richardson hat *Sie* angerufen!«

Harsh hatte sich Zeit gelassen mit der Vernehmung der Hotelbesitzerin. Es war fast zwei Uhr morgens, als er Freddy Blackwood endlich ein Zeichen gab, dass sie den Leuchtturm wieder verlassen würden. Der Officer wäre ohnehin bald im Stehen eingeschlafen, was vermutlich nicht zuletzt dem Umstand geschuldet war, dass sein Vorgesetzter ihn während des gesamten Gesprächs, das er mit Mary führte, neben der Tür stehen ließ, als ginge es darum, eine verdächtige Intensivtäterin an der zu erwartenden Flucht zu hindern. Tee hatte Harsh für sich und Blackwood abgelehnt – nun ja, womöglich hätte die Serienmörderin vor einem Doppelgiftmord nicht zurückgeschreckt. Dass Harsh sie so behandelte, würde sie ihm ihr Leben lang nicht vergessen. Wie konnte er! Hier hatten sie gespielt in jenen fernen Sommerferien, hier, zwischen den Häusern von Le Grouet. Von hier stammte er doch, dieser unmögliche Mensch, der sie behandelte wie eine Schwerverbrecherin und der ihr das Leben noch komplizierter machte, als es angesichts der Ereignisse ohnehin schon war. Wie konnte eine so liebliche Landschaft ein solches Ekel hervorbringen?

Völlig übermüdet schleppte sie sich an Peabodys Zimmer vorbei nach oben. Auch wenn sie wusste, dass es nicht fair war, und auch wenn er ihr inzwischen suspekt war: Ein wenig verübelte sie es ihm, dass er nicht wach geblieben war. Bevor sie zu Bett ging, wählte sie aber noch Matts Nummer und sprach ihm auf die Mailbox: »Hi, Matt. Mary hier. Hör mal, so geht das nicht. Ich brauche hier Unterstützung und muss planen. Melde dich, ich muss wissen, wann ich wieder mit dir rechnen kann. Gute Nacht!«

17

Anders als Mr Plummer war Peabody ein eher nachlässiger Gast. Nachdem Mary während seines Frühstücks sauber gemacht hatte, hatte er, ehe er den Felsen verließ, bereits wieder für eine gewisse Unordnung in seinem Zimmer gesorgt. Offenbar hatte er sich nochmals aufs Bett gelegt, einige Kleidungsstücke waren verstreut, auf dem schmalen Fensterbrett stand ein Opernglas, wie Mary feststellte, als sie noch frische Handtücher brachte. Sie nahm es neugierig in die Hand, um zu prüfen, was man durch dieses hübsche, mit schwarzem Chinalack überzogene kleine Kunstwerk von Fernglas überhaupt von hier oben aus erkennen konnte. Überrascht stellte sie fest, dass es offenbar keinen Feldstecher brauchte, um haargenau erkennen zu können, wer sich etwa hinter den Fenstern der Cottages am Anfang des Dammwegs bewegte, welche Farbe die T-Shirts der Strandläufer hatten oder wie viel die Gäste im Phare konsumierten. Beobachtete Peabody von hier oben aus die Küste von La Corbière?

Nachdenklich nahm Mary Grandpa Gilberts Manuskript vom Schreibtisch. Seufzend schlug sie es auf und entdeckte, dass ein Blatt eingelegt war, auf dem mit Bleistift eine Szene stand – und es war nicht die Handschrift ihres Großvaters!

Das Boot schaukelte heftig, als Brittany auf das Heck sprang. Doch Michael reichte ihr die Hand und hielt sie so fest, dass sie ihr Herz heftig pochen fühlte. Diese Hände, dachte sie, so fest und zugleich so zart ... Britt liebte starke Männer, obwohl sie selbst eine furchtlose Frau war, vielleicht gerade deshalb. Sie strich sich eine ihrer blonden Haarsträhnen hinters Ohr und beschirmte ihre azurblauen Augen mit ihren schlanken Fingern.

»Und jetzt erzählen Sie mir, was Sie wissen, Brittany«, forderte Michael sie auf. »Und vergessen Sie nicht, dass ich mehr weiß, als Sie sich vorstellen können.« Als sie sich gesetzt hatte, startete er rasant, und das Motorboot surfte in einem weiten Bogen aus dem kleinen Hafen von St. Aubin, passierte das alte Fort und schien dem Horizont entgegenstreben zu wollen. Doch dann schwenkte er ein und hielt auf Guernsey zu, das schon bald in Sicht kam.

Brittany bewunderte seine schlanke Silhouette und das volle Haar, das vom Fahrtwind verwirbelt wurde. Michael spürte ihre Blicke in seinem Rücken und lächelte. Ja, sie würde alle seine Fragen beantworten, da war er sich sicher. Auch Brittany Miller würde seinem Charme nicht widerstehen ...

Mary brauchte keinen Spiegel, um zu wissen, dass ihr das Blut in die Wangen geschossen war: Sie spürte, wie ihr Gesicht glühte. Hatte Peabody tatsächlich eine fiktive Affäre mit ihr hier erdichtet? Doch diese Frage beantwortete sich von alleine: Er *hatte* sie erdichtet. Und Mary war sich nicht sicher, was sie dreister fand – die Beschreibung des Helden, in dem Peabody offensichtlich sich selbst erkennen wollte, oder die Beschreibung der jungen Frau, die ganz klar ihr nachempfunden war. Den Ton von Grandpa Gilberts Erzählung hatte er durchaus getroffen. Aber falls es jemals eine Veröffentlichung des Krimis geben sollte, dann war es völlig ausgeschlossen, diese Szene darin abzudrucken. Mary konnte förmlich die Schlagzeile in der *Jersey Evening Post* vor sich sehen: *Hotelbesitzerin veröffentlicht ihre erotischen Memoiren!* Mit einem Ausrufezeichen. So würden sie das titeln. Und zwar zu Recht!

Halb aufgebracht, halb verunsichert probierte sie noch einmal, ihren Gast zu erreichen – und wahrlich meldete er sich.

»Mr Peabody?«

»Mary! Alles in Ordnung bei Ihnen?«

»Sicher. Ich … ich würde mir gerne das Manuskript aus Ihrem Zimmer holen. Sie wissen schon, den Krimi von meinem Grandpa.«

»Ähm, tut mir leid«, entgegnete Peabody nach einem winzigen Zögern. »Den hab ich bei mir. Aber ich gebe ihn Ihnen nachher, okay?«

»Hm. Klar«, erwiderte Mary. »Kein Problem. Wann werden Sie da sein? Zum Dinner?«

»Ich könnte mir nichts Schöneres vorstellen.«

»Acht Uhr?«

»Halb acht. Dann haben wir mehr Zeit.«

»Halb acht, alles klar.«

Sie beendete das Gespräch und lächelte wissend. Die Szene war ihm peinlich. Wenigstens das. Fröhlich legte sie das Manuskript wieder auf den Platz, von dem sie es genommen hatte, und verließ die Captain's Cabin, um sich in die Küche zu begeben.

Espetadas, das war es, was sie sich für diesen Abend überlegt hatte, nicht ohne Hintergedanken. Denn sie würde nicht nur Peabody mit den köstlichen Fleischspießen nach madeirischem Rezept beglücken.

Auf dem Markt in St. Helier hatte sie ein paar schöne Flanksteaks besorgt, fein gemasert, gut abgehangen, und sie sich mangels Fleischmesser in passende Stücke schneiden lassen. Diese hatte sie in Meerwasser eingelegt, ein alter Trick von Grandma McTarr, obwohl die mit Sicherheit nie Espetadas gemacht hatte. Im Mörser hatte Mary getrockneten Lorbeer zerrieben, nun gab sie alles mit reichlich Olivenöl und mehreren Knoblauchzehen in eine Schüssel, pfefferte das Fleisch kräftig und marinierte es nochmals einige Zeit. Währenddessen schob sie rote und gelbe Paprika in den vorgeheizten Backofen, um sie anschließend zu häuten. Danach schnitt sie die Schoten in feine Streifen und briet sie in Rosmarinöl in der Pfanne, ehe das Fleisch auf Spießen dazukam. Bolo do Caco, ein Süßkartoffelbrot nach portugiesischem Rezept, das sie bei einem Bäcker ebenfalls auf dem Central Market gekauft hatte, würde es als Beilage geben. Nicht nur Peabody würde sich alle Finger ablecken. Denn nicht nur für ihn bereitete sie ja die Mahlzeit vor.

18

Der Dammweg war noch nass, als Mary mit ihrem Korb hinüber Richtung Mont du Grouet lief, um bei den Cottages stehen zu bleiben und ein paarmal tief durchzuatmen. Sie war kein streitsüchtiger Mensch, sie war nicht nachtragend und sie glaubte im Grunde ihres Herzens an die Bereitschaft der Menschen, in Frieden zusammenzuleben und womöglich einander sogar eine Hilfe zu sein. Wenn sie ehrlich zu sich selbst war, musste sie sich aber eingestehen, dass es Personen gab, bei denen ihr dieses Urvertrauen fehlte. Mr Coleman war eine solche. Und dass er ausgerechnet ins alte Wärterhäuschen gezogen war, in dem einst Grandpa Gilbert gelebt hatte, machte es nicht besser – eher war das Gegenteil der Fall. Denn sein griesgrämiges Verhalten hatte für Mary dadurch etwas geradezu Persönliches. Umso mehr musste sie sich zu einem Lächeln zwingen, wie sie es sich für die Ankunft von Gästen oder für die Präsentation eines feinen Essens reserviert hatte. Nun, Letzteres immerhin war auch der Grund ihres »Besuchs«.

Sie war gerade im Begriff, den Klingelknopf zu betätigen, da öffnete sich die Tür und eine ihr bisher unbekannte Frau blickte ihr mit aufgeräumter Miene entgegen.

»Ja, bitte?«

»Guten Abend, Ma'am«, sagte Mary, die sich eigentlich ein paar Worte speziell für Coleman zurechtgelegt hatte. »Ich ... ich bin Mary McTarr.« Sie deutete zum Leuchtturm. »Vom Hotel.«

»Ah! Wie nett! Mein Name ist Coleman«, erwiderte die Frau und reichte ihr die Hand, wobei sie eine so irritierend freundliche Miene aufsetzte, dass Mary vollends aus dem Konzept kam.

»Mrs Coleman? Das ist ... das ist aber ...« Verrückt! Wie sollte ein Mann vom Schlage Colemans zu einer so freundlichen Frau kommen. Unmöglich! »Nett«, sagte sie.

»Möchten Sie vielleicht kurz hereinkommen?«, fragte Mrs Coleman und trat einen Schritt beiseite.

»Ihr Mann ...?«

»Christopher ist leider noch nicht da«, erklärte die Frau, die vielleicht fünfzig Jahre alt sein mochte und mit einer ziemlich mächtigen Figur beeindruckte. Doch die Abwesenheit des feindseligen Nachbarn machte das Eintreten für Mary um einiges leichter, auch wenn sie nicht recht wusste, was das für ihren Plan bedeutete.

»Wenn es Ihnen nichts ausmacht ...«, sagte sie und staunte ein wenig, dass es in dem alten Wärterhäuschen weniger wie bei Graf Dracula aussah, eher wie bei den sieben Zwergen aus »Schneewittchen«: Überall Nippes, Deckchen, Bilder von Vögeln ... »Hübsch haben Sie's hier«, befand Mary anerkennend und ließ sich von Mrs Coleman ins Wohnzimmer führen, von dem aus man eine bemerkenswerte Aussicht auf ihren Leuchtturm hatte. Mein Gott, wie sehr hatte sie diesen Blick in ihrer Kindheit geliebt. Wenn sie nicht auf dem Leuchtturm hatte sein dürfen, hatte sie oft in diesem Zimmer oder in einem der beiden darüberliegenden Räume gestanden und auf den Felsen geblickt, während ihr Grandpa ein paar Spiegeleier gebraten oder schottisches Rumbledethumps zubereitet hatte, ein Gericht aus Kartoffeln, Kohl und Zwiebeln.

»Ja«, bestätigte die Nachbarin. »Und einen wunderbaren Ausblick auf Ihren Leuchtturm haben wir auch.«

»Schätze, es ist der schönste, den man von Land aus finden wird.« Mary wollte sich schon auf eine Geste von Mrs Coleman hin aufs Sofa setzen, da fiel ihr ihre Mission ein. »Oh!«, sagte sie. »Eigentlich komme ich, weil ich Ihnen das hier bringen möchte.« Sie reichte der Frau den Korb. »Leider wusste ich nicht, dass Mr Coleman verheiratet ist. Jetzt ist das vielleicht ein bisschen wenig ...«

Überrascht nahm die Nachbarin den Korb entgegen und schlug das Tuch zurück, das Mary darüber ausgebreitet hatte. »Mmmmh! Selbst gemacht? Das sieht ja köstlich aus!«

»Espetadas«, erklärte Mary.

»Ich weiß! Ich stamme von der Insel.« Womit sie nicht Madeira meinte, die Ursprungsinsel des Gerichts, sondern Jersey, wohin portugiesische Arbeiter es mitgebracht hatten. »Aber wie kommen Sie dazu, uns hier mit Delikatessen zu verwöhnen?«

»Ach«, erwiderte Mary. »Ihr Ehemann und ich ...«

»Mein Bruder«, korrigierte die Frau und kicherte ein wenig. »Das passiert öfter, weil ich meinen Mädchennamen behalten habe.«

»Ihr Bruder!« Sie war also gar nicht seine Lebensgefährtin. Doch wie konnten zwei Geschwister nur so unterschiedlich sein? »Nun, Ihr Bruder und ich, wir hatten keinen guten Start. Da wollte ich mit einer kleinen Geste … Sie verstehen …«

Die Nachbarin winkte ab. »Ich weiß genau, was Sie meinen«, sagte sie. »Das wird nichts ändern. Christopher ist, wie er ist. An dem haben sich schon viele die Zähne ausgebissen.« Sie lachte. »Über Ihre Espetadas wird er sich trotzdem freuen. Erwarten Sie nur nicht, dass er es sich anmerken lässt.«

»Dann freue ich mich umso mehr, dass Sie auch hier wohnen. Sie wohnen doch hier?« Am Ende war sie nur zu Besuch.

»Doch, doch. Seit mein Mann gestorben ist und unsere Tochter aus dem Haus, habe ich allein gelebt. Aber als Christopher dieses Cottage erworben hat, habe ich mich entschlossen, zu ihm zu ziehen. Er ist ja ein ewiger Junggeselle. Wen wundert's. Jedenfalls sind wir so beide nicht allein.«

»Verstehe. Das ist eine gute Idee, scheint mir.«

»Ja«, sagte Mrs Coleman. »Ich hoffe es.«

Auf einem Beistelltisch neben dem Sofa lag ein Smartphone. »Sollten wir vielleicht Nummern tauschen?«, schlug Mary vor und zückte ihr Handy.

»Gerne! Und bitte, nennen Sie mich Patricia.« Sie griff nach dem Gerät.

»Patricia«, wiederholte Mary und öffnete die Kontakte. »Sagen Sie mir Ihre Nummer?«

Die Nachbarin diktierte ihr die Ziffern. Augenblicke später klingelte ihr Smartphone. »Mary«, murmelte sie. »Wie war noch mal Ihr Nachname?«

»McTarr«, sagte Mary und spürte, wie ihr Herz schneller schlug. Mit etwas Glück würde ihr Plan in den nächsten zwei Minuten aufgehen. Wenn sie jedoch Pech hatte, würde die Freundschaft mit Patricia Coleman vorbei sein, ehe sie noch richtig begonnen hatte.

»McTarr. Mac mit A?«

»Ohne.«

»Fein!«, sagte Mrs Coleman und legte ihr Handy wieder weg.

»Sie haben nicht zufällig einen Kühlbeutel?«, fragte Mary unvermittelt und presste ihre linke Hand auf den rechten Arm. »Oder ein, zwei Eiswürfel? Mich hat, glaube ich, etwas gestochen, als ich vor dem Haus stand.« Sie ächzte sogar ein bisschen, um ihr Leiden zu unterstreichen.

»Eiswürfel hätte ich.« Patricia blickte betroffen auf ihre Besucherin. »Warten Sie!« Sie eilte in die Küche. Gerade noch rechtzeitig, ehe das Display ihres Smartphones erlosch. Hastig tippte Mary darauf, nahm es in die Hand und wischte über die Oberfläche. Schnell fand sie das Gesuchte. Um sich nicht zu verraten, stellte sie das Gerät auf leise, dann blätterte sie durch die Aufzeichnungen. Mit pochendem Herzen scrollte sie weiter und weiter. Bis sie endlich beim 13. Juni war. Mit angehaltenem Atem tippte sie auf »Teilen« und schickte sich die Files, eines nach dem anderen. Sie hörte, wie in der Küche eine Kühlschranktür zugestoßen wurde. Rasch kehrte sie zum Startbildschirm zurück und legte das Smartphone wieder auf seinen Platz. Gerade in der Sekunde, in der Patricia in der Tür auftauchte.

»Ich habe sie Ihnen in ein Küchentuch gewickelt«, sagte die Nachbarin und blickte Mary skeptisch an. »Meine Güte, Sie sind ja richtig blass, meine Liebe.«

»Scheint ordentlich zugestochen zu haben«, ächzte Mary und nahm den Beutel entgegen.

»Sehen kann man aber nichts«, stellte Patricia mit Blick auf den Arm fest.

»Wahrscheinlich noch nicht. Aber danke«, flüsterte Mary atemlos. »Danke für Ihre Hilfe.« Mrs Coleman wusste ja nicht, wie sehr sie ihr geholfen hatte.

Als sie zum Leuchtturm zurückkehrte, wartete Peabody schon vor dem Eingang.

»Ist das Hideaway heute geschlossen?«, fragte er spöttisch.

»Matt scheint doch noch ein wenig Zeit für sich zu brauchen. Nach allem, was er durchgemacht hat …« Auch wenn es ihn offenbar nicht davon abgehalten hatte, die Regeneration für ein Rendezvous zu nutzen. So niedergeschlagen konnte er offenbar nicht sein. Vielleicht hatte sein Bruder, der Busfahrer, ja recht und Matt betrachtete solche Vorkommnisse als Abenteuer.

»Verstehe. Entschuldigen Sie.« Von einem Moment auf den anderen hatte er wieder diesen mitfühlenden Blick, den Mary – ganz anders als seine auftrumpfende Art – so anziehend fand.

Sie schüttelte den Kopf. »Sie haben ja recht. Wenn ich ein Hotel auf dem Niveau betreiben will, das mir vorschwebt, muss rund um die Uhr jemand für die Gäste da sein – und wenn es nur ein einziger Gast ist.«

»Also, ich kann Ihnen versichern, Sie machen es wunderbar«, sagte Peabody und verneigte sich sogar ein wenig. Und dann bemerkte er, nachdem sie eingetreten waren, den Duft herzhafter Küche. »Meine Güte, was haben Sie denn für heute Abend vorbereitet? Ich würde mich am liebsten satt schnuppern, so gut, wie das riecht.«

»Was für ein eigenartiges Kompliment«, sagte Mary. »Setzen Sie sich einfach.« Sie deutete auf den Tisch, den sie im Eingangsbereich gedeckt hatte. »Und lassen Sie sich überraschen.«

»Bin sofort wieder da, ich will mir nur kurz die Hände waschen«, entgegnete Peabody. »Werden Sie mit mir essen?«

»Wenn Sie das wünschen, Mr Peabody.«

»Unbedingt, Miss McTarr! Ihre Gesellschaft macht aus einem vorzüglichen Dinner ein Ereignis.«

»Du lieber Himmel! Klingt, als müsste ich mich noch rasch umziehen.« Hatte sie das wirklich gesagt? O Gott, wie peinlich!

»So, wie Sie sind, sind Sie perfekt, glauben Sie mir.«

Ja, er konnte charmant sein, sehr charmant sogar. Weshalb sie zunehmend auf den schmalen Grat zwischen Vorsicht und Leichtfertigkeit zu geraten drohte.

Mary ließ die Tür des Leuchtturms offen, während sie aßen. Man hatte von hier einen hübschen Blick über den Dammweg und einige spektakuläre Felsformationen hinüber zum Mont du Grouet und dem Phare, zumal alles in der untergehenden Sonne feuerrot leuchtete. Kein Gemälde hätte berückender sein können. Aus den Lautsprechern, die unauffällig an verschiedenen Stellen unter der Treppe angebracht waren, tönte leise Musik. Duke Ellington, Irving Berlin, George und Ira Gershwin. Cole Porter natürlich. All die wundervollen Jazzstandards, die dem Leben eine gewisse Leichtigkeit verliehen, selbst wenn die Zeiten nicht danach waren.

»Und?«, wollte Peabody wissen und holte Mary sogleich wieder in die raue Realität zurück. »Konnten Sie inzwischen etwas Neues herausfinden?«

»Warum erzählen Sie nicht zuerst?« Mary versuchte, so harmlos wie möglich zu wirken. Und doch hatte sie das Gefühl, dass ihm ihr Misstrauen nicht entgangen war, auch wenn er das mit diesem etwas überheblichen Lächeln überspielte. Vielleicht auch gerade deshalb. »Sie waren doch auf der Pressekonferenz der Polizei. Wie macht sich Harchie?«

»Harchie …« Peabody blickte sie amüsiert an. »Ich finde, er macht sich gar nicht schlecht – wenn man bedenkt, dass die Arbeit, die die Polizei leistet, bisher offenbar vollkommen ergebnislos ist.«

»Ist das so? Man wird hoffentlich inzwischen wissen, wer der Tote tatsächlich war.«

»Na ja, Sie kennen Harsh. Er redet viel und sagt wenig.«

»Und das Wenige war …?«

»Völlig inhaltsleer. Offensichtlich tappt die Polizei weitgehend im Dunkeln. Die Sensationsmeldung des Tages lautet: Man weiß nicht, wer der Tote ist. Man hat immerhin der Öffentlichkeit mitgeteilt, dass Plummer mit einem Messer im Rücken aufgefunden worden ist.«

Plummer, dachte Mary. Interessant. »Aber das war doch längst bekannt.«

»War es. Nur hatte es die Polizei bisher nicht bestätigt. Außerdem haben sie angekündigt, ein Foto des Opfers zu veröffentlichen, weil sie auf Hinweise aus der Bevölkerung hoffen.«

»Dann haben sie also zugegeben, dass sie nicht wissen, wer der Tote ist?«

»So haben sie es nicht formuliert. Angeblich wollen sie vor allem herausfinden, was der Mann wann und wo auf der Insel gemacht hat, wen er getroffen hat und so weiter.«

»Tja. Dann hoffen wir mal, dass sich jemand meldet.«

»Und falls man etwas weiß, gibt man es jedenfalls nicht öffentlich bekannt.«

»Aber kann das sein?«

»Warum nicht? Wenn bei seinen Sachen keine Dokumente auf seinen Namen gefunden wurden und wenn er bisher nicht straffällig geworden ist ...«

»Straffällig?«

»Wegen der Fingerabdrücke, die es sonst in irgendwelchen Datenbanken gäbe.«

»So wie Matts«, murmelte Mary, entsetzt, dass man so leicht eines Kapitalverbrechens bezichtigt werden konnte, nur weil man als Jugendlicher in einen Ladendiebstahl verwickelt war.

»Wenn wir seine Identität wüssten, würden wir sie der Polizei mitteilen, oder?«, fragte Peabody und betrachtete Mary forschend.

»Wir kennen sie nicht«, erwiderte Mary nachdenklich. »Aber wir wissen, wer sie kennen könnte.«

»Sie meinen, wer sie kennen müsste.«

»Ja. Und vielleicht würde diese Person sie uns angesichts der jüngsten Ereignisse auch verraten.«

»Also angesichts dessen, was Richardson passiert ist?«

Mary nickte.

»Das glaube ich kaum. Diese Person interessiert sich nicht für andere. Sie interessiert sich nur für sich selbst. Außerdem würde ich nicht ausschließen, dass sie mit dem brutalen Vorgehen gegenüber Richardson zu tun hat – und mit dem Mord an Plummer. Solche Menschen denken häufig, sie stünden über dem Gesetz oder sie wären unangreifbar.«

»Sie denken, dieser Mensch hätte gute Gründe, die Identität Plummers zu verschleiern?«

»Wie gesagt, ich würde es jedenfalls nicht ausschließen.« Peabody schob sich das letzte Stück Espetada genüsslich in den Mund. Dann nahm er einen Schluck Wein und nickte anerkennend. »Und jetzt Sie, Mary. Was gibt es von Ihrer Seite Neues?«

»Von meiner Seite? Nichts. Leider.« Nein, was sie entdeckt hatte, wollte sie zuerst einmal alleine weiterverfolgen.

Gegen Morgen kämpfte Mary sich aus dem Bett. Aus der Captain's Cabin hörte sie Peabody wenig gentlemanlike schnarchen. Sie fühlte sich zwar völlig erledigt, war aber dennoch hellwach. Zu neugierig war sie, endlich Antworten zu finden auf die vielleicht wichtigste Frage in diesem verwirrenden Puzzle, in dem es unbegrenzt viele Teile zu geben schien, in dem aber kein einziges zum anderen passte.

Leise stieg sie hinauf in die Kombüse, machte sich Kaffee, und als er fertig war, füllte sie sich einen Becher mit dem Getränk und gab kräftig Zucker dazu. Anschließend nahm sie ihr Handy, um damit die paar Stufen zur Laterne hochzusteigen. Es war der Platz, an dem sie als Kind viel Zeit verbracht hatte, weit über dem Meer und den Schiffen, die draußen vorbeizogen. Über den Dingen schwebend, so war es ihr vorgekommen in diesem weithin sichtbaren und doch entrückten Versteck.

Dankbar sog sie den heißen Dampf des Kaffees ein und trank ein paar kleine Schlucke, ehe sie ihre E-Mails aufrief. Da! 22:28 Uhr, 22:30 Uhr, 22:35 Uhr, 22:44 Uhr, 23:02 und noch einmal 23:20 Uhr. Fünf Nachrichten. Sie bekam jetzt noch eine Gänsehaut, wenn sie daran dachte, wie knapp das bei Mrs Coleman gewesen war. Sekunden später wäre sie entdeckt worden, wie sie unerlaubt das Smartphone ihrer freundlichen Nachbarin nutzte, um einen Blick in die Vergangenheit zu werfen. Denn das war es, was sie nun tat: Sie rief die Filme auf, die der Griesgram aus dem alten Wärterhäuschen mit seiner Überwachungskamera aufgezeichnet hatte. Was für ein Glück, dass auch seine Schwester die Überwachungs-App auf ihrem Handy gehabt hatte. Mehrmals war das Gerät in jener schrecklichen Nacht angesprungen. Und mehrmals stieß Mary einen kleinen Schrei aus, als sie sah, *wer* die Kamera ausgelöst hatte.

19

Beinahe hätte Mary das Klingeln des Telefons überhört, so gefesselt war sie von ihrer White Wall, an der plötzlich alles ganz anders aussah. Fasziniert betrachtete sie die neuen Namen, die Ausdrucke einiger Standbilder aus Colemans Aufzeichnungen, die neuen Pfeile – und die neuen Fragezeichen, die an etlichen Stellen aufgetaucht waren. Erst im letzten Moment griff sie nach dem Hörer und meldete sich.

»Das Corbière Lighthouse Hideaway, Mary am Apparat?«

»Müller hier. Dortmund, Germany«, meldete sich ein hörbar älterer Herr.

»*Guten Tag*, Herr Müller«, antwortete Mary mit den einzigen deutschen Worten, die sie beherrschte. »Was kann ich für Sie tun?«

»Sie sprechen Deutsch?«

»Nicht wirklich. Leider.«

»Well«, fuhr der Mann auf Englisch fort. »Wir haben Ihr Hotel auf Handpicked Hotels gefunden und wollen anfragen, ob Sie für das kommende Wochenende noch etwas frei haben. Vielleicht nicht ganz im obersten Stockwerk. Meine Frau und ich sind nicht mehr so gut im Treppensteigen, wissen Sie?«

»Aber sicher, Mr Müller! Ich kann Ihnen unser …« Sie zögerte. Der Raum war immer noch nicht freigegeben. Andererseits brauchte sie nun einmal Einnahmen. »Für wie lange möchten Sie denn bleiben?«

»Drei Nächte. Freitag bis Montag.«

»Das sollte klappen, Mr Müller. Ich kann Ihnen die Captain's Cabin geben, ein besonders hübsches Zimmer, für das Sie nur eine Treppe hochsteigen müssen.«

»Nun, ich denke, das sollten wir schaffen. Was brauchen Sie denn von mir?«

»Am einfachsten wäre es, wenn Sie mir eine E-Mail schicken und …«

»O, das tut mir aber schrecklich leid, Miss. Ich habe keine E-Mail-Adresse. Wissen Sie, in meinem Alter sind Computer so schwierig zu bedienen.«

»Das verstehe ich natürlich. Dann genügt mir auch Ihre Telefonnummer.«

»Sehr freundlich von Ihnen, vielen Dank. Können Sie sie auf Ihrem Telefon sehen?«

Mary blickte auf das Display, das aber nur »Anonym« anzeigte. »Leider nein, Sir.«

»Ich diktiere sie Ihnen.« Und er nannte eine lange Folge von Ziffern mit deutscher Vorwahl, ehe er sich formvollendet verabschiedete, nicht ohne seiner großen Vorfreude auf die Insel und den Leuchtturm Ausdruck zu verleihen.

Endlich. Ein Zimmer für zwei Personen. Ein älteres Ehepaar war genau das, was Mary sich als dankbare Gäste vorstellte. Sie würde ihnen einen unvergesslichen Aufenthalt bescheren.

Rasch tippte sie die Nummer, die sie per Hand mitgeschrieben hatte, in ihre Datenbank und speicherte sie unter »Mueller« ab. Wie sehr die Computer doch das Leben erleichtert hatten. Sie konnte sich kaum vorstellen, dass wirklich noch jemand ohne einen war … Sie hielt inne. Vor ihr blinkte das Feld »Reference«. Sie war schon im Begriff gewesen, »Handpicked Hotels« einzugeben, den Verbund von First-Class- und Boutique-Hotels, die eine gemeinsame Plattform bildeten, um ihren Gästen noch besseren Service bieten und zugleich die Kosten im Griff behalten zu können. Wie war Mr Müller eigentlich auf Handpicked Hotels gestoßen, wenn er doch gar keinen Computer besaß?

Einem plötzlichen Impuls folgend, klickte Mary auf die eben abgespeicherte Nummer und wartete, dass die Anlage direkt auf das Telefon schaltete und den Anschluss herstellte. Sie drückte auf die Lautsprechertaste und lauschte auf ein zweimaliges Tuten, das anzeigte, dass die Verbindung aufgebaut wurde. Nur dass sie das nicht wurde: »Die Nummer, die Sie gewählt haben, existiert nicht«, ließ die geschäftsmäßig klingende weibliche Ansagerin der Telefongesellschaft sie wissen. Natürlich nicht, dachte Mary und schaltete das Telefon wieder aus. Weil auch Mr Müller nicht existierte. So wenig wie Mr Smith. Aber wieso sollte …

Ein schrecklicher Verdacht stieg in ihr auf. Sie war so schockiert, dass sie aufsprang und im Empfangsraum hin- und herlief. Gab es jemanden, der wollte, dass sie …? Und was würde dieser Jemand als Nächstes …? Mary rang nach Luft. Das durfte nicht sein. Das konnte nicht sein! Sie hatte doch niemandem etwas … Die Plattform! Als käme es auf Sekundenbruchteile an, stürzte sie zurück zum Schreibtisch und rief die Seite von Handpicked Hotels auf. Da waren sie alle, die noblen Herbergen. Das Grand Jersey. Das Bonne Vie. Das Pomme d'Or. Das Ommaroo ... Aber nicht das Corbière Lighthouse. Es war weg! Gelöscht!

Wer wollte das CLH ruinieren?

Wie lange sie auch über diese Frage nachdachte, sie fand keine Antwort. Und selbst wenn sie eine gefunden hätte, wobei ihr außer Mr Coleman buchstäblich niemand eingefallen wäre, dem sie das menschlich zugetraut hätte, selbst dann hätte sie nicht gewusst, wie es der Betreffende hätte anstellen sollen, ihr Lebenswerk zu zerstören. Ein Christopher Coleman wäre wohl in der Lage, als Mr Smith eine fingierte Reservierung zu machen. Aber dann noch als deutscher älterer Herr? Und selbst wenn: Wie sollte er auf die Plattform der Handpicked Hotels zugreifen und einfach eines der teilnehmenden Hotels löschen können? Es war unmöglich, dass er es war. Aber wer sollte es sonst sein?

Mary Euna McTarr war ein Mensch, der keine Feinde hatte. Dafür gab es einen einfachen Grund: Sie liebte die Menschen und verstand es, sich gut mit ihnen zu stellen. Wer sie kennenlernte, schloss sie in der Regel ins Herz. In den seltenen Fällen, in denen das nicht geschah, lag es nicht an ihr, sondern an der Tatsache, dass da kein Herz war. Umso mehr traf sie diese befremdliche Geschichte nicht nur, sondern es kränkte sie, dass sie offenbar zum Ziel eines ausgeklügelten Komplotts geworden war.

Er hatte das Blatt mit seiner Fortsetzung der Geschichte entfernt und so getan, als hätte er sich nie daran versucht.

»Hübscher Krimi«, hatte Peabody gesagt und Mary den Band mit Grandpa Gilberts handschriftlichen Aufzeichnungen auf eines der kleinen Tische im Erdgeschoss gelegt. Mary hatte beschlossen, vorläufig hier zu arbeiten und ihren Laptop auf dem anderen kleinen Tisch aufgeklappt. Sie wollte nicht, dass jemand – und speziell nicht Robert Peabody – ihre Wand mit den Bildern, Skizzen und Notizen sah. Inzwischen vertraute sie keinem Menschen mehr. Ihm vielleicht am allerwenigsten.

»Danke. Freut mich, dass Sie es gerne gelesen haben.«

»Und Sie schreiben es fertig?«, fragte er nun.

»Ich? Wo denken Sie hin? Nein, ich sehe mich nicht als Schriftstellerin. Und auch wenn ich wollte, ich hätte gar keine Zeit.«

Mary nahm einen Schluck von ihrem Tee. Sie hätte es gerne selbst geglaubt. So ein Dasein als Schriftstellerin, das hätte ihr schon gefallen. Andererseits machte sie sich nichts vor: Das Hotel war ein großer Lebenstraum. Die Schriftstellerei hatte daneben einfach keinen Platz. In der Vorstellung vielleicht. Aber nicht in der Realität.

»Sie auch?«, fragte sie und deutete auf die Kanne.

Peabody schüttelte den Kopf. »Nein. Ich muss los. Mein Chefredakteur macht mich um einen Kopf kürzer, wenn ich nicht bald eine Story mit mehr Inhalt liefere. Toter auf Jersey, Polizei tappt im Dunkeln, reicht ihm nicht. Zu Recht!«

Dein Chefredakteur, dachte Mary. Klar. »Sollten Sie

nicht etwas über die großen Immobilienbesitzer schreiben? Über die Murphys?«

Peabody zögerte einen winzigen Moment. »Ach«, sagte er dann. »Sie kennen ja die Presseleute. Ständig auf der Suche nach der neuesten Sensation. Ein Mord ist natürlich viel interessanter als das Leben eines Großgrundbesitzers.«

Schon merkwürdig. Bisher hatte das anders geklungen. »Was wollen Sie tun, wenn weder Harchie noch wir dahinterkommen, wer Mr Plummer umgebracht hat?«

»Ich muss einen Weg finden, um an mehr Informationen zu gelangen. Ich werde mich also an die Fersen der Ermittler heften.«

»Sie wollen Harchie verfolgen?«

»Nicht ganz so plump«, erwiderte Peabody. »Aber zufällig weiß ich, dass sein Assistent Blackwood heute seinen freien Tag hat und dass er ein begeisterter Wattwanderer ist. Ach ja, und da ich das auch bin, welch Fügung des Schicksals, könnten wir uns draußen bei La Rocque Harbour – rein zufällig – begegnen.«

Mary schüttelte den Kopf. »Das sind eine Menge Zufälle.«

»Wie das Leben so spielt«, sagte Peabody. »Nur muss ich mir vorher noch ein Paar Gummistiefel kaufen.«

»Guter Plan«, bemerkte Mary, die an Mr Plummers völlig ungeeignetes Schuhwerk denken musste und wie sie es vor seinem Zimmer vorgefunden hatte. »Sollte nicht so schwierig sein. Ich würde zu Thompson's in St. Aubin gehen.«

»Danke für den Tipp.«

»Gerne.«

Peabody musterte sie. »Sie sind ein wenig, hm, distanziert?«, stellte er fest.

»Bitte?«

»Ich meine nur … Ich hoffe, es ist alles in Ordnung …«

Sie hätte wissen müssen, ob man ihm wirklich trauen konnte, um zu wissen, ob alles in Ordnung war. »Das hoffe ich auch, Mr Peabody.«

Dass kurz vor Einsetzen der Flut Detective Officer Harsh auf dem Felsen aufkreuzte, kam Mary durchaus gelegen. Er würde womöglich den Sailor's Room wieder freigeben – endlich. Sie begrüßte ihn deshalb fröhlicher, als ihr zumute war, als sie ihm am eisernen Tor zu Füßen des Leuchtturms entgegentrat.

»Hm.« Harsh blickte sich um, als könnte jeden Moment aus irgendeiner Ecke ein Mörder auftauchen, um ihm nach dem Leben zu trachten. »Keine Gäste?«

»Einer. Sie kennen ihn. Er ist gerade auf Landgang.«

»Landgang. Soso.« Harsh nahm seine Sonnenbrille ab und strich sich über die reichlich schütteren Koteletten. »Es gibt eine Anzeige gegen Sie«, erklärte er dann so beiläufig, als hätte er vom Wetter gesprochen. »Sieht nicht gut aus, wenn Sie mich fragen.«

»Eine … Anzeige?«, keuchte Mary. »Aber wieso? Und von wem?«

»Von wem, kann ich Ihnen nicht sagen. Die Anzeige ist anonym eingegangen. Aber wir haben Grund, sie ernst zu nehmen.«

Mary hielt sich am Gitter fest. Seltsamerweise schien es ihr, als blicke sie von außen auf sich selbst, als schwebe sie irgendwo über diesem Ort und würde Harchie und sich wie in einem Film betrachten. Einem Horrorfilm allerdings. Wenn auch am schönsten Ort der Welt. Wie das Leben so spielt, dachte sie. Peabodys Worte. Oder der Tod?

»Was ... was wird mir denn vorgeworfen?«

»Verstoß gegen Hygienevorschriften und Naturschutzgesetze«, dozierte Harsh. »Abgabe verbotener Substanzen und Tierquälerei.«

Einen Moment lang war Mary sprachlos. Sie musste sich auf eine Stufe setzen und tief durchatmen, sehr tief. Die Vorhaltungen waren so absurd, dass ihr bewusst war, sie würde sich anderer Vergehen schuldig machen, wenn sie jetzt aussprach, was sie dachte. Stattdessen tat sie, was alle Britinnen taten, wenn sie fassungslos waren: Sie erinnerte sich, dass es auch Substanzen gab, die nicht verboten waren und praktisch immer halfen.

»Wollen Sie einen Tee, Detective Inspector?«, fragte sie also und stand auf, um schon mal voraus den Leuchtturm zu betreten.

Harsh folgte ihr mit einer lässigen Unbekümmertheit, für die sie ihn nur zu gerne geohrfeigt hätte. Doch die Welt war nun einmal nicht gerecht. Nie gewesen. Und sie würde es vermutlich auch nie werden. Also hieß es, sich zu arrangieren und zu warten, bis man selbst den nächsten Schlag ausführen konnte.

»Milch? Zucker?«

»Schwarz.«

Selbstverständlich. Er musste schließlich den harten Mann markieren. Mary indes brauchte den Trost von Milch und zwei gehäuften Löffeln Zucker, um ihre Erschütterung einigermaßen in den Griff zu bekommen.

»Dann erzählen Sie mal, Detective Inspector«, forderte sie ihn auf, als sie glaubte, nicht mehr befürchten zu müssen, jeden Augenblick eine veritable Straftat zu begehen, indem sie einen Vertreter der Staatsgewalt in Wort und Tat niedermachte. »Die Tierquälerei interessiert mich am meisten.«

»Ganz einfach! Sie haben Krustentiere nicht artgerecht gehalten.«

»Krustentiere? Sie meinen Krebse? Krabben?«

»Zum Beispiel.«

»Wenn Sie die Zubereitung zum Verzehr für nicht artgerecht halten, muss ich Ihnen recht geben.«

»Nun, vor der Zubereitung haben Sie die Tiere längere Zeit in wassergefüllten Eimern gehalten.«

»Wie jeder Krabbenfischer.«

»Tja, damit haben Sie gegen Paragraf …«

An der Stelle musste Mary so heftig lachen, dass Harsh abrupt schwieg. Und es dauerte eine Weile, bis sie sich wieder beruhigt hatte. Der Ermittler war gerade im Begriff gewesen, nach der Tasse mit Tee zu greifen, die sie ihm eingeschenkt hatte. Doch nun zuckte er zurück, womöglich in der Annahme, dass einer derart durchgedrehten Frau alles zuzutrauen war.

»Wissen Sie was, Detective Inspector?«, sagte Mary schließlich. »Ja. Ich gestehe alles. Gehen Sie, schreiben Sie Ihr Protokoll und lassen Sie mich verhaften. Schließen Sie das Hotel und entziehen Sie mir die Lizenz. Ich stehe Ihnen ab halb sieben zur Verfügung.« Sie deutete nach draußen. »Und jetzt beeilen Sie sich lieber. Die Flut wird in ein paar Minuten da sein. Ich kann nämlich für nichts garantieren, falls Sie sich entschließen wollen, die nächsten fünf Stunden auf dem Felsen zu verbringen. Sie wissen ja, was mit Mr Plummer geschehen ist.«

»Mary!«, rief Harsh empört.

»Für Sie: Miss McTarr, Sir.«

V

Gefährliche Neugier

20

Dass es nicht hilfreich war, sich mit dem Chefermittler im Mordfall Plummer schlecht zu stellen, war Mary natürlich klar. Aber es gab Grenzen. Und die waren für sie überschritten. Kurz fragte sie sich sogar, ob Harsh am Ende gar selbst Teil des Komplotts war, dessen Höhepunkt für sie die Anzeigen wegen abstrusester Vergehen darstellte. Doch den Gedanken verwarf sie rasch wieder. Dafür war Harchie zu bieder. Und dass er geradezu fluchtartig den Felsen verließ, zeigte immerhin, dass Marys Ausbruch ihn getroffen hatte. Er tat ihr deshalb nicht leid, im Gegenteil: Es war eine kleine Genugtuung angesichts der Ungeheuerlichkeiten, denen sie sich gegenübersah, als sie ihn mit deutlich überhöhter Geschwindigkeit Richtung Festland fahren sah.

Immer noch verständnislos griff sie zum Telefon und wählte die Nummer ihrer Freundin Lilly. Erfolglos. Auch Constance war nicht erreichbar. Schließlich probierte sie es noch bei Susan in St. Brelade's Bay in ihrem Café – und hatte sie zu ihrer Überraschung direkt am Handy.

»Susan?«

»Marydarling!«, rief die Freundin. »Wie geht es dir?«

»Alles bestens …«, sagte Mary – und brach in Tränen aus.

»Okay«, sagte Susan. »Ist die Flut schon da?«

»Bitte?« Mary schluchzte.

»Kannst du noch runter von deinem Felsen?«

»Gerade noch.«

»Dann pack deine Tasche, sperr den Leuchtturm ab und komm zu mir. Ich warte mit frischen Scones auf dich und mit ganz viel Zeit für all deinen Kummer, okay?«

»Okay«, flüsterte Mary und schniefte. Ganz viel Zeit. Susan hatte kein bisschen Zeit übrig. Sie war schließlich Geschäftsfrau und musste sich nicht nur um eine Handvoll Gäste kümmern wie Mary, wenn es denn eine Handvoll gewesen wäre, sondern dirigierte eine Mitarbeiterschar von mehreren Dutzend Leuten, die in vierzehn Stunden ein paar Hundert Besucher bewirteten. Dazu Einkauf, Buchhaltung, Steuern, Reklamationen, die Putzkolonne, Urlaubs- und Krankheitspläne. Und wer wusste schon, was noch alles … Nein, Susan hatte keine Zeit. Aber sie würde sie sich nehmen. Weil sie eine Freundin war, eine echte Freundin, und weil sie wusste, was Freundschaft bedeutete: füreinander da sein, auch wenn es eigentlich gerade nicht ging. Und dafür liebte Mary sie – und war ihr so dankbar, dass sie beinahe einen Moment zu lange zögerte, den Felsen zu verlassen.

Das Wasser spritzte schon zu ihren Füßen, als sie den Dammweg überquerte. Auf dem Mont du Grouet stand der Bus abfahrbereit, sie musste rennen, um ihn noch zu erwischen. Und dass es auch wieder zu regnen begonnen hatte, passte so gut zu ihrer Stimmung, dass es beinahe tröstlich war.

Das schlechte Wetter sorgte, anders als man annehmen mochte, keineswegs dafür, dass in der Caféterie weniger los war als an schönen Tagen. Eher umgekehrt: Wer sonst am

Strand gelegen oder einen Spaziergang gemacht hätte, fand sich nun in dem Lokal an der Strandpromenade ein, weshalb es übervoll war, als Mary eintrat. Sie wollte sich schon ganz diskret wieder davonstehlen, als sie die Stimme der Freundin neben sich hörte und ihren Arm um ihre Schultern spürte: »Da bist du ja, meine Liebe. Ich bin froh, dass du Zeit gefunden hast.«

Mary hätte gelacht, wenn sie in ihrer Stimmung dazu in der Lage gewesen wäre. So schluchzte sie nur und wandte sich Susan zu. »Hör mal, ich sehe, was hier los ist …«

»Ich auch. Deshalb hab ich uns oben einen Tisch decken lassen. Scones habe ich schon dort, Clotted Cream und Erdbeermarmelade kommen sofort.« Sie hakte sich bei Mary unter und zog sie mit sich durch eine Tür neben der Küche. Hier befand sich eine Treppe, über die Susans Privatwohnung im Obergeschoss erreicht werden konnte. Der Tisch am Fenster war für ein zweites Frühstück gedeckt.

Wie nicht anders zu erwarten, schenkte Susan zuerst einmal zwei Gläschen Lavendellikör ein, reichte eines davon Mary und stieß mit ihr an. Nachdem sie ihres geleert hatte, blickte sie einen Moment lang sinnierend auf das Glas und stützte sich dann auf die Ellbogen.

»Dann erzähl mal, Marydarling. Was hat dich so aus der Fassung gebracht?«

Als Mary Stunden später zu ihrem Leuchtturm zurückkehrte, hatte sie zum ersten Mal seit Tagen das Gefühl, als hätte sie ihr Leben im Griff. Es mochte irrational sein, da alles dagegensprach. Doch die Zeit mit Susan hatte nicht nur etliche Fragen aufgeworfen, sie hatte auch einige zu klären geholfen. Und Susan hatte ihr versichert, dass sie sie mit allem unterstützen würde, was sie nur beitragen konnte. Das war in Susans Fall einiges – und dies hatte zu mehreren ziemlich dreisten Ideen geführt, von denen Mary nur hoffen konnte, dass sie sie nicht noch tiefer in Schwierigkeiten verstrickten. Denn vieles, worauf sie sich stützten, war Spekulation. Und wenn etwas schiefging, steckte Susan ebenso in dem ganzen Schlamassel wie Mary, etwas, das es unbedingt zu verhindern galt.

Die Flut war noch nicht weit genug zurückgegangen, dass sie bereits hinüber auf den Felsen hätte gehen können. Also beschloss sie, sich noch für ein paar Minuten auf die Terrasse des Phare zu setzen.

Es waren mehr als genügend Plätze frei – die Pressevertreter, die über den »Leuchtturm-Mord« berichtet hatten, hatten ihre dürftigen Artikel geschrieben, die Fotografen ihre Fotos gemacht, längst war der Tross wieder woandershin gezogen. Sogar die Zahl der Boote, die an La Corbière vorüberfuhren, hatte deutlich abgenommen. Nur diese seltsame Yacht, die ihr schon mehrmals aufgefallen war, kreuzte einmal mehr jenseits des Leuchtturms, und es schien ihr, als stünde abermals jemand an Deck und starrte mit dem Fernglas herüber.

Bridget, die Frau des Phare-Besitzers, brachte Mary den Kaffee und setzte sich zu ihr.

»Wie geht es Ihnen denn?«, fragte sie mitfühlend. »Diese

schreckliche Geschichte mit dem toten Hotelgast muss Sie sehr mitnehmen.«

»Offen gesagt, die Katastrophen kommen in so kurzen Abständen, dass ich schon gar nicht mehr weiß, was mich am meisten schockiert«, erklärte Mary und nahm einen kleinen Schluck, überrascht, dass sie inzwischen auch im Phare gelernt hatten, guten Kaffee zuzubereiten.

»Falls ich etwas für Sie tun kann ...«

»Das ist sehr nett von Ihnen, Bridget. Aber ich wüsste nicht, was. Es scheint, dass jemand mein kleines Hotel zerstören will, noch bevor ich überhaupt eine Chance hatte, es zum Laufen zu bringen.«

»Das klingt schrecklich«, stellte Bridget fest. »Aber wer sollte denn etwas gegen Ihr entzückendes Hideaway haben?« Sie sprach es aus, und im selben Moment wanderte ihr Blick in Richtung des alten Wärterhäuschens.

»Sie denken an Mr Coleman?« Mary lachte bitter. »Ehrlich gesagt, war das auch mein erster Gedanke. Aber ich glaube nicht, dass er die Möglichkeiten hätte. Ich glaube nicht einmal, dass er so verschlagen wäre.«

»Vielleicht haben Sie recht. Und er ist auch erst kurz hier, er kennt uns alle noch nicht einmal. Na ja, uns hier wird er wohl auch nicht mehr so richtig kennenlernen.« Bridget holte ein Päckchen Zigaretten aus ihrer Rocktasche. »Stört es Sie?«

Mary schüttelte den Kopf. »Wie meinen Sie das, dass er Sie nicht mehr richtig kennenlernen wird?«

»Ach, James hat es Ihnen noch gar nicht gesagt? Wir werden wohl verkaufen.«

»Nicht Ihr Ernst!« Mary schnappte nach Luft. Das Phare? Das ging doch blendend! Wer würde denn ein solches Juwel veräußern wollen? »Aber warum?«

Die Kollegin hob in einer hilflosen Geste die Arme. »Was soll ich sagen? Es ist eine Mischung aus allem. Einerseits macht uns die Gewerbeaufsicht seit einiger Zeit ständig Probleme, andererseits hat James ein gutes Angebot bekommen. Sollen sich doch andere mit den Behörden herumschlagen. Wir sind …« Sie seufzte. »Wir sind einfach müde, wenn Sie das nachvollziehen können.«

Das konnte Mary bestens. Ihr selbst ging es in den letzten Tagen nicht anders. »Aber was meinen Sie mit: Die Aufsicht bereitet Probleme?«

»Ach, mal ist es das Hygieneamt, weil jemand eine anonyme Anzeige wegen angeblicher Ratten in der Küche gemacht hat – aber welcher Gast ist denn jemals in der Küche? Mal sind es Vorschriften zur Arbeitssicherheit, weil wir unseren Mitarbeitern angeblich keine geeignete Schutzkleidung zur Verfügung stellen.«

»Schutzkleidung?«

»Für die Arbeit bei Sturm und Wetter hier an der Küste.«

»Aber die Terrasse ist doch bei Sturm gar nicht geöffnet«, bemerkte Mary verblüfft.

»Stimmt. Einer Inspektion mussten wir trotzdem zustimmen, und James hat zwei Wochen lang schriftlich mit den Behörden korrespondiert. Dann das Umweltamt, weil wir scheinbar im Schutzgebiet gebaut haben …«

»Habt ihr?«

»Unsere Sonnenschirme ragen ein paar Zentimeter ins

Naturschutzgebiet hinein, wenn die Sonne im Osten steht.«

»Das tut mir leid«, sagte Mary. »Ich hatte keine Ahnung.«

»Halb so schlimm. Ich liebe zwar diesen Ort …« Sie machte eine weite Geste über die Bucht und den Leuchtturm. »Aber mit einem kleinen Café in St. Peter Port werden wir zumindest ein etwas entspannteres Leben führen.«

»Ihr habt vor, nach Guernsey zu ziehen?«

»James kommt von dort.«

»Verstehe«, murmelte Mary und trank ihre Tasse leer. »Tja, ich werde Sie beide vermissen.«

»Wir Sie auch.« Die Wirtin des Phare lächelte ihr aufmunternd zu. »Aber wir sind ja nicht aus der Welt.«

Die Yacht indes war verschwunden.

Mary erwartete ihren Gast mit einer Bun Chay Bowl mit verschiedenen Salaten, Glasnudeln, Sprossen und Shrimps. Dazu hatte sie eine Ingwer-Zitronengras-Chili-Sauce gemacht. Vorab sollte es eine Kokossuppe geben, als Nachtisch Kokosbällchen. Eine Flasche Sancerre war kalt gestellt. Längst schlugen mehr als zwei Herzen in ihrer Brust: Natürlich wollte sie weiterhin die perfekte Gastgeberin in ihrem Leuchtturmhotel sein. Aber zur Wahrheit gehörte auch, dass sie Robert Peabody einfach nicht mehr traute. Welches Spiel spielte er wirklich?

Sie überlegte gerade, ob sie seine Artikel googeln sollte, als sie ihn hereinkommen hörte. Rasch war sie auf der Treppe und blickte hinunter.

»Mr Peabody, hallo!«

»Hallo, Mary. Wie war Ihr Tag?«

»Fragen Sie nicht«, sagte sie und legte rasch ihre Schürze ab, um hinunterzulaufen. »Erzählen Sie lieber, was Sie Neues herausgefunden haben. Wie war's im Watt? Haben Sie Freddy Blackwood angetroffen?«

»Das habe ich. Ich würde sagen, wir sind beinahe beste Freunde geworden.« Er lachte. »Wonach duftet es hier so gut?«

»Nach einem Abendessen, bei dem ich alles haarklein erfahren möchte.«

Und in der Tat hatte Robert Peabody so einiges aus dem Assistenten von Harsh herausgekitzelt. Nachdem sie sich über die Schönheit der Wattwürmer ausgetauscht hatten (und über deren Nützlichkeit), war das Eis rasch gebrochen. Dass Peabody einen Flachmann mit Thomson's & Taylor's London Dry Gin dabeigehabt hatte und sich als großzügiger Teiler erwies, hatte ebenfalls geholfen. Dass sie beide Töchter im anstrengendsten Alter hatten (wobei Peabody hier ein wenig geschwindelt hatte, da seine Tochter noch nicht existierte), hatte bei Freddy Blackwood dazu geführt, dass er endgültig alle Vorsicht außer Acht ließ. Weshalb sie nunmehr darüber im Bilde waren, dass die Polizei zwar kurzfristig einen weiteren Verdächtigen in Haft genommen hatte (weil er auf einem Überwachungsvideo der Wetterstation in der Nähe des Dammwegs gesehen worden war), der aber noch am selben Tag wieder auf freien Fuß kam (weil er der Zeitungsbote war und den *Jersey Evening Standard* ausgeliefert hatte, unter anderem an das Phare). Darüber hinaus hatte die Polizei ermittelt, dass der Tote nicht zu ermitteln war, weil er weder Henry Plummer hieß noch aus Birmingham stammte. Auch den Besitzer des Wagens hatten Harsh und sein Team herausgefunden, ohne die Sache aber weiter zu verfolgen, weil das Fahrzeug mit dem Verbrechen in keinerlei Zusammenhang stand.

»Und sie haben sich nicht an den Eigentümer des Oldtimers gewandt, um herauszufinden, wem er das Auto geliehen hat?«, fragte Mary verblüfft.

»Das haben sie durchaus. Sie warten aber noch auf einen Termin.«

»Einen Termin? Wofür?«

»Für ein Gespräch. Um Näheres zu erfahren.«

»Sie haben um eine Audienz ersucht?«

»Kann man so sagen«, bestätigte Peabody.

»Unglaublich«, sagte Mary.

»Es scheint eine Weisung von ganz oben zu geben, dass andere Spuren derzeit vordringlich verfolgt werden sollen.«

»Aha. Und was für andere Spuren sollen das denn sein?«

»Tja«, sagte Peabody. »Offenbar gibt es noch keine.«

»Wenn sie so arbeiten, wundert mich das nicht.«

»Immerhin haben sie schon einiges von dem herausgefunden, was wir auch wissen.« Peabody griff nach den Essstäbchen, die Mary auf einer Muschel platziert hatte, die sie als Messerbänkchen benutzte. »Wo um alles in der Welt haben Sie so gut Kochen gelernt?«

»Ich habe ein paar Jahre Küchenservice im 24 Charming Street gemacht«, erklärte Mary. »Und das ein oder andere hat mir Georges Lapierre beigebracht.«

»Der Koch, der Sie unsterblich liebt.« Peabody beobachtete sie genau. Seine Bemerkung war keine Frage. Es war eine Feststellung.

»Mich?«, rief Mary und lachte.

»Aber es ist doch mehr als offensichtlich. Oder nicht? Er versorgt Sie mit Lebensmitteln, die er nicht von einem seiner Küchenjungen vorbeibringen lässt, sondern persönlich liefert. Doch nicht nur das, er stellt sich sogar mit Ihnen in die Küche. Er verrät Ihnen seine geheimsten Rezepte ... Ein Zwei-Sterne-Koch! Zwei Sterne bedeuten, sein Restaurant ist eine Reise wert! Er macht das alles für Sie – nur weil er so ein netter Mensch ist?«

»Aber Georges *ist* ein netter Mensch.«

»Daran habe ich nicht den geringsten Zweifel. Ein netter Mensch, der Ihnen zu Füßen liegt.« Und leise fügte Peabody hinzu: »Was man absolut verstehen kann.«

»Also, alles was die Polizei bisher herausgefunden hat«, wechselte Mary das Thema, »ist, dass sie nichts weiß. Es gibt keine weiterführenden Erkenntnisse. Und das beginnt mir langsam Sorgen zu machen. Denn wir sind auch nicht viel weiter. Irgendwann wird der Detective Inspector sich wieder auf mich einschießen, zumal die Polizei Matt aufgrund seines Alibis hat laufen lassen müssen.« Sie zögerte, ob sie ihm die Sache mit dem Hygieneamt erzählen sollte, doch immerhin war er auch ihr Gast. Und welcher Gast hörte schon gerne von solchen Anschuldigungen …

»Was war das eigentlich für ein Alibi?«

Mary, die gerade im Begriff war, das Schälchen mit der Kokossuppe an die Lippen zu führen, setzte es klirrend wieder auf dem Tisch ab. »Verdächtigen Sie ihn etwa?«

»Matt?« Peabody hob die Arme. »Kein bisschen. Wenn Sie überzeugt davon sind, dass er nichts damit zu tun hat, dann hat er nichts damit zu tun, so viel steht für mich fest.« Er lächelte geheimnisvoll und nahm auch ein Schlückchen von der Suppe. »Mmmh. An Ihnen ist wirklich eine Köchin verloren gegangen. Am Ende will Monsieur Lapierre Sie doch nur für sein Restaurant gewinnen.«

»Lassen Sie uns bei dem Fall bleiben.« Mary schenkte zwei Tassen vom Oolong ein, den sie zubereitet hatte. »Sie haben doch noch etwas in der Hinterhand. Ich sehe es Ihnen an.«

»Einer wahren Detektivin bleibt nichts verborgen«, entgegnete Peabody schelmisch. »Stimmt. Ich habe noch etwas.« Da war es wieder, das geheimnisvolle Lächeln. »Es geht um das Boot.«

»Das Boot?«

»Die Yacht, von der aus Sie beobachtet worden sind. Oder der Leuchtturm.«

»Was wissen Sie darüber?«

»Ich weiß, wie sie heißt.« Er nippte noch einmal an seiner Suppenschale und lehnte sich zurück. »Und ich weiß, wem sie gehört.«

Es stellte sich heraus, dass Peabody noch einige Erkundigungen in verschiedenen Registern in St. Helier eingezogen hatte – mit interessanten Ergebnissen. Doch auch hier war es wie scheinbar überall, wo sich eine Antwort fand: Es taten sich doppelt so viele neue Fragen auf.

21

Die Murphy Estates & Heritage Ltd. residierte in einem der Bürogebäude in der Castle Street, die in den Achtziger- und Neunzigerjahren dort errichtet worden waren. Teuer, hässlich, abweisend. Man betrat den Bau durch eine hohe Rauchglasfront und wurde von einem uniformierten Concierge empfangen. Bei den Aufzügen standen außerdem noch zwei bullige Männer in dunklen Anzügen, breitbeinig, die Hände vor dem Bauch zusammengelegt, offenbar jederzeit bereit, gewalttätig zu werden, falls das nötig werden sollte.

Mary war angemessen eingeschüchtert. Susan hingegen erweckte in keiner Weise den Eindruck, als sei sie mit solchen Einrichtungen nicht bestens vertraut. Aber das mochte auch an ihrer Aufmachung liegen. Die Freundin sah schon unter normalen Umständen beneidenswert gut aus. Heute aber hatte sie sich derart gestylt, dass sich der Mann am Empfang gleich etwas aufrechter hinsetzte.

»Sie wünschen?«, fragte er.

»Wir sind wegen des Shootings hier.«

»Sorry, Miss. Shooting?«

»Für die *Island Glamour*«, entgegnete Mary, als müsste das sonnenklar sein. Dazu präsentierte sie ihr professionellstes Lächeln, in das sie einen Schuss Geringschätzung mischte, als wollte sie sagen: »Schon wieder einer von den inkompetenten Typen, die einem die Arbeit schwer machen.«

»Von einem Shooting ist mir nichts bekannt«, sagte der Concierge und blätterte in seinem Kalender. »Zu wem wollen Sie denn genau?«

»Tja, wie sollen wir das wissen, wenn Sie es nicht wissen?«, warf Susan ein, so arrogant, dass Mary sich beinahe ein wenig schämte.

»Sie sollten Ihren Auftraggeber schon kennen«, stellte der Mann fest, blickte dabei aber Mary an, vermutlich, weil er sich gegen die überwältigende Schönheit von Susan nicht gewappnet fühlte.

»Unser Auftraggeber ist die Murphy Estates & Heritage Ltd.«, erklärte Mary. »Und da sind wir hier doch wohl richtig. Es geht um Aufnahmen auf der Firmenyacht für die Zeitschrift *Island Glamour*.« Sie klopfte auf die große Tasche, in der sie ihre Fotoausrüstung verstaut hatte. »Ich bin Trisha Hackney, das ist Lea. Unser Model«, schob sie hinterher, falls er nicht von selber darauf kommen sollte. »Es wurde uns gesagt, dass wir uns hier melden sollten, um dann runter zum Victoria Harbour zu gehen.«

»Die Yacht liegt aber in der Elizabeth Marina«, korrigierte der Empfangschef. »Und ich habe hier keinen Eintrag, dass wir Sie in der Zentrale erwarten.«

Mary verdrehte die Augen und nahm ihr Handy heraus. »Ich kläre das mit unserem Chefredakteur.« Sie wandte sich ab und wartete einen Augenblick, ehe sie leise, aber laut genug, um von dem Concierge verstanden zu werden, sagte:

»Harry? Hier Trisha. – Sind wir. Nur dass die hier von nichts wissen. – Wie bitte? – Hör mal, was soll das? – Ich habe Lea nur für drei Stunden, und übrigens für ein verdammt teures Honorar! – Ja. – Ja. – Nein, das hat Mrs Murphy ausdrücklich so … – Mrs Murphy will nur sie! – Klar. – Hm. – Keine Ahnung. – Ja. – Okay, wir werden sehen. Aber ich bin dafür nicht verantwortlich, damit das klar ist! Bye.« Sie steckte das Handy wieder weg und wandte sich zum Empfangschef um. »Marina Elizabeth?«

Der Concierge nickte.

»Vielleicht können Sie uns dort wenigstens anmelden, damit die Bescheid wissen.«

»Das wäre wirklich nett.« Lea blickte den Mann mit tiefem Augenaufschlag und einem angedeuteten Lächeln an. Mary konnte förmlich hören, wie die Hormone durch seinen Körper rauschten.

Der Concierge räusperte sich, nickte, griff zum Telefon und wählte eine Nummer.

»Mr Walters? Oliver hier vom Empfang in der Castle Street. Ich habe gehört, es soll ein Fotoshooting auf der Yacht geben. Die Ladies sind versehentlich hierhergekommen. Ich schicke sie zu Ihnen rüber, ja? – Alles klar. – Danke!« Er legte auf. »Sie werden erwartet.«

»Sie sind ein Schatz«, sagte Susan.

»Fein«, bemerkte Mary. »Immerhin.«

Im nächsten Moment waren sie wieder draußen vor dem Gebäude.

»Spürst du sie auch?«, fragte Susan lachend.

»Was soll ich spüren?«

»Die Blicke auf unseren Hintern.«

»Na, die sind wohl vor allem auf deinen gerichtet.«

Es waren vermutlich nicht die einzigen Blicke, die sie in den nächsten Minuten auf sich zogen. Denn Susan trug eines der Kleider, die sie sich für die Tanzabende gekauft hatte, die sie seit einem Jahr in ihrer Caféterie einmal im Monat veranstaltete. Mit dem hochgesteckten Haar und ihrem raffinierten Make-up sah sie wie der wahr gewordene Männertraum aus. Es war deshalb auch nicht schwierig, die Crew der Yacht von der Ernsthaftigkeit ihres Anliegens zu überzeugen.

Die *Sea Princess II* war mit Abstand das größte Boot, das im Hafen lag. Über dem schlanken, mehr als vierzig Meter langen Schiffskörper türmten sich mehrere Aufbauten, die in zwei mächtigen Funkantennen gipfelten. Hinter der Brücke lagen auf zwei Ebenen teakbeschlagene Sonnendecks, am Heck war zusätzlich ein Motorboot mit der Aufschrift *Little Sea Princess* befestigt, mit dem man bei Bedarf an Land übersetzen konnte, wenn es keinen Hafen gab, etwa an idyllischen Stränden wie in der Portelet Bay zwischen St. Aubin und St. Brelade's Bay, die immer noch ein Geheimtipp war, obwohl sie inzwischen zum Bedauern der Anwohner vermehrt in Reiseführern auftauchte.

»Ahoi, Ladies!«, grüßte ein hochgewachsener Mann aus der Crew die beiden Frauen und salutierte lässig. »Sie kommen wegen des Fotoshootings, richtig?«

»Dieser Hintergrund geht *gar* nicht«, sagte Mary.

»Sorry?«

Mary deutete auf die mächtigen Betonklötze, die Investoren im vorletzten Jahrzehnt hinter dem Hafen hochgezogen hatten. »Wie sollen wir *so* vernünftige Aufnahmen hinbekommen?« Sie drehte sich um und betrachtete die Hafenmauer. »Der Hintergrund ist eine Katastrophe! Man sieht ja nichts von Elizabeth Castle.«

»Wenn Sie das fürs Shooting brauchen, müssten wir auslaufen«, erklärte der elegante Stewart, vielleicht war er auch ein Offizier, betroffen.

»Spricht etwas dagegen?«

»Nein. Soweit ich weiß, beabsichtigt Mrs Murphy heute nicht, eine Tour zu unternehmen. Oder Mr Murphy«, fügte er hinzu, als wäre das ein zwar abwegiger, aber nicht völlig ausgeschlossener Gedanke.

Mary nickte. »Gut. Das hilft schon mal. Irgendeine Möglichkeit für mein Model, sich etwas frisch zu machen?«

»Sicher, Ma'am«, erwiderte der Seemann und wandte sich an Susan, wobei es ihm sichtlich schwerfiel, sie nicht mit den Augen zu verschlingen. »Wenn Sie mir folgen wollen?« An Mary gewandt fügte er hinzu: »Ich gebe dem Kapitän Bescheid, dass wir den Hafen verlassen sollen.«

»Wunderbar. Besten Dank. Und ich bereite mein Equipment vor.« Mary klopfte auf ihre Tasche. Dann stieg sie zum ersten Sonnendeck hinunter und packte die Fotoausrüstung aus. Offenbar hatten sie Glück mit ihrer Hochstapelei. Ein wenig plagte sie jedoch das schlechte Gewissen gegenüber dem Verstorbenen. Auch wenn sie Mr Plummer nichts wegnahm, indem sie seine Sachen benutzte, so schien es ihr doch ein wenig pietätlos, als sie Kamera, Stativ, Akkus, Objektive und was er sonst noch alles in seinen Taschen verstaut gehabt hatte, auspackte. Über den Ärger, den ihr der eigenmächtige Zugriff auf das Eigentum des Mordopfers mit der Polizei einbringen würde, wollte sie lieber nicht nachdenken.

Zum Glück war sie in ihren Wanderjahren, also in der Zeit, ehe sie im 24 Charming Street angeheuert hatte, eine begeisterte Fotografin gewesen und kannte sich mit digitalen Spiegelreflexkameras aus, sonst hätte sie dieses Wagnis hier nicht ersinnen können. Und doch war das Exemplar von Mr Plummer von besonderer Art, weshalb sie es zunächst einmal in Ruhe studieren musste.

Die Batterie war fast leer, aber die Akkus waren geladen, sodass Mary einen neuen einsetzte. Dann tippte sie sich rasch durch das Menü, um sich einen schnellen Überblick zu verschaffen – und erstarrte. Natürlich! Es waren Aufnahmen gespeichert. Mr Plummer hatte zumindest die letzten Bilder, die er selbst aufgenommen hatte, noch nicht gelöscht. Und es waren interessante Fotos!

Wie sich herausstellte, war Susan nicht nur überaus begabt, ein Model darzustellen, sie beherrschte auch das Posieren beneidenswert souverän. Nachdem sie einige Zeit vor dem Hintergrund des Elizabeth Castle vor St. Helier Aufnahmen gemacht hatten, hatte Mary tief betrübt den Kopf geschüttelt. »Das gibt keine brauchbaren Bilder, sorry.« Bei all der Schönheit der Insel wusste doch jeder, der Jersey kannte, dass ausgerechnet die Hauptstadt kein sonderlich attraktives Bild abgab, zumindest nicht, wenn man sie vom Meer aus betrachtete. »Spricht etwas dagegen, dass wir ein Stück nach Westen rausfahren?«, fragte sie den Kapitän, der sich zwischenzeitlich eingefunden hatte, um das Shooting kennerhaft zu beaufsichtigen.

»Noirmont Point?«

»Ja. Oder Portelet Bay«, sagte Mary. »Oder noch besser: La Corbière! *Das* ist wenigstens ein Motiv.«

Der Kapitän zuckte die Achseln. »Solange wir um fünf wieder zurück sind ...«

»Ich habe nur noch eine Stunde«, erklärte Mary. »Sonst muss ich mit ihrer Agentur nachverhandeln.« Sie nickte Richtung Susan. »Und die sind knallhart. Die ziehen einem das letzte Hemd aus.«

»Na dann«, sagte der Kapitän und lachte. Er winkte seinem Steuermann, der allerdings eine Steuerfrau war, und rief: »Südsüdwest, dreißig Knoten! Wir fahren rüber nach Corbière!«

Im nächsten Moment senkte sich die Yacht leicht im Heck, und Susan wäre beinahe über Bord gestolpert, weil die Maschinen einen solchen Schub erzeugten.

Während sie an der Südwestküste von Jersey vorüberzogen, fragte Mary ihre Freundin: »Und? Irgendwas Interessantes entdeckt?«

Die aber verneinte. »Alles abgeschlossen da unten. Tut mir leid.«

Inzwischen war die Sonne Richtung Westen gewandert. Der Leuchtturm würde von der Seeseite aus grandios wirken, das war klar. Er würde das perfekte Hintergrundmotiv hergeben – und er würde, wenn man es richtig anstellte, auch die Crew hinreichend ablenken. Zumindest, wenn Susan ihr Talent ausspielte.

Sie passierten La Moye und waren schon in Sichtweite von La Corbière, als Mary den Stewart, der sie am Anfang begrüßt hatte, fragte:

»Der Kapitän ist vermutlich auf der Brücke?«

»Ich nehme es an, Ma'am.«

»Da gibt es bestimmt auch eine Steckdose?« Sie wedelte mit einem der Akkus.

»Aber sicher! Wenn Sie möchten, kann ich die Batterie…«

»Lassen Sie nur«, unterbrach Mary ihn und winkte ab. »Ich wollte sowieso etwas mit dem Kapitän besprechen. Wo muss ich lang?«

»Einfach mitten durch und immer nach oben«, erklärte der Stewart und deutete auf die Treppe über dem Zwischendeck.

Nur Augenblicke später betrat Mary das Allerheiligste der Yacht und war beeindruckt, dass es hier aussah wie im Kontrollzentrum der NASA. Überall Schalter und Lämpchen, Bildschirme und Hebel.

»Kann ich etwas für Sie tun?« Der Kapitän, der ein unaufgeregter, etwas fülliger kleiner Mann war und eine durchaus angenehme Autorität ausstrahlte, sprach sie an.

»Ich wollte Sie fragen, ob Sie wohl bereit wären, uns beim Shooting zu unterstützen.«

»Tun wir das denn nicht, Ma'am?«

»Ich meine: persönlich.«

»Pardon?«

»Sie tragen alle diese schicken Uniformen. Ich hätte gerne ein paar Aufnahmen gemacht, bei denen Sie, nun ja, mein Model ... hm ...«

»Umrahmen?« Der Kapitän grinste. »So wollten Sie es jetzt nicht sagen, stimmt's?« Er zwinkerte Mary zu. »Aber das geht schon in Ordnung. Schätze, der Crew wird es Spaß machen. Leider sind wir ja heute nur zu viert auf der Yacht, weil ... nun, die Kommunikation war nicht besonders, wenn Sie verstehen, was ich meine.«

»Absolut, Käpt'n, vollkommen.« Genau genommen verstand sie es besser, als er sich hätte vorstellen können. »Sie sind zu freundlich. Ich würde Ihnen in ein paar Minuten Bescheid geben, okay?«

»Klar. Wenn Sie so weit sind ...«

»Und darf ich meinen Akku hier irgendwo laden?«

Sie durfte. Und beeilte sich, wieder zum Zwischendeck zu kommen, wo sich der Stewart zwischenzeitlich so zum Narren gemacht hatte, dass Susan kaum an sich halten konnte.

»Und dann kam diese Wasserwand auf uns zu ...«, sagte der junge Mann gerade und unterstrich seine Worte mit einer ausladenden Geste, als Mary ihn unterbrach.

»Geben Sie den anderen Bescheid? Weisung des Käpt'n: alle hier aufs Zwischendeck, bitte.«

»Tatsächlich?« Er schien enttäuscht, seine Heldengeschichte nicht zu Ende erzählen zu können, fügte sich aber in sein Schicksal und ging unter Deck.

»Was hast du vor?«, fragte Susan, und flüsternd fügte sie hinzu: »Gott sei Dank bist du gekommen. Der Gute kannte kein Bremsen mehr.«

»Susanschatz, du siehst einfach zu gut aus«, stellte Mary nüchtern fest.

»Na, übertreib nicht.«

Doch Mary winkte ab. »Keine Diskussionen. Du musst sie jetzt alle um den Finger wickeln. Ich brauche ein paar Minuten allein, ja?«

Kurz darauf befanden sich die vier Crewmitglieder, der Kapitän, die Steuerfrau, der Stewart und ein Techniker, auf dem Zwischendeck und boten vor dem Leuchtturm eine sensationelle Kulisse. Susan sollte sich in diesem Arrangement in Pose stellen.

»Jetzt den Arm in die Luft recken!«, wies Mary alle an. »Siegerpose!« Sie machte Fotos. »Sehr schön. Das war fürs Familienalbum. Ich möchte jetzt gerne, dass Sie sich auf dem Zwischendeck so postieren, dass es nach gepflegter Langeweile aussieht. Susie: bitte auf den Liegestuhl. Sehr entspannt und ein bisschen überheblich, ja? Käpt'n: Würden Sie sich mit Blick in die Ferne neben die Fahne stellen? Schauen Sie Richtung Leuchtturm, bitte. Der Stewart könnte vielleicht auf einem Tablett ein Glas Champagner reichen? Und der Mann von der Technik: Wenn es Ihnen nichts ausmacht, helfen Sie der hingestreckten Dame aus dem Schuh, ja? Aber nicht wirklich. Sie halten einfach den

Absatz und die Sohle, als wollten Sie ihr den Schuh abnehmen, okay?«

Sie war selbst erstaunt, wie einfach es war, die Crew in Szene zu setzen. Den Kapitän dirigierte sie noch etwas weiter auf Abstand, dem Stewart zeigte sie, welchen Blick er am besten aufsetzen sollte, der Techniker schien ohnehin von Susans Fuß ganz verzückt. Und die Steuerfrau bekam eine Position, eine Armlänge vom Kapitän entfernt, und sollte ihn anschauen. Es sah aus wie ein Tableau, das der *Vogue* entnommen sein konnte. Mary stellte fest, wie sehr ihr diese Art von Tätigkeit Spaß machte. Für einen Augenblick beneidete sie Fotografinnen, die all dies Tag für Tag tun durften, um so ihren Lebensunterhalt zu verdienen. Sie machte einige Aufnahmen, lobte, kritisierte, fotografierte weiter – und hielt dann inne.

»Jetzt alle genau so bleiben, ja? So, wie Sie jetzt stehen, stehen Sie perfekt. Verdammt.« Sie blickte zum Himmel. »Eine Wolke vor der Sonne. Die wird aber gleich wieder weg sein. Und ich bin gleich wieder da. Muss nur rasch den Akku holen, mir ist hier gerade der Saft ausgegangen.«

Und dann war sie fort. Fand sich auf der Brücke ein. Und im daneben gelegenen Kartenraum, einem winzigen Kabuff, in dem alles längst auf Monitoren stattfand. Alles, außer dem Logbuch. Das gab es tatsächlich noch als reales Buch. Mit zitternden Fingern schlug Mary es auf und blätterte zum gesuchten Datum. Da war zuerst der 12. Juni. Tatsächlich fand sich »La Corbière« auf der Liste. 49° 10′ N, 2° 15′ W. Die Koordinaten des Felsens. Die Yacht war dort gewesen. Dann der 13. Juni. Da! Auch zu diesem Tag gab es Einträge. Mehrere. Trotz Sturmwarnung war die *Sea Princess II* ausgelaufen. Minutiös hatte der Kapitän seine Route eingetragen. Er hatte sogar einen Eintrag für die *Little Princess* gemacht. Das war mehr, als Mary zu hoffen gewagt hatte.

22

Die beiden Frauen waren so euphorisiert, dass sie gar nicht über die Zeit nachdachten. Susan hatte Mary mit in die Caféterie genommen, wo sie bis in die Abendstunden zusammensaßen, egal, ob auf dem Leuchtturm Marys Anwesenheit gewünscht gewesen wäre oder nicht. Wenn Rob sie brauchte, würde er sich schon melden. Jetzt galt es erst einmal zu feiern, auch wenn vor allem Mary durchaus gemischte Gefühle hatte. Denn die Aktion als solche war zwar ein Triumph gewesen, doch das Ergebnis ließ sie schaudern, wenn sie daran dachte. Einmal mehr war eine Frage gelöst worden, um jedoch sogleich zwei neue aufzuwerfen, wie es offenbar in der Natur dieses Verbrechens lag. Immer wieder löste Mary ein Rätsel und stand anschließend vor einem neuen, einem größeren. Und so schien es auch diesmal zu sein.

»Ich glaube, ich habe noch nie etwas derart Dreistes getan«, stellte Susan fest und schenkte ihrer Freundin ein weiteres Glas vom letztjährigen Roten des regionalen Weinguts La Mer ein.

»Dafür hast du es aber großartig gemacht«, erwiderte Mary und stieß mit ihrer Freundin an.

»Aber jetzt erzähl«, sagte Susan plötzlich viel leiser und beugte sich über den Tisch. »Hast du etwas herausgefunden, als du auf der Brücke warst?«

Mary nickte bedeutungsvoll. »Allerdings. Ich kann nun mit Bestimmtheit sagen, dass die Yacht am Tag des Verbrechens vor dem Leuchtturm gekreuzt ist.«

»Obwohl es eine Sturmwarnung gab?«

»Obwohl es eine Sturmwarnung gab.«

»Aber im Grunde besagt das nichts, oder? Ich meine: Bei schwerer See kann niemand von Bord. Die Yacht konnte unmöglich irgendwo anlegen, oder?«

»Die Yacht nicht«, bestätigte Mary. »Aber das brauchte sie auch nicht.«

Verwirrt nahm Susan einen Schluck von ihrem Wein. »Du sprichst in Rätseln, Mary.«

»Ich weiß. Und das Schlimme ist: Je mehr Lösungen ich finde, umso mehr Rätsel tun sich auf.«

Als Mary Stunden später die Caféterie verließ, war es tiefe Nacht. Ein strammer Fußmarsch würde ihr jedoch jetzt guttun, befand sie, und in St. Brelade würde sie sich ein Taxi für das letzte Stück nach La Corbière nehmen. Dankbar winkte sie der Freundin zu, die ihr vom von Kerzenschein schwach erleuchteten Fenster ihrer Wohnung aus hinterherblickte. Dann huschte sie durch die Passage zur Strandpromenade und orientierte sich nach Westen. Es war ein milder Abend, fast zu warm, selbst für diese Jahreszeit. Die Laternen warfen ein melancholisches Licht auf den Asphalt, irgendwo kläffte ein Hund, nur in wenigen Häusern brannte noch Licht. Es herrschte tiefer Frieden. Man konnte sich kaum vorstellen, dass auf dieser lieblichen Insel, die so gepflegt und kultiviert war, jemals etwas Böses geschah. Beinahe wirkte das Verbrechen, das Mary nun seit Tagen zu ergründen versuchte, wie ein ferner Spuk, eine Laune der Erinnerung, die sich irgendwann als großes Missverständnis erweisen und sich in Wohlgefallen auflösen würde.

Der Wein hatte Mary müde gemacht, die frische Luft sorgte aber dafür, dass sie sich ganz leicht fühlte. Beschwingt lief sie die Straße entlang, und beinahe hatte sie schon das Ortsende erreicht, als sie unvermittelt gewahr wurde, dass sie nicht nur ihre eigenen Schritte hörte. Sie zögerte einen Moment, ging dann aber weiter, vielleicht, weil sie Angst vor der Erkenntnis hatte, dass tatsächlich jemand hinter ihr war. Doch sollte es wirklich so sein, wäre es womöglich besser, es herauszufinden, bevor sie in das Dunkel der Landstraße trat, wohin die örtlichen Laternen nicht reichten. Also änderte sie den Rhythmus ihrer Schritte und lauschte aufmerksam – nur um zu registrieren, dass es wirklich noch jemand anderen gab, der in dieser Nacht den Weg auf der einsamen Straße zu Fuß ging. Sie blieb einen Moment stehen, holte ihr Handy heraus und tat, als wollte sie einen Anruf annehmen. Doch die Schritte hinter ihr kamen näher. Sie hielt das Telefon ans Ohr und holte gerade Luft, um ein Gespräch vorzugeben, als es tatsächlich klingelte. Mary erschrak so, dass ihr das Smartphone beinahe aus der Hand gefallen wäre. Zitternd hob sie ab.

»Ja?«, meldete sie sich mit rauer Stimme.

»Sie sollten nicht so neugierig sein.«

Es war ein Unbekannter, aus dessen Worten derart tiefer Ernst sprach, dass Mary der Atem stockte.

»Wer ... wer sind Sie?«, fragte sie stotternd und blickte sich um. War es der Mann hinter ihr? Doch der war plötzlich verschwunden.

»Sie mischen sich in Dinge, die Sie nichts angehen«, erklärte der Anrufer. »So etwas geht selten gut aus.«

»Ich weiß gar nicht, wovon Sie sprechen!« Mary lief weiter, als unvermittelt Scheinwerfer in einer Einfahrt aufblendeten und ein Wagen auf sie zurollte. Hastig wechselte sie die Straßenseite und stolperte davon. Sie spürte, wie ihr schlecht wurde. »Hallo?«, japste sie ins Handy, als wollte sie noch mehr hören. Sie hätte auflegen sollen. Am besten sofort. Aber sie konnte nicht. Sie konnte das Gespräch nicht beenden, sondern presste das Telefon mit ihrer schweißnassen Hand an ihr Ohr. »Hallo?«

»Denken Sie nicht, Sie würden nicht beobachtet«, sagte der Unbekannte. »Ist das klar?«

»Aber warum? Ich wüsste nicht ...«

Der Wagen bog in die Straße ein und fuhr langsam hinter ihr her. Mary blickte sich hilfesuchend um. Aber um diese Uhrzeit war der Ort nun einmal tot.

»Sind Sie das?«, fragte sie keuchend. »Beobachten Sie mich? Verfolgen Sie mich? Lassen Sie mich in Ruhe! Ich rufe die Polizei!«

Ein heiseres Lachen. »Was wollen Sie denen denn sagen? Und bis die hier sind ...«

Der Mann ließ in der Schwebe, was bis dahin passieren würde. Aber Mary verstand es auch so. Sie blickte sich um, überlegte kurz, wieder zurück zu Susan zu laufen. Doch dafür war sie längst viel zu weit weg. Sollte sie um Hilfe rufen? Noch war sie nicht am Ortsausgang, noch war sie von Häusern umgeben, aus denen vielleicht Hilfe zu erwarten war ... Und dann tauchte wie durch ein Wunder ein Taxi auf. Zuerst sah sie nur die Scheinwerfer, die sich von St. Brelade her näherten, schließlich das leuchtende Schild auf dem Dach: Der Wagen war frei! Sie hob die Hand und stellte sich mitten auf die Straße, sodass das Fahrzeug stehen bleiben *musste*. Und es blieb stehen.

»Gott sei Dank!«, sagte sie und öffnete die Beifahrertür. »Können Sie mich so schnell wie möglich nach La Corbière bringen?«

»Miss, ich wollte eigentlich gerade nach Hause.«

»Aber Ihr Licht ist doch an!«

»Vergessen.«

Mary blickte ihn verzweifelt an. »Können Sie nicht eine Ausnahme machen, Sir? Ich fühle mich allein auf der Straße um diese Uhrzeit ziemlich unsicher.« Sie beugte sich vor und flüsterte: »Und der Wagen hinter mir verfolgt mich.«

»Welcher Wagen, Miss?«, fragte der Taxifahrer mit zweifelndem Gesichtsausdruck. Sie sah sich um und stellte überrascht fest, dass das Fahrzeug, das eben noch bedrohlich nah war, verschwunden war. »Okay Miss, es scheint, als wär's tatsächlich besser, Sie würden nicht alleine durch die Nacht laufen. Steigen Sie ein.«

Dankbar ließ Mary sich auf den Beifahrersitz fallen und schloss für einen Moment die Augen, während der Wagen sich in Bewegung setzte, wendete und Richtung St. Brelade fuhr. Sie konnte hören, wie ihr Herz pochte. Was für ein Horror! Und was für ein Glück, dass ein Taxi vorbeigekommen war, Sie blickte den Fahrer von der Seite an. Der aber konzentrierte sich nur auf die Straße. Ein Mann mittleren Alters, leicht angegrautes Haar, durchschnittliche Statur, keine besonderen Auffälligkeiten – und dennoch kam es ihr vor, als hätte sie ihn schon einmal gesehen.

»Sind Sie von hier?«, fragte sie.

»England«, erwiderte er vage. Dann schwieg er wieder.

Nun gut, dachte Mary, auch er hatte vermutlich einen langen Tag hinter sich und würde froh sein, wenn seine letzte Fahrt vorüber war.

»Ich wohne im Leuchtturm«, sagte Mary, während die ersten Häuser von St. Brelade vor ihnen auftauchten. Eine unverbindliche Plauderei würde ihr nach den Erlebnissen von vorhin guttun.

»Ich weiß«, sagte der Fahrer mit unbewegter Miene.

»Sie ... wissen?« Kannte sie ihn tatsächlich? »Kennen wir uns denn?«

Statt zu antworten, beschleunigte der Taxifahrer und bog vor dem Ortseingang nach rechts ab.

»La Corbière liegt im Westen!«, rief Mary und deutete auf die Hauptstraße, die sie eben verlassen hatten. »Wir müssen geradeaus und dann nach links!«

Der Mann am Steuer jedoch reagierte nicht, sondern jagte seinen Wagen eine schmale Straße entlang, die zwischen engen Steinmauern verlief, ehe sie zu einer ziemlich dunklen Allee wurde. Mary spürte, wie ihr der Schweiß ausbrach. Was war hier los? Sie tastete nach dem Türöffner, aber natürlich war das Tempo des Fahrzeugs viel zu schnell, um rauszuspringen. Bis die Straße einen scharfen Knick machte und der Fahrer abbremsen musste. Geistesgegenwärtig drückte Mary die Tür auf und ließ sich nach draußen fallen. Sie schlug hart auf der Schulter auf, rollte gegen die steinerne Mauer, prallte mit dem Kopf dagegen und kam Sekunden später doch auf die Beine.

Das Taxi blieb vielleicht fünfzig Meter weiter stehen. Während sich die Fahrertür öffnete, stieg Mary über die Mauer und duckte sich. Es war eine unebene Weide, auf der sie gelandet war, aber sie konnte sich fortbewegen. Instinktiv wollte sie in die Richtung flüchten, aus der sie gekommen waren. Dann aber hielt sie inne und überlegte es sich anders. Zweifellos würde der Mann genau hier nach ihr suchen. Denn nach dem vorausgegangenen Erlebnis war Mary völlig klar, dass der vermeintliche Taxifahrer zu denen gehörte, die sie vorhin bedrängt und verfolgt hatten. Also schlich sie sich so lautlos wie möglich zum Wagen hin, während der Mann, wie sie vermutet hatte, sich dorthin bewegte, wo sie aus dem Taxi gesprungen war.

»Treiben Sie keine Spielchen mit mir«, rief er. »Sie können nicht entkommen.«

Ein Licht blitzte auf. Er hatte eine gewöhnliche Taschenlampe oder die seines Handys angemacht. Damit leuchtete er über die Mauer und über die Weide, so weit das Licht reichte. Mary konnte er damit nicht einfangen, sie war inzwischen außerhalb des Lichtkegels. Vorsichtig schlich sie weiter, während der Fahrer noch ein paar Schritte in die entgegengesetzte Richtung lief und schließlich das Licht ausmachte, vielleicht, um zu telefonieren. Denn kurz darauf konnte sie ihn sprechen hören, ohne allerdings zu verstehen, was er sagte. Dafür war sie zu weit entfernt.

Nachdem sie mehrmals tief durchgeatmet hatte, fasste sie den Mut, zurück über die Mauer zu klettern. Lautlos pirschte sie sich an den Wagen heran, blickte sich vorsichtig um und erkannte in einiger Entfernung den Mann, der nun seinerseits hierherkam. Und dann wagte sie es: Sie stürzte durch die noch geöffnete Fahrertür ins Taxi, stellte mit einem Schrei der Erleichterung fest, dass der Schlüssel steckte, drehte ihn, knallte die Tür zu und trat aufs Gas. Mit einem Satz schoss das Auto nach vorne, gerade als ihr Verfolger den Türgriff zu fassen bekommen hatte. Im Rückspiegel konnte Mary sehen, wie er zur Seite gerissen wurde und taumelte. Dann war er aus ihrem Sichtfeld verschwunden. Sie raste durch die Nacht, voll Panik und Erleichterung, Euphorie und Angst. So überwältigend waren die Gefühle, dass sie kaum merkte, wie sie wieder auf die Hauptstraße kam und – viel zu schnell! – St. Brelade hinter sich ließ, La Moye passierte und mit Vollgas auf den Mont du Grouet zuraste. Ein paar Meter vom Phare entfernt blieb sie stehen und stieg mit zitternden Beinen aus. Zu Hause. Das war alles, was sie denken konnte. Zu Hause. Endlich.

Bis sie bemerkte, dass neben dem geschlossenen Eiswagen von Mr Godsby jemand stand. Zwei Gestalten, eindeutig Männer, die dort sicher nicht hingehörten. Schon gar nicht mitten in der Nacht.

Vorsichtig lief Mary auf den Dammweg zu, die beiden Personen aus den Augenwinkeln beobachtend. Kaum war sie an dem kleinen Platz vorbei, setzten sich auch die Männer in Bewegung und folgten ihr. Mary ging schneller. Die zwei Gestalten taten das auch. Sie blickte über die Schulter und erkannte, dass einer von ihnen etwas in der Hand hielt. Sie überlegte, ob sie es überhaupt noch schaffen würde, auf den Felsen zu gelangen, ehe die Flut ihr den Weg abschnitt. Und bevor die Männer sie erreicht hatten. Dann traf sie etwas am Kopf, und es wurde schwarz um sie herum.

»Miss McTarr? Miss McTarr, hallo? Können Sie mich verstehen? Sehen Sie mich?«

O ja, sie sah ihn. Sein Gesicht war ganz nah. So nah, dass sie erschrak und zusammenzuckte. Ein stechender Schmerz fuhr ihr durch den Schädel. Sie stöhnte und presste die Augen zusammen, als könnte es dadurch besser werden.

»Was ist passiert?«, fragte er, und er klang dabei so freundlich und besorgt, dass sie hätte lachen können – wenn sie hätte lachen können. Doch das konnte sie nicht. In ihrem Kopf waren nur Schmerz und Chaos. Bilder blitzten in ihr auf, wobei sie sich fragte, was Erinnerung und was Fantasie sein mochte.

»Können Sie aufstehen?« Er griff ihr unter die Arme und hob sie etwas vom Boden auf. »Halten Sie sich an mir fest!«, ächzte er.

»Mhm.« Mary versuchte, sich nicht zu übergeben. Vergeblich. Es war nicht viel, was sie den Fischen überließ, aber es war, als würde sie sich die Seele aus dem Leib erbrechen. Erschöpft tastete sie nach einem großen Felsblock und setzte sich darauf. »Mr … Coleman?«, fragte sie ungläubig.

»Was ist Ihnen denn geschehen, Miss McTarr?«, fragte der Griesgram mit bekümmerter Miene. Nur dass er in diesem Moment eben gar kein Griesgram war. Sondern ein liebenswürdiger und hilfsbereiter Nachbar, der sie gefunden hatte und sich nun um sie sorgte.

»Mr Coleman?«, fragte Mary noch einmal irritiert. Dann blickte sie zu ihrem geliebten Leuchtturm.

»Da ist jetzt kein Rüberkommen mehr«, erklärte der Nachbar. »Besser, Sie kommen fürs Erste mit zu uns.«

Dieser Tag und diese Nacht waren so übervoll mit Überraschungen gewesen, dass Mary sich schon gar nicht mehr wunderte, in dem alten Wärterhäuschen am Anfang des Dammwegs nicht nur von Patricia Coleman empfangen zu werden, sondern auch von Robert Peabody. Die beiden allerdings waren mehr als überrascht.

»Mary!«, rief Peabody. »Was ist passiert?«

Hätte ihr Kopf nicht gedröhnt wie das Nebelhorn der *Titanic*, Mary hätte sich über seinen Gesichtsausdruck amüsiert. »Ich schätze«, sagte sie und blickte ihren Nachbarn an, »ich schätze, ich muss mir einiges durch den Kopf gehen lassen.«

»Aber zuerst trinken Sie eine Tasse Tee«, bemerkte Patricia Coleman und nötigte Mary, sich in den großen Ohrensessel im Wohnzimmer zu setzen, was diese dankbar hinnahm.

»Und dann erzählen Sie uns, was passiert ist«, fügte Mr Coleman hinzu, und Mary wartete immer noch darauf, dass er seine schlechte Laune wieder hervorkramte, sie patzig anredete und mit Unfreundlichkeiten übergoss. Doch das tat er nicht. Stattdessen schien er für den Bruchteil einer Sekunde nach ihrer Hand greifen zu wollen, zuckte dann aber zurück, wie es sich für einen Gentleman gehörte. Stattdessen faltete er seine Hände im Schoß. »Nun?«

Mary seufzte. »Ich weiß gar nicht, womit ich beginnen soll.«

»Mit dem Anfang?«, schlug Mr Coleman vor.

»Ach, wenn ich nur wüsste, was der Anfang wäre …« Und in dem Augenblick erkannte Mary es selbst. Der Anfang dieser Geschichte lag vor den Ereignissen. Der Anfang hatte nichts mit all dem zu tun, worum es seit dem Tod von Mr Plummer zu gehen schien. Denn in Wahrheit ging es um etwas ganz anderes.

23

Sie hatten sich für elf Uhr vormittags verabredet: Mary, Susan, Constance und Lilly, die vier Freundinnen aus La Moye und St. Brelade. Treffpunkt war die Bushaltestelle am Mont du Grouet, von der aus ein Weg über die Erikawiesen hinab zum Strand führte. Es war ein freundlicher, milder Tag, der schon früh Scharen von Besuchern auf den Felsen von La Corbière lockte und Mr Godsby glänzende Geschäfte bescherte. Nichts an dieser Idylle ließ erahnen, womit sich die Frauen in den nächsten Stunden beschäftigen würden: mit einem Masterplan, um einen Mörder zu überführen.

Was wie ein unübersehbares Puzzle gewirkt hatte, entpuppte sich als filigranes Mosaik, in dem nur noch wenige Steinchen fehlten. Doch das wussten Marys Freundinnen nicht, als sie sich auf den Weg ans Meer machten, das weit zurückgezogen glitzerte und so ruhig und harmlos dalag, als gäbe es nichts Böses auf der Welt.

»Und du willst wirklich nicht zum Arzt?«, fragte Constance mit sorgenvollem Blick. »Gregory könnte dich schnell ins General fahren.«

»Bei der Beule wäre das St. Saviour's vermutlich die bessere Wahl«, erwiderte Mary. Das ehemalige Jersey Lunatic Asylum war eine psychiatrische Einrichtung. »Nein, wirklich, es geht mir gut. Das war nur eine leichte Gehirnerschütterung. Wir haben jetzt Wichtigeres zu tun, als solche Wehwehchen zu kurieren.«

»Nimm es mir nicht übel, Mary«, schaltete sich Lilly ein, die bisher geschwiegen hatte. »Aber denkst du wirklich, das war ein Überfall? Dir wurde ja nichts gestohlen. Und auch sonst wurde dir nichts ... hm ... *angetan*.«

»Glaub mir, Lillydarling, es *war* ein Überfall. Ich bin nicht gestürzt und habe mir dabei den Kopf angeschlagen, jemand *hat* mir auf den Kopf geschlagen – und dann bin ich gestürzt.«

»Aber wer sollte denn so etwas tun?«

»Derselbe, der mich in St. Brelade's Bay verfolgt hat und der mich im Taxi entführen wollte.« Das Taxi! Sie blickte hinüber zu Mr Godsbys Platz, wo sie den Wagen abgestellt hatte. Doch das Taxi war weg. Vermutlich hatten es die beiden Finsterlinge mitgenommen, die sie zusammengeschlagen hatten. Sie hatte den Freundinnen die ganze Geschichte erzählt, und jede von ihnen hatte sie kaum glauben können.

»Womit du sagen willst: derselbe, der deinen Übernachtungsgast auf dem Gewissen hat«, folgerte Susan haarscharf.

»Falsch«, widersprach Mary und blieb stehen, um die Hülle eines Seesterns aufzuheben, die vor ihren Füßen im Sand lag. »Das ist so naheliegend, dass es sich aufdrängt. Aber ich denke, dass hier noch mehr Figuren eine Rolle spielen.« Sie musste an den Song denken, der ihr seit Tagen im Kopf herumging:

Well, we all have a face
That we hide away forever
And we take them out and show ourselves
When everyone has gone
Some are satin, some are steel
Some are silk and some are leather
They're the faces of a stranger
But we'd love to try them on

»Wir müssen ihnen die Masken herunterreißen«, fuhr sie fort.

»Wem?«, fragte Lilly verwirrt.

»Welche Masken?«

»Am besten allen«, erklärte Mary. »Und am besten alle. Und ihr müsst mir dabei helfen.«

VI

Das Dinner der Erkenntnis

Persönliche Einladung

Erleben Sie ein unvergleichliches und
unvergessliches Ereignis mit Sternekoch
und Überraschungsgästen.
Nie war ein Dinner aufregender, nie ein
kulinarischer Abend geheimnisvoller und
prickelnder. Exklusiv für eine handverlesene
Anzahl von Gästen präsentiert
Maître de Cuisine Georges Lapierre vom
L'Escargot zum ersten Mal sein
» Dinner der Erkenntnis «
Dresscode Black Tie & Cocktailkleid

Der Speisesaal des Phare wurde am Abend nicht genutzt. Dabei war gerade in den Sommermonaten zur blauen Stunde die Aussicht hier so einzigartig, dass man Eintritt hätte verlangen können für einen Platz am Fenster. Für einen Moment bewunderte Mary den Blick auf den Leuchtturm, der sich majestätisch aus dem Meer erhob. Was für ein unermessliches Geschenk, an einem solchen Ort leben und arbeiten zu dürfen. Eine Welle der Dankbarkeit durchflutete sie, ehe sie auf der Straße von Le Grouet her einen Polizeiwagen sich nähern sah. Harsh. Eilig nahm Mary ihre Sachen und zog sich in die angrenzende Garderobe zurück, in der sie Matt die Technik aufzubauen gebeten hatte. Zum Glück kannte ihr junger Mitarbeiter sich mit solchen Dingen bestens aus, es würde zweifellos alles funktionieren. Dass er nach dem Überfall auf Mary ein unendlich schlechtes Gewissen hatte, half zusätzlich.

Susan hatte Georges Lapierre unterstützt, dessen Restaurant an diesem Tag geschlossen war. Constance hatte Mary mit den Vorbereitungen vor Ort geholfen, wofür diese ihr ewig dankbar sein würde. Lilly hatte sich um die Einladungen gekümmert und insbesondere die Zusagen jener eingeholt, deren Erscheinen am unwahrscheinlichsten war oder die nur schwer ausfindig zu machen waren – mit Erfolg! Mary konnte ihr Glück kaum fassen. Aber natürlich war ihr bewusst, dass die Anwesenden nicht ihretwegen gekommen waren. Sie waren entweder wegen Georges Lapierre hier – nämlich die Unschuldigen unter ihnen – oder wegen der Geheimnisse, deren Enthüllung sie befürchteten.

Noch während sie die Tür hinter sich zuzog, hörte sie die Stimme von Peabody, der ebenfalls eingetroffen war. Zufrieden setzte sie sich an ihren Laptop, den sie aus dem Empfangshaus mitgenommen hatte, und klickte sich noch einmal durch alle Files. Es hatte sie nahezu die ganze Nacht gekostet, die Bilder und Dokumente zu scannen und in eine bestimmte Reihenfolge zu bringen. Willkommen heißen allerdings würde sie die Gäste mit einem kleinen Film. Sie konnte nur hoffen, dass tatsächlich alle auftauchen würden.

Im Speisesaal begrüßten sich, wie Mary von ihrem Versteck aus verfolgen konnte, Peabody, Harsh und Constance. Kurz darauf kam die Stimme eines Mannes hinzu, was bei den anderen hörbar für Überraschung sorgte. Matt konnte sie weiterhin ausmachen, dann Lilly, die mit ihrem Mann Thomas erschienen war. Gut, dachte Mary. Sehr gut. Auch Susan tauchte wenig später auf.

Zwei Männer, die sich unterhielten, waren als Nächstes zu hören. Neugierig öffnete Mary die Tür einen Spalt weit und spähte hinaus. Tatsächlich waren sie erschienen, die zwei, bei denen sie die größten Zweifel gehabt hatte. Und ebenso die Frau des einen Mannes war anwesend, wie immer strahlend schön und obszön teuer gekleidet, dabei dennoch von natürlicher Eleganz und umwerfendem Charme. Die Atmosphäre im Speisesaal hatte sich deutlich verändert, kaum dass sie ihn betreten hatte, bedingt dadurch, wie die Männer sie entweder anstarrten oder sich bemühten, es nicht zu tun.

»Was für eine seltsame Einladung«, sagte die Frau gerade und blickte sich um. »Und werden wir den Maître auch persönlich zu Gesicht bekommen?«

»Aber sicher, Ma'am«, beeilte sich Constance zu sagen, die die Gäste hereingeführt hatte und auf die bezaubernd dekorierte Tafel deutete.

»Kein Aperitif vorab?«, fragte Patrick Montegue, der als Winzer auf diese Gepflogenheiten besonders achtete.

»Aber gewiss doch, Sir!«, versicherte ihm Constance. Sie nickte in Richtung des Kellners, der neben der Tür stand und sich sogleich entfernte, um Augenblicke später wieder den Raum zu betreten: bewehrt mit einem Tablett voller Champagnergläser, das er jedem Gast mit aufgeräumtem Lächeln und einem diskreten »Ein kleines Glas Dom Pérignon?« hinhielt.

Mr Godsby und Mr Coleman stießen zu der Gesellschaft, wobei Ersterer fröhlich dreinblickte wie eh und je, während Letzterer die für ihn so typische finstere Miene aufgesetzt hatte. Seine Schwester kam unmittelbar dahinter in Begleitung von Freddy Blackwood, dem Assistenten des Detective Inspector. Das war der Moment, in dem Mary ihr Versteck verließ und sich zu der Gesellschaft begab. Sie winkte dem Kellner, noch eine Runde Champagner zu bringen, und musterte die Anwesenden, die teils erkennbar neugierig und teils etwas unsicher schienen. Kein Wunder, dachte sie. Angesichts dessen, dass es um nicht weniger als Leben und Tod geht.

Nachdem auch sie ein Glas bekommen hatte, griff sie sich ein Messer von der Tafel und klopfte sacht dagegen, worauf die Gespräche verstummten und alle Gesichter sich ihr zuwandten.

»Ladies und Gentlemen, vielen Dank, dass Sie heute Abend hierhergekommen sind. Es war sehr kurzfristig, umso dankbarer bin ich, dass Sie alle es tatsächlich ermöglichen konnten.« Sie blickte in wachsame Gesichter und spürte, wie ihr Puls schneller ging. Was, wenn ihr Plan schiefging? Was, wenn alles, was sie sich überlegt hatte, nicht stimmte? Was, wenn die Beteiligten anders reagierten als gedacht? Das hier war kein Spiel. Es war Ernst. Bitterer Ernst. Und es würde am Ende des Abends dazu führen, dass einer der Anwesenden diesen Raum in Handschellen verlassen musste. Wenn alles gut ging. Wenn nicht …

»Und wer sind Sie?«, fragte ein Mann, der seiner Frau kaum bis zur Schulter reichte und es dennoch schaffte, auf die versammelte Gesellschaft herabzublicken.

»Ich bin Mary McTarr, Mr Murphy«, sagte Mary und nickte ihm freundlich-geschäftsmäßig zu. »Und ich freue mich, Sie kennenzulernen.«

»McTarr? Die vom Leuchtturm?«

»Genau die, Sir.«

Ehe er etwas erwidern konnte, erschien eine Frau, zu der sich alle wie auf ein unsichtbares Zeichen hin umdrehten, und es war nicht zu übersehen, dass der Raum voll mit Bewunderung war.

»Ah, unser letzter Gast!«, rief Mary. »Wie schön!« Sie deutete zur Tafel. »Wenn ich Sie alle bitten dürfte, Platz zu nehmen? Wir wollen zeitig beginnen, es könnte ein längerer Abend werden.« Dann gab sie Constance einen Wink, die die Tür verschloss.

Die Gäste nahmen ihre Plätze ein, die Mary mit Täfelchen gekennzeichnet hatte. Falls es jemanden erstaunte, dass Svetlana Murphy nicht neben ihrem Ehemann saß, sondern neben Peabody, oder dass Mr Godsby neben der schönen Unbekannten oder Harsh neben Mrs Coleman platziert wurde, so ließ er es sich nicht anmerken. Auf undurchsichtige Weise schien alles sehr sorgfältig durchchoreografiert worden zu sein.

Auf jedem Platz lag eine kleine Mappe, offenbar die Speisekarte, auf der in eleganten Lettern das Motto des Abends geschrieben stand: *Dinner der Erkenntnis.*

»Bevor Sie einen Blick auf die Karte werfen«, sagte Mary, »noch ein Wort: Dies wird ein Menü in acht Gängen werden. Es wird nicht alles leicht verdaulich sein. Einige werden an einzelnen Gängen schwer zu kauen haben. Aber ich bin sicher, es wird ein einzigartiges Erlebnis für Sie. Viel Vergnügen!«

Neugierig schlugen die Gäste die Mappe auf – und ein Raunen ging durch den Saal.

Erster Gang

Surprise du Chef

Auf zwei Servierwagen wurden Teller mit silbernen Häubchen hereingeschoben, für jeden Gast eines, das von schneeweiß betuchtem Servicepersonal vor ihn hingestellt wurde. Auf ein Zeichen von Constance hin wurden die Hauben hochgehoben, und Mary sagte: »Voilà, unsere Surprise du Chef. Jersey-Krabbe mit halbgefrorenem Kaviar auf einem Zimtpflaumenspiegel mit Koriander-Pesto.«

Es war ein winziges Kunstwerk, das in die Schale einer Muschel gebettet war, filigran getürmt und mit einem kleinen Erikazweig dekoriert. Während die Gäste diese kulinarische Miniatur bestaunten, trat der Sommelier an die Tafel und bot allen ein Glas Blanc de Blancs an. Es dauerte allerdings nicht lange, bis ein Ächzen zu hören war.

»Was zum Teufel ist das wirklich?«, fragte ausgerechnet Detective Inspector Archibald Harsh und warf seinen Bissen zurück auf den Teller, während er hastig den Schluck Wein hinunterstürzte, der ihm eben eingeschenkt worden war.

»Verzeihen Sie, Detective Inspector, diesen Seitenhieb konnte ich mir nicht verkneifen«, erklärte Mary und stellte sich halb hinter seinen Stuhl, als wollte sie ihn nötigen, zu ihr aufzuschauen. »Ihr Pesto ist mit Lebertran zubereitet worden.« Mit einem Lächeln in die Runde sagte sie: »Nicht vom Maître natürlich, der würde so etwas niemals tun.« Dann wandte sie sich wieder an Harsh: »Sie haben meinen Assistenten Matthew Johnson zwei Nächte lang ins Gefängnis gesteckt, obwohl sie wussten, dass mit meinem Gast, Mr Henry Plummer, etwas nicht stimmte. Oder sagen wir: dass gar nichts mit ihm stimmte! Denn Mr Plummer war nicht der, der er zu sein vorgab.«

»Miss McTarr! Ich darf doch sehr bitten. Zuallererst einmal war Mr Plummer ein Opfer«, erwiderte der Polizist entrüstet. »Und zwar ein Mordopfer. Es spielt keine Rolle, wer jemand ist: Wenn er umgebracht wird, gilt es für uns, zu ermitteln.«

»In dem Punkt stimme ich Ihnen zu. Nur glaube ich, dass es sehr wohl eine Rolle spielt, wer jemand ist, solange man nicht weiß, wer ihn ermordet hat. Denn das eine könnte mit dem anderen zusammenhängen, denken Sie nicht?«

»Das steht völlig außer Frage.« Harsh wischte sich einen Krümel vom Revers.

»Und doch haben Sie es bis heute nicht herausgefunden?«

»Zu laufenden Ermittlungen sage ich grundsätzlich nichts. Schon gar nicht in einem Kreis …« Er unterbrach sich.

»In einem Kreis von Verdächtigen? Wollten Sie das sagen, Detective Inspector?«

»Was soll das, Miss McTarr?«, fuhr Harsh sie an. »Wollen Sie mich hier zur Rede stellen? Oder uns alle? Wobei ich nicht wüsste, was die übrigen Anwesenden mit der Sache zu tun haben sollten.«

»Das wissen Sie nicht? Nun, vielleicht kann ich in der Hinsicht im Laufe des Abends noch für ein wenig Aufklärung sorgen.« Mary begab sich zur Stirnwand des Saals und zog einen Vorhang beiseite, hinter dem sich eine Leinwand verbarg. Dann drückte sie einen Knopf auf der Fernbedienung, die sie vorhin noch per Bluetooth mit ihrem Laptop verbunden hatte, und ein erstes Bild erschien vor der Abendgesellschaft: Mr Plummers Wagen. »Ein hellblauer Oldtimer der Marke Citroën«, sagte sie. »Am Flughafen gemietet, wie Mr Plummer behauptete. Nur dass sie dort solche Fahrzeuge gar nicht im Angebot haben. Und wie man am Nummernschild erkennen kann, ist es auch kein Mietwagen, sondern ein auf der Insel zugelassenes Auto. Woher also stammte der Wagen? Wem gehörte er, wenn er nicht Mr Plummers Wagen war? Das zumindest müssten Sie doch überprüft haben, Detective Inspector, oder nicht?«

»Natürlich haben wir das überprüft«, konstatierte Harsh ungnädig.

»Und dabei sind Sie auf die Lion Cars & Transport Ltd. gestoßen, die wiederum einer Logistikfirma in Le Havre, Frankreich, gehört?«

»Wenn Sie es ohnehin schon wissen ...«

»Also doch ein Mietfahrzeugunternehmen, nur eines vom Kontinent, nicht wahr? Eines, bei dem Reiche, die exklusivere Gefährte bevorzugen, zu den Kunden zählen.

Und übrigens auch zu den Besitzern! Aber die haben Sie vermutlich nicht recherchiert?«

Der Detective Inspector warf die Arme in die Luft. »Was soll das? Wollen Sie unsere Ermittlungsarbeit kritisieren?«

»Wäre das so falsch? Ich jedenfalls denke, es wäre klug gewesen, der Frage früher und konsequenter nachzugehen. Dann würde Mr Richardson jetzt nicht schwer verletzt im Krankenhaus liegen.«

»Richardson? Was hat der denn mit der Sache zu tun? Sie vermischen hier Dinge, die in keinerlei Zusammenhang stehen!«

»Ist das so? Ich erinnere jedenfalls, dass ich erstaunt war, wie viel Mr Richardson wusste.« Und sie erzählte:

»Hören Sie, Miss, ich bin Ihnen überhaupt keine Antwort schuldig«, knurrte der Garagenbesitzer. Er funkelte Mary aus schmalen Augenschlitzen an. War es allein die Frage nach diesem Fahrzeug, die ihn so aggressiv reagieren ließ? Oder war es einfach sein Naturell? Das konnte es doch eigentlich kaum sein. Schließlich war er mit seinem Unternehmen offenbar erfolgreich genug, mehrere erkennbar teure Oldtimer in seiner Halle stehen zu haben. Mary kannte sich nicht gut mit Autos aus, aber einen Bentley, einen Jaguar oder einen Aston Martin konnte sie allemal ausmachen. Von einem Rolls-Royce Silver Spur ganz zu schweigen.

»Wissen Sie, ich habe einen Oldtimer geerbt. Ein schönes Auto, ein französisches. Sehr elegant«, sagte

Mary und klang vielleicht einen Hauch naiver als nötig. »Ich weiß gar nicht, was ich mit dem Wagen anfangen soll. Da dachte ich, ich kann ihn vielleicht irgendwo in Kommission geben, verstehen Sie?«

»Sie meinen, Sie möchten ihn uns zum Verkauf überlassen?« Richardsons Ton änderte sich schlagartig.

»Machen Sie denn so was?« Mary lächelte ihn gutherzig an und warf dann einen bewundernden Blick über die Fahrzeuge, die in der Halle standen. »Oder sind das alles Ihre Autos?«

»Meine?« Nun musste der vierschrötige Mann doch lachen. »Nein, Miss. Die hier wurden uns von Leuten anvertraut, die ihre Luxuslimousinen nur in die besten Hände geben.«

»Und was machen Sie dann mit diesen Fahrzeugen?«

»Nun, manche brauchen eine Reparatur, andere müssen nur gewartet werden. Gelegentlich wünscht ein Besitzer Einbauten …«

»Einbauten?«

»Ein Navigationsgerät zum Beispiel. Einen Monitor. Oder einen Kühlschrank.«

Mary nickte beeindruckt. »Das müssen schon sehr reiche Menschen sein«, bemerkte sie.

»Das können Sie laut sagen, Miss.« Richardson lachte. »Wir sind hier für die High Society tätig.« Er blickte stolz auf seine Werkstatt. »Auch wenn es nicht unbedingt so aussieht«, gab er zu. »Aber wir sind der Ansicht, wir sind der Maschinenraum der Schönen und Reichen, wenn Sie verstehen, was ich meine.« Er schien im Zweifel, ob das naive Dummchen, das ihn aufgesucht hatte, ihm wirklich folgen konnte.

»Das ist gut, dass Sie auch Reparaturen machen«, sagte Mary. »Mein Wagen hat nämlich eine Beule.« Sie zückte ihr Handy. »Darf ich es Ihnen mal zeigen?«

Richardson machte eine ungeduldige Handbewegung, worauf Mary ein Foto auf ihrem Smartphone aufrief und es ihm hinhielt. »Den Wagen kenne ich«, sagte er. »Wie sind Sie eigentlich auf uns gekommen?«

Sie hatte also einen Volltreffer gelandet! »Mr Plummer war das«, sagte sie. »Er hat Sie empfohlen.«

»Ach?«

»Er hatte gesagt, dass er seinen Wagen von Ihnen hat.«

»Von mir. Hm. Tatsächlich?«

»Ja«, erklärte Mary, weiterhin im Tonfall einer Klosterschülerin. »Und er hat ihn mir auch vererbt. Er hatte leider einen tödlichen Unfall, wissen Sie?«

»Einen tödlichen Unfall, soso«, sagte Richardson, ohne sich die Mühe zu machen, so zu tun, als wüsste er es nicht besser. »Ich denke jedenfalls nicht, dass sie ihn geerbt haben, Miss.«

»Pardon? Wieso sollte ich ihn denn nicht von ihm geerbt haben?«, fragte Mary entrüstet.

»Weil der Wagen nicht ihm gehörte. Sondern Mr Murphy.«

»Wollen Sie mich etwa mit dem Verbrechen an Ihrem Gast in Verbindung bringen?«, fuhr Rupert Murphy Mary empört an.

»Dafür haben Sie schon selbst gesorgt, Sir«, erwiderte Mary gelassen. »Die Lion Cars & Transport Ltd. ist eine Tochterfirma der France Automotive Holding SARL, also eine Gesellschaft mit beschränkter Haftung, die wiederum der Murphy Estates & Heritage Ltd. gehört – so wie diese übrigens ebenso die Mehrheit an Richardson's Garage hält. Deren einst stolzer Eigentümer ist nur noch ein leitender Angestellter mit ein paar Prozenten, wie das Handelsregister zeigt. Im Grunde scheint die Werkstatt, die zudem gelegentliche Verkäufe und Vermietungen abwickelt, nichts als ein unauffälliges Kleinunternehmen zu sein, hinter dem sich Konzerninteressen des größten Grundbesitzers dieser Insel verbergen.«

Sie zuckte die Schultern. »Vielleicht ist es ja bloß ein kleiner Spielplatz für den autobegeisterten Jungen in Ihnen, Mr Murphy, der inzwischen so reich geworden ist, dass er nicht mehr mit Spielzeugautos, sondern mit Luxuswagen spielt. Wenn Sie mich fragen, war es ein Fehler, Mr Plummer ausgerechnet einen auffälligen Oldtimer aus Ihrem vermutlich unüberblickbaren Fuhrpark zu überlassen. Aber womöglich war es auch Teil des Plans. Eine Art Maskerade. In dem Fall wäre es sogar ziemlich raffiniert von Ihnen gewesen und hätte bestens funktionieren können, wäre der Wagen nicht in einen tragischen Unfall verwickelt worden. Bemerkenswert finde ich, wie schnell Sie es geschafft haben, ihn wiederzubekommen. Hätte er als

Fahrzeug des Mordopfers nicht beschlagnahmt sein müssen?« Marys Blick wanderte hinüber zu Detective Inspector Harsh, dessen Wange nervös zuckte. »Aber dass Sie es dann direkt wieder zu Richardson haben bringen lassen, das hat mich ehrlich gesagt erstaunt. Eine so offensichtliche Verbindung zwischen Ihnen und dem Mordopfer ... Das musste Sie verdächtig machen.«

»Ich habe überhaupt nicht ...!«, fuhr Murphy sie an.

Doch Mary hob die Hände und unterbrach ihn: »Ich komme später darauf zurück, wenn Sie erlauben.« Dann wandte sie sich an einen anderen Gast: »Mr Montegue!« Der Winzer starrte düster vor sich hin. »Wann haben Sie das Fahrzeug zum ersten Mal gesehen?«

»Gar nicht«, erklärte der Mann, dessen Gesichtszüge von Trauer und Verbitterung verhärtet waren und an dem nichts mehr an den fröhlichen, allseits beliebten Gutsbesitzer erinnerte, der er noch vor kurzer Zeit gewesen war, Liebling der regionalen Berichterstattung, Inbegriff eines Erfolgsmenschen, liebender und glücklicher Ehemann einer ebenso charmanten wie hübschen Frau. »Wie jeder weiß, war es nicht das Auto, mit dem meine Frau zusammengestoßen ist.«

»Das meine ich auch gar nicht«, widersprach Mary. »Sie waren bei dem Unfall nicht anwesend gewesen, soweit ich weiß. Aber Mr Plummer sind Sie sehr wohl begegnet, oder?«

»Ich habe ihn gesehen«, sagte Montegue knapp. »Daher mein Verdacht.«

»Sie haben ihn gesehen, und zwar in der Nähe Ihres Weinguts. Vielleicht haben Sie den Fahrer sogar gesprochen?«

Montegue schwieg und stierte auf sein Glas.

»Alles andere würde mich jedenfalls überraschen«, sagte Mary. »Schließlich war Mr Plummer nach La Hougue Mauger gekommen, um Näheres zu erfahren. Ich stelle mir das so vor ...«

»*Guten Tag, Sir! Was für ein schönes Weingut!*« Der Unbekannte stand an seinen eleganten hellblauen Wagen gelehnt und blickte über die Rebstöcke, die in der milden Nachmittagssonne in einem warmen Grünton strahlten.

»Danke, Sir. Kann ich Ihnen irgendwie weiterhelfen?« Montegue betrachtete das Fahrzeug und dann den lässig gekleideten Gentleman.

»Wissen Sie, ob es hier Verkostungen gibt?«

»Aber sicher!«, erwiderte Montegue. »Auch an Besichtigungen kann man teilnehmen.«

Der Fremde nickte anerkennend. »Da weiß jemand, wie man es richtig macht.«

»Vielen Dank. Das Kompliment nehme ich gerne persönlich.«

»Ach, sind Sie der Eigentümer?«

»Höchstpersönlich. Montegue.«

»Plummer.«

»Sie sind neu auf der Insel?« Bei den Einheimischen waren die Montegues und ihr Weingut hinlänglich bekannt. Der Fremde konnte also nur Tourist sein oder jüngst zugezogen.

»Ich mache hier ein paar Tage Urlaub«, erklärte

Plummer. »Mein Interesse am Weinbau ist rein privat. Sie müssen ja mindestens vier Hektar haben.«

»Fünf«, entgegnete Montegue. »Etwas mehr, um genau zu sein.«

»Aber dennoch nicht genug, um wirtschaftlich arbeiten zu können«, stellte Plummer fest. »Oder haben Sie eine Zauberformel gefunden?«

»Pardon?«

»Meine Familie hat ein paar Weinberge im Burgund. Jedes Jahr klagen sie, mit den Einnahmen könnten sie kaum die Kosten decken.«

»Verstehe. Nun, wir schaffen es. Es ist nicht leicht. Aber wir schaffen es«, behauptete Montegue.

»Sie haben sicher versucht, zusätzliches Land nach Südwest hin zu erwerben?«

»Weder die Craigs noch die Ormonds werden verkaufen«, sagte Montegue. »Und ohne deren Ländereien ergibt eine Expansion keinen Sinn.«

»Vielleicht haben Sie den beiden bisher bloß kein attraktives Angebot gemacht?«

»Hören Sie …«

»Oder vielleicht hat Ihnen bisher noch niemand ein attraktives Angebot gemacht?«

»Mir?« Montegue lachte. »Angebote gab es. Aber wieso sollte ich verkaufen? Das hier ist mein Lebenswerk!«

»Dann kann ich nur hoffen, dass Ihnen niemand ein unwiderstehliches Angebot macht«, sagte Plummer mit undurchschaubarem Gesichtsausdruck und einer

Stimme, die Montegue unvermittelt frösteln ließ. Er war gerade im Begriff, sich allzu große Spekulationen über die wirtschaftlichen Befindlichkeiten seines Weinguts zu verbitten, als hinter ihm ein alter Rover anhielt. Aus dem heruntergelassenen Fenster rief eine Frau mittleren Alters ihm etwas zu, sodass er sich von Plummer abwandte und zu ihr trat. Als der Winzer sich nach einem kurzen Wortwechsel mit seiner Frau und einem Kuss durch das Autofenster wieder an den Unbekannten wenden wollte, war der bereits in seinen Wagen gestiegen und davongefahren.

Zweiter Gang

Bouillabaisse flambée

Während Marys Erzählung hatte die Küchentruppe die leeren Teller wieder abgeräumt. Als Nächstes wurde eine flambierte Bouillabaisse mit regionalen Meeresfrüchten und einem Chip aus frittierten Algen präsentiert, serviert in der Schale von Seeohren. Doch kaum jemand brachte die nötige Konzentration auf für diese spektakuläre Kreation von Georges Lapierre, die seinen Anspruch bekräftigte, stets Weltklasse aus den Zutaten der nächsten Umgebung zu zaubern.

»Könnte es so gewesen sein, Mr Montegue?«, wollte Mary unterdessen wissen. »Sind Sie Mr Plummer an dem Tag begegnet, an dem Ihre Frau gestorben ist? Und dieses Zusammentreffen wäre dann das letzte gewesen, bei dem Sie sie lebend gesehen haben …«

»Meine Frau war in den Weinbergen unterwegs«, erklärte Montegue und drehte das vor ihm stehende Glas nervös am Stiel. »Ich bin ihr nicht mehr begegnet.« Er atmete schwer. »Ich wünschte, es hätte einen solchen letzten Kuss gegeben.«

»Aber ein Zusammentreffen mit Mr Plummer gab es, richtig? Ihre Haushälterin hat das bezeugt.«

»Tatsächlich? Dieses schwatzhafte Weib. Nun, weshalb sollte ich es bestreiten. Es ist nichts Schlechtes daran, mit jemandem zu sprechen.«

»Sie haben sich also unterhalten. Über das Weingut?«

Montegue zuckte die Achseln. »Und wenn?«

»Hat er Ihnen gedroht? Oder hat er Ihnen ein Angebot gemacht? *Eines, das man nicht ausschlagen kann*, womöglich?«

Jetzt schaltete Harsh sich ein. »Bei allem Respekt, Miss McTarr, ich denke, Sie vergreifen sich im Ton. Und Sie mischen sich in Dinge ein, die Sie nichts angehen.«

»Ist das so, Detective Inspector?« Mary bedachte ihn mit einem sanftmütigen Lächeln. »Haben Sie nicht ebenfalls einen Zusammenhang zwischen Mr Plummer und Mrs Montegue hergestellt, nachdem Sie erfahren haben, dass der Wagen des Unfallgegners zufällig identisch war mit dem Auto, mit dem mein Gast zum Leuchtturm fuhr?«

»Nicht der Wagen war identisch«, stellte Harsh klar. »Sondern das Modell. Es hat sich schnell gezeigt, dass der Schaden an Mr Plummers Fahrzeug nicht zu dem Unfallhergang beim Weingut passte.«

»Sehen wir uns die Stelle einmal an«, sagte Mary und klickte mit ihrer Fernbedienung auf das nächste Bild, das sie am Rande des Anwesens der Montegues aufgenommen hatte. Zu erkennen war die kleine steinerne Brücke, die Einmündung der Nebenstraße und die Böschung, die der Wagen hinabgestürzt war. »Der Unfallgegner ist von links gekommen und hat das Fahrzeug von Mrs Montegue gerammt. Das heißt, es muss frontal einen Schaden haben, naheliegend wäre die Beifahrerseite, bei diesem französischen Modell also vorne rechts. Mr Plummers Auto hatte tatsächlich einen Schaden, allerdings hinten links. Nicht einmal, wenn er rückwärts in die Kreuzung gefahren wäre, hätte ein Zusammenstoß diesen Defekt verursachen können, habe ich recht, Detective Inspector?«

»So ist es«, bestätigte Harsh. »Weshalb das Fahrzeug als gegnerischer Unfallwagen ausscheidet. Er kann nicht identisch sein!«

»Falsch, Sir«, widersprach Mary. »Nur die Beule kann nicht identisch sein mit dem Unfallschaden. Der Wagen kann es sehr wohl!«

Der Ermittler winkte ab. »Ich kann Ihnen versichern, Miss McTarr, der Wagen war im Übrigen in bestem Zustand.«

»Was Sie sicher bestätigen können, Mr Murphy, nicht wahr?«, fasste Mary bei dem Immobilienmogul nach.

»Sie erwarten sicher nicht, dass ich mich um jedes einzelne unserer Fahrzeuge kümmere«, erwiderte der und schnaubte verächtlich durch die Nase.

»Womit Sie immerhin bestätigt haben, dass es sich um eines ihrer Autos handelt«, hielt Mary fest. »Was die Frage aufwirft: Warum haben Sie es Mr Plummer überlassen?«

»Wenn er einen von unseren Wagen mietet, dann …«

»Er hat ihn nicht gemietet«, konterte Mary. »Ich habe das entsprechende Verzeichnis in Richardson's Garage durchgesehen. Dort gab es zwar den Eintrag: ›Plummer, Henry‹. Allerdings mit dem Zusatz: ›No charge‹. Sie haben ihm den Wagen ohne Berechnung überlassen. Und ich denke, ich weiß auch, wieso: Mr Plummer war für Sie tätig.«

»Ich wüsste nicht, was dieser Mann für mich hätte tun können«, entrüstete sich Rupert Murphy und schüttelte vehement den Kopf. »Was unterstellen Sie mir hier eigentlich? Unterstehen Sie sich!«

»Außerdem habe ich herausgefunden, dass Mr Plummer noch ein weiteres Mal als Mieter ohne Berechnung in der Liste von Richardson's Garage auftauchte: am 10. und am 11. Juni. Die zwei Tage, bevor er sich auf meinem Leuchtturm einquartierte. Da hatte er sich einen BMW geliehen.«

Patrick Montegue setzte klirrend seine Suppe auf dem Unterteller ab, alle Blicke wandten sich ihm zu, alle wussten ja, dass der 9. Juni der Tag war, an dem seine Frau zu Tode gekommen war.

»War Ihnen das klar, Detective Inspector?«, fragte Mary unbarmherzig den Ermittler, der auf seiner Lippe kaute und schließlich ein kleinmütiges »Das ist mir tatsächlich neu« von sich gab.

»Ich habe mich gefragt, warum Mr Plummer zwei Tage lang ein anderes Auto benutzte, um dann wieder auf das ursprünglich gemietete oder sagen wir: ausgeliehene zurückzukommen. Vielleicht war es nur die Leidenschaft für einen wirklich außergewöhnlichen Oldtimer. Vielleicht aber war es auch ein ganz anderer Grund, der ihn dazu bewogen hat?«

»Mr Richardson? Sind Sie da?«

Der Besitzer der Werkstatt am alten Hafen stieg aus einer der Werkstattgruben, über der ein Morgan stand.

»Ah! Sie sind es. Ich habe schon gehört, dass es ein Problem gibt.«

»Eine dumme Sache«, erklärte Plummer nervös. »Sehr dumm.«

»Allerdings.« Richardson blickte auf den Citroën, der hinter Plummer stand. »Und eine ziemliche Herausforderung.«

»Denken Sie denn, Sie schaffen es?«

»Denken Sie im Ernst, wir schaffen das nicht?«

»Ich weiß nicht. Es muss schnell gehen. Und bei so einem alten Modell ...«

»Lassen Sie das meine Sorge sein.«

Plummer nickte. »Natürlich, Mr Richardson. Ich lasse den Wagen hier, und Sie geben mir Bescheid, wenn Sie fertig sind, ja?«

»Nein«, erwiderte Richardson. »So läuft das nicht. Sie sind übermorgen um Punkt neun Uhr morgens in der Werkstatt und fahren den Wagen raus. Er ist nie hier gewesen, verstanden?«

»Aber vielleicht muss ich ihn gar nicht abholen. Mir wäre ein anderes Auto sowieso viel lieber. Hätten Sie nicht ein anderes Fahrzeug? Ein etwas weniger auffälliges?«

»Das hätten Sie sich früher überlegen können, Mister«, sagte Richardson und spuckte aus. »Wenn Sie jetzt den Wagen wechseln, ist das doppelt verdächtig. Und man wird das Fahrzeug umso sorgfältiger untersuchen. Dann allerdings kann ich keine Garantie übernehmen. Ich mache Ihnen die Beule vorne raus und eine neue hinten rein, so perfekt, dass niemand auf die Idee kommt, es hätte jemals vorne eine gegeben. Jeder wird die hintere Beule sehen, wird sagen, stimmt, der Wagen ist beschädigt, aber die Beschädigung passt nicht zum Unfall, der kann es nicht sein. Wenn der Citroën nicht repariert ist, wird niemand denken, dass er repariert sein könnte. Wenn Sie aber das Auto plötzlich weggeben …«

»Schon gut, schon gut«, wehrte Plummer ab und schien zu verstehen, denn er fügte sich in sein Schicksal. »Übermorgen früh um neun Uhr?«

»Seien Sie pünktlich, Mann.«

»Und dann hat Mr Plummer den Wagen wieder übernommen und den gewöhnlichen BMW 720, den er zwischendurch gefahren hatte, wieder zurückgebracht. War es nicht so, Mr Murphy?«

»Das ist doch lachhaft!«, warf ihr der Immobilieninvestor entgegen. »Sie ergehen sich in wilden Spekulationen. Nichts davon ist beweisbar, weil nichts davon wahr ist.« Inzwischen hatte sein Gesicht die Farbe der Erikasträucher angenommen, die überall auf der Insel wucherten. »Und selbst wenn es so wäre, hätte ich nichts damit zu tun!«

»Sie schließen also die Möglichkeit, dass es so war, nicht aus«, rekapitulierte Mary. »Es ist natürlich schrecklich, dass wir Mr Richardson nicht fragen können. Aber vielleicht erholt er sich noch von seinen schweren Kopfverletzungen und wird es bestätigen. Und Pech für Sie, dass er so schnell gefunden wurde. Hätte ich selbst hinfahren müssen, als Richardson während des Telefonats, in dem er mir offenbar etwas anvertrauen wollte, niedergeschlagen wurde, wäre ich vermutlich zu spät gekommen. Aber zum Glück war Mr Peabody in der Nähe.«

Nichts deutete darauf hin, dass jemand in der Werkstatt war. Nichts außer der noch vor sich hin kokelnden Zigarette, die neben einem Dutzend anderer Kippen im Aschenbecher lag.

»Mr Richardson?«

Nichts.

Was gut war. Denn Peabody hatte gehofft, eine Möglichkeit zu finden, sich unauffällig umzusehen. Allerdings suchte er auch das Gespräch mit dem Betreiber der Garage. Er warf noch einmal einen Blick dorthin, wo die Wagen standen – unter anderen entdeckte er ein Fahrzeug, das nicht ganz in die Liga der sonst hier betreuten Autos passte: einen größeren BMW aktueller Baureihe. Einen Siebener. Sicher, kein billiger und kein kleiner Wagen. Aber eben auch keiner von den exquisiten Oldtimern, für die Richardson's Garage stand. Peabody machte rasch ein Foto von den Fahrzeugen, dann stieg er die Treppe zum Büro hoch. Wenn Richardson nicht hier war, konnte ihm wohl nichts geschehen sein, zumindest nicht an diesem Ort.

Es herrschte ein ziemliches Chaos in dem Raum. Schubladen waren herausgezogen, Papiere lagen auf dem Boden, als hätte jemand verzweifelt etwas gesucht.

Ein Metallcontainer stand schräg vor der Tür zum Waschraum. Einer Ahnung folgend, betrat Peabody die im Dunkeln liegende Toilette und tastete nach dem Lichtschalter, nur um im letzten Augenblick die Hand zurückzuziehen. Er hatte sich vorgenommen, nichts anzufassen. Man konnte nie wissen. Und wie richtig diese Entscheidung war, zeigte sich, als er die Taste mit dem Ellbogen drückte: Denn was er sah, konnte ihn in ernsthafte Schwierigkeiten bringen.

»Mr Richardson?« Die Frage war eher reflexhaft denn ernst gemeint. So wie der Garagenbesitzer zwischen Waschbecken und Pissoir lag, schien es, dass er seinen letzten Atemzug getan hatte. Richardson stierte ihn mit düsterem Blick an – allerdings aus leblosen Augen. Sein Mund stand offen, ohne dass ein Laut über seine Lippen gekommen wäre. Man brauchte kein Mediziner sein, um zu erkennen, dass dieser Mann nicht mehr lebte und dass dieser Tod gewaltsam erfolgt war: Von seinem Ohr lief ein dünner roter Blutfaden herab bis auf die Schulter, wo sich ein größerer Fleck gebildet hatte. Seine Hände waren zu Krallen verkrümmt, als hätten sie sich in jemandes Kleider gekrampft, ehe ihn ein Schlag auf den Kopf nach hinten geschleudert hatte. Nein, Mr Richardson war kein schöner Anblick. War er das schon zu Lebzeiten nicht gewesen, so war er es jetzt erst recht nicht mehr.

»Heilige Scheiße«, murmelte Peabody und griff automatisch nach seinem Handy, nur um es doch nicht zu nutzen. Besser, er verschwand erst einmal. Besser aus zwei Gründen: Die Zigarette hatte noch geglommen, das hieß, dieser Unfall oder was immer es war, konnte erst vor sehr kurzer Zeit passiert sein. Zweitens konnte derjenige, der den »Unfall« herbeigeführt hatte, womöglich nicht weit sein.

Ein Raubüberfall, schoss es Peabody durch den Kopf. Die Dokumente. Die Schubladen. Der Container. Andererseits: Vielleicht hatte es jemand nur so aussehen lassen wollen, als hätte er nach Geld oder anderen Dingen gesucht …

»Wie auch immer«, sagte Peabody und schlürfte seine Suppe. »Ich war es, der den Armen gefunden hat. Zuerst habe ich den Notarzt gerufen. Und als ich drüben bei den Wharfs war, habe ich die Polizei kontaktiert und alles gemeldet. Das hätte ich am liebsten anonym erledigt.« An Harsh gerichtet, erläuterte er: »Ich hatte keine Lust, mich aus denselben fadenscheinigen Motiven heraus festnehmen zu lassen, wie Sie sie Mr Johnson gegenüber behauptet haben.« Er nickte zu Matt hin, der die Schultern zuckte und seinerseits einen Blick zu der schönen Unbekannten neben Detective Inspector Harsh warf, nur um sogleich den Kopf zu senken. »Aber anscheinend wollten Sie diesen Fehler nicht noch ein zweites Mal machen«, sagte Peabody und hob sein Glas in Richtung des Detective Inspectors.

Mary klatschte in die Hände, um die Aufmerksamkeit wieder auf ihre Präsentation zu ziehen. »Bereit für den dritten Gang?«

Dritter Gang

Taubenbrust rosé dans feuille de vigne

»Natürlich war es kein Raubüberfall«, fuhr Mary fort, nachdem die Gäste die von feinsten Weinblättern umhüllte und auf einem Spiegel von Rosé-Schaum servierte Gaumenfreude von Georges Lapierre serviert bekommen hatten und der Sommelier in neu aufgetragene Weingläser jeweils einen Schluck des zum Essen verwendeten Weins aus dem Languedoc eingeschenkt hatte, nicht ohne zu betonen: »Eine meiner außergewöhnlichsten Entdeckungen seit Langem. Genießen Sie ihn, solange er noch ein Geheimtipp ist!«

»Und genießen Sie ihn, solange Sie es noch können«, ergänzte Mary mit feinem Lächeln. »Ich kann mir vorstellen, das wird hinter Gittern nicht so einfach sein.«

»Hinter Gittern?«, fragte die attraktive Unbekannte. »Meine Güte, wie dramatisch!«

»Wie schön, dass Sie selbst auf sich aufmerksam machen«, sagte Mary. »Obwohl: Aufmerksam geworden sind sicherlich alle auf Sie. Und nicht nur hier am Tisch. Ich bin ja etwas überrascht, wenn ich ehrlich bin. Sich inkognito zu bewegen und dabei so, nun ja, spektakulär auszusehen, ist das nicht ein Widerspruch in sich?«

»Ich weiß nicht, worauf Sie hinauswollen«, entgegnete die Frau und strich sich mit ihren perfekt manikürten Fingern eine Strähne ihres tiefschwarzen Haars aus der Stirn.

»Das wissen Sie nicht, Mrs Brown? Oder soll ich sagen: Madame Ogylvie?«

»Woher ...«

»Das war nicht allzu schwer. Nachdem ich den Zusammenhang zwischen Ihnen und meinem Gast herausgefunden hatte.«

»Es gibt einen Zusammenhang mit Mr Plummer?«, fragte Harsh und wirkte auf einmal wie elektrisiert.

»Aber nein, Detective Inspector. Es gibt einen Zusammenhang mit meinem anderen Gast. Mr Peabody.«

»Oh«, war von diesem leise zu hören.

»Tja«, sagte Mary. »Es wäre wünschenswert gewesen, Sie hätten mir das gelegentlich erzählt.« Sie deutete auf die Delikatesse auf den Tellern. »Aber essen Sie doch bitte. Ich möchte Ihnen dieses besondere Mahl nicht verderben.« Und beiläufig fügte sie hinzu: »Zumindest nicht allen von Ihnen.«

Dann klickte sie auf das nächste Bild, das eine Straßenszene in St. Helier zeigte. Die King Street, wie man sie an jedem Tag des Jahres bewundern konnte: voll mit Menschen, Touristen und Einheimischen, bunt und lebendig, gesäumt von Geschäften und Lokalen. Auch dem Colmar. Und dann zoomte sie heran. Zuerst schien das Foto mehr eine vage Ahnung von Schemen zu sein, doch bei näherem Hinsehen konnte man zwei Köpfe erkennen: Matt und eine Frau von hinten, eine Frau mit dunklem Haar.

»Das sind doch Sie, nicht wahr, Mrs Ogylvie?« Mary wandte sich an die Runde. »Eugénie Ogylvie ist eine Kollegin von Mr Peabody, der keineswegs Reporter des *Daily Mirror* ist, wie er behauptet hat. Stattdessen arbeitet er für Arcade Investigations International, eine Detektei mit Sitz in London und Niederlassungen in mehr als einem Dutzend Ländern, unter anderem in Paris, wo Madame Ogylvie angestellt ist. Offenbar hielt man die Idee, eine Französin als Venusfalle einzusetzen, für klug.«

»Venusfalle?«, stotterte Matt und blickte von Mary zu Eugénie und zurück.

»So nennt man Spioninnen, die mit den Mitteln der erotischen Verführung agieren«, erklärte Detective Inspector Harsh.

»In dem Fall hat sie meinen Mitarbeiter Matthew Johnson umgarnt«, legte Mary dar. »Was dabei nicht bedacht wurde, ist der schlichte Umstand, dass eine Person wie Mrs Ogylvie auffällt. Und zwar nicht nur den Männern der Insel. Praktisch jede und jeder, die oder der sie gesehen hat, konnte sich an sie erinnern. Was es deutlich erleichtert hat, die Zusammenhänge zu verstehen. Mir selbst ging es zumindest so! Ich hatte Mrs Ogylvie am Tag vor dem Mord in der Nähe des Leuchtturms angetroffen und ein paar Worte mit ihr gewechselt. Später hat mir Matt von ihr erzählt. Hübsche Idee übrigens, Madame, ein Fußbad im Meer zu nehmen und die hübschen roten Pumps neben sich zu stellen. Wer würde nicht hinsehen. Wenn man dann einen etwas schüchternen jungen Mann noch ermuntert, ein wenig mit einem zu plaudern, ergibt sich der Rest ganz von selbst, nicht wahr?«

»*Passen Sie auf, dass Ihre Schuhe nicht davonschwimmen!*«, rief Matt erschrocken, als er sah, wie nah sie am Wasser standen. Er spürte, wie sein Herz pochte. Sein Grinsen geriet schräg.

»Kommt die Flut denn so schnell? Dann müsste ich wohl vor allem auf mich selbst aufpassen«, erwiderte die Frau, die ihre schlanken Beine an der tiefsten Stelle des Dammwegs ins Wasser gesteckt hatte und mit ihren verführerischen Rundungen auf dem blanken Boden saß, während sie sich die Sonnenbrille ins üppige Haar schob und ihn aus geheimnisvollen Augen anblickte.

Matts Stimme zitterte leicht, als er ihr versicherte: »Keine Sorge, ich würde Sie retten.« Er blickte sich um, unsicher, ob er sich neben die schöne Unbekannte setzen sollte oder ob es klüger wäre, endlich zur Arbeit zu gehen. Mary würde ihm bestimmt kräftig den Kopf waschen, wenn sie ihn hier schäkern sah, während auf dem Leuchtturm alles liegen blieb. Andererseits …

»Und Sie sind?«, fragte die Frau und hob einen ihrer zierlichen Füße aus dem Wasser.

Matt schluckte, als er ihre rot lackierten Fußnägel sah. »Ich bin Matt. Matthew Johnson«, präzisierte er. »Aus La Moye.«

»Ich liebe es, dass hier viele Orte französische Namen haben.«

»Sie stammen selbst aus Frankreich«, stellte Matt fest, denn ihr Akzent war eindeutig.

»O ja, aus Paris.«

»Paris.« Es sollte nicht unbedingt schwärmerisch

klingen, nur dass es sich manchmal nicht vermeiden ließ. Schon gar nicht angesichts einer so reizvollen Frau.

»Sie waren mal da?«

»Nein. Leider. Noch nicht.«

»Sie sollten unbedingt einmal hinfahren. Hier ist es zwar wunderschön …« Sie deutete auf das Meer und den Leuchtturm. »Aber Paris, das ist …« Sie ließ im Vagen, was Paris war. Nun, er konnte es sich denken.

»Und Sie?«, fragte Matt.

»Pardon?«

»Machen Sie hier Urlaub?«

»Ja. Alleine. Leider. Mein …« Sie seufzte. »Mein Rendezvous hat mich versetzt.« Einen Moment lang dachte Matt, er hätte sich verhört. Niemand würde eine solche Frau versetzen. Gerade als er versuchte, etwas zu sagen, fuhr sie fort: »Und jetzt habe ich niemanden, der mir die Insel zeigt.«

»Hm. Also, wenn Sie möchten …« Matt konnte selbst kaum glauben, dass er es aussprach: »… dann übernehme ich das gerne.«

Und er konnte es noch viel weniger glauben, als sie antwortete: »Das würden Sie wirklich tun? Wie überaus liebenswürdig von Ihnen! Tja, wenn es so ist …« Sie nahm auch ihr zweites Bein aus dem Wasser und ließ sich von ihm aufhelfen. »Das scheint mein Glückstag zu sein.«

»Selbst wenn es so gewesen *wäre* …«, sagte Mrs Ogylvie.

»Es war so, Madame! Vielleicht nicht exakt. Aber im Großen und Ganzen.«

»Selbst dann ist nichts Schlechtes daran. Ich wüsste nicht, was Sie mir vorwerfen wollen.«

Mit einem Klick rief Mary das nächste Bild auf. »Nein?« Es war ein Foto von Robert Peabody und Svetlana Murphy beim Spaziergang in Gorey. »Ich habe mich ja wirklich gefragt, wie Sie das hinbekommen haben, Mr Peabody«, wandte sich Mary wieder an ihren Übernachtungsgast. »Sie lassen sich von Thomas Ellford als angeblicher Security-Mann in die Villa des reichsten Mannes von Jersey einschleusen – und tauchen kurz darauf mit dessen Frau an der Hafenmole auf. Im trauten Gespräch. Schon bemerkenswert, finden Sie nicht?«

»Tja«, sagte Peabody. »Was soll ich dazu sagen?«

»Die Wahrheit vielleicht?«, schlug Mary vor.

»Und die wäre?«

»Dass Sie Ellford nicht als Vorwand genutzt haben, um für eine Story über die Immobiliendynastie in das Murphy-Anwesen zu kommen, sondern dass es ein Vorwand war, um sich mit Mrs Murphy treffen zu können, ohne Verdacht zu erregen.«

Nun war es Svetlana Murphy, die verächtlich schnaubte und einwarf: »Was denn für einen Verdacht, wenn ich fragen darf?«

Sie hatte, wie Mary, die sie bisher nicht persönlich gekannt hatte, jetzt feststellte, einen überraschend starken osteuropäischen Akzent, der aber ihre reizvolle Ausstrahlung nur unterstrich. So unterschiedlich die hellblonde, hochgewachsene Svetlana Murphy im Vergleich zu Eugénie Ogylvie war, so sehr konkurrierte sie mit der dunklen

Schönheit um Attraktivität. Unter normalen Umständen hätten zwei so außerordentlich gut aussehende Frauen in einem Raum die Luft zum Knistern gebracht. Doch an diesem Abend war es vor allem die Ungeheuerlichkeit immer neuer Unterstellungen und Vorwürfe, mit denen Mary alle in Aufruhr versetzte.

»Den Verdacht, dass Mr Peabody für Sie arbeitet. Und Madame Ogylvie damit natürlich auch. Ehrlich gesagt, habe ich mich einige Zeit gefragt, weshalb Sie Ihre Kollegin auf meinen Mitarbeiter angesetzt haben, Mr Peabody. Das erschien mir nicht ganz logisch. Aber vielleicht habe ich da einfach nur zu kompliziert gedacht.«

Peabody lachte. »Entschuldigen Sie, Mary ... Miss McTarr, aber kompliziert scheint mir die Geschichte erst durch Sie. Vor allem ist sie so wirr, dass vermutlich niemand im Raum nachvollziehen kann, worauf Sie hinauswollen.«

Mary nickte. »Das ist verständlich. Es ist im Grunde auch nicht eine Geschichte, es sind mehrere. Nur dass sie alle zusammengehören. Leider. Halten wir fest: Sie und Madame Ogylvie waren für Mrs Murphy tätig.«

»Bitte«, sagte Peabody. »Wie Sie meinen ...«

»Die Frage ist nur, für wen war Mr Plummer tätig?«

Vierter Gang

Foie doux

Georges Lapierre sah ein wenig unglücklich aus. Vermutlich hatte er in seiner Karriere als Spitzenkoch noch nie eine Gesellschaft verköstigt, die so sehr mit anderen Themen beschäftigt war und so wenig auf sein brillantes Menü achtete. Und vermutlich war er deshalb im Begriff, sich Richtung Küche zu verabschieden, übrigens ohne ein weiteres Wort an die Gäste zu richten, als Mary ihn zu bleiben bat.

»Georges, verzeihen Sie! Wären sie so liebenswürdig, uns noch ein wenig mit Ihrer Anwesenheit zu beehren?« Schulterzuckend kehrte der Chef de Cuisine wieder um und faltete die Hände vor dem Bauch. »Mögen Sie uns etwas zu der Kreation erzählen, die wir jetzt genießen werden?«

»Nun, als vierten Gang servieren wir Ihnen Foie doux, so nenne ich es, eine zarte Leber von der heimischen Bio-Gans, übrigens von einem Hof in St. Martin. Es ist ausdrücklich keine Stopfleber und deshalb nicht ganz so fett. Wir haben sie mit schwarzen Trüffeln aus dem Piemont verfeinert und servieren sie auf einem Confit aus zwanzig Jahre altem Amontillado-Sherry in einem Lorbeerbett«, erläuterte Lapierre, bescheiden im Ton, aber doch sichtlich stolz über die Idee, Leber mit Sherry zu kombinieren. Dazu wurde ein Château Lafite Grand Cru 1999 gereicht. Robert Peabody war geistesgegenwärtig genug, dem Koch Applaus zu zollen, in den die anderen Anwesenden – Mr Murphy ausgenommen – einfielen, was den Sternekoch etwas zu versöhnen schien.

»Mr Murphy, Sie scheinen wenig begeistert«, bemerkte Mary, nachdem die Gäste gekostet beziehungsweise die kulinarische Schöpfung bereits komplett verzehrt hatten. »Oder sind Sie in Gedanken ganz woanders? Fragen Sie sich womöglich, warum Ihre Frau zwei Privatdetektive engagiert hat? Und worauf sie sie angesetzt hat?«

»Ich frage mich, was Sie das angeht, Miss McTarr«, knurrte Murphy und nahm seine Serviette vom Schoß, offenbar, um aufzustehen und die Gesellschaft zu verlassen.

»Das erstaunt mich, Mr Murphy. Schließlich sind Sie der Grund dafür.«

»Ach, denken Sie doch, was Sie wollen«, blaffte der Multimilliardär und erhob sich polternd.

»Das würde ich gerne. Aber genau genommen sind Sie seit mehreren Tagen der Grund, weshalb ich denke, was ich denke. Sie haben nämlich Fäden gezogen, die ich lange nicht wahrgenommen habe und die mein Leben betreffen.«

»Ich kannte Sie bis vorhin noch nicht einmal!«, rief Murphy und schleuderte seine Serviette auf den Teller, auf dem sein unberührter vierter Gang lag.

»Setzen Sie sich wieder, Sir«, sagte Mary ruhig. »Sie würden es sonst bereuen, zu den weiteren Details nicht Stellung genommen zu haben, glauben Sie mir.«

»Weitere Details?« Gereiztheit, aber gleichsam Unsicherheit lagen in seinem Blick. Dennoch nahm er wieder Platz, und für einen kurzen Moment war Mary überrascht. Denn dass jemand, der gesellschaftlich so unfassbar weit über ihr stand, sich an ihr Wort hielt, damit hatte sie nicht unbedingt gerechnet.

»Tatsächlich war dieser Umstand, den ich eben angedeutet habe, für mich äußerst verwirrend«, fuhr sie fort. »Denn Mr Plummer gehörte ebenfalls der recherchierenden Zunft an. Auch er war Ermittler, wenn auch nicht Privatdetektiv, nicht wahr, Mr Murphy?«

»Woher soll ich das wissen?«

»Sie haben ihm nicht nur Ihr Fahrzeug geliehen, kostenlos, wie ich in Erinnerung rufen darf, Sie haben ihn zudem beauftragt. Was übrigens nicht nur ich herausgefunden habe, sondern auch Mr Montegue. Habe ich recht?« Mary hatte sich an den Winzer gewandt.

»Ich hatte mit Plummer nichts weiter zu tun«, sagte Montegue.

»Ist das so? Lassen Sie uns das etwas später erörtern. Was wir jedenfalls wissen, ist, dass Mr Plummer mit Ihnen zu tun hatte. Oder besser: mit Ihrem Weingut.« Mary drückte auf ihre Fernbedienung und rief die Pläne auf, die in dem an ihren ersten Gast adressierten Päckchen gewesen waren. »Kennen Sie diese Papiere zufällig?«

»Das sind Pläne von unserem Anwesen!«

»Richtig. Diese Papiere wurden im Auftrag einer Wirtschaftskanzlei in St. Clement an Mr Plummer geschickt, als er bei mir auf La Corbière zu Gast war. Warum? Ich denke, weil er sich ein Bild von dem Anwesen machen sollte. Nur so konnte er Überlegungen anstellen, welche weiteren Ländereien als Ergänzung des gegenwärtigen Weinguts in Betracht kämen. Ich bin übrigens sicher, die Craigs und die Ormonds sind in letzter Zeit gleichermaßen auf Sie zugekommen, Mr Montegue, und zwar, um Ihnen ein Angebot für den Verkauf Ihres Anwesens zu machen. Ist es nicht so?«

»Behaupten Sie im Ernst, Sie haben die ganze Zeit über Dokumente bei sich gehabt, die für die Ermittlungen hätten wichtig sein können?«, schaltete sich Harsh ein und sprang auf, dass sein Stuhl nach hinten schepperte.

»Nicht die ganze Zeit, Detective Inspector«, erwiderte Mary gelassener, als sie sich fühlte. »Ich habe sie erst vorgestern bekommen. Und wenn Sie mich weniger unangemessen behandelt hätten, hätte ich sie Ihnen sicherlich übergeben.«

»Sie werden sich wegen Behinderung der Justiz verantworten müssen, Miss«, knurrte Harsh.

»Vielleicht wird mir dabei zugutekommen, dass ich dem Recht zum Sieg verholfen habe«, sagte Mary tapfer. »Wenn Sie erlauben ...« Und sie führte aus, welches Szenario ihren Recherchen nach das einzig richtige gewesen sein durfte:

»Spreche ich mit Mr Patrick Montegue?«
»Das tun Sie. Wer ist denn da, bitte?«
»McArthur, Franklin & Company, St. Clement, Sir. Wir würden gerne einen Termin mit Ihnen vereinbaren.«
»Einen Termin? Wofür?«

»Für ein Gespräch über Ihr Weingut.«

»Wer will darüber sprechen? Und weshalb? Gibt es ein Problem?« Patrick Montegue gehörte zu den vorsichtigen Menschen. Er besaß feine Antennen für fragwürdige Situationen. Diese war eine, das stand für ihn fest.

»Das würden wir Ihnen gerne persönlich erläutern, Mr Montegue.«

»Tja, dann müssten Sie schon zu mir kommen. Allerdings fehlt mir für einen Plausch die Zeit. Wenn Sie mir nicht sagen, worum es konkret geht, werde ich auch keine finden.«

»Was ich Ihnen sagen kann, Sir«, wagte sich der Anrufer vor, »ist, dass wir Ihnen ein Angebot unterbreiten werden. Ein sehr attraktives Angebot, wenn ich mir die Bemerkung erlauben darf.«

»Ein Angebot? Wofür?«

»Für eine Übernahme Ihres Unternehmens.«

»Sie wollen mein Weingut kaufen?«

»Nicht wir, Mr Montegue. Sondern ein Mandant unseres Hauses. Und wir haben die Ehre, Ihnen einen Vorschlag zu unterbreiten, wie Sie ihn zweifellos nicht wiederbekommen werden.«

»Haben Sie noch irgendetwas erwidert? Nein, Sie haben gleich aufgelegt«, bemerkte Mary.

»Woher wissen Sie das?«

»Das habe ich mir tatsächlich nur ausgedacht. Aber es freut mich, dass Sie es bestätigen.« Sie wandte sich wieder an alle: »Wir haben also einen Wirtschaftsrechercheur im Auftrag von Mr Rupert Murphy – und wir haben zwei Privatdetektive im Auftrag von Mrs Svetlana Murphy. Mr Plummer war von Mr Murphy auf das Weingut La Mer der Montegues angesetzt worden, Mr Peabody und seine Kollegin auf ... ja, was? Und warum? Ehrlich gesagt, Mr Peabody, ohne Ihre Idee, sich mit meiner Hilfe in das Haus der Murphys einzuschleichen, wäre ich nicht auf die Lösung gekommen. Aber der Umstand, dass Mr Murphy offenbar nichts von den Interessen seiner Frau erfahren sollte, machte plötzlich alles logisch.«

Fünfter Gang

Schneekrabbe grillé

»Vielleicht wäre ich gar nicht darauf gekommen, wenn Sie sich nicht so sehr für mich interessiert hätten. Oder sagen wir: für mein kleines Hotel. Und vielleicht wäre ich nicht einmal dann darauf gekommen, wenn Sie sich nicht gleichzeitig für das Phare interessiert hätten. Denn seien wir ehrlich, man kann sich doch kaum vorstellen, dass ein Hotel mit nur drei vermietbaren Zimmern für *irgendjemanden* eine ernsthafte Investition darstellen könnte. Denn darum ging es. Mag sein, dass Mr Plummer mir mit seiner Lektüre unabsichtlich einen Hinweis gegeben hat …« Mary drückte auf die Fernbedienung und rief das nächste Bild auf: ein Foto von Mr Plummers Buch *Survival Guide für den Investor*. »Natürlich ist das eine ganz gewöhnliche Lektüre für jemanden, der sich ein nicht ganz billiges Hotel an einem exklusiven Ort leistet. Ich denke, letztlich war es der Begriff ›Investor‹, der mich auf die Fährte gebracht hat. Mr Plummer war unterwegs in Sachen Investments. Er war angeheuert worden, um das Weingut der Montegues auszukundschaften und das Phare – und auch mein kleines Hotel, das nicht nur am Rande der Welt liegt, sondern vor allem direkt neben dem Phare. Vermutlich war das auch der Grund, weshalb er sich bei mir einquartiert hat. Denn er war ja schon vorher auf der Insel. Wenn man beide verbände, so könnte man aus einer Mittelklassepension auf der Klippe und einem winzigen Luxus-Hideaway auf dem Felsen ein außergewöhnliches Hotel erschaffen, mit dem völlig andere Preise zu erzielen wären. Nicht wahr, Mr Murphy?«

»Mag sein«, knurrte der Milliardär. »Ich nehme an, Sie unterstellen mir, dass Ihr verstorbener Gast das in meinem Auftrag getan hat – Ihr Hotel und das Phare auszukundschaften, richtig?«

»Wer sonst sollte daran Interesse haben?« Mary gab dem Servicepersonal ein Zeichen, den fünften Gang aufzutragen. Schneekrabbe, im Kang zubereitet, einem speziellen chinesischen Ofen, den Lapierre extra aus dem L'Escargot ins Phare hatte transportieren lassen. Zu den Krabben wurde ein leichter Luganer ausgeschenkt.

»Jeder hätte sich dafür interessieren können«, antwortete Murphy, nachdem die Krabben serviert waren.

»Wenn wir mal davon absehen, dass es Ihr Beauftragter war, der sich bei mir eingemietet hat: zugegeben. Allerdings hätten Sie mich besser nicht unter Druck gesetzt, Sir.« Mary sagte dies mit großem Ernst. »Denn Ihre Maßnahmen gegen mein Hotel waren zu verräterisch. All die Tiefschläge, die Sie mir versetzt haben, waren in ihrer Gesamtheit wie ein Wegweiser zu Ihnen, Mr Murphy. Die fingierten Buchungen …«

»Pah, so was passiert doch ständig.«

»Die Löschung vom Portal der Inselhotels …«

»Ein technisches Versehen. Was denn sonst?«

»Dass mich mitten in der Nacht Unbekannte verfolgt, bedroht und sogar zu entführen versucht haben!«

Murphy lachte. »Vermutlich haben Sie das geträumt. Ein Likörchen zu viel mit Ihren Freundinnen?«

»Die Drohung, mir die Lizenz zu entziehen«, fuhr Mary ungerührt fort.

»Sie werden einfach nicht ordentlich gearbeitet haben«, unterstellte Murphy höhnisch.

»Ich habe mich gefragt, wer auf der Insel so weitreichende Möglichkeiten haben könnte, auf mein kleines Unternehmen Einfluss zu nehmen. Es gibt nicht viele, Mr Murphy. Sie hätten dem Beamten, der im Aufsichtsamt für Hotellizenzen zuständig ist und der meine infrage gestellt und das der Polizei gemeldet hat, vielleicht besser keinen Job in der Murphy Estates & Heritage Ltd. anbieten sollen. Das war verräterisch, Sir.«

Der Immobilienjongleur schwieg und starrte auf die Schneekrabbe, die geduldig vor ihm lag. Dann ging ein Ruck durch ihn. »Angenommen, es wäre so«, sagte er und beäugte Mary scharf. »Angenommen, ich hätte Ihr völlig unbedeutendes *Hotel* ausgespäht, um durch Ihre lächerlichen drei Zimmer reicher zu werden: Weshalb sollte meine Frau es auch tun?«

Mit einem Lächeln wandte sich Mary Svetlana Murphy zu, die mit eisiger Miene dasaß und ihrem Vortrag und den Einwürfen ihres Mannes gelauscht hatte. »Das habe ich mich auch gefragt«, sagte sie. »Dabei ist das vermutlich das einfachste Rätsel von allen: Ihre Frau wollte wissen, was Sie vorhaben. Sie wollte herausfinden, was Sie bereits alles besitzen und was Sie demnächst alles besitzen werden. Vor allem wollte sie es *genau* wissen, richtig, Mrs Murphy?« Die schöne, kühle Frau reagierte kaum, sondern atmete nur hörbar ein. »Denn von den Absichten und vom Vermögen Ihres Mannes würde es abhängen, wann Sie die Scheidung einreichen.«

Nun war es Rupert Murphy, der nach Luft schnappte. »Ich darf doch sehr bitten!«, bellte er.

Mary hob in einer entschuldigenden Geste die Hände. »Es tut mir wirklich leid. So private Dinge gehören sicher nicht in die Öffentlichkeit oder in eine Runde wie diese hier. Nur dass Sie mir keine andere Wahl gelassen haben.« Sie griff nach ihrem Glas und nippte daran, nickte anerkennend und stellte es wieder weg. »Dass es um Ihre Ehe nicht zum Besten steht, das Gerücht kursiert ja schon länger auf der Insel. Da war mir außerdem meine liebe Freundin Susan eine große Hilfe. Sie weiß, was von Gerüchten zu halten ist. Dieses ist offenbar wahr. Die Frage war also, wann es zum Bruch kommen würde. Mit Ihrem Interesse an dem Weingut und an weiteren Immobilien auf der Insel, unter anderem meinem Felsen und dem Mont du Grouet mit dem Phare, hätten Sie den Wert Ihrer Holding enorm steigern können. Im Falle eines Fehlschlags hätte der Wert allerdings auch massiv leiden können. Ihre Frau musste also wissen, wo Sie stehen, und hat deshalb Rechercheure beauftragt, die Ihren Rechercheur ausspähten.«

»Was Sie sagen, ist pures Märchen, Miss McTarr«, ergriff nun Svetlana Murphy das Wort. »Wollen Sie als Nächstes behaupten, meine Leute hätten den Berater meines Mannes ermordet?«

»Wo denken Sie hin, Mrs Murphy«, sagte Mary gelassen und schenkte ihr ein geradezu aufreizendes Lächeln. »Aber danke, dass Sie von *meinen Leuten* sprechen. Das erspart uns weitere Spekulationen.« Sie wandte sich an die Runde: »Das Tragische ist, dass alles auch hätte anders kommen können. Weniger tödlich.«

Sechster Gang

Halbgefrorenes vom Pomme Grouet

»Ich gebe zu, zuerst dachte ich, es hätte an Ihnen gelegen, Mrs Murphy«, erklärte Mary, nachdem die Küchentruppe den nächsten Gang serviert hatte: ein Parfait von lokalen Äpfeln, garniert mit kandierten Rosenblättern aus den Gärten der Seigneurie von Sark, dem sicherlich spektakulärsten Park auf den Kanalinseln. »Sie hätten irgendeinen Grund gefunden, Mr Plummer daran hindern zu wollen, die nötigen Informationen für Ihren Mann herauszufinden.«

»Sie denken tatsächlich, ich hätte Mr Plummer *beseitigen* lassen?«

»Aber nein, das hatte ich Ihnen schon eben versichert.« Sie rief das nächste Motiv auf, die Startseite eines Films. »Ein Bild sagt bekanntlich mehr als tausend Worte«, erklärte Mary weiter. »Und ein Film sagt mehr als tausend Fotos, wie ich bei einem Besuch der ebenfalls hier anwesenden Colemans herausfinden konnte. An dieser Stelle möchte ich mich auch für mein absolut unentschuldbares Eindringen in ihre Privatsphäre entschuldigen.«

Mr Coleman, der gerade seinen Löffel zur Hand genommen hatte, legte ihn klirrend wieder auf den Teller. »Sorry?«

»Ich hatte bemerkt, dass Sie eine Kamera angebracht haben, die übrigens nicht ganz vorschriftsmäßig ausgerichtet ist und deshalb nicht nur Ihre Auffahrt überwacht, sondern auch den Weg vor Ihrem Cottage.«

»Das ist doch …«

»Was ich Ihnen sagen kann, Mr Coleman, ist, dass Sie der Rechtspflege auf unserer Insel mit diesem kleinen Regelverstoß einen großen Dienst erwiesen haben.«

»Bitte?« Der so gerne griesgrämige Nachbar suchte nach Worten.

»Ich habe mir erlaubt, Ihre Aufnahmen von der Mordnacht, sagen wir mal, zu entführen, um sie heute den Gästen vorzuführen.«

Mrs Coleman lachte laut. »Wie haben Sie das denn geschafft? Wie sind Sie nur an die rangekommen?«

»Es war Ihr Handy, Mrs Coleman«, erklärte Mary. »Sie haben es benutzt und sind dann kurz aus dem Zimmer gegangen. Nun, ich habe mir erlaubt, rasch die App Ihrer Kamera aufzurufen. Eigentlich hätte ich längst selbst eine haben sollen, nur dass ich es bisher noch nicht geschafft habe, mich darum zu kümmern – es war einfach zu viel zu tun bis zur Eröffnung meines Hotels. Und auch danach.« Der Runde erläuterte sie: »Es handelt sich um eine ganz gewöhnliche Überwachungskamera mit Bewegungsmelder. Wann immer jemand vorbeikommt, springt sie an und zeichnet auf, was sich in ihrem Radius abspielt. Solche Aufnahmen dauern meist nur ein paar Sekunden, zum Beispiel, weil ein Passant vorübergeht oder weil jemand das Haus betritt oder verlässt.«

»Und Sie haben Aufzeichnungen, wer in der fraglichen Nacht auf den Felsen gekommen ist?«, fragte Detective Inspector Harsh halb perplex, halb erzürnt.

»Und wer ihn verlassen hat, ja.«

»Und Sie hatten nicht die Absicht, uns diese Aufzeichnungen zu überlassen?«

»O doch, Detective Inspector. Genau genommen habe ich sie vorhin an Ihre Zentrale geschickt, wo Sie sie vorfinden werden, wenn Sie dort sind.« Mary deutete auf die Leinwand. »Aber nun lassen Sie uns einen Blick auf die Nacht werfen, in der Mr Plummer ums Leben gekommen ist.« Sie drückte auf »Play« und startete die Aufzeichnung.

»Was für ein Humbug!«, rief Mr Montegue in diesem Augenblick und stand mit vor Zorn gerötetem Gesicht auf. »Wollen Sie uns nacheinander alle verdächtigen? Am Ende behaupten Sie noch, einer von uns hätte Ihren Gast umgebracht. Wer sagt uns, dass Sie es nicht selbst waren! Sie waren in jener Nacht nicht nur mit ihm auf dem Felsen, sondern sogar im selben Haus, in Ihrem Leuchtturm!«

»Genauso würde ich argumentieren, Mr Montegue«, sagte Mary und stoppte den Film in dem Moment, in dem jemand im Bild auftauchte: eine schemenhafte Gestalt, die sich durch den Sturm am Cottage der Colemans vorbei Richtung Leuchtturm kämpft. »Und vielleicht will die Polizei diese Theorie auch verfolgen? Wenn Sie mich fragen, tut sie das längst. Denn niemand hätte mehr Gelegenheit gehabt, Mr Plummer in den Tod zu befördern, als ich. Ist es nicht so, Detective Inspector?« Harsh nickte nachdenklich und blickte aus dem Fenster hinüber zum Leuchtturm, wo in diesem Moment die Laterne aufblitzte und ihren Lichtstrahl in die Ferne richtete. »Allerdings zähle ich unter den Anwesenden zu den Personen, die die wenigsten Gründe dafür gehabt hätten, ihn zu töten. Oder nennen wir es lieber: Motive. Schließlich war Mr Plummer mein einziger, ja sogar mein allererster Gast im Corbière Lighthouse Hideaway. Ihn umzubringen wäre also nicht nur mörderisch, sondern zumindest wirtschaftlich selbstmörderisch gewesen.«

»Wenn es um Motive geht, dürfte ich die wenigsten gehabt haben«, hielt Montegue fest.

»Es überrascht mich nicht, dass Sie so vehement für Ihre Unschuld eintreten, Sir«, sagte Mary. »Vielleicht überrascht es Sie aber, dass ich gerade bei Ihnen das stärkste Motiv sehe. Nämlich Rache.«

»Rache?« Montegue schnaubte. »Denken Sie nicht, dass ich in der letzten Zeit andere Probleme hatte, als mich an irgendjemandem für irgendetwas zu rächen?«

»Tatsächlich denke ich das nicht, Mr Montegue. Nicht in dem Fall. Schließlich geht es um nicht weniger als den größten Schicksalsschlag, den ein Mensch erleiden kann.« Mary trat auf den Mann zu, der mit einem Mal in sich zusammenzusinken schien. »Sie haben Ihre Frau sehr geliebt, nicht wahr?«

»Was für eine Frage«, flüsterte der Winzer mit rauer Stimme.

»Ja«, sagte Mary mitfühlend. »Das dachte ich mir. Man konnte es an den Aufnahmen erkennen, die es von Ihnen in der Presse gab. Aber solche Fotos lügen oft. Umso mehr hat es mein Herz berührt, als ich den kleinen Altar gesehen habe, den Sie Ihrer verstorbenen Frau am Unfallort eingerichtet haben.«

»Meiner *ermordeten* Frau«, sagte Montegue.

»Ein Unfall ist kein Mord, Mr Montegue.« Mary nahm ihr Glas und hielt es hoch. »Darf ich Sie alle bitten, sich für einen Augenblick zu erheben und mit mir auf Mrs Emily Montegue zu trinken, die auf so tragische Weise ums Leben gekommen ist. Es ist gewiss nicht die übliche Art, einer Verstorbenen zu gedenken. Aber für eine leidenschaftliche Winzerin vielleicht die passendste?«

Die Anwesenden standen auf, zuletzt und sichtlich widerwillig Rupert Murphy, um schließlich auch nach seinem Glas zu greifen und sich mit einem »Cheers« anzuschließen. Und während sie tranken, beobachtete Mary jede und jeden von ihnen sehr sorgfältig. »Vielen Dank«, sagte sie dann, stellte ihr Glas wieder beiseite und fuhr fort: »Was ich gerne wüsste, Mr Montegue, wie sind Sie darauf gekommen, dass es Mr Plummer war? Was hat ihn verraten?« Sie drückte auf die Fernbedienung – und die Gestalt des Winzers wurde deutlich erkennbar. Patrick Montegue hatte in der Mordnacht das Cottage der Colemans gegen 23:20 Uhr passiert und war Richtung Leuchtturm gegangen.

Es war ein Leichtes, über das Gitter zu klettern. Es hatte zu regnen begonnen, und der Boden war rutschig, als der Winzer sich vom kalten Eisen der Absperrung abstieß und auf dem harten Beton des Aufgangs zum Leuchtturm landete. Er wollte gerade an dem Gebäude mit der Seerettungsausrüstung vorbeigehen, als er bemerkte, wie sich die Tür des Leuchtturms öffnete. Gerade noch rechtzeitig drückte er sich an den Rand und krallte sich mit den Fingern an der Kante des Gemäuers fest, hinter dem es – wie überall auf dem Felsen – schroff abwärtsging. Ein falscher Schritt, eine heftige Böe, und es wäre sein letzter Atemzug.

Vorsichtig blickte Montegue um die Ecke und sah, wie eine junge Frau das flache Nebengebäude betrat. Wenn er jetzt schnell wäre … Er wischte sich übers nasse Gesicht, fasste all seinen Mut und rannte los. Durchs Fenster konnte er erkennen, wie die junge Frau sich an einem Schreibtisch zu schaffen machte. Hastig sprang er die wenigen Stufen hoch, die zur Tür des Leuchtturms führten – und fand sie offen vor. Seine Erleichterung war so groß, dass er beinahe laut aufgestöhnt hätte. Wobei das Tosen der schweren Wellen jedes Geräusch verschluckt hätte. Ein letzter Blick über die Schulter: Sein Herz krampfte sich zusammen, als er sah, wie ein Lichtstrahl aus der Tür des Nebengebäudes fiel – offenbar kam die Frau schon wieder zurück. Rasch schlüpfte er hinein, drückte die Tür des Leuchtturms zu und schaute sich nach einem Versteck um.

Als die Besitzerin des kleinen Hotels eintrat, bemerkte sie nicht, wie sich unter einem der beiden Sessel im Erdgeschoss eine Pfütze bildete. Sie bemerkte nicht die Gestalt, die sich hinter der Rückenlehne zusammenkauerte, panisch bemüht, sich nicht durch allzu heftiges Atmen zu verraten. Stattdessen sperrte sie hinter sich ab und stieg die Treppe empor in den ersten Stock, dann in den zweiten und schließlich ganz hinauf, überall das Licht löschend. Nur ein paar winzige Notlämpchen leuchteten noch und sorgten für Sicherheit auf den Stufen.

Als es ruhig wurde, verließ Patrick Montegue sein Versteck und tastete sich voran zur Treppe, um der jungen Frau zu folgen, allerdings nur bis zum zweiten Absatz, um vor der Tür mit der Aufschrift »Sailor's Room« stehen zu bleiben. Ob es hier war? Montegue hatte schon die Hand gehoben, um zu klopfen, da zog er sie hastig wieder zurück. Nein, das konnte er auf keinen Fall tun, er würde die Hotelbesitzerin auf sich aufmerksam machen. Vielleicht war das Zimmer aber gar nicht abgesperrt? Mit zitternder Hand drückte Montegue die Klinke herunter und wollte sie schon öffnen, als er über sich Schritte hörte. Die Hotelbesitzerin. Für einen kurzen Moment überkam ihn der Gedanke, sie mit einem überraschenden Vorstoß niederzuschlagen, um möglichst unerkannt zu fliehen. Doch dann arbeitete sein Verstand wieder.

Er huschte die Treppe nach unten und bemühte sich, seine eigenen Schritte möglichst genau in der Abfolge der Schritte der jungen Frau zu setzen, sodass er es nach unten geschafft hatte, ehe sie das erste Stockwerk erreichte. Unten versteckte er sich abermals hinter dem Sessel. Was allerdings nicht nötig gewesen wäre: Sie hielt im ersten Stock nur kurz inne und stieg dann wieder hinauf. Was immer sie dort gewollt oder getan hatte, sie hatte ihm den Weg frei gemacht. Und nun wusste er auch, dass die Tür zum Sailor's Room nachgeben würde, denn das hatte er noch bemerkt. Nach kurzem Durchatmen und Lauschen machte er sich erneut auf, um zu Ende zu bringen, was er begonnen hatte.

Wenige Augenblicke später befand er sich abermals vor der Tür zum Sailor's Room. Natürlich konnte es sein, dass es das falsche Zimmer war. Wie viele würde es hier überhaupt geben? Zwei? Drei? Kaum mehr. Irgendwo musste auch die Besitzerin schlafen. Die Chancen standen also gut. Aufgewühlt, wie er war, versuchte Patrick Montegue sich zu sammeln. Während draußen ein Sturm aufzog und bereits heftiger Wind die Mauern des Leuchtturms umtoste, lauschte er in sich hinein: Würde er es über sich bringen? Würde er die Kraft haben? Wollte er es wirklich? Doch wie tief auch immer er in sein Innerstes hineinhorchte, es gab nur eine Antwort: Es musste sein.

Einmal mehr öffnete er die Tür einen Spalt breit, gerade weit genug, um hineinspähen zu können. Nichts. Niemand! Er wollte sich schon zurückziehen, da erkannte er, dass von der Seite her Licht in das Zimmer fiel. Natürlich! Es musste ein kleines Badezimmer geben. Welcher Gast immer hier logierte, er würde gerade darin sein. Rasch schlüpfte Montegue durch die Tür, schloss sie leise hinter sich und schlich sich dorthin, um einen Blick hineinzuwerfen, just in dem Moment, in dem jemand herauskam. Im letzten Moment warf Montegue sich neben das Bett, um nicht entdeckt zu werden. Doch der Gast telefonierte und hielt sich das

Handy so ans Ohr, dass er den Deckung Suchenden nicht bemerkte.

»Zweifellos, die Ormonds werden nicht verkaufen«, sagte Plummer. »Ich würde aber auch gar nicht zu deren Grundstück raten. Wenn meine Recherchen stimmen, sind die Böden überdüngt und deshalb für den Weinanbau völlig unbrauchbar. – Ja. – Ja. – Das kann ich Ihnen leider nicht sagen, Sir. – Doch. Aber da sind wir chancenlos. – Ich kann es nicht ändern, Sir. Aber bei Montegue sehe ich, da sehe ich eine gewisse Wahrscheinlichkeit nach dieser tragischen Sache mit seiner Frau ... – Ja, mag sein. Aber das ändert ja nichts daran, dass er ... – Nun, ich denke, die Frage ist, ob er unter diesen Umständen tatsächlich sein Unternehmen fortführen will. Erben gibt es auch keine. – Ja, Sir. Deshalb dachte ich ... – Das will ich gerne versuchen. – Gut. Natürlich, Sir. So machen wir es. Bye.« Plummer drückte den Anruf weg und wandte sich um, weil er offenbar aus dem Augenwinkel etwas wahrgenommen hatte. Im nächsten Moment wurde er von Montegue an beiden Schultern gepackt und so heftig zurückgestoßen, dass er über den Bug der *Luna* stürzte, wo ihn ein wütender Gegner erneut aufgriff, seinen Kopf gegen den Boden schleuderte und ihn dann – da war Plummer schon kaum noch bei Bewusstsein – hochriss, um ihn gegen die Wand zu pressen, nur wenige Zentimeter neben dem Fenster.

Montegue, der erkannte, dass sein Opfer nicht mehr imstande war, sich zu wehren, hielt ihn mit einer Hand fest, öffnete mit der anderen das Fenster und wirbelte

Plummer schließlich herum, um ihn mit aller Kraft gegen das Fenster zu drücken. Die Wut verlieh ihm Kräfte, die ihm selbst unheimlich waren. Plummer ächzte und schien wieder zu sich zu kommen. Er stieß einen Schreckensschrei aus, versuchte, sich zuerst an Montegue und dann am Fensterrahmen festzuhalten – und stürzte am Ende doch so unvermittelt in die Tiefe, dass der verzweifelte Winzer es kaum verstand. Einen Moment lang stand Montegue verwirrt vor dem gähnenden Fenster, hinter dem sich ein schwarzer Sturmhimmel erstreckte, der in kurzen Intervallen vom Strahl des Leuchtturms zerschnitten wurde. Kurz danach schlug er sich die Hände vors Gesicht und stöhnte auf. Er hatte es wirklich getan!

Als könnte er es irgendwie rückgängig machen, klammerte er sich an den Fensterrahmen und starrte hinunter. Doch außer dem gelegentlichen hellen Schimmer der Gischt, durch die der Scheinwerfer fuhr, und der weiß getünchten Wand des Leuchtturms war nichts zu erkennen. Es war eine schwarze Nacht, und der Felsen wurde weder vom Mondlicht noch von den Laternen des Festlands erhellt. Mit zitternden Fingern schloss Montegue das Fenster und bemühte sich, sich zu beruhigen. Er musste nach unten, musste nachsehen, ob der Mann noch gerettet werden konnte. Was hatte ihn nur geritten? Wie hatte er nur denken können, der Tod eines Menschen, und sei es ein noch so sehr geliebter Mensch, könnte durch den Tod eines anderen gesühnt werden? Nichts würde ihm seine Frau zurückbringen, nichts Emily wieder lebendig machen. Am wenigsten der Tod ihres Mörders.

Der Winzer war gerade im Begriff, das Zimmer zu verlassen, als er von draußen die Stimme der Hotelbesitzerin hörte: »Mr Plummer?«

Montegue wurde schwarz vor Augen. Gleich würde sie ihn entdecken. »Hm?«, antwortete er durch die geschlossene Tür und versuchte, halbwegs Fassung zu bewahren.

»Kann ich noch etwas für Sie tun?«

»Nein. Danke«, erwiderte er schroff. Vielleicht würde sie das vertreiben.

»Falls Sie etwas wünschen, erreichen Sie mich über das Haustelefon. Sie müssen dazu nur die Eins wählen. Ich bringe Ihnen gerne noch einen Tee. Oder vielleicht einen Whisky.«

Schweißgebadet stand Patrick Montegue auf der anderen Seite der Tür und hoffte, dass sie wieder ging.

»Falls Sie Ihre Schuhe geputzt haben wollen, stellen Sie sie einfach vor die Tür. Morgen früh sind sie wieder blitzblank.«

»Hm«, machte der Eindringling.

»Dann gute Nacht!«

»Ja«, sagte er heiser. »Gute Nacht.«

Endlich war sie wieder weg. Montegue lauschte auf das Blut, das in seinen Ohren rauschte, und draußen auf den Lärm des nahenden Sturms. Er wartete noch eine kleine Weile, bis er annehmen konnte, dass sie wirklich verschwunden war. Er sah sich noch einmal im

Zimmer um. Sollte er einen Raubüberfall vortäuschen? Er konnte die Uhr an sich nehmen, die auf dem kleinen Tisch lag. Oder eine Geldbörse, die er sicherlich irgendwo finden würde, wenn er nur danach suchte. Doch er wollte lieber nicht zu lange hierbleiben. Vielleicht reichte es aus, einfach ein bisschen Chaos zu verursachen, um die Polizei zu beschäftigen. Niemand konnte ja wissen, was es hier zu klauen gegeben hatte. Ja, das war ein guter Plan.

Also riss er die Matratze halb vom Bett und die Kleider aus den Koffern. Einen Stapel Prospekte warf er umher, dann griff er nach Papieren, die auf dem kleinen Tisch lagen – und hielt inne. Es waren Zeichnungen. Zeichnungen von Grundstücken. Dazu Zahlen und Anmerkungen. Offensichtlich Plummers Ergebnisse seiner Arbeit. Kurz entschlossen steckte Montegue die Papiere in seine Jacke, sammelte die Prospekte wieder auf und warf sie stattdessen auf das Tischchen. Danach schlich er aus dem Zimmer und flüchtete nach draußen, wo er die Taschenlampe seines Smartphones anmachte und über den Felsen leuchtete. Was, wenn Plummer noch lebte? Er musste sicher sein. Und er musste ihn retten, falls der Mann noch einen Atemzug tat.

Doch zunächst konnte Montegue ihn nicht entdecken. Und als er ihn entdeckte, war Plummer offensichtlich tot. Reglos lag der Hotelgast auf einer Felskante, den Körper verrenkt wie ein Schlangenmensch im Zirkus. Nein, da war kein Leben mehr. Patrick Montegue war zum Mörder geworden.

»War es nicht so, Mr Montegue? Sicherlich mit Abweichungen in den Details. Aber letztlich war es so, nicht wahr?«

»Er hatte es verdient«, sagte Montegue bitter.

»Niemand verdient den Tod, Mr Montegue«, warf Constance ein, die der Geschichte schockiert gelauscht hatte. »Niemand hat das Recht, einem anderen Menschen das Leben zu nehmen.«

»Er hat meiner Frau das Leben genommen«, sagte Montegue verächtlich.

»Und was war mit Mr Richardson?«, fragte Mary unvermittelt. »Warum hatte der sterben sollen? Weil er zu viel wusste? War er Ihnen auf die Schliche gekommen?« Sie wandte sich an die Runde. »Das war nicht sehr schwer für den Garagenbesitzer. Der Unfallwagen deutete klar auf Plummer als den Mann, der die arme Mrs Montegue auf dem Gewissen hatte, Richardson selbst hatte ja geholfen, diese Beteiligung zu vertuschen. Als Plummer plötzlich tot war, lag es nahe, dass Montegue Rache genommen hatte. Wahrscheinlich hatte Richardson Angst um sein Leben. Vielleicht wollte er mir seinen Verdacht mitteilen, als er mich anrief. Nun, ich hoffe, er wird irgendwann wieder in der Lage sein, es uns zu erzählen. Sie jedenfalls, Mr Montegue …« Mary drehte sich wieder zu dem Winzer um. »Sie hatten Angst, er würde Sie des Mordes überführen. Also haben Sie auch ihn zu ermorden versucht.«

Siebter Gang

Wagyu Royal

Der siebte Gang bestand aus einer hauchdünnen Scheibe von der Lende des Wagyu-Rinds (aus dem Victoria Village), die kunstvoll zu einer Rosenblüte geformt und dann mit Rosmarinpuder bestäubt worden war, dazu eine winzige Kartoffel Jersey Royal und zwei Scheibchen Urkarotte, zart in Rosmarinbutter gedünstet. Während die Teller präsentiert wurden, schenkte der Sommelier jedem ein Glas Wein ein: »Zum Rind einen Schluck Nuit St. Georges Chantal Lescure, ein Pommard aus dem Jahr 2004. Wir sind stolz, einige der letzten Flaschen in unserem Keller zu haben.«

Aber niemand schien ernsthaft daran interessiert zu sein. Hatte Patrick Montegue eben wirklich einen Mord gestanden? War es möglich, dass Henry Plummer einem Racheakt zum Opfer gefallen war? Dass mit seinem Tod der von Emily Montegue gerächt werden sollte?

»Mr Montegue«, ertönte plötzlich die Stimme von Detective Inspector Harsh, und alle Augen richteten sich auf ihn. »Offenbar haben Sie gerade die gezielte Tötung eines Menschen gestanden. Folglich muss ich Sie wegen Mordes an Mr Henry Plummer verhaften.«

»Mr Harsh«, warf Mary mit dem Lächeln einer alles voll und ganz im Griff habenden Gastgeberin ein, »wären Sie so liebenswürdig, mit diesem Schritt noch einen Moment zu warten? Es würde alles sehr viel leichter machen, glauben Sie mir. Vor allem, weil Mr Montegue nicht schuldig ist am Tod des vermeintlichen Mr Plummer.«

»Aber hatten Sie diese Theorie nicht vor wenigen Augenblicken selbst sehr überzeugend dargelegt?«, fragte Harsh verwirrt. »Und Mr Montegue hat nicht gezögert, sie zu bestätigen. Wir alle mögen ein gewisses Verständnis für seine Situation aufbringen. Sicher hat das jeder für einen Mann, der seine geliebte Frau verloren hat. Sein Bedürfnis, diesen Verlust zu rächen, ist vielleicht sogar nachvollziehbar. Aber Rache hat in unserer Gesellschaft keinen Platz, und Selbstjustiz entspricht nicht den Prinzipien unseres Rechtswesens, Miss McTarr.«

»Da kann ich Ihnen nur vollkommen zustimmen, Detective Inspector!«, pflichtete Mary ihm bei. »Aber es geht hier nicht um die Schuld von Mr Montegue, sondern um den Tatbestand selbst.«

»Den Tatbestand?«

»Die Tötung eines Menschen.«

»Niemand wird bestreiten, dass Mr Plummer tot ist.«

»Auch ich bestreite das nicht, Sir«, erwiderte Mary. »Ich bestreite nur, dass Mr Montegue ihn umgebracht hat.«

»Aber sagten Sie nicht selbst …«

»Ich sagte nur, er hat ihn aus dem Fenster auf die Klippen unter dem Leuchtturm geworfen. Das hat uns Mr Montegue auch bestätigt. Außerdem hat er die Leiche dort liegen sehen.« Mary klickte wieder auf ihre Fernbedienung und rief ein paar weitere Fotos auf, auf denen La Corbière zu sehen war, und zwar aus verschiedenen Blickwinkeln und in unterschiedlichen Ausschnitten, wobei immer wieder das Fenster zum Sailor's Room gezeigt wurde und der Fels darunter. »Wenn Sie genau hinschauen, werden Sie feststellen, dass die Stelle, an der Mr Plummer gefunden wurde, nicht genau unter dem Fenster liegt.«

»Natürlich nicht«, sagte Harsh. »Die Leiche ist über mehrere Felsgrate gepoltert und dann etwas seitlich liegen geblieben.«

Mary nickte. »Das ist sie. Aber ich bezweifle, dass genauere Untersuchungen, die Sie zum Beispiel mit einem Dummy aus einem Crash-Test-Fahrzeug vornehmen könnten, erbringen, dass sein Körper tatsächlich an der Stelle gelandet wäre, an der ich ihn am nächsten Tag gefunden habe. Zudem bezweifle ich, dass er sich das Messer, das in seinem Rücken steckte, selbst hineingestoßen hat – als Leiche noch weniger denn als Lebender.«

»Das Messer«, murmelten mehrere der Anwesenden.

»Das Messer, richtig. Meine Theorie ist, dass Mr Murphy den schwer verletzten und ohnmächtigen Mr Plummer auf dem Felsen hat liegen sehen und dass er ihn für tot hielt, ganz ähnlich wie Mr Peabody Mr Richardson für tot hielt, worauf er vom Tatort floh. Dafür spricht auch ...« Ein weiteres Bild war der Beginn eines zweiten kurzen Filmausschnitts, den Mary startete und der einen panisch davonrennenden Patrick Montegue zeigte.

»Er ... er war gar nicht tot?«, keuchte der Winzer und

griff nach seinem Glas, um den Wein in einem Schluck hinunterzustürzen.

»Ich denke nicht«, erklärte Mary und deutete auf den Film, der noch einen Moment lang weiterlief und auf dem plötzlich Mr Coleman zu sehen war, wie er sich aus seinem Haus schlich und Richtung Leuchtturm davonging. »Diese Aufnahme hat mich tatsächlich selbst in Verwirrung gestürzt«, sagte sie. »Denn was liegt näher, als dass Mr Coleman hier das Werk von Mr Montegue vollendet hätte? Der verletzte Mr Plummer liegt wehrlos auf den Klippen, niemand würde Mr Coleman mitten in der Nacht beobachten, und bei dem Sturm würde ihn auch niemand überhaupt erkennen …«

»Ich habe Ihren Mr Plummer nicht umgebracht!«, schrie Coleman und rumpelte von seinem Stuhl auf. »Das lasse ich mir nicht bieten! Ich komme auf eine Einladung hierher, man behauptet, mich als Gast an diesen Ort zu bitten, und dann wird mir ein abscheuliches Verbrechen angehängt! Sie …!« Er deutete mit dem Finger auf Mary und suchte in seinem hochroten Kopf erkennbar nach Worten, die seiner Entrüstung angemessen wären. Doch auch ihn bedachte Mary mit einem liebenswürdigen Lächeln und bat: »Setzen Sie sich doch bitte wieder, Mr Coleman. Ich versichere Ihnen, nichts liegt mir ferner, als Ihnen einen Mord anzuhängen.«

»Aber Ihre Aufnahme hier …«

»Genau genommen sind es Ihre Aufnahmen«, korrigierte ihn Mary milde. »Aber davon abgesehen war der Einzige, der Sie verdächtig gemacht hat, Sie selbst. Was wollten Sie denn auf dem Felsen mitten in der Sturmnacht?«

»Ich habe ihn rausgeschickt«, mischte sich Mrs Coleman ein. »Ich habe mich gesorgt, ob bei Ihnen drüben alles in Ordnung ist. Vermutlich ganz unnötig, weil Sie auf dem Leuchtturm schon längere Zeit sind und ihn seit Ihrer Kindheit kennen. Aber mir war es unheimlich, Sie da drüben so allein in diesem Turm mitten in der tosenden See zu wissen.«

Nun war es Mary, die einen Augenblick brauchte, um sich zu sammeln. »Das ... das finde ich äußerst liebenswürdig«, sagte sie dann. »Aber Ihr Bruder ist nie bei mir drüben angekommen.«

»Das war auch gar nicht nötig«, erklärte Mr Coleman. »Schließlich habe ich Sie ja gesehen, wie Sie in der Tür standen und dann noch eine Runde gedreht haben. Wer sich bei dem Wetter rauswagt, hat im Haus ganz sicher keine Angst.«

»Verstehe«, sagte Mary. »Interessant. Das erklärt ein letztes fehlendes Teil in meinem Puzzle. Denn sehen Sie sich mal diese beiden Aufnahmen an ...« Es folgte ein kurzer Filmschnipsel, der Mr Colemans Rückkehr zeigte, und ein weiterer, auf dem eine Frau zu erkennen war, die hastig an dem alten Wärterhäuschen vorbeilief.

»Wohin warst du denn um diese Zeit und bei dem Wetter noch unterwegs, Marydarling?«, fragte Susan verblüfft.

»Aber das war doch gar nicht ich, meine Liebe«, erwiderte Mary und ließ den Film nochmals ablaufen. Tatsächlich war nicht sehr viel wahrzunehmen. Die Frau trug

einen Regenmantel mit Kapuze. Lediglich an der Gesamt-
erscheinung, den Absätzen und dem unter der Kapuze he-
rauswehenden Haar war nachzuvollziehen, dass es sich offenbar um eine weibliche Person handelte.

»Und wen sehen wir Ihrer Meinung nach hier, Miss
McTarr?«, wollte Detective Inspector Harsh wissen.

»Wir sehen hier eine Frau, die ebenso klug wie schön ist.
Und ebenso gewissenlos.« Mit einem weiteren Klick rief
Mary ein Foto auf, das die Seite für den 13. Juni aus dem
Logbuch der *Sea Princess II* zeigte, den Tag des Mordes,
16:20 Uhr.

Noch herrschte traumhaftes Wetter. Aber für den Abend
war Sturm vorhergesagt. Nun, bis dahin würde sie ihre
Aufgabe erledigt haben, auch wenn sie noch nicht genau wusste, auf welche Weise sie ihr Ziel erreichen
konnte. Das war der Nachteil an diesem Plan: Sie war
noch nie hier gewesen und kannte den Leuchtturm bisher nur von den unzähligen Aufnahmen, die es von ihm
gab. Gewiss, sich von Harry hier absetzen zu lassen, war
ein Risiko. Mitwisser waren immer ein Risiko. Aber da
sie wusste, dass der Kapitän der *Sea Princess II* ihr hoffnungslos verfallen war, machte sie sich keine Sorgen. Er
würde schweigen. Und die anderen würden im Zweifel
tun, was er sagte – wenn sie überhaupt so weit dachten.

Die kleine Mole war gerade für ein mittelgroßes Motorboot geeignet. Ihre Tasche in der Hand, sprang Svetlana von der *Little Princess* aus hinüber und hielt sich an
einem der zwei Pfosten fest, die hier zum sicheren Aus-

stieg angebracht worden waren. Von Land aus konnte man diesen »Hafen« gar nicht sehen, und er war auch nur für den Notfall in den Felsen geschlagen worden, damit der Leuchtturm selbst bei Flut erreicht werden konnte.

Svetlana hatte den Skipper gebeten, nicht auf sie zu warten, sie würde zu Fuß weitergehen, wenn der Dammweg wieder passierbar war, und dann mit dem Taxi nach Gorey zurückkehren. Und genau das beabsichtigte sie auch zu tun – nachdem sie ihren Plan durchgeführt hatte.

Zunächst einmal stellte sich die Frage, ob sie alleine auf dem Felsen war oder nicht. Sie wusste von Peabody, dass die Besitzerin des Leuchtturms bei Flut oft auf der Insel war, um die Zeit für Besorgungen zu nutzen. Wenn ihr Gast nicht vor Ort war, würde sie es höchstwahrscheinlich genauso halten. Und doch: Ob Mary McTarr da war oder nicht, das musste sich jetzt erst einmal erweisen. Svetlana stieg die steile Treppe vom Anleger zum Turm hoch und umrundete ihn aufmerksam. Dann prüfte sie, ob die Tür verschlossen war. Sie war es. »Fuck!«, fluchte sie und sah sich um. Okay, das bedeutete, dass weder Plummer da war noch die kleine Schottin, die das Hotel betrieb. Es bedeutete außerdem, dass sie sich nicht irgendwo im Leuchtturm verbergen konnte. Es gab noch dieses kleine Nebengebäude, zu dem man über eine Handvoll Stufen gelangte. Vielleicht konnte sie ja dort hineinschlüpfen?

Doch auch dessen Tür war verschlossen. Ein enger Pfad führte zwischen dem Felsen und der hinteren

Mauer des Gebäudes entlang, für die schmale Frau kein Problem. Wenig später stand Svetlana über einer steilen Klippe hinter dem Anbau, wo sie sich zum Glück auf einen Felsbrocken bequem hinsetzen konnte. Wie sie mit einem Blick nach oben registrierte, war sie hier vom Leuchtturm aus nicht zu sehen, da hier keines der Fenster lag. Auch zum Dammweg hin würde es keine Sichtachse geben, wenn er bei Ebbe wieder begehbar war, und das Phare war nur zu erkennen, wenn sie sich vorbeugte und um das Nebengebäude blickte. Gut. Niemand würde sie hier entdecken. Sie hatte Zeit.

Also wartete Svetlana Murphy, während sie ihr schönes Gesicht mit einer Kappe vor der gnadenlosen Sonne schützte. Und sie nutzte die Zeit, um noch ein wenig an ihrer Legende zu stricken, indem sie zuerst die Nummer ihrer Assistentin wählte und Nikoletta bat, sie in einer halben Stunde vom Flushing's, einer Tagesbar am Royal Square, abzuholen. Anschließend rief sie ihren Mann an, um ihn zu fragen, ob sie an diesem Abend gemeinsam essen würden.

»Du weißt doch, dass ich nach Stockholm muss«, erwiderte Rupert Murphy ungnädig.

»Entschuldige, Darling, das hatte ich ganz vergessen.« Natürlich wusste sie, dass er keineswegs nach Stockholm zu reisen, sondern seine Geliebte in London zu besuchen gedachte. O ja, wenn man nur ein klein wenig Nachforschungen anstellen ließ, dann erfuhr man oft mehr, als man gesucht hatte. Aber es hatte sie nicht überrascht, denn ihre Ehe bestand ja allzu lange schon nur noch auf

Papier, und Ruperts Großzügigkeit war nichts als Berechnung.

»Willst du mitkommen?«, fragte er, wissend, dass sie nicht darauf eingehen würde.

»Ach nein, mein Lieber, du weißt ja, wie sehr ich Stockholm hasse.« Was nicht stimmte, von ihm aber offenbar mit Genugtuung hingenommen wurde. »Ich werde mir einen gemütlichen Abend mit Nikoletta machen und vielleicht noch ein paar Dinge für Rupert bestellen. Er kommt ja am Wochenende nach Hause.« Rupert II., ihr gemeinsamer Sohn, der natürlich in Eton aufs Internat ging und sich so wenig um seine Mutter scherte, wie ihr Mann das tat.

»Tu das. Bye.«

»Bye, Darling, und hab eine schöne Zeit in Stockholm!«

Er legte auf, ohne noch etwas zu erwidern.

Dann wählte sie nochmals die Nummer ihrer Assistentin. »Nikoletta? Hi. Hör mal, es dauert doch länger in der Stadt. Ich melde mich, falls ich noch irgendwo abgeholt werden will, ja? Ich bin jetzt noch ins Spa gegangen und werde dann irgendwo eine Kleinigkeit essen.«

Zufrieden drückte Svetlana Murphy den Anruf weg. So war schon mal dafür gesorgt, dass alle sie irgendwo wähnten – aber niemand, außer der Crew der *Sea Princess II*, auf dem Leuchtturm.

Als die Flut später zurückging, fühlte sich Svetlana doch etwas erleichtert. Denn der Wind hatte zugenommen und kühlere Luft mit sich gebracht. Längst war sie in die leichte Regenjacke geschlüpft, die sie in ihrem kleinen Rucksack bei sich hatte. Andere Schuhe wären klug gewesen. Aber natürlich waren sie ein Teil der Legende. Immer wieder blickte sie vorsichtig um die Ecke des Gebäudes, ob sich jemand dem Leuchtturm näherte. Doch es dauerte ein wenig, bis sie endlich die Besitzerin des Hotels über den Dammweg kommen sah. Nun hing alles davon ab, keine Fehler zu machen. Und es galt, nichts zu überstürzen. Sie hatte Zeit. Aber sie musste die Zeit auch nutzen. Also lauschte Svetlana Murphy auf die Schritte der Schottin, sie hörte, wie diese die Stufen vom Parkplatz heraufstieg und vor dem Eingang zum Nebengebäude stehen blieb. Okay, die kleine McTarr hatte zuerst hier zu tun.

Eine leise Erregung beschlich die heimliche Beobachterin, als sie sich vergegenwärtigte, dass sie in diesem Augenblick nur wenige Armlängen von der Frau entfernt und einzig durch eine Wand von ihr getrennt war. Gerne hätte Svetlana gewusst, was die Schottin in dem Gebäude zu schaffen hatte, doch sie wagte nicht, nach vorne zu schleichen und hineinzusehen, sei es durch die womöglich offen stehende Tür, sei es durch das eine Fenster, das dieser Bau hatte und das Richtung Insel zeigte.

Schließlich verließ die Hotelbesitzerin das Gebäude und stieg die restlichen Stufen hinauf zum Leuchtturm. Sie sperrte ihn auf und verschwand darin. Kurz überlegte Svetlana, ob es besser wäre, sich ein besseres Versteck zu suchen, zögerte, wollte es gerade wagen, als ihr Handy klingelte.

Fluchend nahm sie den Anruf an und flüsterte: »Ja?«

»Mrs Murphy? Nikoletta hier. Ich wollte Sie nur fragen, ob ich einen Tisch für heute Abend reservieren soll. Irgendwo.«

»Gute Idee!«, fand Svetlana und überlegte. »Vielleicht kann mir Lapierre noch einen einzelnen Platz im L'Escargot geben? Probieren Sie das. Und schicken Sie mir eine Nachricht, ja? Ich kann hier im Spa nicht so gut telefonieren.«

»Ich kümmere mich darum, Mrs Murphy.«

»Danke, Nikoletta.« Sie legte auf und schaltete das Handy stumm. Wenn die Hotelbesitzerin sie nicht gehört hatte, war der Anruf sogar ganz nützlich. Lapierre würde keinesfalls etwas frei haben, nicht einmal für sie. Er wurde jeden Abend von Dutzenden Leuten bedrängt, noch »irgendetwas möglich zu machen«. Nein, in spätestens fünf Minuten würde ihr ihre Assistentin schreiben, dass es hoffnungslos war.

Es dauerte nur zwei Minuten: *Leider nichts zu machen. Das L'Escargot ist bis auf den letzten Platz voll. Was anderes?*

Nicht nötig. Ich kümmere mich selbst darum, antwortete Svetlana, steckte ihr Smartphone weg und huschte nach vorne. Sie wollte gerade das Nebengebäude checken, da öffnete sich die Tür des Leuchtturms und Mary McTarr erschien. Mit einem beherzten Sprung verbarg Svetlana sich hinter einem Felsvorsprung und wartete mit pochen-

dem Herzen, bis die Hotelbesitzerin abermals im Anbau verschwunden war. Das war die Gelegenheit, in den
Leuchtturm zu gelangen. Svetlana zog ihre Schuhe aus,
stopfte sie in den Rucksack und rannte die paar Stufen
zum Turm hoch. Sie fand die Tür zu ihrer unendlichen
Erleichterung offen vor und huschte hinein.

Erstaunt stellte sie fest, wie raffiniert das Innere dieses Bauwerks gestaltet war. Die Treppe, die auf jedem
Stockwerk ihre Richtung wechselte, um Platz für ein
Zimmer zu schaffen, die Fenster, die offenbar genauso
gelegen waren, dass jedes Zimmer eines davon hatte, die
Raumnutzung insgesamt … Sie überlegte, wie viel Zeit
sie wohl haben mochte. Aber das war nicht einzuschät-
zen. Was ihr klar war: Sie musste oben anfangen. Damit
reduzierte sich die Gefahr, dass sie plötzlich in der Falle
saß. Also lief sie ganz hinauf und landete Augenblicke
später in der Küche. Hier also wurde das Essen vorbereitet, das hier war die Basis für das leibliche Wohl der
Gäste. Auch in diesem Raum: alles perfekt organisiert,
jeder Zentimeter klug genutzt.

Svetlana Murphy war nicht immer reich gewesen, sie
hatte Respekt für den gekonnten Umgang mit Notwen-
digkeiten. Und sie schätzte es, wenn Sauberkeit herrschte.
Das war hier der Fall. Die Spüle, die Arbeitsfläche, das
Geschirr, alles blitzte. Die Gläser. Svetlana Murphy zog
eines der Messer aus dem Block. Auch die Klinge blitzte.
Nun, das gute Stück würde ihrem Anliegen einigen
Nachdruck verleihen. Nebenan lag noch ein kleines Zimmer, dessen Tür offen stand und in dem niemand sich

aufhielt. Irgendwoher drang ein Geräusch herauf. Rasch verließ sie die Kombüse wieder und stieg so leise wie möglich in das darunterliegende Stockwerk. Der Raum dort war elegant eingerichtet und offensichtlich unbewohnt. Blieb noch der erste Stock. Mit zum Zerreißen gespannten Nerven stieg sie weiter die Treppe hinunter – und landete einen Treffer: Offensichtlich handelte es sich bei dem Zimmer um das von Henry Plummer. Alles wies darauf hin, dass hier ein einzelner Mann wohnte. Der *Survival Guide für den Investor* ließ sie lächeln. Den Anzug, der über dem Bett lag, kannte sie …

Svetlana Murphy hörte ein Geräusch und zuckte zusammen. Dann: Schritte auf der Treppe. Die Erkenntnis schnürte ihr den Hals zu, da sie trotz aller Vorsicht in der Falle saß. Es gab nur einen Weg hinaus, und zwar den über die Treppe. Doch auf der kam jemand gerade hoch. Hastig schlüpfte sie in die winzige Nasszelle und hielt den Atem an. Tatsächlich klopfte jemand an die Zimmertür. »Mr Plummer? Mr Plummer, Sir? Sind Sie da?« Zweifellos die Hotelbetreiberin. Sie starrte auf das Messer in ihrer Hand. Mit dem Ding konnte sie nicht gut behaupten, sie hätte sich nur mal umsehen wollen. Sie hätte damit höchstens … Aber: Sollte sie wirklich? Die Hotelbesitzerin hatte mit der ganzen Sache ja nicht das Geringste zu tun. Doch schließlich hörte sie, wie die Frau wieder fortging.

Svetlana Murphy schnappte nach Luft, als hätte sie die letzten Minuten unter Wasser verbracht. Wenn es eine Chance gab, unentdeckt von hier fortzukommen, dann jetzt. Und das war auf jeden Fall die bessere Option. Denn in einem fremden Zimmer mit einem Messer in der Hand vorgefunden zu werden … Was hätte sie sagen sollen? Sie stürzte nach draußen und rannte – kaum auf ihre Schritte achtend – hinaus. Draußen schlug ihr ein heftiger Wind entgegen. Inzwischen ragte der Dammweg weit aus dem Wasser, es war Ebbe. Doch wäre es verrückt, jetzt einfach nach drüben zu gehen. Jeder hätte sie ja gesehen. Nein, Svetlana Murphy musste warten, bis es dunkel war.

Die Hotelbesitzerin war nirgends zu entdecken. Also zwängte sie sich einmal mehr zwischen dem Felsen und dem Nebengebäude hindurch und setzte sich auf den Felsblock über dem Meer. Sie würde warten.

Die Milliardärsgattin lachte laut auf. »Was für ein unglaublicher Unsinn!«, rief sie. »Wozu um alles in der Welt sollte ich das tun?« Sie blickte sich um, als erwarte sie, jemand müsste ihr beispringen und den ganzen Spuk beenden. Doch stattdessen starrten alle auf das Bild, das Mary aufgerufen hatte: den Messerblock in der Küche, in dem genau eine Klinge fehlte.

»Detective Inspector Harsh«, sagte Mary, während sie mit spitzen Fingern Svetlana Murphys Weinglas nahm und es dem Ermittler reichte. »Ich weiß nicht, ob Mrs Murphy Handschuhe getragen hat. Aber ich bin sicher, dass Ihre Forensiker, wenn sie nicht Fingerabdrücke von ihr auf dem Messer finden, dann doch zumindest auf DNA von ihr stoßen werden.«

»Das ist doch verrückt!«, rief Svetlana Murphy. »Was sollte ich denn für ein Motiv haben?«

»O, das hatte ich ganz vergessen«, sagte Mary. »Letztlich ging es bei der ganzen Sache nicht um den armen Mr Plummer, sondern um den reichen Mr Murphy. Er ist es, dem der Mord in die Schuhe geschoben werden sollte. Sie wussten, dass er nicht nach Stockholm fliegen würde, nicht wahr, Mrs Murphy? Und zum passenden Zeitpunkt hätten Sie das der Polizei auch mitgeteilt. Das hätte sein Alibi erschüttert. Zugleich hätten Sie dafür gesorgt, dass bekannt wird, welche Interessen er verfolgte.«

»Und welche Interessen sollten das sein, Miss McTarr?«, fragte nun der schwerreiche Investor, wobei nicht herauszuhören war, ob er sich gegen die Unterstellung der Hotelbesitzerin verwahrte oder ob sein Misstrauen seiner Frau galt.

»Das ist in der Tat eine traurige Geschichte, Mr Murphy«, stellte Mary fest und gab dem Chefkellner ein Zeichen, dass der letzte Gang aufgetragen werden konnte.

Achter Gang

Liqueur cerise

»Mr Knight«, wandte sich Mary an den Sommelier. »Hätten Sie zum Dessert noch einen ganz besonderen Tropfen? Ich denke, dass zumindest eine Person im Raum längere Zeit mit weniger exklusiven Getränken wird vorliebnehmen müssen.«

»Aber sicher, Miss McTarr«, erwiderte der Kellermeister des Phare. »Allerdings ist das Dessert schon ein alkoholisches. Weshalb ich hier eine selbst gemachte ungesüßte Limonade von sizilianischen Zitronen reiche – sehr einfach und sehr fein.«

Mary seufzte. »Das klingt wunderbar. Genießen wir also die Dessertkreation von Maître Lapierre und ein Glas erfrischende Limonade, ehe wir uns den tristen Wahrheiten widmen, aus denen der Fall letztlich besteht.«

Doch die Anwesenden taten sich sichtlich schwer, die in Kirschlikör eingelegten und mit kolumbianischem Criollo-Kakao gefüllten Kirschen oder die fein-bittere Limonade zu genießen. Vielmehr saßen die Gäste dieses mörderischen Dinners schweigend da und schienen sich gegenseitig zu belauern.

»Nun«, fuhr Mary fort. »Dann lassen Sie es mich in aller Kürze darlegen: Mr Murphy ist, wie alle wissen, einer der reichsten Männer der Insel, ja, des ganzen Königreichs. Das hindert ihn nicht daran, nach immer mehr Reichtum und nach immer mehr Besitz zu streben. Vielleicht ist es eine Sucht, nicht wahr? Jedenfalls hat er es auf allerlei Filetstücke von Jersey abgesehen, die ihm noch nicht gehören, darunter Mr Montegues Weingut, das Phare und mein kleines Corbière Hideaway. Die zuletzt Genannten, wie ich schon vermutet habe, um aus ihnen ein Luxusressort zu machen.«

»Sie sind ja größenwahnsinnig!«, rief Murphy. »Denken Sie im Ernst, ich hätte es auf diese Objekte abgesehen?«

Mary zuckte die Achseln und zeigte nacheinander Fotos vom Leuchtturm und vom Phare. »Diese Aufnahmen stammen nicht von mir, die hat Ihr Beauftragter gemacht, der vermeintliche Mr Plummer. Sie waren noch auf seiner Kamera gespeichert.« Sie trat etwas näher zu dem Mann, dessen Körpergröße im auffälligen Missverhältnis zu seinem Ego und zu seiner Macht stand. »Was schwebte Ihnen für den Leuchtturm vor, Mr Murphy? Eine einzige Romantic Suite für Superreiche? Die Nacht für fünftausend Pfund? Hätten Sie auch noch versucht, die Cottages zu kaufen und den Dammweg zum Privatgrund des Hotels zu machen?« Man konnte Mr Coleman nach Luft schnappen hören, während Rupert Murphy verächtlich schnaubte.

»Wie auch immer«, fuhr Mary fort, »Sie haben versucht, sich diese traumhaften Objekte unter den Nagel zu reißen, und Sie haben dabei nicht davor zurückgeschreckt, eine einzelne Frau, eine Kleinunternehmerin, in den Ruin zu treiben, nämlich mich. Ihnen kam der Unfall, bei dem Mrs Montegue starb, nur gelegen. Was nicht in Ihrem Plan vorgesehen war, war der Tod Ihres Beauftragten Plummer, der in Wirklichkeit Wright hieß und von einer Ihrer Anwaltskanzleien in London beauftragt war. Aber auch das hätte sich alles für Sie zum Guten wenden können, wäre nicht Ihre Frau dahintergekommen, dass Sie sie durch ein raffiniertes Konstrukt in Ihrem Firmengeflecht im Falle einer Scheidung ausgebootet haben.«

»Wie können Sie …!«, brauste der Milliardär auf.

Mary antwortete betont ruhig: »Das haben Recherchen meines Bekannten Mr Peabody ergeben. Er war so freundlich, für mich in den Archiven der Insel nachzusehen und die Ergebnisse durch seine eigene Detektei überprüfen zu lassen.«

»Du hast was?«, schrie Svetlana Murphy ihren Mann an.

»Bitte, Mrs Murphy, geben Sie nicht vor, Sie hätten es nicht gewusst. Nachdem Sie zuerst darauf spekuliert haben, durch eine Scheidung steinreich zu werden – und dafür genau haben Sie ja Mr Peabody und Madame Eugénie Ogylvie das Vermögen Ihres Mannes ausforschen lassen –, mussten Sie einen anderen Weg finden, als Ihnen klar wurde, dass das Gegenteil der Fall sein würde: Bei einer Scheidung wären Sie vergleichsweise mittellos aus dem gemeinsamen Domizil in Gorey ausgezogen, das haben die Dokumente, die Mr Peabody und Mrs Ogylvie in Ihrem Auftrag zusammengetragen haben, mehr als eindeutig ergeben. Also ist Ihnen die Idee gekommen, als Treuhänderin die Zügel des murphyschen Unternehmens in die Hand zu nehmen. Dazu brauchten Sie nur dafür zu sorgen, dass Ihr Mann seine Geschäfte nicht mehr selbst führen konnte. Ihm einen Mord anzuhängen, war offenbar das Mittel Ihrer Wahl. Sie mussten einzig sicherstellen, dass Mr Plummers Wagen wieder in Richardson's Garage landet und dann die Polizei dorthin lenken – die Ermittler mussten den Zusammenhang zwischen Richardson und dem Eigentümer des Wagens erkennen – und damit zwischen Rupert Murphy und Henry Plummer. Und ich vermute, früher oder später hätte unsere tapfere Inselpolizei diesen Schluss auch gezogen und Ihren Mann, wie groß sein Einfluss auch immer sei, als Verdächtigen festgenommen. Vermutlich haben Sie zwischenzeitlich auch noch weitere Fährten zu ihm gelegt, sodass es genügend Indizien gibt, die dafür sprechen, dass er hinter dem Mord an Mr Plummer steht. Dabei war es doch so anders …«

Der Wind wurde so heftig und der Sturm kam näher, sodass sie zunehmend an ihren Plänen zu zweifeln begann, zumal es zu dieser Jahreszeit lange hell blieb. Immer wieder spritzte die Gischt bis zu Svetlana Murphy herauf und durchnässte sie zusehends. »Fuck!«, zischte sie wieder und wieder. Sie war tatsächlich im Begriff, ihre Position zu verlassen, als sie Plummer zum Leuchtturm kommen sah. »Endlich«, flüsterte sie. Was für ein Albtraum.

Sie würde nicht allzu lange warten, nein. Zumal es nun doch endlich dunkel war. Obwohl fraglich war, ob sie ohne Weiteres wieder in den Leuchtturm hineingelangen würde. Aber zur Not musste sie auch dafür Gewalt anwenden. Mit zusammengebissenen Zähnen harrte sie nochmals eine Dreiviertelstunde hinter dem Anbau aus, um endlich zur Tat zu schreiten, als sie eine weitere Person durch den Sturm auf den Felsen zueilen sah. Erschrocken presste sie sich gegen die Wand und hoffte, der Besucher würde sie nicht entdecken. Der allerdings schien seinerseits vor allem nach drinnen zu streben. Was zur Hölle wurde hier gespielt?

Kurz überlegte sie, ob sie es wagen und hinterhergehen sollte. Doch jetzt waren drei Personen in dem Leuchtturm. Das erhöhte das Risiko dramatisch, entdeckt zu werden. Fluchend betrachtete sie das Messer in ihrer Hand und entschloss sich, lieber ihrer Wege zu gehen. Sie musste eine andere Gelegenheit finden, Plummer zu beseitigen.

Immer noch tobte der Sturm in dieser tiefschwarzen Nacht. Die wenigen Lampen, die es hier draußen gab, erhellten den Dammweg kaum, sodass sie zunehmend Panik bekam, sie könnte im Dunkeln stolpern und ins Meer fallen. Immer wieder blieb sie stehen, um sich zu orientieren. Und hätte sie das nicht getan, sie hätte womöglich nicht bemerkt, wie auf einmal etwas aus einem der Leuchtturmfenster auf die Klippen stürzte. Nein, nicht etwas. *Jemand!* Denn nach einem Moment der Besinnung war Svetlana Murphy klar, dass sie eben einen Menschen im freien Fall gesehen hatte, schemenhaft nur gegen das wenige Licht vom Laternenstrahl, das die schäumende See reflektierte. »Was zum Teufel …?«, sagte sie heiser und tat automatisch einige Schritte zurück, ehe sie erneut stehen blieb und gebannt zum Leuchtturm starrte. Doch außer dem dunklen Schatten einer Fensteröffnung und dem regelmäßigen Lichtkegel des Scheinwerfers, der unermüdlich seine Bahn zog, egal wie heftig der Sturm war, konnte sie nichts Außergewöhnliches entdecken. Sie war schon geneigt, das Gesehene für Einbildung zu halten, da erschien am Fuße des Leuchtturms eine Silhouette, die im nächsten Moment wieder verschwunden war und kurz darauf ein gutes Stück vor ihr auf dem Dammweg auftauchte. Ein Mann kam auf sie zu! Schnell verbarg Svetlana sich hinter einem größeren Felsblock, dann wartete sie, bis der Unbekannte die Stelle passiert hatte.

Sie hätte verschwinden können, wie sie es vorgehabt hatte. Und vielleicht hätte sie das tun sollen. Doch die Neugier war stärker, weshalb sie noch einmal zum Leuchtturm lief und sich an der Stelle umsah, an der sie glaubte, ein Mensch sei hier herabgestürzt. Es dauerte eine kleine Weile, bis sie tatsächlich etwas entdeckte. Es war verdammt gefährlich, hier unten auf den Felsspitzen herumzuklettern. Das war es schon bei Tag und Sonnenschein. Nachts im Sturm war es geradezu verrückt. Aber sie wurde belohnt. Denn wie sich herausstellte, war das, was sie entdeckt hatte, der Körper eines Mannes. »Hallo?«, rief sie – und erhielt ein Stöhnen als Antwort. »Hallo? Was ist passiert?«

Unter größten Mühen hob der Mann seinen Kopf und wandte Svetlana sein Gesicht zu, das von fürchterlichen Verletzungen entstellt war. »Hil-fe«, krächzte er. »Bitte ...«

Er war es. Auch wenn er aussah, als hätte man ihn mit einem Vorschlaghammer bearbeitet: Er war es. Svetlana Murphy war sich sicher. »Mr Plummer?«

»Hil-fe ...« Mit einem Ächzen ließ er seinen Kopf auf den Felsen zurücksinken. Der Mann war fertig, so viel war klar. Aber ob er wirklich sterben würde?

»Ich helfe Ihnen«, erklärte Svetlana Murphy. »Warten Sie einen Augenblick.« Sie packte ihn unterhalb der Schulter. »Ich ziehe Sie ein bisschen auf die Seite, dann geht es leichter.« Was stimmte. Denn von vorne würde sie es nicht schaffen. Von hinten aber ... »So! Jetzt ist es gut«, sagte sie und holte das Messer aus ihrer Tasche. »Gleich haben Sie es geschafft.«

Sie beugte sich hinter ihn, holte aus und ließ die fünfzehn Zentimeter lange Klinge in seinen Rücken fahren. Es ging so leicht, dass sie es selbst kaum glauben konnte. Ein Zittern fuhr durch Plummers Leib, ein leises Zischen kam über seine Lippen. Dann erschlafften seine Muskeln und der Körper sank leblos auf den Felsen.

Der Lichtkegel des Leuchtturms zog weiter seine Bahn, erhellte die Mörderin und ihr Opfer. Svetlana Murphy blickte auf den Mann herab und schwankte zwischen Triumph und Panik. Im Grunde hatte sie nichts gegen Plummer gehabt. Er hatte nur auf der falschen Seite gestanden.

Sie betrachtete sein weißes Hemd und seine Bügelfaltenhose. Und die handgenähten Schuhe, die allerdings völlig mit Schlamm verdreckt waren. Offenbar war er nach dem Sturz noch einmal auf die Beine gekommen und hatte einige Schritte zu tun vermocht. Das brachte Svetlana auf eine Idee: Sie zog ihm die Schuhe aus und kletterte damit zurück zum Leuchtturm. Dann schlich sie barfuß die Treppe bis zu Plummers Zimmer hoch, stellte die Schuhe davor und raffte drinnen ein paar Dokumente zusammen, ehe sie ebenso unauffällig wieder hinabstieg und nur Augenblicke später den Felsen über den Dammweg Richtung Mont du Grouet verließ.

»Und was sollen das für Dokumente gewesen sein? Und was soll ich damit gemacht haben?«, fragte Svetlana Murphy spitz.

»Ich bin mir ziemlich sicher, dass sie sich noch bei Ihnen befinden oder dass Sie sie Ihren Scheidungsanwälten überlassen haben. Vermutlich waren es Skizzen und Informationen über Objekte, die Ihr Mann als Investments ins Auge gefasst hatte. Dazu Vorverträge, Registerauszüge, Pachtverträge ... *Sie* waren es«, sagte Mary. »Sie haben Mr Plummer ermordet. Nicht Mr Montegue, obwohl er sich seit seiner schrecklichen Tat für einen Mörder hielt.«

»Niemand weiß, ob Plummer überlebt hätte«, sagte Svetlana Murphy. »Vielleicht ist er ja der Mörder.«

»Das kann er nicht sein, Mrs Murphy. Denn als Sie ihn gefunden haben, steckte noch Leben in ihm. Und das haben Sie ihm genommen. Deshalb mag Mr Montegue der schweren Körperverletzung schuldig sein, Sie aber haben sich eines Mordes schuldig gemacht.«

Svetlana Murphy nahm betont gelassen einen Schluck Wein und schien dem Geschmack nachzusinnen, als gäbe es kein Problem, als ginge es nur um ein Spiel, ein Rätsel, an dessen Lösung sie rein zum Vergnügen teilnahm. »Ich behaupte, er war schon tot«, sagte sie leichthin. »Selbst wenn ich ihm ein Messer in den Rücken gestoßen hätte – was ich nicht habe –, wäre es kein Mord gewesen. Und was wollen Sie mir dann vorwerfen? Leichenschändung? Störung der Totenruhe?« Sie winkte mit ihren perfekt manikürten Händen ab. »Vergessen Sie es, Miss.«

Mary griff nach ihrer Kirsche und ließ sich die Delikatesse auf der Zunge zergehen. Danach schlürfte sie den Rest Kirschlikör aus dem kleinen Schälchen, in dem Georges Lapierre die Meisterleistung aus seiner Patisserie serviert hatte, und tupfte sich kurz mit der Serviette über die Lippen. »Oh!«, sagte sie und tat ein wenig erschrocken. »Da habe ich doch tatsächlich meine Serviette bekleckert.« Sie faltete sie auseinander und zeigte sie Svetlana. »Rote Flecken.« Sie seufzte. »Manchmal sagen solche Flecken mehr, als man glauben mag. Mr Plummers Hemd zum Beispiel! Es war blutgetränkt. Detective Inspector, könnte das etwas zu bedeuten haben?«, wandte sie sich an Harsh.

Der nickte mit düsterer Miene. »Allerdings«, sagte er. »Das viele Blut bedeutet, dass er noch lebte, als man ihm das Messer in den Rücken stieß.«

»Nun, Mrs Murphy«, bemerkte Mary. »Das widerlegt

Ihre Theorie, dass er bereits tot war. Sie haben nicht nur die Totenruhe gestört, sie haben ein Leben beendet.«

Die Milliardärsgattin lachte bitter. »Was verstehen Sie schon? Sie sind so unbedeutend wie Ihr lächerliches kleines Hotel.« Sie machte eine wegwerfende Geste.

Mary zuckte die Achseln und setzte sich zwischen Peabody und Matt. »Ich muss gestehen, wenn ich mir Ihre Familie ansehe, bereue ich es nicht, dass es mit dem großen Reichtum in meiner Familie nichts geworden ist.« Sie hob ihr Glas. »Danke für Ihrer aller Aufmerksamkeit.«

»Sie sind unglaublich«, sagte Peabody und bot ihr galant, aber erfolglos den Arm. »Unglaublich, wirklich.«

»Ich weiß«, erwiderte Mary und betrachtete voll Stolz ihren Leuchtturm. Der Lichtkegel der Laterne glitt über ihnen durch die Dunkelheit – und endlich war die Welt wieder in Ordnung.

Grandpas alter Freund Henry Cartridge, der Chief Officer of Police, hatte Mary noch am Abend einige anerkennende Worte auf einer hübschen Karte mit einem Blumenstrauß zukommen lassen. Die vier Freundinnen hatten mit Rob, seiner Kollegin Eugénie und den entzückend fröhlichen Colemans noch alle geöffneten Flaschen leer getrunken. Und erst weit nach Mitternacht waren Mary und ihr Gast müde und zugleich beschwingt hinüber auf den Felsen gewandert, um endlich in ihre Betten zu sinken.

»Aber ich will ehrlich sein«, sagte Mary, ehe sie ihm eine gute Nacht wünschte. »Sie haben mich auch beeindruckt.«

»Was war es vor allem?«, wollte Peabody wissen. »Meine Raffinesse? Meine Qualitäten als Rechercheur? Oder mein Mut?«

Mary lachte. »Vor allem war es … Ach, lassen wir das«, sagte sie, während sie Darcy auf den Arm nahm. Manche Dinge behielt man besser für sich.

Hirtin der Wellen

Vielleicht war es die Verfügbarkeit auf dem Hotelportal, vielleicht war es das kleine Quäntchen Glück, das jede Unternehmerin und jeder Unternehmer braucht – oder es war doch die Serie, die Robert Peabody auf undurchsichtigen Wegen in den *Daily Mirror* und in die *Jersey Evening Post* gebracht hatte: Jedenfalls konnte sich Mary Euna McTarr, die Besitzerin des La Corbière Lighthouse Hideaway, in den nächsten Wochen vor Buchungsanfragen kaum retten. Verschärft wurde das Problem dadurch, dass sie aus Dankbarkeit und weil sie nun einmal eine gute Freundin war, ihre drei Mitstreiterinnen, Constance, Lilly und Susan, für ein paar Tage auf den Leuchtturm eingeladen hatte.

Rob durfte auch dort übernachten, musste allerdings mit ihrem Bett vorliebnehmen, während sie auf einer Matratze in der Kombüse schlief.

Weniger glücklich war Matt, der an gebrochenem Herzen litt, seit ... nein, nicht seit er erfahren hatte, dass Eugénie nur ein Lockvogel für ihn gewesen war, sondern seit er erkannt hatte, dass die geheimnisvolle Schöne der Insel den Rücken kehren würde. Zu gerne hätte er sich noch ein wenig von ihr ausnutzen lassen. Doch ihre Mission war beendet und andere Aufgaben an anderen Orten warteten auf sie.

Ob Peabody, der sich als der Inhaber der Arcade Investigations International entpuppte (womit endlich auch geklärt war, wie er sich Maßanzüge und Hemden mit Monogramm leisten konnte), seine Wohnung in Kent oder wenigstens seine Zweitwohnung in London aufgeben und seine Zelte auf Jersey aufschlagen würde, das war zum Zeitpunkt des Endes dieser Geschichte noch nicht bekannt. Dass zumindest ein Teil seines Herzens auf dem Felsen vor der Südwestküste der Insel zurückbleiben würde, das allerdings stand fest, als er in das vor dem Phare auf ihn wartende Taxi stieg und Richtung Flughafen entschwand. Er würde nach London fliegen, um sich um seine Firma zu kümmern.

Am Vorabend hatten sie noch über Grandpa Gilberts Krimi gesprochen. »Sehr amüsant«, hatte Peabody festgestellt. »Aber seine Charaktere …«

»Was?«, hatte Mary lachend gerufen.

»Dieser eitle Pfau als Ermittler«, hatte Rob zu bedenken gegeben. »Und diese Schönheit vom Lande als heimliche Geliebte … Also wirklich.« Nun war er es, der lachte. »Das ist einfach ein bisschen zu dick aufgetragen.«

»Verstehe. Vielleicht wird ihn ja mal jemand zu Ende schreiben und das alles ein wenig korrigieren.«

»Ja«, hatte Peabody nachdenklich geantwortet. »Vielleicht. Wer weiß …«

Seufzend wandte Mary sich um, als das Taxi außer Sicht war. Sie ging mit einem Hauch von Traurigkeit zurück zu ihrem geliebten Leuchtturm, um endlich den Kirschkuchen zu backen, den sie Matt schon vor Tagen versprochen hatte, vorbei an Mr Godsbys Eiswagen, vorbei am Cottage der Colemans, bis sie bei den Stufen zu ihrem wunderschönen Domizil angelangt war. Es thronte so majestätisch über der Bucht und wirkte dabei so friedlich und harmlos. Nichts, so schien es, konnte ein Bauwerk wie La Corbière erschüttern. Keine Intrige, kein Sturm, kein Mord.

»Du bist wahrhaftig ein Hüter der Meere«, sagte Mary dankbar und wusste, dass sie hierhergehörte und immer hierbleiben würde.

Die Autorin

Felicity Pickford arbeitet seit vielen Jahren in einer kleinen Buchhandlung. Sie kennt und liebt Grand Hotels, seit sie sich mit Anfang zwanzig von einem Spielgewinn eine kurze Reise nach Wien mit einem Aufenthalt im Hotel Sacher geleistet hat. Doch besonders haben es ihr die kleineren luxuriösen Häuser angetan. Deshalb sucht sie bevorzugt die weniger bekannten Schmuckstücke auf, sei es in Florenz, Prag, Paris oder Edinburgh. Die Idee zu Mary McTarrs Leuchtturmhotel kam ihr, als sie bei einer Reise auf die zauberhafte Insel Jersey erkannte, dass es kaum einen schöneren Ort geben dürfte als La Corbière. Und da sie ohnehin gerade plante, einen Krimi in einem Hotel spielen zu lassen, beschloss sie, dort eines zu eröffnen – zumindest literarisch.

Felicity Pickford im Goldmann Verlag:

Willkommen im kleinen Grandhotel. Ein Weihnachtsroman
Weihnachtswunder im kleinen Grandhotel. Roman
Winterträume im kleinen Grandhotel. Ein Weihnachtsroman

(alle auch als E-Book erhältlich)

Unsere Leseempfehlung

240 Seiten
Auch als E-Book
erhältlich

An einem winterlichen Novembertag findet die Londoner Kinderbuchautorin Charlotte Williams in ihrem Briefkasten einen mit zarten Lettern versehenen Umschlag. Sie traut ihren Augen kaum, als sie ihn öffnet, denn er enthält eine Einladung, die Weihnachtstage als Ehrengast im »24 Charming Street« zu verbringen – dem kleinsten Grandhotel der Welt an der wildromantischen Küste der Isle of Skye. Doch wem hat sie dieses Geschenk zu verdanken? Charlottes Neugier ist geweckt, und sie macht sich auf die Reise. Noch ahnt sie nicht, dass ein ganz besonderer Ort auf sie wartet – an dem Weihnachten in diesem Jahr zum Fest wunderbarer Überraschungen wird!